古典文學研究輯刊

二三編

曾永義 主編

第19冊

**石麟文集（第四卷）：
「水滸」與金聖歎發微**

石 麟 著

國家圖書館出版品預行編目資料

石麟文集（第四卷）：「水滸」與金聖歎發微／石麟 著 -- 初
版 -- 新北市：花木蘭文化事業有限公司，2021〔民110〕
目 2+272 面；19×26 公分
（古典文學研究輯刊 二三編；第 19 冊）
ISBN 978-986-518-358-5（精裝）
1.（清）金聖歎 2. 水滸傳 3. 章回小說 4. 中國文學
5. 文學評論
820.8　　　　　　　　　　　　　　　110000434

ISBN-978-986-518-358-5

9 789865 183585

古典文學研究輯刊
二三編 第十九冊　　　　　　ISBN：978-986-518-358-5

石麟文集（第四卷）：「水滸」與金聖歎發微

作　　者　石麟
主　　編　曾永義
總 編 輯　杜潔祥
副總編輯　楊嘉樂
編　　輯　許郁翎、張雅淋　美術編輯　陳逸婷
出　　版　花木蘭文化事業有限公司
發 行 人　高小娟
聯絡地址　235 新北市中和區中安街七二號十三樓
　　　　　電話：02-2923-1455／傳真：02-2923-1452
網　　址　http://www.huamulan.tw 信箱 service@huamulans.com
印　　刷　普羅文化出版廣告事業
初　　版　2021 年 3 月
全書字數　216811 字
定　　價　二三編 31 冊（精裝）台幣 82,000 元

石麟文集（第四卷）：
「水滸」與金聖歎發微

石麟 著

作者簡介

石麟，1953 年出生於湖北省黃石市。曾任湖北師範大學文學院教授，中南民族大學文學院教授，現為湖北大學客座教授。同時擔任中國《水滸》學會會長，中國《三國演義》學會副會長，中國散曲學會理事，湖北省屬高校跨世紀學科帶頭人，湖北省有突出貢獻中青年專家。先後出版專著《章回小說通論》《話本小說通論》《中國傳統文化概說》《中國古代小說批評概說》《說部門談》《稼稗兼收》《李攀龍與後七子》《野乘瑣言》《傳奇小說通論》《通俗文娛體育論》《中華文化概論》《從「三國」到「紅樓」》《閒書謎趣》《中國古代小說評點派研究》《稗史迷蹤》《石麟論文自選集‧戲曲詩文卷》《中國古代小說文本史》《從唐傳奇到紅樓夢》《古代小說與民歌時調解析》《石麟文集類編》（五卷本）《中國古代小說批評史的多角度觀照》《施耐庵與〈水滸傳〉》《俗話潛流》二十三部，與人合著《明詩選注》《金元詩三百首》二書，主編教材三套，參編參撰書籍十種，撰寫《中華活頁文選》六期，並在《文學遺產》《明清小說研究》《戲劇》《古代文學理論研究》《藝術百家》《文史知識》《中國文學研究》《中華文化論壇》等刊物上發表學術論文二百二十多篇。

提　　要

　　《水滸傳》是英雄傳奇類章回小說最早的作品，是與《三國演義》雙峰對峙的又一長篇典範之作。此類作品從歷史小說中分支出來，與歷史真實漸行漸遠，卻帶有更高的藝術成就。因此，《水滸傳》對後世小說創作的影響不亞於《三國演義》，在人物塑造、故事虛構方面甚至後來居上。《水滸傳》成書以後一二百年，有金聖歎出，他對《水滸傳》進行了全方位的評說，從而也將小說評點推向一個新天地。從某種意義上講，金聖歎也是《水滸傳》的作者之一，因為他對《水滸傳》原文有不小的修改。本冊所選文章二十有餘，對《水滸傳》的若干問題，如小說史地位、英雄主義精神、寫人手法，尤其是其中某些重要人物形象及其文化蘊含多有評說，同時，對於金聖歎評說「水滸」的功過是非，也發表了一得之見。

目次

《水滸傳》與中國古代小說史之關聯

　　文學創作，尤其是那些傑出的文學家的作品，往往離不開對雅俗共賞的遊戲筆墨的運用。既然是雅俗共賞，那就各種文體都可以運用。當然，最能夠將遊戲筆墨玩得五彩繽紛、情趣盎然的，則是中國古代小說的作家們。其中的道理很簡單，因為通俗小說本身就是雅俗共賞的。

　　由於《三國志通俗演義》是以「文不甚深，言不甚俗」的淺顯文言為主的，故而，從嚴格的意義上講，《水滸傳》是中國文學史上第一部以白話文撰寫的長篇章回小說，如此一來，在雅俗共賞的遊戲筆墨方面，這部小說就起到了不可忽視的承前啟後的作用。

　　小說中的遊戲筆墨，最淺層的是文字遊戲，我們就不妨從《水滸傳》說起：

　　　　盧俊義道：「叫取筆硯來。」便去白粉壁上寫，吳用口歌四句：
　　　　「蘆花叢裏一扁舟，俊傑俄從此地遊。義士若能知此理，反躬逃難
　　　　可無憂。」（第六十一回）

與《水滸傳》這段文字遊戲具有異曲同工之妙的還有《喻世明言·宋四公大鬧禁魂張》中的一段描寫，因為這一篇被大家認定為宋元舊篇，因此，它應該是《水滸傳》那一段描寫學習的榜樣。且看：

　　　　做公的看了壁上四句言語，數中一個老成的叫做周五郎周宣，
　　　　說道：「告觀察，不是別人，是宋四。」觀察道：「如何見得？」周
　　　　五郎周宣道：「『宋國逍遙漢』，只做著上面個『宋』字；『四海盡留
　　　　名』，只做著個『四』字；『曾上太平鼎』，只做著個『曾』字；『到
　　　　處有名聲』，只做著個『到』字。上面四字道：『宋四曾到』。」

　　以上二例，吳用和宋四公所玩的這種文字遊戲叫做「藏頭詩」，顧名思義，就是寫一首詩，每句的第一個字連起來就是一句話。如吳用那首詩的每句第一字連起來就是「盧俊義反」。這是吳用的詭計，用這種方法將盧俊義逼上梁山。結果害得盧員外家破人亡，差一點掉了腦袋。而宋四公的那一首，書中已經說明，每句第一字連起來就是「宋四公到」。這位劇盜為了顯擺自己的高明「盜技」，故意這樣表現，同時，也是向官府的一種示威。但不管是逼反也罷，示威也罷，藏頭詩這種文字遊戲的形式卻總是被書中的強盜們玩得精熟，可見當強盜也是要喝點墨水的，這樣才能成為「趣盜」。

　　至於有些小說作品中寫到的軍官們也玩文字遊戲，那可就比強盜們高了一層箋片，如《孫龐演義》中所寫：

> 　　韓王聽了，愁眉緊鎖道：「不要怪你，本國將寡兵微，不能取勝。這事怎解？」沉吟半晌，忽然說道：「寡人忘記了。昔日孫臏先生到我國來，留一柬帖與我，吩咐有難之時，教我打開來看。如今兵馬臨城，無人退敵。正是難了，且取柬帖開來瞧一瞧著。」隨令內侍向玉匣中取出柬帖，拆開看時，上寫著四句云：「尚聞吾媳產嬰孩，在路賓朋滿月來。齊至舉盃無器皿。國朝一夕七王猜。」韓王看了，不能解說，遂問兩班文武道：「這四句詩怎麼說？」當時有大臣顏仲子把柬帖一看，奏道：「臣看這柬帖上分明是四句藏頭詩。看來孫臏先生還不曾死，隱在齊邦。」韓王驚訝道：「藏頭詩怎麼解？」顏仲子道：「他暗藏四字。『尚聞吾媳產嬰孩』是個『孫』字，『在路賓朋滿月來』是個『臏』字，『齊至舉盃無器皿』是個『不』字，『國朝一夕七王猜』是個『死』字，藏著『孫臏不死』四個字。看每句頭上一字，『尚在齊國』。這是四明四暗藏頭之詩也。」（第十七回）

毫無疑問，這種四明四暗的藏頭詩較之那種單純而又明顯的藏頭詩更顯得有趣味。但由於《孫龐演義》這本書產生在《水滸傳》的後面，故而，這個片斷應該被視為受《水滸傳》影響的作品。

　　文字遊戲的另一種方式是根據某部著名小說中的著名人物的一句著名的話語編一個「說法」，來達到諧趣的效果。例如：

> 　　紅鸞道：「周瑜父親同諸葛孔明的父親，叫甚名字？」銀屏道：「周瑜的父親叫周既；孔明的父親叫諸葛何。」紅鸞道：「何以見

得呢？」銀屏道：「你不聽見周瑜臨死時，還說道：『既生瑜，何生亮』？」紅鷥點頭：「說得好，我吃一杯。」（《蘭花夢奇傳》第五十五回）

原來「既生瑜，何生亮」還有這樣一種解釋！讀者明明知道是混編的，但看過之後只要笑一笑就得到一份滿足了，誰去作考證，那就是「呆鳥」！更有趣的是，不僅有上述這種編一個說法者，甚至還有根據一句俗語編一個故事者，那就是規模更大的文字遊戲了。

> 究竟這邊神多勢壯，那犬孤身難敵，看看氣力將盡，只得且戰且退，一直退到門邊，想望外面跑去。抬頭一看，見前面是一座絕大園林，有山有水，有樹有花，還有許多配他口胃的動物，如豬羊雞鵝之類，都在那裡自在遊行，逍遙舒適。那犬不見則已，一見如此好地方，又剛在力乏肚餓的當兒，如何不想進去！究竟犬的知識遠不如人，那裡防得這等都是誘人上鉤的幻境，一腳跨了進去。外面的洞賓，正眼珠不瞅地看他入了畫中，忽然不見，慌忙把畫捲起。卷到一半，心中猛可地記起老僧說話。又想犬主二郎神和師父都有交情，如今我害了他哮天犬，將來教師傅如何見得二郎神的面，不如趁此機會，將他放走了罷。如此一想，忙又將畫攤開，攤到一半，忽然面前跳出一隻惡犬，出其不意的向洞賓下體就咬。但聽洞賓啊呀一聲，向後便倒。這便是世俗相傳，狗咬呂洞賓，不識好人心的那件故事兒。（《八仙得道》第八十三回）

這個故事，其實是拿古代最著名的神仙呂洞賓開涮，而最有名的猛犬哮天犬配合演出，構成了一個別出心裁的「狗咬呂洞賓，不識好人心」的俗典。這種拿古代名人開涮的方式，往往會取得出人意料的效果。

不僅那風流神仙呂洞賓被人拉來涮了一番，就連傳統四大美女之一的王昭君也不得已進行了客串。且看：

> 嫣紅說道：「姐姐不要說我，方才來的時節，你為什麼握著耳朵，還要戴『昭君套』呢？那才是真嬌嫩呢！」（《龍圖耳錄》第四十二回）

生長於南國的絕代佳人王昭君，居然被「北」得很遠的地方的人們拉來做了某種保護耳朵的產品的廣告代言人，那種捂耳朵的東西居然叫做「昭君套」。是呀，誰叫你王昭君遠嫁匈奴到了那不得不捂耳朵以防嚴冬風雪的地

方呢？

　　說到匈奴，不得不涉及他們的後裔——蒙古族。這一個曾經橫跨歐亞大陸的人種不僅建立了中國歷史上版圖最大的帝國元朝，而且使蒙古語深深地融化到漢民族的語言體系之中。進而言之，這種蒙漢語言融合的成果同樣被小說家們運用到遊戲筆墨之中。

　　我們還是回到《水滸傳》中去尋找例證，該書第二十四回，當西門慶問馬泊六王婆「間壁賣甚麼」時，王婆答道：「他家賣拖蒸河漏子，熱燙溫和大辣酥。」這句話到了《金瓶梅》第二回中，更為豐富多彩了。王婆道：「他家賣的拖煎河漏子，乾巴子肉番包著菜肉扁食餃，窩窩哈蜊麵，熱蕩溫和大辣酥。」

　　但豐富也罷，簡約也罷，王婆答語的關鍵詞是兩個：河漏子，大辣酥，而這兩個詞語，一個是漢語詞彙，一個是蒙語詞彙，王婆連接使用，恰好說明這個慣於拉皮條的老婆子的趕時髦，她居然懂得好幾個民族的語言哩！那麼，河漏子和大辣酥分別是什麼東西呢？且看專家們的解釋。

　　陸澹安《小說詞語匯釋》：「河漏子：一種湯餅的名目。元王楨《農書》：『北方多磨蕎麥為麵，或作湯餅，謂之河漏，以供常食，滑細如粉。』」「大辣酥：蒙古人稱酒為『大辣酥』，亦作『答剌蘇』。」並引王世貞《豔異編》證之。案《豔異編》正集卷二十八《一分兒》載：

　　　　一分兒，姓王氏，京師角妓也。歌舞絕倫，聰慧無比。一日，
　　丁指揮會才人劉士昌、程繼善等，於江鄉園小飲，王氏佐樽，時有
　　小姬歌《菊花會》、《南呂曲》云：「紅葉落，火龍褪甲青松枯，怪蟒
　　張牙……」丁曰：「此《沉醉東風》首句也。王氏可足成之？」王應
　　聲曰：「紅葉落，火龍褪甲青松枯，怪蟒張牙可詠題。堪描畫，喜魷
　　箸，席上交雜，答剌蘇。頻斟入禮，廝麻不醉呵，休扶上馬。」一
　　座歡賞，由是聲價愈重焉。

其實，在中國小說史上，與「大辣酥」相關的故事絕不止以上幾個，還有一篇擬話本小說也寫到這種蒙古語中的「酒」，不過，那裡卻被翻譯成「打辣酥」。

　　　　張千戶知得，忙趕將來，卻也只好眼睜睜看一看兒罷了。悶悶
　　的買了壺酒，尋著陳巧坐了。平日學得番語，吃到醉了，編一個《北
　　清江引》，唱道：「潑牟麟背了咱哈豚去，惱的咱沒有睡。思他不肯

來，抓也留不得。只索買一壺打辣酥，吃個沉沉醉。」（《清夜鍾》
第六回）

除了「打辣酥」而外，這裡又弄出了兩個蒙古語的音譯詞彙：「牟麟」和「哈
豚」。那麼，這又是指的什麼呢？還是聽專家的解釋。據方齡貴《古典戲曲外
來語考釋詞典》：「抹鄰、母驎、牧林、抹倫、牟麟都是蒙古語 morin 的對音，
意思是馬。」「哈敦、哈噉、蝦吞、哈豚都是 qatun 的對音，訓為娘子。」這
一位張千戶的多民族語言表達能力可比王婆強多了，他竟然能用蒙古語混雜
漢語自編自唱曲子！

多民族語言而外，還有多行業語言也能進入「遊戲筆墨」的領地。如醫
藥用語所構成的幽默調笑。且看以下幾個例子：

> 曹氏既夢此鳳，言於夫君如望，如望亦說道：「余亦有些夢，此
> 分明應一好子。」十月將期，只見大大的杜仲，小小的人參，薩員
> 外卻著令劉寄奴把烏頭上取弔了金銀花，乳香前解下了海帶，將大
> 腹皮揉了幾揉，則見麥門冬大開。須臾之間，產下個丁香子來。如
> 望夫婦不勝之喜，乃取名守堅。（《咒棗記》第二回）

> 且說湛母東鄰有一耆老，生有一女，年可十八。你看她標緻不
> 標緻？則見：面搽著白淨淨鍾乳粉，髮梳著黑悠悠何首鳥。金銀花
> 嬌的插鬢稀疏，甜蜜蜜露一雙丁香奶乳。嫩尖尖良薑手指，光溜溜
> 滑石皮膚。欲嫁檳榔作丈夫，試問取壽高高貝母。（《鐵樹記》第三
> 回）

> 一日倉廩橋胡靜翁的夫人產後患病，他的岳母薦醫師來看。靜
> 翁本曉得藥師是不通的，因是岳家薦來不好回卻，只得請他去診
> 看。看過病後，到書房內開出一張方子來。靜翁從頭看道：「卻說這
> 樣毛病，寒熱齊來，顛顛倒倒之患，吞吐不出，霍霍落落之聲。問
> 她幾時起的毛病，她說是產了孩兒，已有八九天了。我看她舌苔白
> 絲‧脈息生梗，只怕她還有淤血不曾出盡。今且不趲她淤血不淤血，
> 究竟那寒熱是要緊的。未知方子如何，且聽開出分解：當歸、川弓、
> 原樸、青高、炮薑、甘草、半下、麥冬、桂子、白苟。」靜翁從頭
> 看來，已忍不住要笑。及看到「白苟」，想是「白芍」，他行寫，把
> 筆頭多彎了一彎，竟像一個「苟」字，遂不禁大笑起來。（《醫界現
> 形記》第九回）

前面二例均是聯藥名為章，後一例則是嘲笑庸醫，當然，其中所用的都是與醫藥相關的詞彙。此外，也有聯曲牌成章，那就更有趣了：「你看這個娃子：頭剃得光光乍，江兒水淚汪汪。紅衫兒遮不住刮地風，駐雲飛望不見香柳娘。卻好似離母的雛嫩嫩黃鶯兒，又好似失乳的孤單單山坡羊。哭皇天一聲聲斷人腸，渾不是耍孩子兒模樣。」（《鐵樹記》第三回）

　　還有一種社會階層，個中人不僅有特殊的行為準則，甚至連語言都是特殊的，那就是黑社會中所講的江湖黑話。這樣一種「陌生化」的語言，適當用一點到小說創作之中，往往會產生意想不到的效果：

　　　　欽差大人帶二馬來至門首，往裏就走；見天棚底下坐著好些吃茶之人，都是二十多歲，赤著背，盤著辮子，腳蹬著板凳，在那裡說話，大嚷大叫。有二百多人說話：「合字弔瓢兒，招路兒把哈，海會裏，赤字月丁馬風字萬人牙淋窯兒，口圍鬧兒塞占青字，摘赤字瓢兒，魯浮流兒撒活。」列位，這是什麼話，這是江湖豪傑、綠林英雄的黑話。「合字兒」，是自己；「並肩字」，是兄弟；「弔瓢兒」，是回頭；「招路把哈」，是用眼瞧瞧；「海會裏」，是京都城裏；「赤字」，是大人。「月丁馬風字萬」，是兩個人姓馬的。「口圍鬧兒塞占青字」，是告訴他們那個頭兒，拿刀來殺大人。（《永慶升平前傳》第十二回）

當然，在更多的時候，小說作者們還是願意採用他們最熟悉的表述方式：將遊戲筆墨融化在某種常用文體之中。如歌謠：

　　　　女人家，四五年，嬉笑動人憐。一朝娘要來纏腳，哭哭啼啼，弄得身嬌弱。女人家，八九年，針線要完全。可憐雙腳如刀割，咬著牙關，不敢人前泣。女人家，十二三，中饋要安排。廚房未到腳先痛，苦苦熬挨，才把羹湯奉。女人家，二十年，喜氣動門楣。公婆不曉兒心苦，井臼親操，偏要般般做。女人家，到中年，子女滿床前。左提右抱身勞瘁，偷得空閒，還要挑雞眼。女人家，走路難，賊匪忽然來。鄰家大腳先逃散，只有嬌娃，生死無人見。女人家，病體中，氣血不流通。經脈多從指尖起，骨斷筋連，扁鵲也無濟。

　　　　（《掌故演義》第五回）

作者通過這種通俗易懂的歌謠，對纏足陋習進行了辛辣的嘲諷和強烈的控訴，同時，也達到一種遊戲幽默的境界。再如狀詞：

大凡京都開窯子的，總是市井無賴，這鴇兒是出名的母老虎。……少刻，劉四公子到來，……整整半日工夫，才寫成功。念一遍與母老虎聽道：「今有惡棍松筠，專門花柳陶情，從來沒有錢使，而且最愛打人。老身名為老虎，其實並不吃人，終日只想糊口，在京開了堂名，但接王孫公子，不接下賤愚民。誰知松筠太毒，打得不成人形，頭上打個大洞，可憐鮮血淋淋。伏望老爺做主，將其活捉來臨，把他狗頭打破，辦他一個罪名，老身方得心快，敢求立刻遵行。」(《蘭花夢奇傳》第十五回)

當然，這裡的狀詞實際上是「先告狀」的「惡人」寫的，但這種文化水平不高的「惡人先告狀」的狀詞讀了之後，總會造成滑稽好笑的效果，使作品陡增喜劇意味。而下面這封由居心叵測的小人捏造的風流公子的情書，則更是令人讀了之後不得不噴飯。

閒話住著，如今且說丘石公，假了情書，念與嫂子聽。真是不通，書上道：薄命小丈夫江潮，大病中拜與吳小姐嬌妻妝臺之上。為了支硎山擦轎子，撲著嬌妻的時節，小丈夫之此物，登時的過意不去，思量要放在嬌妻香陰之內。慌忙趕到佛殿來，與嬌妻推開眾人，親近一時。已後要弄嬌妻，如隔萬里路程，山水之迢遙者也。云乎哉，如今熬不過，嬌妻又不能飛將過來睡睡，熬出大大病來，即日要去見閻羅大王的老子了。你今日者寫回書一封來，我看而死，我在閻羅王面前，不說吳小姐出來。若是慢而不寫情書來，我薄命小丈夫死去，聲聲喚著那閻羅大王的老子，說道：閻羅王爺爺呀，都是我嬌妻吳小姐，幹而不幹，江潮是為著他熬殺的呢咦。那閻羅大王的老子，好怒氣哩！將案上氣拍了又拍，喝道：哎，這妮子這等可惡，藏過陰物，熬死丈夫，叫叫叫叫十個怕人得狠的小鬼，二十個嚇殺人君的判官，三十個刀斧手，四十個無常，鳴鑼打鼓道，吹著叫子，聽聽喤喤，低低多多，大家執著雪亮的鋼叉，又在你們煙囪裏下來，只消針大的一個洞兒，鑽進嬌妻房裏，扯開帳子，遂個個走將上床來，先要在你陰物上打望哩。一把頭髮扯將去，後面鋼叉、金瓜錘、雪白撥風刀亂溯將來，你敢強一強麼。到了閻羅大王面前，那閻羅大王，還要把你的陰物相驗哩。今日速寫情書回覆了我，我死去再不說你了。哀哉可傷，嬌妻快寫快寫。(《吳江雪》

第十三回）

以上二例，雖然滑稽幽默得可愛，但卻俗氣太重，而更高層次的遊戲筆墨往往是借題發揮，意在言外的，譬如下面這兩個例子：

> 這時長老還正開齋念偈，八戒早是要緊，饅頭、素食、粉湯一攪直下。這時方丈卻也人多，有知識的，贊說三藏威儀；好耍子的，都看八戒吃飯。卻說沙僧眼溜，看見頭底，暗把八戒捏了一把，說道：「斯文！」八戒著忙，急的叫將起來，說道：「『斯文！』『斯文！』肚裏空空！」沙僧笑道：「二哥，你不曉的。天下多少斯文，若論起肚子裏來，正替你我一般哩。」（《西遊記》第九十三回）

> 夏方道：「孩兒，此馬號為青聰，出於胡地。我們中國，再沒有這樣的形相。」夏虎笑道：「原來如今帶毛畜生都是有號的。」（《鼓掌絕塵》第十二回）

第一例中，一開始沙僧和八戒的對話，雖然已經具有諷刺調侃的意味，但仍然還是書中情景。不料，下面的話可就含義深長了，沙僧笑道：「二哥，你不曉的。天下多少斯文，若論起肚子裏來，正替你我一般哩。」這句話，已經由書裏跳到書外，由對八戒的淺層的嘲諷轉換為對當時社會中「腹中空空假斯文」的深刻諷刺。作者的手法非常高明，由實實在在的沒吃飽飯的腹中空空，引申為虛虛實實的胸無點墨的腹中空空，既自然，又有趣，作者之筆真如遊龍。第二例的手法與第一例相近，由「馬」的有「號」，引申出「帶毛畜生都是有號的」，然後，又讓讀者不由自主地聯想到明代文人附庸風雅，一個人擁有太多雅號的惡習，甚至於某些沒必要取號的人群也弄個不倫不類的雅號。於是，這「帶毛畜生都是有號的」就具有了深刻的諷刺意味！這裡的作者，卻又不止於筆如遊龍，簡直是用筆如刀了。有一個被馮夢龍收入《古今笑史》中的笑話，可以從側面證明第二例中夏虎言論的正確性：

> 楊升庵云：永昌有鍛工，戴東坡巾；屠宰，號「一峰子」。一善謔者見二人並行，遂謂之曰：「吾讀書甚久，不知蘇學士善鍛鐵，羅狀元能省牲。信多能哉！」傳以為笑。（《癖嗜部第九·鍛工屠宰》）

這裡的鍛工，指的是鐵匠；屠宰，指的是屠戶。鐵匠愛戴蘇東坡喜歡戴的頭巾，屠戶卻雅號「一峰子」。因此，有一位喜歡開玩笑的人看見這二位在一起走路，就情不自禁地說：「我讀書也算讀得很久了，卻不知道蘇東坡先生善於打鐵，而羅倫狀元又懂得屠宰之事，他們真是多才多藝呀！」之所以這樣說，

是因為鐵匠和屠夫在這裡的表現都是附庸風雅。打鐵的為什麼要戴著文人學士喜歡戴的東坡巾呢？殺豬的為什麼要用明成化初廷試第一的羅倫狀元的雅號「一峰」來標榜自己呢？活該受到嘲笑！

　　當然，以上諷刺雖然辛辣，但還是比較明淨的。還有某些絢麗多姿的帶「色」的生動的笑罵，更是一種令人忍俊不禁的雅俗共賞的遊戲筆墨。而且，這種筆墨在《水滸傳》中頗為多見，並對其他小說產生直接影響。例如，將男人過分好色稱之為「溜骨髓」或「撒骨髓」，且看二例：

　　　　宋江道：「但凡好漢，犯了『溜骨髓』三個字的，好生惹人恥笑。」（《水滸傳》第三十二回）

　　　　俱傳聞李夢雄好色，莫道美貌婦女，深深潛避；就是醜陋的，亦不敢從山下經過。萬人敵聽得此信，暗想：殺人放火乃是英雄本色，為何想這撒骨髓的勾當？（《白牡丹》第二十一回）

然而，要想「溜骨髓」或「撒骨髓」也不是一件簡單的事，那需要「五項全能」做基礎。哪五項呢？且聽通俗文學的專家們的闡釋：

　　　　王婆道：「大官人，你聽我說：但凡捱光的兩個字最難，要五件事俱全，方才行得。第一件，潘安的貌；第二件，驢的大行貨；第三件，要似鄧通有錢；第四件，小，就要綿裏針忍耐；第五件，要閒工夫。此五件，喚做潘、驢、鄧、小、閒。五件俱全，此事便獲著。」（《水滸傳》第二十四回）

　　　　柔齋又接著道：「……現在照我這兩隻波斯眼看起來，那姓夏的嫖經上『潘、呂、鄧、小、閒』五個字密訣，連一個字都沒有。你說我何以見得他沒有呢？潘安的貌，鄧通的財，這是擺在外面的，有沒有也不消我辯得。家裏既開了臺基，自然是沒有閒空在女人面前打轉轉兒了。生得一副大麻臉，說起話來，就是最輕的喉嚨，也像唱大花臉似的。若說到那第二層呂不韋上，我看他那副尊範，貌既不揚，土星尤陷，倘照存乎中而形乎外的老法子推度起來，這一個字又是在不可定之間。」（《冷眼觀》第二十八回）

　　　　大凡一班嫖界中人，必定要有嫖界之資格，方才不至吃虧。什麼叫做資格呢，第一要身段風流，第二要少年都麗，第三要郭家的金穴，第四要嫪毒的大陰。這四件事兒，樣樣完全，樁樁不缺，方算得花柳叢中的飛將，溫柔隊裏的班頭。（《九尾龜》第六十八回）

三例之中，數王婆說得最為全面而清晰。柔齋的說法，與王婆稍有不同。關鍵在第二點，他將王婆的「驢的大行貨」改作「呂不韋」，又說什麼「土星尤陷」云云。這裡說的「土星」是什麼呢？根據《星經》中的解釋，土星就是北斗星的第一星，又叫「天樞」，它「主陽德」。星象家們所謂「主陽德」云云，當然是另外的含義，卻不料我們的小說作者們大都是鑽眼覓縫的，就利用這麼個「主陽德」將土星說成了「陽物」。因此，柔齋所謂「土星尤陷」，指的就是陽物不行的意思。而且還進一步的挖苦那位「姓夏的」裏裏外外都不行，「貌既不揚，土星尤陷」。進而。這種結論還是由外及內而得出的，根據「貌既不揚」得出「土星尤陷」的科研成果，也就是依照「存乎中而形乎外」的老法子推度起來的。不過柔齋先生在這裡卻犯了一點基本知識方面的小錯誤，他所舉的「雄起」典型是呂不韋，這就有點張冠李戴了。其實，歷史上這方面最有名的是嫪毐先生，當然，這位嫪毐先生也是呂不韋作為自己的替身推薦給秦始皇他老娘的。至於《九尾龜》中的章秋谷先生所提出的「嫖界之資格」的四條，是將「潘安的貌」分解為「身段風流」和「少年都麗」兩條，而去掉了「水磨工夫」的「小心」和「閒工夫」，這樣就變成「四項全能」了。不過，他用「嫪毐」改正了「呂不韋」，卻毫無疑問是「雄起」典型的正解。由此亦可見得，秋谷先生比柔齋先生的歷史學學得更好。當然，尤其是淫穢歷史學學得更好。

綜上所述，《水滸傳》中的雅俗共賞的遊戲筆墨，雖然也有些是宋元話本小說做了底色，但更多的則是《水滸傳》作為榜樣對後世小說的所產生的巨大影響。

（原載《水滸爭鳴》第十四輯，團結出版社，2014 年 6 月出版）

《水滸傳》與忠義文化

      《水滸傳》中的「忠義」是一個矛盾統一體。一方面，它是以儒墨兼容為主體的多家思想的「混搭」；另一方面，它又是多位作者在不同的時代徘徊於統治階級思維方式與廣大民眾思維方式之間錯綜複雜的表現。這兩個方面，奠定了作為一部章回小說的《水滸傳》與長時間形成的「忠義」文化之間有機結合的思想基調。

一

      何謂「忠義」？《漢語大詞典》的解釋有兩個義項：1.忠貞義烈。2.指忠臣義士。這種解釋差不多等於沒有解釋。看來還得先將「忠」與「義」分開解釋，然後綜合之，或許能得到一個接近本質的表述。

      「忠」，《漢語大詞典》的解釋有四個義項，與本文相關的是前兩項：1.忠誠無私；盡心竭力。如《左傳‧成公九年》：「無私，忠也。」司馬光《四言銘係述》：「盡心於人曰忠，不欺於己曰信。」（《傳家集》卷六十七）2.特指事上忠誠。如《尚書‧伊訓》：「居上克明，為下克忠。」孔傳：「事上竭誠。」韓愈《曹成王碑》：「侍太妃從天子於蜀，既孝既忠。」

      「義」，《漢語大詞典》的解釋有十九個義項，與本文相關的有四項：1.謂符合正義或道德規範。《韓非子‧忠孝》：「湯、武自以為義而弒其君長。」2.指按照正義或道德規範的要求。《漢書‧田叔傳》：「魯以百金祠，少子仁不受，曰：『義不傷先人名。』」3.理應。《禮記‧中庸》：「義者，宜也。」4.善良。亦指善良的行為。《書‧皋陶謨》：「強而義。」王引之《經義述聞‧尚書上》：「義，善也。謂性發強而又良善也。」

「忠」與「義」相結合而形成的「忠義」概念，最遲在漢代就產生了，如：

> 漢蘇武《報李陵書》曰：曩以入乏，奉使方外，至使逖夷作逆，封豕造悖，豺狼出爪，摧辱王命，身幽於無人之處，跡戰於胡塞之地，歃朝露以為飲，茹田鼠以為糧，窮目極望，不見所識，側耳遠聽，不聞人聲，當此之時，生不足甘，死不足惡，所以忍困強存，徒念忠義，雖誘僕以隆爵厚寵，萬金之利，不以滑其慮也，迫以白刃在頸，鈇鑕在喉，不以動其心也。（《藝文類聚》卷三十）

支撐蘇武在遙遠北國的蠻荒之地「持漢節」活下去的內在精神動力就是「忠義」，而這種「忠義」思想經過千百年的積澱，最終形成「忠義」文化。

往大里說，中華民族傳統文化其實是「三教九流」相互作用、組合的結果。「三教」者，儒、釋、道也；「九流」者，先秦諸子也，「九」，言其多也。先秦諸子之最突出者，司馬遷的父親司馬談提及六家：儒、墨、名、法、道德、陰陽。劉歆則擴展為十家：儒、墨、名、法、道德、陰陽、縱橫、雜、農、小說。因為「小說家」在那個時代被看做是學術「末流」，故而學者們普遍認為可觀者「九流」而已。因此，先秦諸子中對廣大中國民眾影響較大的恰恰就是九家。當然，「九流」對中華民族的影響並非平列而均勻的，其中影響最大者有四：儒家、道（道德）家、法家、墨家。

儒、道、法、墨四家之中，儒家是中華民族文化品格的主流，其他三家與之相搭配，構成中華民眾的整體人格。具體而言，這種人格構建又可分為三大層次：統治階層、知識階層、民眾階層。統治階層主要是「外儒內法」，知識階層最佳狀態是「儒道互補」，而中華民族廣大民眾的集體人格構建最為複雜，然仍可清理出其中主流：「儒墨兼容」。

《水滸傳》是章回小說，章回小說反映的是以普通民眾為主體的「雜階層」思想，在「三教九流」中，《水滸傳》接受儒、墨兩家思想影響最大，書中的「忠義」思想也是儒墨兼容的結晶。

從本質上講，《水滸傳》中的「忠義」來自儒家。因此，我們以《論語》為對象，首先來探討一下原始儒學「忠」與「義」的深刻內涵。

《論語》中，「忠」的概念出現了十二次：

1.「曾子曰：『吾日三省吾身。為人謀而不忠乎？與朋友交而不信乎？傳不習乎？』」（《學而》）此處「忠」，指的是「盡心之事」。

2.「主忠信，無友不如己者。過則勿憚改。」（《學而》）此處「忠」，亦乃「盡心之事」。

3.「臨之以莊，則敬；孝慈，則忠；舉善而教不能，則勸。」（《為政》）「孝慈，則忠」的意思是「統治者尊老愛幼，則民也會對統治者盡心盡力」。

4.「君使臣以禮，臣事君以忠。」（《八佾》）這裡的「忠」，是「忠誠盡責」的意思。

5.「曾子曰：『夫子之道，忠恕而已矣。』」（《里仁》）這裡，「忠」是嚴於律己，「恕」是寬於待人。

6.「子張問曰：『令尹子文三仕為令尹，無喜色；三已之，無慍色。舊令尹之政，必以告新令尹。何如？』子曰：『忠矣。』曰：『仁矣乎？』曰：『未知，焉得仁？』」（《公冶長》）孔子稱讚子文的「忠」，指的是「忠誠盡責」。

7.「主忠信，毋友不如己者，過則勿憚改。」（《子罕》）此條重出，意思與第二條相同。

8.「主忠信，徙義，崇德也。」（《顏淵》）這裡的意思是「親近忠信之人，唯有義之人是從」。

9.「子張問政。子曰：『居之無倦，行之以忠。』」（《顏淵》）此處「忠」，指行事認真而不敷衍了事。

10.「樊遲問仁。子曰：『居處恭，執事敬，與人忠。雖之夷狄，不可棄也。』」（《子路》）此處「與人忠」，指「對待他人盡心誠實」。

11.「愛之能勿勞乎？忠焉能勿誨乎？」（《憲問》）後半句的意思是「對上而言，忠於他就能不教誨勸誡嗎？」

12.「言忠信，行篤敬，雖蠻貊之邦行矣。言不忠信，行不篤敬，雖州里行乎哉？」（《衛靈公》）此處「忠信」，指「說話忠實誠信」。

「義」，在《論語》中則出現十次：

1.「有子曰：『信近於義，言可復也。』」（《學而》）此處「義」，是「適宜」、「恰當」的意思。

2.「見義不為，無勇也。」（《為政》）這句話的意思是「義所宜為而不能為，是無勇」。

3.「君子喻於義，小人喻於利。」（《里仁》）此處「義」，指做事合情合理；「利」，則指做事為一己之私。

4.「子謂子產：『有君子之道四焉：其行己也恭，其事上也敬，其養民也

惠，其使民也義。』」（《公冶長》）這裡「使民也義」的意思是：役使人民也要合理而不過分，要有原則、分寸。

5.「樊遲問知（智），子曰：『務民之義，敬鬼神而遠之，可謂知矣。』」（《雍也》）此處「務民之義」的意思是：於人民合適的事就努力去做。

6.「德之不修，學之不講，聞義不能從，不善不能改，是吾憂也。」（《述而》）這裡「聞義不能從」的意思是：聽聞義事而不能徙意從之。

7.「飯蔬食，飲水，曲肱而枕之，樂亦在其中矣。不義而富且貴，於我如浮雲。」（《述而》）「不義」指「不合道義」。

8.「夫達也者，質直而好義，察言而觀色，慮以下人。」（《顏淵》）「好義」乃「行則比賢」，也就是行為「向高標準看齊」的意思。

9.「上好禮，則民莫敢不敬；上好義，則民莫敢不服；上好信，則民莫敢不用情。」（《子路》）「好義」指的是「處事合理」。

10.「見利思義，見危授命，久要不忘平生之言，亦可以為成人矣。」（《憲問》）「見利思義」的意思是：見到利益要考慮取得時是否合理。

綜上所述，《論語》中的「忠」，其基本含義是忠誠負責、盡心竭力的意思，引申為對「上」（統治者）的忠誠盡力。後世則將引申義再引申，成為「忠君」「忠於朝廷」的概念。《論語》中的「義」，基本含義是「適宜」「恰當」「合理」的意思，引申為一種道德標準：道義，再引申為「從義」，也就王引之所謂「性發強而又良善」，有點見義勇為的意思了。

後世對儒家「忠義」的理解，大多就是「忠君報國」和「見義勇為」的結合。而這，恰恰是中國傳統「忠義」文化的基本內涵。

二

在《水滸傳》中，「忠義」概念多次出現，但卻有個微妙的發展過程。一開始，作者評價書中人物，用的就是原則的「忠義」——「忠君報國」和「見義勇為」的結合，不過，用在某個英雄人物當時的處境中有所偏重而已。如：「忠義縈心由秉賦，貪嗔轉念是慈悲。林沖合是災星退，卻笑高俅枉作為。」（第八回）此指林沖「忠義」，偏重在「忠」。再如：「清白傳家楊制使，恥將身跡履危機。豈知姦佞殘忠義，頓使功名事已非。」（第十二回）此指楊志，重點亦在「忠」。再如：「古人交誼斷黃金，心若同時誼亦深。水滸請看忠義士，死生能守歲寒心。」（第二十回）此指晁蓋、林沖等梁山早期十一

條好漢，重點在「義」。還有：「四海英雄思慷慨，一腔忠義動衣冠。九原難忘朱仝德，千古高名逼斗寒。」（第二十二回）這是表彰朱仝義釋宋江的，重點在「義」。

當然，《水滸傳》的作者在表達自己「忠義」觀的時候，自有獨特的「語境」，因為他所描寫的是一群江湖好漢，江湖好漢的「忠義」是有異於普通民眾的。在這裡，「忠」是比較空泛的，而「義」則往往落到實處。在一百回的前四十回，那些江湖好漢大多是個體行為，最精彩的片段都是見義勇為。即以梁山整體而言，也是以施德於民的大義相號召。誠如晁蓋所言：「俺梁山泊好漢，自從並王倫之後，便以忠義為主，全施仁德於民，一個個兄弟下山去，不曾折挫銳氣。」（第四十七回）然而，就在「魯提轄拳打鎮關西」、「花和尚大鬧桃花村」、「魯智深火燒瓦罐寺」、「魯智深大鬧野豬林」、「晁天王認義東溪村」、「宋公明私放晁天王」、「朱仝義釋宋江」、「武松醉打蔣門神」、「錦毛虎義釋宋江」、「花榮大鬧清風寨」、「梁山泊好漢劫法場」等激動人心的故事推展過程中，江湖人物之間的「義」已經發生了悄然的轉移。除了見義勇為之外，更多了一些「四海之內皆兄弟」的惺惺相惜。

金聖歎修改後的「金本水滸」有一個情節沒有得到讀者的重視，那一段冗長的敘寫別的版本沒有，特錄如下：

> 各人拈香已罷，一齊跪在堂上。宋江為首誓曰：「維宣和二年四月二十三日，梁山泊義士宋江、盧俊義、吳用、公孫勝、關勝、林沖、秦明、呼延灼、花榮、柴進、李應、朱仝、魯智深、武松、董平、張清、楊志、徐寧、索超、戴宗、劉唐、李逵、史進、穆弘、雷橫、李俊、阮小二、張橫、阮小五、張順、阮小七、楊雄、石秀、解珍、解寶、燕青、朱武、黃信、孫立、宣贊、郝思文、韓滔、彭玘、單廷珪、魏定國、蕭讓、裴宣、歐鵬、鄧飛、燕順、楊林、凌振、蔣敬、呂方、郭盛、安道全、皇甫端、王英、扈三娘、鮑旭、樊瑞、孔明、孔亮、項充、李袞、金大堅、馬麟、童威、童猛、孟康、侯健、陳達、楊春、鄭天壽、陶宗旺、宋清、樂和、龔旺、丁得孫、穆春、曹正、宋萬、杜遷、薛永、施恩、李忠、周通、湯隆、杜興、鄒淵、鄒閏、朱貴、朱富、蔡福、蔡慶、李立、李雲、焦挺、石勇、孫新、顧大嫂、張青、孫二娘、王定六、郁保四、白勝、時遷、段景住，同秉至誠，共立大誓：竊念江等昔分異國，今聚一堂；

準星辰為弟兄，指天地作父母。一百八人，人無同面，面面崢嶸；
一百八人，人合一心，心心皎潔。樂必同樂，憂必同憂，生不同生，
死必同死。既列名於天上，無貽笑於人間。一日之聲氣既孚，終身
之肝膽無二。……」誓畢，眾人同聲發願，但願生生相會，世世相
逢，永無間阻，有如今日。（第七十回）

在這裡，金聖歎鄭重其事地將梁山一百單八將的名字重述一遍，並讓「眾人
同聲發願」，何以如此？因為這是兄弟結義時的重誓！這種場合，每一個人的
名字都必須自己響亮地喊出，別人無法代替！

無獨有偶，一百二十回本《水滸全傳》這裡的描寫也很有特色：

八方共域，異姓一家。天地顯罡煞之精，人境合傑靈之類。千
里面朝夕相見，一寸心死生可同。相貌語言，南北東西雖各別；心
情肝膽，忠誠信義並無差。其人則有帝子神孫，富豪將吏，並三教
九流，乃至獵戶漁人，屠兒劊子，都一般兒哥弟稱呼，不分貴賤；
且又有同胞手足，捉對夫妻，與叔伯郎舅，以及跟隨主僕，爭鬥冤
仇，皆一樣的酒筵歡樂，無問親疏。或精靈，或粗鹵，或村樸，或
風流，何嘗相礙，果然認性同居；或筆舌，或刀槍，或奔馳，或偷
騙，各有偏長，真是隨才器使。（第七十一回）

兩個不同的版本在相同的地方表達的情緒大致相同：昔分異國，今聚一堂，
八方共域，異姓一家。這顯然不是純淨的「儒家思想」，那麼，其中摻雜了先
秦諸子哪一家「精神」呢？

答曰：墨家。進而言之，墨家的「兼愛」。

儒家、墨家都講「愛」，但儒家的「仁愛」是有等差的「愛」，這種等差是
以血緣關係的遠近作為衡量標準的；墨家的「愛」則是「兼愛」，這是一種無
等差的「愛」。然而，儒家的「仁愛」是現實世界的概括，而墨家的「兼愛」
則是理想世界的憧憬。

先看墨家的言論：「昔之聖王禹湯文武，兼愛天下之百姓。」（《墨子》卷
一《法儀第四》）「曰順天之意何若？曰兼愛天下之人。」（《墨子》卷七《天志
下第二十八》）最為集中的還有以下文字：

是故子墨子言曰：「今天下之君子，忠實欲天下之富，而惡其
貧；欲天下之治，而惡其亂，當兼相愛，交相利，此聖王之法，天
下之治道也，不可不務為也。」（《墨子》卷四《兼愛中第十五》）

墨子反覆強調「兼愛」，何以謂之？《漢語大詞典》對「兼愛」有兩條釋義，其一為「同時愛不同的人或事物」。其二為「春秋、戰國之際，墨子提倡的一種倫理學說。他針對儒家『愛有等差』的說法，主張愛無差別等級，不分厚薄親疏。《墨子》中有《兼愛》三篇，闡述其主張。」我們這裡採用的是第二條釋義。

先秦時代，討論「兼愛」的並非墨子一家，儒家、道家都參與其間。如《莊子·天道》：「老聃問：『請問何謂仁義？』孔子曰：『中心物愷，兼愛無私，此仁義之情也。』」成玄英疏：「忠誠之心願物安樂，慈愛平等，兼濟無私。」筆者對此曾經表達過自己的理解：

> 成玄英的理解非常正確，「兼愛」的核心就是「慈愛平等」。而這正是普通百姓最期望的。任何時代的被統治階層，一方面希望統治階層人物對所有的民眾「慈愛平等」，「父母官」愛「子民百姓」就應該真正像父母愛自己的孩子一樣沒有遠近親疏的區別；另一方面，廣大民眾之間也要像兄弟姊妹一樣相親相愛，沒有距離差。正因為如此，就會有《三國志通俗演義》中的「桃園結義」，也就會有《水滸傳》中的「梁山聚義」。（《施耐庵與〈水滸傳〉》）

究其實，「桃園結義」也罷，「梁山聚義」也罷，其精神實質就是一句在中國封建時代許許多多老百姓經常掛在嘴邊的一句話：「四海之內皆兄弟」。這一點，就連獨具隻眼的域外文學家都看到了。美國作家賽珍珠翻譯《水滸傳》，書名並未譯為「水邊的英雄故事」「水泊邊的人物傳記」之類恰如其分的詞句，而是攝取《水滸傳》「三魂六魄」，直接翻譯成「四海之內皆兄弟」（*All Man Are Brothers*）。

綜上所述，《水滸傳》中的「忠義」，實乃儒墨兼容的產物。

三

一部小說作品的精神內涵，往往在其主要藝術形象身上得到充分體現，《水滸傳》中的宋江就是這麼一個人物。

宋江一生主張「忠義」，他的「忠義」是儒墨兼容的傳統文化在其心靈中折射而後外化的結果。要真正瞭解宋江，《水滸傳》中「一表一里」兩段話值得注目：

> 那押司姓宋名江，表字公明，排行第三，祖居鄆城縣宋家村人

氏。為他面黑身矮，人都喚他做黑宋江；又且於家大孝，為人仗義疏財，人皆稱他做孝義黑三郎。……他刀筆精通，吏道純熟，更兼愛習槍奉，學得武藝多般。平生只好結識江湖上好漢：但有人來投奔他的，若高若低，無有不納，便留在莊上館穀，終日追陪，並無厭倦；若要起身，盡力資助。端的是揮霍，視金似土。人問他求錢物，亦不推託。且好做方便，每每排難解紛，只是睭全人性命。如常散施棺材藥餌，濟人貧苦，睭人之急，扶人之困。以此山東、河北聞名，都稱他做及時雨。卻把他比的做天上下的及時雨一般，能救萬物。曾有一首《臨江仙》贊宋江好處：起自花村刀筆吏，英靈上應天星。疏財仗義更多能。事親行孝敬，待士有聲名。濟弱扶傾心慷慨，高名冰月雙清。及時甘雨四方稱。山東呼保義，豪傑宋公明。（第十八回）

宋江……獨自一個，一杯兩盞，倚闌暢飲，不覺沉醉。猛然驀上心來，思想道：「我生在山東，長在鄆城，學吏出身，結識了多少江湖上人，雖留得一個虛名，目今三旬之上，名又不成，功又不就，倒被文了雙頰，配來在這裡。我家鄉中老父和兄弟，如何得相見！」不覺酒湧上來，潸然淚下，臨風觸目，感恨傷懷。忽然做了一首《西江月》詞調，便喚酒保，索借筆硯。起身觀玩，見白粉壁上，多有先人題詠。宋江尋思道：「何不就書於此？倘若他日身榮，再來經過，重睹一番，以記歲月，想今日之苦。」乘其酒興，磨得墨濃，蘸得筆飽，去那白粉壁上，揮毫便寫道：「自幼曾攻經史，長成亦有權謀。恰如猛虎臥荒丘，潛伏爪牙忍受。不幸刺文雙頰，那堪配在江州。他年若得報冤仇，血染潯陽江口。」（第三十九回）

這兩段，寫的都是上梁山以前的宋江。用今天的話講，前一段是宋江的行為軌跡，後一段是宋江的心靈世界。前一段以「墨」宋江為主，後一段以「儒」宋江為主，將兩者結合在一起，就是一個儒墨兼容的宋江，是一個「儒體墨用」的宋江。

在《水滸傳》中，宋江的儒家思想主要表現為「忠」，而他的墨家思想主要表現為「義」。宋江一開始決心要做一個忠義雙全之人，說明他內心深處儒墨兼容的底蘊。

然而，《水滸傳》中的宋江有三大特點：第一，在梁山一百八人中，他思

想最複雜；第二，梁山一百八人中，他的行為最富於變化；第三，梁山一百八人，他最能代表這部小說寫定者的思想。

宋江思想行為的變化軌跡可分為三個階段。上梁山以前，他是儒墨兼容、追求忠義雙全的。上梁山後，他是以儒控墨、以忠馭義的。下梁山後他是棄墨尊儒、捨義全忠的。

第一階段的事例很多，核心事件就是宋江私放晁天王以後的連鎖反應，江湖、社會的連鎖反應和他本人內心的連鎖反應，其間充滿了矛盾。

第二階段，可以通過宋江的言行得到證明。

第一第二兩個階段的分水嶺是晁蓋死後，宋江代理寨主時的大動作：「聚義廳今改為忠義堂。」（第六十回）此後，宋江宣傳梁山的「口頭禪」和招降納叛的「見面禮」就都是「忠義」二字：

「宋江道：『賢弟，我等忠義自守，以強欺弱，非所願也。縱使陣上捉他，此人不伏，亦乃惹人恥笑。吾看關勝英勇之將，世本忠臣，乃祖為神。若得到人上山，宋江情願讓位。』」（第六十四回）

「是夜月色微明，星光滿天。行不到十里，望見一簇車子，旗上明寫『水滸寨忠義糧』。」（第七十回）

「側首一邊是『替天行道』四字，一邊是『忠義雙全』四字。」（第七十一回）

「宋江為首誓曰：『宋江鄙猥小吏，無學無能，荷天地之蓋載，感日月之照臨，聚弟兄於梁山，結英雄於水泊。共一百八人，上符天數，下合人心。自今已後，若是各人存心不仁，削絕大義，萬望天地行誅，神人共戮，萬世不得人身，億載永沉末劫。但願共存忠義於心，同著功勳於國，替天行道，保境安民。神天鑒察，報應昭彰。』」（第七十一回）

同樣的道理，宋江的人格魅力得到梁山部分好漢「追捧」的也正是「忠義」二字：

「關勝道：『人稱忠義宋公明，話不虛傳。……願在帳下為一小卒。』」（第六十四回）

「張順道：『宋頭領專以忠義為主，不害良民，只怪濫官污吏。』」（第六十五回）

當然，宋江宣傳「忠義」也有碰釘子的時候。有一段描寫，金本較之百回本寫得更見盧俊義個性：

酒至數巡，宋江起身把盞陪話道：「夜來甚是衝撞，幸望寬恕。
雖然山寨窄小，不堪歇馬，員外可看忠義二字之面。宋江情願讓位，
休得推卻。」盧俊義道：「咄！頭領差矣！盧某一身無罪，薄有家私。
生為大宋人，死為大宋鬼。若不提起忠義兩字，今日還胡亂飲此一
杯；若是說起忠義來時，盧某頭頸熱血可以便濺此處！」（第六十一
回）

二人這段對話，從邏輯上講，宋江是自相矛盾的，而盧俊義則是順理成章。
因為宋江自己都知道，作為盜魁，談「義」說「墨」是可以的，而表「忠」稱
「儒」就是自欺欺人。盧俊義的話一針見血，指出了梁山「忠義雙全」自身的
矛盾和不可行性。

第三階段，宋江的棄墨尊儒、捨義全忠的思想行為得到朝廷的肯定和社
會的褒揚。請看事例：

「話說陳宗善領了詔書，回到府中，收拾起身。多有人來作賀：『太尉此
行，一為國家幹事，二為百姓分憂，軍民除害。梁山泊以忠義為主，只待朝廷
招安。太尉可著些甜言美語，加意撫恤。』」（第七十五回）

「張叔夜道：『這一般人，非在禮物輕重，要圖忠義報國，揚名後代。』」
（第八十二回）

「宿太尉大喜，便道：『……下官知汝弟兄之心，素懷忠義。只被姦臣閉
塞，讒佞專權，使汝眾人下情不能上達。』」（第八十二回）

「制曰：……切念宋江，盧俊義等，素懷忠義，不施暴虐。歸順之心已
久，報效之志凜然。」（第八十二回）

百回本如此，一百二十回本亦乃如此：

「許貫忠辭謝道：『將軍慷慨忠義，許某久欲相侍左右，因老母年過七
旬，不敢遠離。』」（第九十回）

宿太尉聽了大喜道：「將軍等如此忠義，肯替國家出力，宿某當一力保奏。」
（第九十一回）

「那秀士笑道：「……知將軍等心存忠義，我還有緊要說話與將軍說。目
今宋先鋒征討田虎，我有十字要訣，可擒田虎。將軍需牢牢記著，傳與宋先
鋒知道。」（第九十三回）

「陳安撫雖是素知宋江等忠義，卻無由與宋江覿面相會。」（第九十八
回）

　　至於梁山好漢中的某些英雄人物，對宋江的「忠義」也是篤信不移的。例如：

　　「解珍、解寶便答道：『俺哥哥以忠義為主，誓不擾害善良，單殺濫官酷吏，倚強凌弱之人。』」（第八十六回）

　　「近聞關某鎮守衛州，新歲元旦，唐斌單騎潛至衛州，訴說向來衷曲。他久慕兄長忠義，欲歸順天朝，投降兄長麾下，建功贖罪。」（第九十四回）

　　不僅上自天子，下到庶民的人群都知道宋江等人的「忠義」，就連佛道兩教中人物和天上地下的神祇都知道宋江是忠義之士，甚至傾力助之。請看他們的表現：

　　「羅真人再與宋江道：『……將軍忠義之士，必舉忠義之行。』」（第八十五回）

　　「智真長老道：『……久聞將軍替天行道，忠義於心，深知眾將義氣為重。吾弟子智深跟著將軍，豈有差錯。』」（第九十回）

　　「玄女娘娘與宋江曰：『吾傳天書與汝，不覺又早數年矣。汝能忠義堅守，未嘗少怠。』」（第八十八回）

　　「吳用以手加額道：『位尊戊巳，土神也。兄長忠義，感動后土之神，土能克水。』」（第九十五回）

　　宋江生命歷程中第三階段的「忠義」，儘管已經棄墨尊儒、捨義全忠，出現不平衡的內在含蘊，但至少在表面上能夠為社會各基層人士所接受。然而，當我們對這種「忠義」進一步追究的時候就會發現，它其實是「悲劇性」的。

四

　　《水滸傳》中，宋江與吳用既是鄆城同鄉，又且心心相印，兩人珠聯璧合：一個憑藉人格魅力，一個發揮軍事才能，將梁山事業引向輝煌。然而，在宋江等人接受招安並奉詔破遼的時候，及時雨和智多星卻發生了一次政治觀念上的分歧：

> 宋江卻請軍師吳用商議道：「適來遼國侍郎這一席話如何？」吳
> 用聽了，長歎一聲，低首不語，肚裏沉吟。宋江便問道：「軍師何故
> 歎氣？」吳用答道：「我尋思起來，只是兄長以忠義為主，小弟不敢
> 多言。我想歐陽侍郎所說這一席話，端的是有理。目今宋朝天子，

至聖至明，果被蔡京、童貫、高俅、楊戩四個姦臣專權，主上聽信。設使日後縱有功成，必無升賞。我等三番招安，兄長為尊，只得先鋒虛職。若論我小子愚意，從其大遼，豈不勝如梁山水寨。只是負了兄長忠義之心。」宋江聽罷，便道：「軍師差矣。若從遼國，此事切不可題。縱使宋朝負我，我忠心不負宋朝。久後縱無功賞，也得青史上留名。若背正順逆，天不容恕。吾輩當盡忠報國，死而後已！」

（第八十五回）

以忠君報國的民族大節而論，宋江的話自然冠冕堂皇，但他用一百八人的生命去拼搏的卻只能是一個悲劇的結局。而這種悲劇性的預言，在同一回書中，又由羅真人向宋江重複了一遍：「將軍一點忠義之心，與天地均同，神明必相護祐。他日生當封侯，死當廟食，決無疑慮。只是將軍一生命薄，不得全美。」

（第八十五回）

最終，宋江等人的結局果如歐陽侍郎和羅真人所言，一百八人差不多被朝廷的「硬刀子」「軟刀子」斬殺乾淨。最為可悲的是，宋江一方面是受害者，另一方面卻還有「幫兇」之嫌，因為他全「忠」而捨「義」，尊「儒」而黜「墨」，這些，在第一百回有令人痛心的描寫。

宋江已知中了奸計，必是賊臣們下了藥酒。乃歎曰：「我自幼學儒，長而通吏。不幸失身於罪人，並不曾行半點異心之事。今日天子信聽讒佞，賜我藥酒，得罪何辜！我死不爭，只有李逵見在潤州都統制，他若聞知朝廷行此奸弊，必然再去哨聚山林，把我等一世清名忠義之事壞了。只除是如此行方可。」

宋江道：「兄弟，你休怪我！前日朝廷差天使賜藥酒與我服了，死在旦夕。我為人一世，只主張忠義二字，不肯半點欺心。今日朝廷賜死無辜，寧可朝廷負我，我忠心不負朝廷。我死之後，恐怕你造反，壞了我梁山泊替天行道忠義之名，因此請將你來，相見一面。昨日酒中已與了你慢藥服了，回至潤州必死。」

毒死李逵之後，宋江魂魄又帶著李逵魂魄拉最要好的私交吳用、花榮前來殉葬，且看吳用那一個悲劇的忠義之夢：

至夜，夢見宋江、李逵二人，扯住衣服說道：「軍師，我等以忠義為主，替天行道，於心不曾負了天子。今朝廷賜飲藥酒，我死無辜。身亡之後，現已葬於楚州南門外蓼兒深處。軍師若想舊日之交

情，可到墳塋，親來看視一遭。」

與此同時，花榮也得了一個與吳用相同的夢，二人「殊途同歸」於宋江墳前，「雙雙懸於樹上，自縊而死」。

宋江等人秉持「忠義」，何以會落得個悲劇結局？因為他們遭遇到封建社會的兩條「鐵律」。

中國有句俗話，叫做「十惡不赦」。「十惡」何所指？唐代明文規定：「十惡之條：一曰謀反，二曰謀大逆，三曰謀叛，四曰謀惡逆，五曰不道，六曰大不敬，七曰不孝，八曰不睦，九曰不義，十曰內亂。」（《舊唐書·刑法志》）宋江等人觸犯的是第一條「謀反」，朝廷焉能放過他們？招安只是暫時的，最終還得「罪在不赦」，只不過「溫柔一刀」而已。

中國還有句俗話：「狡兔死，良狗亨；高鳥盡，良弓藏；敵國破，謀臣亡。」（《史記·淮陰侯列傳》）按照《水滸全傳》的描寫，宋江等人幫助朝廷將大遼、田虎、王慶、方臘全部打敗甚至消滅了，他們自身還有存在的價值嗎？

因此，《水滸傳》中宋江等人秉持的「忠義」，底色必然是悲劇的「冷色調」。該書「寫定者」生恐讀者不明此意，特在全書最後借史官唐律二首哀挽之。

　　詩曰：

　　莫把行藏怨老天，韓彭當日亦堪憐。一心微臈摧鋒日，百戰擒遼破敵年。煞曜罡星今已矣，讒臣賊相尚依然。早知鳩毒埋黃壤，學取鴟夷泛釣船。

　　生當廟食死封侯，男子生平志已酬。鐵馬夜嘶山月暗，玄猿秋嘯暮雲稠。不須出處求真蹟，卻喜忠良作話頭。千古蓼窪埋玉地，落花啼鳥總關愁。

這兩首七言律詩，是《水滸傳》的終場曲，也是《水滸傳》潛在的主旋律，當然，更是那位或施耐庵或羅貫中或別的什麼人的「寫定者」對宋江等人「忠義」的悲愴解讀。讀不懂這兩首七律，要想真正讀懂《水滸傳》是很困難的。弄得不好，「刻舟求劍」「南轅北轍」「鄭人買履」「葉公好龍」，就會是某些讀者的結果。

（原載《菏澤學院學報》2020 年第一期）

《水滸傳》的英雄主義精神
及其內質結構

　　一部《水滸傳》，洋洋百回，既描寫了梁山泊好漢聚集過程中的反抗鬥爭，也描寫了宋公明全夥接受招安後的征遼剿「寇」；既描寫了市井中強者與弱者紛繁複雜的生活，也描寫了朝堂上忠臣與姦臣針鋒相對的鬥爭。但這些都是《水滸傳》思想內容的某些方面，根據其中任何一方面去概括《水滸》的主題，勢必與其他方面發生矛盾，從而導致不合實際的結論。其實，將各方面內容黏合、調節為一個有機整體的自有一種內在的精神，它既是《水滸傳》思想結構的深刻內涵，又是《水滸傳》藝術能量的強烈輻射，這種精神，便是英雄主義。

　　說到「英雄」，人們總習慣於給它加上若干限定：是農民英雄，還是市民英雄？是造反英雄，還是剿「寇」英雄？或者是愛國英雄、民族英雄云云。似乎不如此，「英雄」的靈魂便得不到歸宿。殊不知這麼一來，中國歷史上諸如項羽、辛棄疾、張義潮、朱元璋這些毅魄英魂便只好上窮碧落下黃泉，千載百年無著處了。更何況《水滸傳》乃是小說，而且不是一位作家所寫的小說；其中的英雄乃是藝術形象，而且是千百萬讀者與作者們共同完成的藝術形象；他們的情況遠比那些歷史人物要複雜得多，我們何苦硬要給他們披上那並不合體的「英雄氅」？《水滸傳》的作者們的歷史觀自然是英雄主義的，他們並不懂得歷史原來是奴隸創造的，他們也不明白正是芸芸眾生推動著歷史車輪的前進，他們甚至不清楚什麼樣的英雄該歌頌，歌頌了便可得到「追加美學」的認同；什麼樣的英雄不該歌頌，歌頌了便會招致兒孫後代的指責。他們只

知道，凡是英雄，一概予以歌頌。而廣大讀者從《水滸傳》中所得到的，也正是一種整體的、渾然的英雄主義精神的感染。因此，《水滸傳》實際上便成為一部就英雄題材、寫英雄身影、傳英雄心曲，從而形象地表達作者們英雄史觀的江湖豪俠傳、人間英雄譜，成為一首驚天動地、拔山撼石的陽剛之氣的讚美詩。《水滸傳》中的梁山英雄，是一個由眾多的各具獨立性的英雄個體通過多種方式組合在一起的而又具有共同特徵的英雄整體。因此，「梁山英雄」這個概念，既可指這個具有同一性的整體，又可指其中任何一個具有獨立性的個體。就其整體而言，梁山英雄至少具有以下三點特徵：其一，與邪惡者相比，梁山英雄大都具有正義肝腸，路見不平，拔刀相助；其二，與懦弱者相比，梁山英雄大都具有硬漢作風，敢作敢為，無所畏懼；其三，與虛偽者相比，梁山英雄大都具有坦蕩襟懷，光明磊落，一諾千金。這是《水滸傳》的作者們塑造梁山英雄的三條標準，也是《水滸》讀者喜愛梁山英雄的三大要素，同時，又是梁山好漢之間相互信賴、相互尊重而從五湖四海走到一起來了的三根精神紐帶。質言之，《水滸傳》英雄主義的精神也正由這三個方面有機合成。梁山一百八人的性格千差萬別，但對於以上三點，都不同程度地具備，而且，越是完美地具備這三點者，便越能得到作者、讀者以及書中其他英雄的喜愛與崇敬。

人們常說，維繫梁山泊英雄大聚義的一條思想線索乃是「官逼民反」。其實不盡然。大體而言，一百八人之所以聚集梁山，主要有以下幾個方面的原因：其一，由於路見不平、拔刀相助而犯事入夥；其二，由於個人復仇而犯事入夥；其三，由於「犯上作亂」觸犯王法而入夥；其四，由於環境所迫、無容身之地而入夥；其五，由於江湖義氣的感召或慕山寨領袖之名而入夥；其六，由於征剿山寨失利而歸順入夥；其七，由於山寨愛惜其聲名或藉重其武藝、技能而被拉入夥；其八，由於英雄失路之悲、壯志難酬而入夥；其九，由於小山寨力量不支、投奔梁山大寨而入夥；其十，由於其他偶然因素或連帶關係而入夥。以上十條，有的英雄只占一條，有的英雄則是幾種因素都有，怎麼能不加分析、籠而統之地說成是「官逼民反」、「逼上梁山」呢？眾虎同心歸水泊，所「同」之「心」，仍然是前面提到的三點：正義、剛硬、坦誠。這種心性的同一，便是所謂「英雄氣」；不需加任何修飾和限定的英雄氣。梁山一百八人並不代表農民階級的利益，也不代表市民階層的願望；他們並沒有奪取政權的要求，也沒有人性解放的渴望；他們未曾提出「等貴賤、均貧富」的

政治口號，也並不代表生產關係發生變更的歷史方向。他們雖也曾歃血為盟，但誓詞的核心卻是：「但願共存忠義於心，同著功勳於國，替天行道，保境安民。」（第七十一回）這難道是農民革命的宣言？難道是市民階層的理想？全然不是：這段誓言更精練的概括便是那已然書寫在水泊梁山杏黃旗上的四個大字——「替天行道」。

何謂「替天行道」？天，當指冥冥中的主宰；道，當指那主宰人世的旨意。天道公則天下治，天道不公則天下亂。但「天意從來高難問」，欲知天道，只好去問「天子」。其實，所謂天道原來就是天子之道。道之正者，謂之聖君；道之不正，謂之昏君。但即便是無道昏君，「君」的一面是不能反的；所反者，只能是君王的不正之「道」。既然天道不公、王道不正，那麼，就替天而行公道、替天子而行正道。但在《水滸傳》的世界裏，「只今滿朝文武，俱是姦邪，蒙蔽聖聰」，天子也「被姦臣閉塞，暫時昏昧」，（七十一回）靠誰去「替天行道」？聖人有言：「禮失而求諸野。」既然廟堂中多衣冠禽獸，那便只好到綠林中去尋救世菩提了；既然人世間多強橫、多殘暴、多邪惡，善道無以治，便只好讓那龍虎山伏魔殿中一百單八個魔君凝成的一股黑氣散作百十道金光去以強制強、以暴抗暴、以惡對惡了。這便是《水滸傳》的作者們賦予梁山英雄的歷史使命，也正是《水遊傳》英雄主義精神的凝聚點、落腳點。

梁山一百八人均非善良之輩，但又全都是救世菩提。對不善者施之以善，其實是大惡；對邪惡者報之以惡，其實是大善；對不講理的人不講道理，乃是慘酷塵寰中的至理；這就是《水滸傳》的邏輯。當魯達抓起兩包肉臊子向著鄭屠劈面打去時，何嘗講過道理？當「七星」將十一擔金珠寶貝裝在車內叫聲「聒噪」揚長而去時，何嘗講過道理？當武松將西門慶踢下獅子樓只一刀割下頭來的時候，何嘗講過道理？當李逵將殷天錫打得嗚呼哀哉的時候，何嘗講過道理？但各位英雄心中自有道理在，而讀者每讀到此等地方也會在心底高呼：幹得有理！反之，林沖之於高俅、柴進之於高廉、宋江之於劉高、二解之於毛太公，都講了各種各樣的道理，但結果是全無道理，或下牢房、或遭拷打、或刺配遠惡軍州。這就怪不得梁山好漢動不動便「怒從心上起，惡向膽邊生」；動不動便「鋼刀響處人頭滾，寶劍揮時熱血流」；開口便說：「且教他吃洒家三百禪杖了去」；揚聲便喊：「我只是前打後商量！」這是何等之惡，何等不講道理。但這個「惡」是被那黑暗社會中更多更大的「惡」逼出來的。眼見著現實中太多的「沒道理」，「便是活佛也忍不得！」（五十二

回李逵語）更何況這是一批充滿英雄之氣的熱血男兒，他們哪裏忍得住？在梁山英雄的血液中，有一股人類原始的復仇衝動，但更多的則是經過歷史積澱的變不合理為合理的民眾渴求。尤其是當進入封建社會以後的若干道德、制度、準則已無法調整和遏制社會中邪惡對於善良的壓抑、豪強對於貧弱的欺凌的時候，那生活在水深火熱之中的善者、弱者自然會萌發一種以惡制惡、以強制強、以暴制暴的企求。《水滸傳》的作者們正是對這一點深有感受，才把希望寄託在那些既具正義、剛硬、坦誠之心性卻又強暴十足的「惡煞」們身上。

　　人性本是十分複雜的，即使是再善良的人，也難免有惡念產生；即便是再忠厚的人，也有發火的時候；即便是再軟弱的人，也免不了爭強的心理；為了最基本的生存條件，無論是誰，都會作出竭盡全力的抗爭，除非他不是一個完整意義上的人。有時候，這種抗爭會付諸行動，形成一種社會行為，那就是各種起義、造反、民變、風潮，乃至行刺、仇殺。但有的時候，這種抗爭只是一種停留在思想或輿論層次的社會心理。但即便是一種社會心理，也必然會通過多種途徑表現出來。而通俗文學，正是表現民眾心理的一種最好的方式。《水滸傳》就是一部表達民眾要求以惡抗惡心理的典型作品，梁山好漢的「英雄氣」便是這種民眾心理的凝聚和宣洩。什麼叫做「禪杖打開危險路，戒刀殺盡不平人」？（第三回）什麼叫做「不義之財，取而何礙」？（十四回）什麼叫做「惡人自有惡人魔，報了冤仇是若何」？（三十回）什麼叫做「仗義疏財歸水泊，報仇雪恨下梁山」？（七十一回）說到底，就是這種以惡抗惡心理的表現。梁山英雄是救世菩提，他們對善者、弱者自可菩薩低眉；但他們同時必須又是天罡地煞，對惡者、強者必定要金剛怒目。只有這些打盡不平方太平的惡煞金剛，才有資格做救世菩提；而廣大民眾也唯有借助於這些具正義、剛強、坦誠為一體的英雄好漢，才能使自己於痛苦不堪之中吐一口惡氣。哪怕是借助於小說這麼一個藝術化的理想世界吐一口惡氣，也比在現實生活中永久地呻吟要舒暢得多、愜意得多。這便是廣大民眾為什麼喜愛《水滸傳》、喜愛梁山英雄的答案。

　　綜上所述，以正義、公道為基礎的強、暴、惡，去對抗非正義、非人道的強、暴、惡，正是《水滸傳》英雄主義精神的內質核心之所在，也正是水泊梁山「替天行道」的基本含義之所在。

　　然而，水泊梁山的「替天行道」絕不像以上所言那麼單純，《水滸傳》的

英雄主義精神也絕非僅有那「以惡抗惡」的內質核心。誠然,《水滸傳》是描寫了現實中的悲慘世界,是充滿了理想主義的光芒色彩,是具有積極向上的昂揚格調,在這些地方,充分體現了作者們對現實的清醒認識,寄託著作者們的審美理想,也搖漾著讀者們的審美認同。但是,《水滸傳》畢竟是產生於封建社會並以封建社會的黑暗現實為描寫對象的小說,它是從封建社會的五臟六腑中孕育出來的,因此,它也就不可避免地要留下封建社會的時代烙印。這時代烙印的外化,便是《水滸傳》那濃鬱的悲劇意味。

《水滸傳》無疑是悲劇之作,而且是多層次的悲劇之作。由於黑暗勢力過於強大,水泊梁山英雄主義的光芒只能是漫漫長夜的流星一閃。梁山英雄那以惡抗惡的行為,只救得弱者、善者的一時之急,卻不能從根本上改變其命運;而且,就連英雄們自己也大都落得個壯志難酬、前途未卜的悲劇結局。當花和尚坐化之日、黑旋風飲鴆之時,不能不令人倍覺淒然;面對風癱不痊之林教頭、折臂傷殘之武行者,不能不令人更添惆悵。在《水滸傳》終結時,梁山一百八人並沒有在真正意義上實現那標誌在杏黃旗上的「替天行道」的誓言,而只是局部地、暫時地、有條件地去如此這般地幹了一陣而已。這便是悲劇的時代造成的英雄悲劇,這也是《水滸傳》的作者們已然意識到並通過凝重之筆傳達給讀者的英雄悲劇。然而,這只是淺層的悲劇,更深層的悲劇則不僅僅在於梁山英雄所面對的悲劇時代,更在於這些英雄所共有的悲劇心理。梁山一百八人,沒有一個衝出了封建倫理道德陰影的覆蓋,沒有一個不承受著封建倫理道德因襲的重負。而且,較之一般人,這陰影的覆蓋更濃、這因襲的負擔更重。他們猶如飲了鴆毒的酒神,藥性借著酒力,所受到的毒害更大。宋江至死念念不忘「忠心不負朝廷」,是極愚昧的忠君之心;吳用、花榮雙雙自縊於宋江墓前,是極狹隘的個人恩義;楊雄殺妻手段極其殘忍,則分明是維護大男子尊嚴和利益的婦女貞節觀、女人禍水論在作怪;此外,如楊志之奴性意識、燕青之忠僕觀念以及梁山泊中絕大部分頭領所共有的權居山寨、等待招安、去邪歸正、報效朝廷的思想;所有這些,都屬於磨滅人性的封建主義的意識形態。梁山一百八人,沒有一個在漫漫人生的旅途中真正找到自我,也沒有一個體現出衝破傳統、啟示未來的思想意識,他們的政治觀、道德觀、人生觀全都屬於過去、歸於傳統,他們在掃蕩人世間魑魅魍魎的時候所用的仍然是鏽跡斑斑的陳舊武器,他們那原本有價值的生命終歸迷失在封建倫理道德的茫茫大海之中。正好比美玉的被腐蝕比美玉的被擊

碎更令人傷心令人惋惜一樣，梁山英雄內在的心理悲劇比外在的時代悲劇更具悲劇性。對這深一層的悲劇，《水滸傳》的作者們似不曾意識到，反而作為「替天行道」的另一面大加宣揚，替封建社會的「天」行封建思想之「道」；而封建時代的《水滸》讀者們似也不曾領悟到，反而為之深受感動，不知不覺地接受著這一份封建主義的洗禮。這就不僅僅是《水滸》中英雄人物的悲劇了，而是包括作者與讀者在內的長期受到封建道德侵蝕禁錮的民族心理的大悲劇。

一部《水滸傳》，洋洋百回，既描寫了梁山英雄的以惡抗惡，又描寫了梁山英雄的改惡從善。相對那「以惡抗惡」的英雄主義精神的內質核心而言，這種「改惡從善」的倫理道德規範正是占統治地位的統治階級思想對被統治的人民大眾的意識形態的強暴和姦污，是封建時代那不合法但合情合理的人性之「惡」向著合法但不合情理的道德之「善」的妥協和讓步。然而，這只是問題的一方面。另一方面，《水滸傳》又以其強烈的現實主義精神向人們昭示了一個它的作者們尚處於朦朧認識階段的真理：以惡抗惡終可成為大善，改惡從善竟將釀成大惡。從這個意義上講，《水滸傳》以惡抗惡的主旋律正是一首梁山英雄的頌歌，而改惡從善的變奏調則是一首梁山英雄的悲歌；而當這頌歌與悲歌交織在一起時，便鳴奏出了一曲渾厚嘹亮而又淒婉蒼涼的梁山英雄主義精神的悲壯的交響樂章。它既可將人從噩夢中喚醒，又可使人在麻醉中沉淪。不過，前者的功能大於後者。

（原載《明清小說研究》1993 年第二期）

宋江「三十六人」的多種「版本」

　　現在的讀者閱讀小說名著《水滸傳》，都知道宋江手下的梁山軍頭領有一百零八人。其實，一百零八人的說法只是在宋元之際、嚴格而言是在元人雜劇中才開始出現的。更早的時候，宋江手下的骨幹成員只有三十六人之說。

　　進而言之，這三十六人之說還有多種版本。

　　三十六人之說早在宋江當時就有人言及。宋・王偁《東都事略・侯蒙傳》云：「宋江寇京東，蒙上書陳制賊計曰：『宋江以三十六人橫行河朔、京東，官軍數萬無敢抗者，其材必過人。』」

　　而宋江接受招安時，也是三十六人。這有宋人李若水詩句為證：「去年宋江起山東，白晝橫戈犯城郭。殺人紛紛剪草如，九重聞之慘不樂。大書黃紙飛敕來，三十六人同拜爵。」（《忠愍集》卷二《捕盜偶成》）

　　但是，這些材料中只是說到宋江手下有三十六人，而沒有標明這三十六人的姓名、綽號等信息。目前所知最早涉及宋江三十六人具體名單的是兩則材料：一是宋末周密《癸辛雜識》續集卷上所載畫家龔開的《宋江三十六贊》並序，二是元代刊刻的講史話本《宣和遺事》中關於宋江及其手下的一大段故事。

　　《宋江三十六贊》中的三十六人的姓名綽號是：呼保義宋江、智多星吳學究、玉麒麟盧俊義、大刀關勝、活閻羅阮小七、尺八腿劉唐、沒羽箭張清、浪子燕青、病尉遲孫立、浪裏白跳張順、船火兒張橫、短命二郎阮小二、花和尚魯智深、行者武松、鐵鞭呼延綽、混江龍李俊、九文龍史進、小李廣花榮、霹靂火秦明、黑旋風李逵、小旋風柴進、插翅虎雷橫、神行太保戴宗、先鋒索超、立地太歲阮小五、青面獸楊志、賽關索楊雄、一直撞董平、兩頭蛇解珍、

－31－

美髯公朱仝、沒遮攔穆橫、拼命三郎石秀、雙尾蠍解寶、鐵天王晁蓋、金槍班徐寧、撲天雕李應。

《宣和遺事》在九天玄女的天書中也排列了三十六人姓名綽號：智多星吳加亮、玉麒麟李進義、青面獸楊志、混江龍李海、九紋龍史進、入雲龍公孫勝、浪裏白條張順、霹靂火秦明、活閻羅阮小七、立地太歲阮小五（該書故事中作阮通）、短命二郎阮進、大刀關必勝（該書故事中作關勝）、豹子頭林沖、黑旋風李逵、小旋風柴進、金槍手徐寧、撲天雕李應、赤髮鬼劉唐、一直撞董平、插翅虎雷橫、美髯公朱同、神行太保戴宗、賽關索王雄、病尉遲孫立、小李廣花榮、沒羽箭張青、沒遮攔穆橫、浪子燕青、花和尚魯智深、行者武松、鐵鞭呼延綽、急先鋒索超、拼命三郎石秀、火船工張岑、摸著雲杜千、鐵天王晁蓋。

將這兩個名單作一比較，就可發現有三十三人是相同的，所不同者只有三人。《宋江三十六贊》中有宋江、解珍、解寶，《宣和遺事》中則有公孫勝、林沖、杜千。不過，有一點必須說明，在《宣和遺事》天書名單中雖有晁蓋，但在宋江上梁山時，「晁蓋已死」。因此，後來宋江題詩於旗上所謂「來時三十六，去後十八雙」，應該是將他自己頂替了晁蓋的。另外，還有幾人的姓名綽號二處略有不同。如盧俊義與李進義，關勝與關必勝，尺八腿與赤髮鬼，張清與張青，船火兒張橫與火船工張岑，阮小二與阮進，李俊與李海，先鋒與急先鋒，楊雄與王雄等等。

百回本《水滸傳》有兩處涉及宋江三十六人整體名單，一次是第七十一回「梁山泊英雄排座次」，另一處是第七十八回開首的「賦曰」，而這兩處對三十六人的介紹在大體相同的前提下，總有些矛盾之處，令人產生疑竇。

《水滸傳》第七十一回石碣前面書梁山泊天罡星三十六員：

天魁星呼保義宋江，天罡星玉麒麟盧俊義，天機星智多星吳用，天閒星入雲龍公孫勝，天勇星大刀關勝，天雄星豹子頭林沖，天猛星霹靂火秦明，天威星雙鞭呼延灼，天英星小李廣花榮，天貴星小旋風柴進，天富星撲天雕李應，天滿星美髯公朱仝，天孤星花和尚魯智深，天傷星行者武松，天立星雙槍將董平，天捷星沒羽箭張清，天暗星青面獸楊志，天祐星金槍手徐寧，天空星急先鋒索超，天速星神行太保戴宗，天異星赤髮鬼劉唐，天殺星黑旋風李逵，天微星九紋龍史進，天究星沒遮攔穆弘，天退星插翅虎雷橫，天壽星混江龍李俊，天劍星立地太歲阮小二，天竟星船火兒張橫，天罪星短命二

郎阮小五，天損星浪裏白跳張順，天敗星活閻羅阮小七，天牢星病關索楊雄，天慧星拼命三郎石秀，天暴星兩頭蛇解珍，天哭星雙尾蠍解寶，天巧星浪子燕青。

而同樣是這本《水滸傳》的第七十八回，卻是這樣記載的：

賦曰：寨名水滸，泊號梁山。周回港汊數千條。四方周圍八百里。東連海島，西接咸陽，南通大冶金鄉，北跨青齊兗郡。有七十二段港汊，藏千百隻戰艦艨艟。建三十六座雁臺，屯百十萬軍糧馬草。聲聞宇宙，五千驍騎戰爭夫。名達天庭。三十六員英勇將。躍洪波，迎雪浪，混江龍與九紋龍；踏翠嶺，步青山，玉麒麟共青面獸。逢山開路，索超原是急先鋒；遇水疊橋，劉唐號為赤髮鬼。小李廣開弓有準，病關索槍法無雙。黑旋風善會偷營，船火兒偏能劫寨。花和尚豈解參禪，武行者何曾受戒！焚燒屋宇，多應短命二郎；殺戮生靈，除是立地太歲。心雄難比兩頭蛇，毒害怎如雙尾蠍？阮小七號活閻羅，秦明性如霹靂火。假使官軍萬隊，穆弘出陣沒遮攔；縱饒鐵騎千層，萬馬怎當董一撞。朱仝面如重棗，時人號作雲長；林沖燕頷虎鬚，滿寨稱為翼德。李應俊似撲天雕，雷橫猛如插翅虎。燕青能減灶屯兵，徐寧會平川佈陣。呼風嗅雨，公孫勝似入雲龍；搶鼓奪旗，石秀眾中偏拼命。張順赴得三十里水面，馳名浪裏白跳；戴宗走得五百里程途，顯號神行太保。關勝刀長九尺，輪來手上焰光生；呼延灼鞭重十斤，使動耳邊風雨響。沒羽箭當頭怎躲，小旋風弓馬熟閑。設計施謀，眾伏智多吳學究；運籌帷幄，替天行道宋公明。大鬧山東，縱橫河北。步鬥兩贏童貫，水戰三敗高俅。非圖壞國貪財，豈敢欺天罔地。施恩報國，幽州城下殺遼兵；仗義興師，清溪洞裏擒方臘。千年事蹟載皇朝，萬古清名標史記。後有詩為證：去時三十六，回來十八雙。縱橫千萬里，談笑卻還鄉。

比較兩次記載，發現三十六人從整體上是可以一一對應的，但在綽號、肖像乃至為人行事方面卻有些出入。七十八回的「賦曰」中值得注目的人物如下：

宋江沒有指出其綽號，但有「替天行道」的標榜，應該不會產生錯覺。朱仝綽號美髯公，此標為「雲長」，關雲長亦號美髯公，此處不過拐了一道彎兒，問題也不大。董平的綽號沒有用七十一回所寫的「雙槍將」而是「一直撞」，是回復到《宋江三十六贊》和《宣和遺事》中的記載，亦不足為奇。徐寧、燕青均未標明綽號，卻說什麼「燕青能減灶屯兵，徐寧會平川佈陣」。根

據《水滸傳》中的描寫，這兩項似乎並非分別是他們二人的特長。因此，使人懷疑在別的「水滸」故事中有關於二人這兩方面能力的描寫，《水滸傳》正文沒有採納，卻在這裡留下了破綻。

最令人懷疑的是林沖，在第七十一回他的綽號是「豹子頭」，此處雖然沒有明言這個綽號，卻轉彎抹角說明了：「燕頷虎鬚，滿寨稱為翼德。」說林沖像張飛，在《水滸傳》的另一處可以得到印證：「滿山都喚小張飛，豹子頭林沖便是。」（第四十八回）而古代小說中的張飛的長相如何呢？請看《三國志通俗演義》卷之一的描寫：「其人身長八尺，豹頭環眼，燕頷虎鬚，聲如巨雷，勢如奔馬。」如此可以明白，「賦曰」中的林沖「燕頷虎鬚」與張飛一樣，而前面的「豹頭」可不就是「豹子頭」嗎？更有趣的是《水滸傳》第七回寫林沖初次登場，其長相簡直就是克隆張飛的結果：「那官人生的豹頭環眼，燕頷虎鬚，八尺長短身材。」再兼之《三國》中張飛的武器是「丈八點鋼矛」，又被稱為「丈八蛇矛」，而《水滸》中林沖也經常是用「槍」的，大戰時甚至就直接用「丈八蛇矛」。請看數例：

「林沖挺丈八蛇矛迎敵。……林沖把蛇矛逼個住，……把一丈青只一拽，活挾過馬來。」（第四十六回）

「林沖挺起丈八蛇矛，和祝龍交戰，連鬥到三十餘合，不分勝負。」（第五十回）

「頭領林沖橫丈八蛇矛，躍馬出陣，厲聲高叫：『高唐州納命的出來！』」（第五十二回）

「兩個戰不到五合，於直被林沖心窩裏一蛇矛刺著，翻筋斗攛下馬去。」（同上）

「林沖挺起蛇矛，直奔呼延灼。」（第五十五回）

「林沖要見頭功，持丈八蛇矛鬥到間深裏，暴雷也似大叫一聲，撥過長槍，用蛇矛去寶密聖脖項上刺中一矛，攛下馬去。」（第八十四回）

「林沖蛇矛刺死杜敬臣。」（第九十二回）

「初時連日下關和林沖廝殺，被林沖蛇矛戳傷蔣印。」（第九十五回）

「林沖蛇矛戳死冷恭。」（第九十六回）

根據以上描寫，我們完全有理由說《水滸傳》中的林沖是模仿《三國志通俗演義》中的張飛形象而塑造的一個英雄人物。還有一個旁證材料，《水滸傳》中有梁山「馬軍五虎將五員：大刀關勝、豹子頭林沖、霹靂火秦明、雙鞭

呼延灼、雙槍將董平」。（第七十一回）這種稱謂，也是模仿《三國志通俗演義》的。劉備進位漢中王時，「封關、張、趙、馬、黃為五虎大將」。（卷之十五）林沖所處，恰恰就在張飛的位置——名列第二。

然而，我們看了這兩個「五虎將」之後，發現中間又有些疑趣。梁山不可能有黃忠那樣的老將，那麼，這個空位應該塑造一個什麼樣的將軍來填充呢？關羽已經有關勝相當了，英俊的趙雲已有董平相當了，將門之子馬超也已有呼延灼相當了，要加，也只有在張飛身上打主意，但張飛已有秦明相當了呀？請看《水滸傳》對秦明出場時的介紹：「因他性格急躁，聲若雷霆，以此人都呼他做霹靂火秦明。」（第三十四回）原來他繼承了張飛急躁的性格和如雷霆般的吼叫。

筆者認為，在《水滸傳》的成書過程中，張飛的「影子」先是秦明，後來才有林沖加入而成疊影的。理由如下：

第一，秦明繼承的是張飛的內在精神，林沖繼承的則是張飛的外在容貌。

第二，《水滸傳》的寫定者反反覆覆在林沖身上貼張飛的標籤，正說明林沖是後來加入的。

第三，從本文所言的幾個「宋江三十六人」中可以看出，任何一個版本都有秦明，但有的版本中卻沒有林沖。

說罷林沖，回頭我們再看《水滸傳》中的三十六人與《宋江三十六贊》和《宣和遺事》中三十六人的「同」與「異」。

《水滸傳》石碣所書三十六天罡與《宋江三十六贊》相比，有三十四人是相同的，只二人有「問題」。《水滸傳》中少了病尉遲孫立、鐵天王晁蓋二人。孫立被移至「七十二地煞」，而晁蓋已死。多出的二人則是入雲龍公孫勝和豹子頭林沖。

另外，還有些人物，雖然兩處所載大體相同，卻在姓名或綽號上稍有差別。排列如下：

《水滸傳》石碣三十六天罡	《宋江三十六贊》
吳用，	吳學究
赤髮鬼	尺八腿
短命二郎阮小五，	短命二郎阮小二。
雙鞭呼延灼	鐵鞭呼延綽

急先鋒	先鋒
立地太歲阮小二	立地太歲阮小五
病關索	賽關索
雙槍將	一直撞
穆弘	穆橫
金槍手	金槍班

這樣一些區別，基本是可以算是細微末節，因此我們可以說《水滸傳》中的三十六天罡，基本上是採取的《宋江三十六贊》。

《水滸傳》石碣所書三十六天罡與《宣和遺事》天書所寫相比，有三十三人是相同的，三人有出入。《水滸傳》中少了病尉遲孫立、摸著雲杜千、鐵天王晁蓋三人。孫立、杜千都是被調整到「七十二地煞」之中，而晁蓋已死。《水滸傳》所多出者為宋江、解珍、解寶，正好頂替了上述三人的位置。

另外，也有些人物，雖然兩處所載大體相同，卻在姓名或綽號上稍有差別。排列如下：

《水滸傳》石碣三十六天罡	《宣和遺事》天書所寫
吳用	吳加亮
盧俊義	李進義
李俊	李海
浪裏白跳	浪裏白條
短命二郎阮小五	立地太歲阮小五（阮通）
立地太歲阮小二	短命二郎阮進
雙槍將	一直撞
朱全	朱同
病關索楊雄	賽關索王雄
張清	張青
穆弘	穆橫
雙鞭呼延灼	鐵鞭呼延綽
船火兒張橫	火船工張岑

相比較而言，《水滸傳》與《宣和遺事》在「宋江三十六人」問題上的區別，較之《水滸傳》與《宋江三十六贊》中的區別要稍稍大一點。但從整體而言，《水滸傳》與《宣和遺事》和《宋江三十六贊》之間在「三十六人」的問

題上可以說是求大同而存小異的。

　　不料，在《水滸傳》流行後不久，就有人對「三十六人」的問題發表了自己的高見。明人郎瑛（1487～1566）在所著《七修類稿》中也開列了一份宋江三十六人名單。該書卷二十五《辯證類》「宋江原數」條載：「史稱宋江三十六人，橫行齊魏，官軍莫抗。而侯蒙舉討方臘，周公謹載其名贊於《癸辛雜誌》，羅貫中演為小說，有替天行道之言。今揚子、濟寧之地，皆為立廟。據是，逆料當時非禮之禮，非義之義，江必有之，自亦異於他賊也。但貫中欲成其書，以三十六為天罡，添地煞七十二人之名；又易尺八腿為赤髮鬼，一直撞為雙槍將，以至淫辭詭行，飾詐眩巧，聳動人之耳目，是雖足以溺人，而傳久失其實也多矣。今特書其當時之名三十六於左：宋江、晁蓋、吳用、盧俊義、關勝、史進、柴進、阮小二、阮小五、阮小七、劉唐、張青、燕青、孫立、張順、張橫、呼延綽、李俊、花榮、秦明、李逵、雷橫、戴宗、索超、楊志、楊雄、董平、解珍、解寶、朱仝、穆橫、石秀、徐寧、李英、花和尚、武松。」

　　除了「吳學究」作「吳用」、「張清」作「張青」、「李應」作「李英」以及用綽號「花和尚」代替法號「魯智深」而外，郎瑛所提供的這份「三十六人」名單，基本是照抄的是周密《癸辛雜識》中引用的《宋江三十六贊》。

　　從「宋江三十六人」的多種「版本」，我們完全可以感受到「水滸」故事在民間流傳過程中的多種版本，進而從中可以看到一部名著的誕生，該需要多少人「創造性」的勞動。

　　　　　　　　（原載《閒書謎趣》，河南人民出版社，2010年4月出版）

人間天堂，可能容得寸心否？
——從消逝於蘇杭一帶的梁山好漢說起

　　《水滸傳》中的梁山好漢，我最喜歡的有三人：魯智深、武松、林沖。之所以喜歡他們，主要有以下原因：第一，他們最具有正義感。第二，他們眼睛中容不得沙子。第三，他們有責任感。第四，他們心地坦蕩，敢作敢為，絕不藏奸。第五，他們辦事徹底、乾淨、利落。以上五點加在一起，可以用一個概念來「打包」——他們都是「血性男兒」。

　　可悲的是，這幾位血性男兒最後都離開了讀者的視線，永久地消逝了。然而，就在他們告別我們的一剎那，我看到了一個有趣的事實——他們的靈魂都留在了人間天堂——美麗的杭州。

一

　　三人之中，最先離開人世的是魯智深。並且，《水滸傳》對這位花和尚的消逝寫得最為充分詳細。

　　當魯智深擒拿了方臘以後，宋江非常高興，認為這是最大的功勞。於是，便有了宋江與魯智深的一段對話。

　　宋江道：「今吾師成此大功，回京奏聞朝廷，可以還俗為官，在京師圖個蔭子封妻，光耀祖宗，報答父母劬勞之恩。」

　　魯智深答道：「洒家心已成灰，不願為官，只圖尋個淨了去處，安身立命足矣。」

　　宋江道：「吾師既不肯還俗，便到京師去住持一個名山大剎，為一僧首，

也光顯宗風，亦報答得父母。」

智深聽了，搖首叫道：「都不要，要多也無用。只得個囫圇屍首，便是強了。」

對話的結果，是「宋江聽罷，默上心來，各不喜歡」。（第九十九回）

隨後，當梁山軍凱旋途中，駐軍杭州時，魯智深終於按照自己的意願，在錢塘江邊撒手塵寰了。

> 且說魯智深自與武松在寺中一處歇馬聽候，看見城外江山秀麗，景物非常，心中歡喜。是夜月白風清，水天同碧。二人正在僧房裏睡，至半夜，忽聽得江上潮聲雷響。魯智深是關西漢子，不曾省得浙江潮信，只道是戰鼓響，賊人生發，跳將起來，摸了禪杖，大喝著便搶出來。眾僧吃了一驚，都來問道：「師父何為如此？趕出何處去？」魯智深道：「洒家聽得戰鼓響，待要出去廝殺。」眾僧都笑將起來，道：「師父錯聽了，不是戰鼓響，乃是錢塘江潮信響。」魯智深見說，吃了一驚，問道：「師父，怎地喚做潮信響？」寺內眾僧推開窗，指著那潮頭叫魯智深看，說道：「這潮信日夜兩番來，並不違時刻。今朝是八月十五日，合當三更子時潮來。因不失信，為之潮信。」魯智深看了，從此心中忽然大悟，拍掌笑道：「俺師父智真長老，曾囑付與洒家四句偈言，道是：『逢夏而擒』，俺在萬松林裏廝殺，活捉了個夏侯成；『遇臘而執』，俺生擒方臘；今日正應了：『聽潮而圓，見信而寂』。俺想既逢潮信，合當圓寂。眾和尚，俺家問你，如何喚做圓寂？」寺內眾僧答道：「你是出家人，還不省得？佛門中圓寂便是死。」魯智深笑道：「既然死乃喚做圓寂，洒家今已必當圓寂。煩與俺燒桶湯來，洒家沐浴。」寺內眾僧，都只道他說耍，又見他這般性格，不敢不依他。只得喚道人燒湯來與魯智深洗浴，換了一身御賜的僧衣，便叫部下軍校：「去報宋公明先鋒哥哥，來看洒家。」又問寺內眾僧處，討紙筆寫下一篇頌子。去法堂上，捉把禪椅，當中坐了。焚起一爐好香，放了那張紙在禪床上，自疊起兩隻腳，左腳搭在右腳，自然天性騰空。比及宋公明見報，急引眾頭領來看時，魯智深已自坐在禪椅上不動了。看其頌曰：「平生不修善果，只愛殺人放火。忽地頓開金枷，這裡扯斷玉鎖。咦！錢塘江上潮信來，今日方知我是我。」（同上）

魯智深圓寂後，「眾僧誦經懺悔，焚化龕子，在六和塔山後，收取骨殖，葬入塔院。所有魯智深隨身多餘衣缽金銀並各官布施，盡都納入六和寺裏，常住公用」。（同上）

《水滸傳》的作者在作品的最後寫「魯智深浙江坐化」，其實是深諳佛門三昧的。在梁山一百八人之中，魯智深是最少具有「私心雜念」的，其人格精神也是最崇高的。他一片童心、一片真心，身為和尚居然連什麼是「圓寂」都不知道。但是，當他一旦明白了「圓寂」的真正內涵時，他便瀟灑而又堅定地離開了那卑鄙齷齪的塵凡世界，在一個美麗而又聖潔的地方結束了「世俗」之「我」而升騰為涅槃境界的新「我」。這也就是「今日方知我是我」的基本含意。

更有意味的是，魯智深的生前身後都在實踐著佛門的一種境界——「赤條條往來無牽掛」。他以童貞之心來到這個世界，又以一片真誠在紅塵中「抱打不平」，最後，又帶著孩提之性離開了這個世界。他一不願為官，二不願留名，就連生前的「隨身多餘衣缽金銀，並各官布施，盡都納入六和寺裏常住公用」。這是什麼？答曰：徹底地「忘我」。

在某些人的眼中，魯智深或許是一個不合格的和尚，因為他的所作所為嚴重違反了佛門的清規戒律。然而，與那些一心向佛、苦苦修煉的得道高僧相比，魯智深的佛性其實也差不到哪裏去。因為，眾多高僧之得道乃是「刻意」修行的結果，而魯智深佛性的流露卻是在「無意」之間。魯智深平生所為，可用「酷愛自由」「抱打不平」八字概括。然而，這「花和尚」生命譜寫的八個大字無形之中就暗合了佛教的兩重高級境界。他的酷愛自由符合的是小乘佛教的自我解脫精神，而他的抱打不平則體現了大乘佛教的最高境界——普度眾生。從這個意義上講，魯智深比一切念經拜懺的和尚們更「和尚」。豈止是和尚，他簡直就是人間的一尊活佛！

這尊活佛消逝在人間天堂。不！作者將他的靈魂留在了這裡。

《水滸傳》中，就個人感情而言，與魯智深關係最好的有二人：武松與林沖。那麼，魯智深在六和寺圓寂以後，有誰願意為其守靈呢？當然是行者武松。更何況，武松心靈深處與魯智深是真正達到了和諧共鳴哩！謂予不信，請看以下描寫：

> 當下宋江看視武松，雖然不死，已成廢人。武松對宋江說道：
> 「小弟今已殘疾，不願赴京朝觀，盡將身邊金銀賞賜，都納此六和

寺中陪堂公用。已作清閒道人，十分好了。哥哥造冊，休寫小弟進
京。」宋江見說：「任從你心。」武松自此只在六和寺中出家，後至
八十善終，這是後話。（同上）

將《水滸傳》爛熟於胸的大評點家金聖歎在梁山一百零八人中最喜歡武松。
他反反覆覆地說：「一百八人中，定考武松上上。」「若武松直是天神。」（《讀
第五才子書法》）「武松天人者。」（第二十五回回前總批）金聖歎按照九品中
正制的分法，將梁山好漢分為九等，魯智深是「上上」之人，而武松除了定考
為「上上之外」，他還是超級好漢——「天神」「天人」。其實，金聖歎的觀點
並非僅僅侷限於他個人，而是代表了相當一部分讀者的看法。而廣大讀者之
所以看好武松，至少有三點原因：第一，作者運用誇張與寫實相結合的手法
將武松寫活了。第二，武松的行為符合中國傳統文化中最為老百姓所接受的
那些層面。第三，武松也與魯智深一樣，追求人格的自由和完整。武松絕非
世俗的見利忘義之徒，甚至在某種意義上有些威武不能屈、富貴不能淫。當
然，他也有容易被小恩小惠蒙蔽眼睛的毛病，但這一問題的另一面其實就是
恩怨分明。如果對方也是像武松一樣講信義之人，武松的恩怨分明其實也是
一種優秀品質。

　　然而，就是這樣一位光明磊落的英雄人物，也與魯智深一樣，看透了社
會、看透了人生，看透了官場中那一點小九九。因此，他選擇了與魯智深差
不多的結局——相忘於江湖。只不過魯智深的步子邁得更大一些，從肉體到
精神都飛向靜寂而又自由的彼岸，而武松卻將七尺男兒之身在人世間多滯留
了三五十年而已。當然，這也是武松不及魯智深的地方——追求自由沒有那
麼徹底、堅定、一往無前。

　　相對於武松而言，林沖在我心目中的位置更遜一籌。首先是他的功名心
更強烈一些，功名心強了，距離追求自由的境界就遠了。其次，林沖太儒雅
了一點。儒雅是一種人格追求，但不是一種人性追求，從某種意義上說，過
分的人格追求竟是人性自由的死敵。然而，就是這麼一位功名心強烈而又追
求儒雅人格的林沖，最後也留在了杭州六和寺：「宋江等隨即收拾軍馬回京。
比及起程，不想林沖染患風病癱了。……林沖風癱，又不能痊，就留在六和
寺中，教武松看視。後半載而亡。」（第九十九回）

　　林沖可能沒有像魯智深、武松那樣看透人生，但畢竟對朝廷和官場有著
比其他英雄人物如宋江等人較為清醒的認識。況且，作者也是不能寫林沖回

到京城為官的，如果那樣的話，早先的林教頭怎樣面對害得他家破人亡的高太尉？所以，不管他自身願意與否，林沖必須在野，必須留在山林草莽之間。好在作者為他選擇了最美好的「山林草莽」——杭州六和寺。能讓這位悲壯的英雄在人間天堂度過他生命的最後歲月，這對於曾經的八十萬禁軍教頭而言，也算是一種自由、一種解脫，一種最佳結果。

二

回京路上，在離開人間天堂杭州走向另一座人間天堂蘇州的半途，又一個梁山好漢——燕青離開了梁山軍的隊伍。而且，這位「浪子」拋棄魏闕而浪跡江湖毅然決然的選擇，對「寧可朝廷負我，我忠心不負朝廷」（第一百回）的宋公明而言，可以說是一次精神領域最嚴厲的打擊。且看：

> 次日早晨，軍人收得字紙一張，來報復宋先鋒。宋江看那一張字紙時，上面寫道是：「辱弟燕青百拜懇告先鋒主將麾下：自蒙收錄，多感厚恩。效死幹功，補報難盡。今自思命薄身微，不堪國家任用。情願退居山野，為一閒人。本待拜辭，恐主將義氣深重，不肯輕放，連夜潛去。今留口號四句拜辭，望乞主帥恕罪。情願自將官誥納，不求富貴不求榮。身邊自有君王赦，淡飯黃齏過此生。」
> 宋江看了燕青的書並四句口號，心中鬱悒不樂。（第九十九回）

燕青也是《水滸傳》中相當不錯的人物，不過，比起上面所言之魯、武、林三位卻是稍遜一籌。所遜者，主要在「血性」之中多多少少帶了點「奴性」。但燕青也有自己的長處，他特別精明，在浪跡江湖以前，他是作了充分的物質準備的，他是「收拾了一擔金珠寶貝挑著」走的。否則，在那險惡的江湖中豈不是要餓肚皮嗎？然而，這又正是燕青不及魯智深處，他有牽掛，沒有做到真正的「赤條條」。不過，每個人都有自己的「活法兒」（根據「方生方死」的原理，「活法兒」其實也包括「死法兒」），相對宋江等人而言，燕青無論如何也算得上是另類。

然而，更為「另類」的卻還大有人在，那就是以李俊為首的七條好漢。他們離開了大宋朝廷，卻沒有隱居江湖，而是飄揚出海，「另類」到異國他鄉去了。不！應該說是創建了一個屬於作者、也屬於作者那個時代的新天地。

李俊等人的離去是至為詭秘也是至為堅定的，那是一種什麼樣的「頓開金鎖走玉龍」的沉著與瀟灑呢？書中寫道：

> 宋兵人馬，迤邐前進。比及行至蘇州城外，只見混江龍李俊詐
> 中風疾，倒在床上，手下軍人來報宋先鋒。宋江見報，親自領醫人
> 來看治李俊。李俊道：「哥哥休誤了回軍的程限，朝廷見責，亦恐張
> 招討先回日久。哥哥憐憫李俊時，可留下童威、童猛看視兄弟。待
> 病體痊可，隨後趕來朝覲。哥哥軍馬，請自赴京。」宋江見說，心
> 雖不然，倒不疑慮。只得引軍前進。又被張招討行文催趲，宋江只
> 得留下李俊、童威、童猛三人，自同諸將上馬赴京去了。
>
> 且說李俊三人，竟來尋見費保四個，不負前約。七人都在榆柳
> 莊上商議定了，盡將家私打造船隻，從太倉港乘駕出海，自投化外
> 國去了。後來為暹羅國之主。童威、費保等都做了化外官職，自取
> 其樂，另霸海濱。這是李俊的後話。（同上）

南征方臘之先，李俊就與費保等人約好要到海外幹一番事業。待到破方臘以
後，李俊運用欺騙的手段，離開了宋江，其實也就是離開了回到朝廷做官的
機會。因為李俊等人已經看清了北宋朝廷的不可救藥。即使要忠君，也要找
尋一位「明君」而盡忠。像宋徽宗那種寵信四大奸賊的無道昏君，忠於他的
結果必然是自取滅亡。宋江的下場說明了這一點，盧俊義的下場也體現了這
一點，梁山軍中所有討得官誥而當過一年半載官員的好漢們的悲劇結局無一
不指向了這一點。因此，知機的混江龍們便毅然決然地離開了這個是非之地，
而走向自己理想的明天。更有意味的是，《水滸傳》中這麼閑閑的一筆，居然
在數百年後被一位「古宋遺民」寫成了洋洋數十萬言的《水滸後傳》，讓梁山
餘黨正大光明、真真切切地「火」了一把。當然，這是後話，此不贅言。

三

　　簡略介紹過梁山好漢消逝於蘇杭一帶的三撥兒英雄人物之後，我們可以
將他們放在一起進行一些比較分析。

　　第一，三撥兒英雄人物在人間天堂消逝有著一個共同點：都不願到大宋
朝廷去當官。但也有各自的特點：魯智深等三人是在天下風景最美的地方了
結自己的生命，燕青是在蘇杭之間飄遊而去準備過平庸而富貴的生活，李俊
等人則是泛海浮槎到遙遠的天涯海角成就一番功業。相對於宋江等人回到朝
廷接受「奸臣」把持下的封誥而言，上述這三種做法哪一種都要高出一籌。
這是作者留給讀者的一道人生選擇題：接受招安並消滅了別的強盜以後的「梁

山強盜」們該學習誰何？A.魯智深等人 B.燕青 C.李俊等人 D.宋江。親愛的讀者，你將選擇哪一項呢？

第二，按照作者的意思，梁山好漢回到京城是絕沒有好下場的。宋江、盧俊義、阮小七、吳用、花榮等人的結局充分說明了這一點。那麼，另外三種結局哪一個更好一些呢？當然是各有千秋。但相比較而言，又可分為兩個層次。一是燕青，代表著充分現實化的選擇；一是其他眾人，都是理想化的結果。愚以為後者比前者的層次要高，因為燕青的選擇是很多人都能想像得到的，某些人沒有這樣做，只是他們不願意而已。進而言之，魯智深們與李俊們的選擇雖然都是理想化的，然魯智深等人卻更具有悲劇性，李俊等人更帶有寄託性。一個是現實中「悲」到極點的反激，一個是臆想中「美」得無盡的憧憬。

第三，在中國歷史上，凡「造反」者（這裡實在是不願意糾纏於「農民起義」這個概念）大致只配有以下兩種結局：或被剿滅、或被招安。換一個角度，站在統治者的立場，也就是一個「剿」字或一個「撫」字。其實這兩種結局都是很悲慘的，被剿滅的強盜自然是肉體和精神一起消亡了，而被招安的強盜雖然得到了生命的苟存，但精神卻是要受到永久的歧視甚或摧殘。沒有遭受到精神領域歧視和摧殘的人大概很難理解這「生不如死」的道理，其實自古以來很多自殺者卻領會了其中的真諦。從屈原到王國維都是這方面最為清醒的哲人（當然他們的苦惱並非是有當過「強盜」的污點，而是別的什麼），他們的自殺就是為了解脫自身精神領域的痛苦。而從屈原到王國維之間，還有一位魯智深的存在，他也是為了解除精神上的痛苦而來了一點痛快的，在無異於自殺的「圓寂」中了結了一切。《水滸傳》的作者能塑造出魯智深這樣一個人物，尤其是能寫出魯智深浙江坐化這一耐人尋味的片斷，說明他在這一問題上的認知與屈原、王國維站到了同一起跑線上。

第四，至於李俊等人的做法，其實只是一種空想。而且這種空想很早以前就發生了，唐人傳奇中的「虬髯客」不是早就稱王於扶餘國了嗎？《水滸傳》的作者也想做這樣一個夢，但施耐庵畢竟比杜光庭清醒一些，他知道這個夢是很難變為現實的，因此，他僅僅在最後提了這麼一句，表示他也知道有這麼回事罷了。但癡迷的「古宋遺民」卻拿它真當了回事，居然就「宏圖大展」起來。不過，陳忱也有自己的道理，當時海外不是有個鄭成功佔據臺灣與清廷抗爭嗎？或許古宋遺民將自己的寄託「藝術」到了「國姓爺」身上也

未可知。但無論如何，這種結局總是大快人心的，只可惜有點「夢裏家園」的意味。因此，從強盜的結局描寫而言，施耐庵在混江龍身上的得分應該不如花和尚。

第五，從以上的分析可以看出，《水滸傳》的作者在描寫梁山好漢的結局時，是煞費苦心的。甚至可以說作者在寫到征方臘回來以後的若干章節時，他那方寸之心正在顫抖。因為他不能像後來的聰明而又大膽的金聖歎那樣迴避一個無法迴避的問題——梁山好漢究竟向何處去？不回答這個問題，就不是直面人生與現實，就不是正眼兒看「強盜」。耐庵先生也明白，現實中接受招安的強盜之結局多半是「宋江式」的，但他不願意、也不忍心將一百零八人的「殘餘」全部「鴆殺」，於是，他滿懷失望而又滿懷希望、滿懷悲哀而又滿懷激情地寫下了非「宋江式」的幾種結局。我相信，《水滸傳》的作者寫到這些的時候，應該是眼中含淚、心頭滴血的。我們如果將作者的這一番苦心結成的苦果囫圇吞過，那就太令作者傷心了。

第六，當我們領會到作者的苦心孤詣之後，又會發現一個有趣的問題：為什麼他要將一片心血灑在人間天堂——蘇杭一帶？這一方面，是蘇杭的山水實在太美，作者心目中所鍾愛的（某種意義上也是讀者心目中所鍾愛的，至少包括筆者）的英雄人物，不在這裡消逝還要等到哪裏？難道要捱到那卑鄙齷齪的京師重地嗎？第二方面，美麗的人間天堂，在這裡象徵著自由自在的在野世界，恰與那爾虞我詐、蠅營狗苟的官場形成鮮明的對比，從而十分清楚地表達了作者的愛憎感情。第三方面，通過作者對人間天堂蘇杭一帶山山水水的熱愛，我們朦朦朧朧地可以感覺到這是一種故鄉情結（至少是對長期寓居的第二故鄉的留戀情結）。如果沒有如此深層的戀鄉情結，就很難在文學作品的描寫過程中有意無意地流露出這種深切的摯愛。這樣一種感覺，是真性情的蒸騰，不是刻意追求可能達到的。由此，我們可以推導出另外一個結論：「錢塘施耐庵」，信不誣也！

人間天堂，可能容得寸心否？施耐庵正是將自己的寸心留在了這片美麗的土地上，而且，這寸心，正是魯智深、武松、林沖、燕青、李俊等作者和讀者共同「最愛」的靈魂的凝聚。而錢塘江邊直至環太湖流域這一片美麗的人間天堂，也踏踏實實地留下了耐庵先生嘔心瀝血的靈臺方寸。

（原載《水滸與杭州》，中央文獻出版社，2009 年 10 月出版）

關於幾位梁山好漢的綽號

　　《水滸傳》中的梁山好漢，每人至少有一個綽號，有的還有兩三個。對於這些綽號，已有不少專家學者通過各種方式進行了闡釋。其中，絕大多數的解釋都是很準確的，很有道理的。但是，也有些解釋不太準確，值得商榷。另外，有些梁山好漢的綽號，人們在解釋的時候雖然是正確的，但在將《水滸傳》改編成的其他藝術形式的過程中，卻沒有按照這個綽號的本來意思塑造人物，因而造成極大的偏差，甚至給廣大讀者和觀眾造成認識上的誤導。

　　針對以上兩種情況，本文對《水滸傳》中幾位梁山好漢的綽號做出了自己的解釋或進一步說明。之所以這樣做，一方面是想儘量還原《水滸》作者給某一英雄人物取這個綽號的本意，另一方面，也作為一件饒有趣味的事情，與學界同仁共同解謎探趣。不到之處，還望方家學者批評指正。

一、「玉麒麟」究竟是什麼？

　　少時讀《水滸》，對許多問題都很有興趣。如盧俊義的綽號「玉麒麟」，就是一個典型的例子。

　　當時朦朦朧朧地感覺到，「玉麒麟」應該是一塊雕成麒麟模樣的玉石。後來一查工具書，還真給「蒙」對了。原來工具書中對「玉麒麟」的釋義有四條：

　　1.指玉雕的麒麟印紐。2.借指符信。3.傳說中的神獸。4.對他人兒子的美稱。

　　我小時候的感覺基本符合第一條：玉石雕的麒麟。

其實，以上四條並未窮盡古書中「玉麒麟」一詞的含義。至少還可以補充以下幾點：

第一，一種玉製佩飾。

第二，對別人的美稱。

第三，借指好馬。

有的專家學者就是以「玉製佩飾」解釋盧俊義的綽號「玉麒麟」的。請看：「麒麟為四靈之首，古人以之為仁獸。古人常以玉製麒麟為佩飾，陸游《劍南詩稿一》：『同舍事容悅，腰佩玉麒麟。』盧俊義以麒麟為綽號喻其德性仁，與宋江名呼保義相應。」（李葆嘉《〈水滸〉一百零八將綽號繹釋》，載《明清小說研究》1991 年第三期。）

這種解釋不僅符合筆者原始的感覺，而且似乎還與《水滸》人物及其綽號的早期來源之一《癸辛雜識》中的說法形成共識。

在《癸辛雜識續集上》的《宋江三十六贊》一條中，「玉麒麟盧俊義」的讚語是這樣四句：「白玉麒麟，見之可愛。風塵大行，皮毛終壞。」

初一看，「白玉麒麟，見之可愛」，似乎真是一個玉石雕成的麒麟模樣的佩飾。但是，後面兩句就有問題了。這白玉雕成的麒麟佩飾怎麼會在太（大）行山弄壞了「皮毛」呢？難道佩飾的主人天天去「磨」這塊玉佩，使之雕琢的「皮毛」凸起部分變得光溜溜了嗎？或者竟是佩飾的主人將白玉麒麟丟失了，歲月、風沙、陽光、雨水使之「皮毛終壞」？

這裡面肯定有問題。

《水滸傳》的作者在寫盧俊義出場時，並沒有交代為什麼他的綽號是「玉麒麟」。但是，反過來，「玉麒麟」三字在《水滸傳》中卻並非專門用在盧俊義身上。且看書中第十三回寫急先鋒索超大戰楊志時的坐騎：

「坐下李都監那匹慣戰能征雪白馬。看那匹馬時，又是一匹好馬。但見：兩耳如同玉箸，雙睛凸似金鈴。色按庚辛，彷彿南山白額虎；毛堆膩紛，如同北海玉麒麟。衝得陣，跳得溪，喜戰鼓性如君子；負得重，走得遠，慣嘶風必是龍媒。勝如伍相梨花馬，賽過秦王白玉駒。」

原來「玉麒麟」可以用來形容好馬！《宋江三十六贊》中的「白玉麒麟」即為白色好馬。這一句不應該讀作「白玉」「麒麟」，而應該讀成「白」「玉麒麟」。

或許有人會說，你這樣解釋，是否有證據？而且是否有雙重證據？第

一，你要證明《水滸傳》中「玉麒麟」對於盧俊義而言是以馬為喻而非以石為喻；第二，你還要證明在其他古籍文獻中以「玉麒麟」喻馬。

當然可以證明。

先看第一重證據。《水滸傳》第七十八回寫道：「躍洪波，迎雪浪，混江龍與九紋龍；踏翠嶺，步青山，玉麒麟共青面獸。」

此處將玉麒麟盧俊義與青面獸楊志並舉，而能「踏翠嶺，步青山」之玉麒麟，不是真正的好馬也是「變形」的好馬。試想，如果是玉石麒麟的佩飾，它能「踏翠嶺，步青山」嗎？

不僅《水滸傳》中這樣寫，在其他古代小說中也有相同或相近的描寫，這就涉及第二重證據了。且看數例：

「只見旌旗蔽日，刀戟遮天，兵及百萬，將有千員。端的人如鐵鷂子，馬賽玉麒麟。」（《新刊全相平話樂毅圖齊七國春秋後集》卷中）

「總兵在燈光下見那馬，好馬：鬃分銀線，尾攛玉條。說什麼八駿龍駒，賽過了驌驦款段。千金市骨，萬里追風。登山每與青雲合，嘯月渾如白雪勻。真是蛟龍離海島，人間喜有玉麒麟。總兵官把自家馬兒不騎，就騎上這個白馬。」（《西遊記》第八十四回）

「真君曰：『將吾的玉麒麟與你騎；又將火龍標帶去。徒弟，你不可忘本，必尊道德。』黃天化曰：『弟子怎敢？』辭了師父，出洞來，上了玉麒麟，把角一拍，四足起風雲之聲。——此獸乃道德真君閒戲三山、悶遊五嶽之騎。」（《封神演義》第四十回）

以上三例，前二例以「玉麒麟」比喻好馬，後一例則寫「玉麒麟」是仙家「變形」的好馬。

其實，以「玉麒麟」狀馬並非始自小說家言，在中國古代詩歌作品中，早就有這樣的「妙喻」了。請看：

「新就明河洗面來，更佩明珠踏瑤草。不用朱鸞與紫霞，玉麒麟駕白雲車。」（宋·徐積《玉女花二首並序》）

「庚寅十月二十五，曉分黑帝臨丹府。怒來鞭掠玉麒麟，下降英靈佐明主。」（宋·李廌《舞陽令祝樂天再任》）

「百金買得玉麒麟，千里看他氣欲犇。知子猶能守家法，不應騎去傍人門。」（宋·許景衡《贈別盧行之三絕》）

「玄冥神人眼如水，剪綺裁雲雨花雨。翩然騎卻玉麒麟，東遊弱水西瑤

圍。」（元・葉顒《次韻》）

「二氣姤醇鬱氤氳，手提三尺時下巡。披髮坐乘玉麒麟，宣帝正命福下民。」（明・王洪《武當山瑞應祥光》）

以上所舉，在《水滸傳》成書過程中的宋元明三代的這些詩句中，「玉麒麟」無一不是指的「好馬」。

有了這麼多雅俗共賞的例證的支撐，只好恕在下大膽妄言一句：《水滸傳》中盧俊義之綽號「玉麒麟」，實乃好馬之喻也。

二、話說「毛頭星」

《水滸傳》梁山一百零八人中有一位孔明，綽號「毛頭星」。對此，何心先生是這樣解釋的：

「『毛頭』是『旄頭』的簡寫。『旄頭星』一稱『昂宿』，乃是二十八宿之一，白虎七宿之第四宿，有七星。《史記・天官書》云：『昂曰旄頭，胡星也，為白衣會。』」

何氏所言，並非全無道理。但更為多見的說法乃是「毛頭星」實乃「彗星」。且看前人的說法：

「司天大監張夢熊⋯⋯表云：『臣昨夜觀察乾象，見毛頭星現於東北方，旺壬癸真人。此星現，主有刀兵喪國之危。』⋯⋯太師蔡京奏道：『可大赦天下，此星必除。』張夢熊奏言：『此星非赦可除。按天文志：此星名毛頭星，又名彗星，俗呼為掃星。此妖星既出，不可禳謝，遠則三載，近則今歲，主有刀兵出於東北坎方，旺壬癸之地。』」（《宣和遺事》前集）

「太乙月孛星，屬水之餘，天暗之宿也。一名彗星，一名妖星，一名天哭毛頭星。」（明・萬民英《月孛論》）

「林澹然又將星象，一一指點與知碩道：『凡星者，精也。萬物之精，上列於天，各屬分野。⋯⋯毛頭星其光燭地，大水為災，夷狄侵中國。⋯⋯毛頭星有七八名，一名攙槍，一名煞星，一名武聯，一名掃帚，一名文班，一名招搖。此星總不宜見，見必有災。』」（《禪真逸史》第十九回）

以上幾則材料，有民間話本，有文人著作，也有通俗小說，然對「毛頭星」的解釋卻大同小異。綜合而論，「毛頭星」具有以下要點：其一，「毛頭星」亦即「彗星」，民間稱之為「掃帚星」。其二，「毛頭星」旺「壬癸」地，屬「水」。其三，「毛頭星」一般不出現，一旦出現，必有大災。其四，「毛頭

星」出現而導致的災難主要是「刀兵」之災或大水之災。據此幾條，古人認為「毛頭星」是「妖星」「災星」，它的出現是很不吉利的。

《水滸傳》寫孔明為「毛頭星」頗為得當，因為站在朝廷的角度，梁山一百八人無一不是大災星。具體而言，「地猖星毛頭星孔明」，就是一顆猖狂的妖星、災星。順便說一點，孔明的弟弟乃「地狂星獨火星孔亮」，其所謂「狂」，當然是與其兄「猖」相對，「亮」亦與「明」相連，唯「獨火星」無所相對。但當我們明白了「毛頭星」乃屬於壬癸水以後，其兄弟二人的「水」「火」之間，也就相映成趣了。

孔明、孔亮兄弟在水泊梁山算不上傑出英雄，座次也比較靠後，基本屬於「湊數」的人物。但是，讓我們想像不到的是，「毛頭星」們在此後的通俗小說中卻也後繼有人。且看一部清代小說的描寫：

「且言毛頭星盧虎得了令箭，飛星趕到儀徵，連夜會了戴仁、戴義，表兄弟三個一齊來到齊府，說了備細。齊納聽了大喜，忙取出行頭與三人裝扮，備了三騎馬與他三人騎了，又點了八名家人扮做手下，一齊奔到縣前，已是黃昏時分。」（《粉妝樓全傳》第五十六回）

書中的「毛頭星」盧虎是一位正面人物，也是一名不錯的英雄好漢。然而，他雖繼承了孔明的綽號，但與孔家莊卻沒有什麼根藤。這也難怪，因為《水滸傳》寫的是北宋末年的事，而《粉妝樓全傳》則寫的是唐代的故事。從書中所敘的時序來講，盧虎不可能是孔明的「後裔」，儘管從兩本小說成書的實際時間而言，孔明至少要大盧虎三百多歲，盧虎的「毛頭星」多半是孔明的「毛頭星」生出來的。

有趣的是，在更晚一些的另一部通俗小說中，有一位佚名作者還真給毛頭星孔明「塑造」了一位嫡派後裔：

尉遲肖帶領眾人，正往前走，迎面來了十數匹坐馬爺臺。若問姓甚名誰？此人是梁山一位英雄後代，家住孔家寨，姓孔名生。那位老爺說他是梁山什麼人的後代？爺臺有所不知，他是梁山老英雄毛頭星孔亮的兒子，名叫愣子孔生。那位說他怎叫愣子呢？他有點不說理，恨天無環，恨地無柄；天若有環，颶風下雨，把他拿下來；地若有柄，高凸下坡，拿就把他翻過來了，叫他平面朝天。有恨天怨地之心，又名雙頭太歲。手使兩柄鋼鐵大斧，騎著一匹卷毛獸，專愛騎瘦馬。（《小八義》第六回）

可惜的是，《小八義》的作者閱讀《水滸傳》不太認真，硬是將哥哥孔明的後裔轉派給了弟弟孔亮。當然，這也算不得什麼，畢竟沒有跑出孔家寨。

三、病尉遲孫立與「石頭孫立」

梁山好漢孫立是一個很有意思的人物形象。在早期的「水滸故事」宋江麾下三十六人的名單中均有此人，而且綽號都是「病尉遲」。如《宋江三十六贊》載「病尉遲孫立」，如《宣和遺事》亦載「病尉遲孫立」。然而，到了《水滸傳》中，孫立卻從「三十六天罡」降到了「七十二地煞」，但「病尉遲」的綽號仍然沒有變化。

其實，「病尉遲」這個綽號是很好理解的。「病」乃「並」之音訛，即「比併」之意，也就是今天口語中「趕得上」的意思。這裡是說孫立的武藝與唐代名將尉遲恭不相上下。為什麼拿尉遲恭作為孫立的參照系呢？因為二人的武器都是鋼鞭，具有可比性。

本來，病尉遲孫立的綽號是沒有什麼需要作過多解釋的，但是，宋人羅燁在《醉翁談錄‧小說開闢》中，將當時的「小說話本」分成八類：靈怪、煙粉、傳奇、公案、樸刀、杆棒、妖術、神仙。其中，公案類中有「石頭孫立」，並被某些專家作為水滸英雄人物傳記在民間說話中單獨流傳的例證。

《醉翁談錄》中的石頭孫立果真是《水滸傳》中病尉遲孫立的文學淵源嗎？

筆者認為，「石頭孫立」並非「病尉遲孫立」。上面講過，從南宋龔開的《宋江三十六贊》到宋元講史話本《宣和遺事》再到《水滸傳》，毫無例外地都寫作「病尉遲」孫立，而沒有寫作「石頭」孫立的。更何況《醉翁談錄》所謂「石頭孫立」是屬於「公案」一類，這與《水滸傳》中那位「病尉遲孫立」的英雄傳奇故事似乎有些風馬牛不相及。

其實，在明末馮夢龍編撰的《警世通言》中，有一篇《三現身包龍圖斷冤》的小說話本（清代浦琳又據此改編為《清風閘》），它正是「石頭孫立」的後裔。之所以如此說，是鑒於以下原因。

其一，「石頭孫立」在《醉翁談錄》中屬於「公案」類，而《三現身包龍圖斷冤》則是一篇標準的公案小說。

其二，《三現身包龍圖斷冤》的主人公大孫押司名叫孫文，而在話本、擬話本傳抄或出版的過程中，「文」與「立」二字字形太相近非常容易混淆，是

典型的形近相訛。

其三，《三現身包龍圖斷冤》中的孫文與「石頭」大有干係。請看：被謀殺的孫文第一次現身：「見一個人頂著灶床，肢項上套著井欄，披著一帶頭髮，長伸著舌頭，眼裏滴出血來。」而當包公審理此案，令公人去挖孫文屍首時，「到孫家發開灶床腳，地下是一塊石板。揭起石板，是一口井。」最後，作者追敘小孫押司殺害大孫押司的作案過程，其中寫道：「就當夜勒死了大孫押司，攛在井裏。小孫押司卻掩著面走去，把一塊大石頭漾在奉符縣河裏，仆通地一聲響。當時只道大孫押司投河死了。」

要論證「石頭孫立」所講的就是《三現身包龍圖斷冤》的故事，有一個最大的障礙，那就是在《醉翁談錄》所列的「公案」類小說中既有「石頭孫立」，又有一個「三現身」，難道羅燁會在同一類別中的「小說話本」中著錄兩個內容相同或相近的作品嗎？這裡且不論此「三現身」是否就是後來的《三現身包龍圖斷冤》，即便「是」也沒有關係。因為在《醉翁談錄》中，像這種在同一類別中著錄兩個相同故事的例子絕非一個。

且看該書「樸刀」類作品中，就同時記載了「十條龍」和「陶鐵僧」兩個故事。而實際上，「十條龍」與「陶鐵僧」正是同一個故事，亦即《警世通言》中的《萬秀娘仇報山亭兒》。該篇的最後是這樣寫的：「話名只喚做：《山亭兒》，亦名《十條龍陶鐵僧孝義尹宗事蹟》。」以此類推，「石頭孫立」與「三現身」這兩個所敘乃同一故事的作品在《醉翁談錄》中被錄入同一類別之下的可能性是完全存在的。

由此可見，《醉翁談錄》「公案類」中著錄的「石頭孫立」，極有可能就是《警世通言》中《三現身包龍圖斷冤》一篇的淵源，而與《水滸傳》中的「病尉遲孫立」並無關係。

四、「豹子頭」林沖長得像誰？

當今，在涉及「水滸故事」的戲曲作品或者電視劇中，林沖這位英雄人物的造型毫無疑問是「俊扮」。說得通俗一點，在千千萬萬讀者、觀眾的心目中，林沖應該是一個武藝高強而又儒雅英俊的武官形象。無論是京劇《野豬林》中李少春塑造的林沖，還是電視連續劇《水滸傳》中周野芒演繹的林沖，都是這麼一個英俊的扮相。

然而，這其實是一種再度創作的「藝術欺騙」。

小說原著《水滸傳》中的林沖壓根兒就不是這個樣子。

要弄清這個問題，必須從林沖的綽號說起。

眾所周知，林沖的綽號是「豹子頭」。而所謂「豹子頭」，其實也就是「豹頭」。也就是說，他的腦袋長得像「豹子」。談到「豹頭」，人們馬上會聯想到另一部小說名著《三國志通俗演義》中的張飛，因為張飛的長相正是如此。且看該書卷之一對張飛出場時的描寫：「其人身長八尺，豹頭環眼，燕頷虎鬚，聲如巨雷，勢如奔馬。」

那麼，《水滸》中的林沖，是否也是這麼一個造型呢？不妨也來看看小說中在林沖上場時的描寫：「那官人生的豹頭環眼，燕頷虎鬚，八尺長短身材。」（第七回）

這樣一個林沖，簡直就是克隆張飛。

即便如此，作者仍嫌不足。他還要執著地告訴讀者，林沖就是模仿張飛塑造的。為此，他在《水滸傳》中反反覆覆地交代這一點。請看數例：

「林沖正沒好氣，那裡答應，睜圓怪眼，倒豎虎鬚，挺著樸刀，搶將來鬥那個大漢。……架隔遮攔，卻似馬超逢翼德。」（第十二回）

「滿山都喚小張飛，豹子頭林沖便是。」（第四十八回）

「林沖燕頷虎鬚，滿寨稱為翼德。」（第七十八回）

這裡，林沖與張飛的長相具有以下共同點：豹頭環眼、燕頷虎鬚。正是《三國志通俗演義》中的張飛影響了《水滸傳》中林沖形象的塑造。

問題在於，《水滸傳》中這位長得像張飛的豹子頭林沖後來怎麼會成為「俊扮」呢？筆者認為，這種轉變是在《水滸傳》被改編成明代傳奇戲的過程中發生的。

明·李開先（伯華）傳奇戲《寶劍記》仍稱林沖為豹子頭：

「（淨白）是豹子頭林沖家？」（第十齣）

「冤報冤豹子頭。」（第五十二齣）

然而，該劇卻以「生」角扮林沖：「（生上唱）儒冠誤我甚堪悲，篤志玩兵機。」（第二齣）

明·陳與郊的傳奇戲《靈寶刀》是根據「山東李伯華先生舊稿，重加刪潤」的，因此，除了曲白有所增刪潤飾以外，其思想內容、人物形象大體上與《寶劍記》保持一致。該劇也稱林沖為豹子頭：

「冤報冤豹子頭林沖。」（第三十五齣）

　　而在人物扮相方面一如《寶劍記》，仍以「生」角扮林沖：

　　「（生冠帶扮林沖上）氣軼奔霄，心雄逐電，無端寄跡鹽車。」（第一齣）

　　熟悉戲劇舞臺的人都知道，「生」角一般都為「俊扮」。這裡，李開先和陳與郊都讓「生」扮林沖，說明他們在有意無意之間忽視林沖「豹子頭」的面相。這樣一來，也就給後世戲劇舞臺上林沖形象的塑造提供了一個新的範型。而在沒有電影、電視傳媒的中國古代，戲劇舞臺是最具傳播效果的媒體。因此，當林沖在戲劇舞臺上千百次以生角俊扮的面目出現以後，人們便會逐漸淡化「豹子頭」三字的含義。最後，甚至完全無視這三個字對林沖這一人物的長相描寫。

　　至於電影、電視劇中對林沖長相的描寫，則更是在戲劇舞臺的基礎上演變過來的。這樣一來，林沖的長相就離張飛越來越遠，而逐步演變成為今天一般讀者和觀眾所熟悉的武藝高強而又儒雅英俊的武官形象。

　　這對於林沖這個人物形象而言，可能是有幸的；但對於《水滸傳》的作者而言，卻多多少少有點兒不幸。

　　（原載《中國文學研究》第十八輯，中國文聯出版社，2011 年 12 月出版）

釋「一丈青」

　　《水滸傳》中扈三娘的綽號「一丈青」，歷來費解。有一種解釋是：「一丈青是古人插定髮髻或冠冕的簪子之一種。……以一丈青為綽號，既以一頭尖可刺人喻其性格潑辣難惹，又以其細長喻其身材頎長。扈三娘綽號一丈青兼表其個性與外形。」（李葆嘉《〈水滸〉一百零八將綽號繹釋》，載《明清小說研究》1991 年第 3 期）

　　《水滸傳》成書之前，「一丈青」在有關「水滸」的故事中至少出現過兩次。一處在周密《癸辛雜識續集上》引龔聖與《宋江三十六贊並序》中，其「浪子燕青」的讚語曰：「平康巷陌，豈知汝名。太行春色，有一丈青。」另一處是在《大宋宣和遺事》中：「宋江道：『今會中只少了三人。』那三人是：花和尚魯智深，一丈青張橫，鐵鞭呼延綽。」「朝廷命呼延綽為將統兵、投降海賊李橫等出師收捕宋江等，屢戰屢敗。朝廷督責嚴切，其呼延綽卻帶領得李橫反叛朝廷，亦來投宋江為寇。」這裡，張橫、李橫必有一誤，但無論姓張姓李，這位綽號「一丈青」的好漢卻與那活躍於太行山中的英雄燕青一樣，同屬男性。這樣兩位具有陽剛之氣的人物，恐怕都難以與細長而一頭尖的「簪子」扯到一起。

　　那麼，「一丈青」這一綽號是怎樣由「水滸」故事中男性英雄名下而轉移到《水滸傳》中女英雄扈三娘身上的呢？此中似另有緣故。原來，南宋時恰有一馳騁沙場的女性綽號也喚作「一丈青」。在民國二十八年（1939）商務印書館出版的《辭源》中，有「一丈青」詞條，該詞條全文如下：「一丈青，南宋女子名。《女世說》：馬皋被誅，閭勍周恤其妻一丈青，以為義女。後勍說張用歸朝，以一丈青妻之，遂為中軍統領。有二認旗在馬前，題曰：關西真烈

女，護國馬夫人。」（《女世說》有二，一為明末清初李清撰，四卷本；一為清代嚴蘅撰，一卷本。筆者均無緣得見，不知《辭源》引自何種。）

《水滸傳》中梁山頭領多有以前人名號為其綽號者，如三國關羽，人稱「美髯公」，而《水滸傳》中朱仝亦徑取「美髯公」為綽號，此即李葆嘉先生文中所謂「借喻英豪」者。準乎此，則《水滸傳》作者以英姿颯爽之「馬夫人」比諸颯爽英姿之扈三娘，正為體現扈三娘之巾幗英雄的風采；而又以頎長美貌的「一丈青」配與五短身材的「矮腳虎」，則又含有一些兒喜劇意味。如此「一丈青」，豈不妙哉？

（原載《明清小說研究》1995 年第三期）

宋江的文化遭遇

「宋江」，如今已成為一個非常複雜的文化符號。其複雜性主要體現在兩大層面上：第一，作為人物符號，至少有三個「宋江」：歷史記載之宋江，民間流傳之宋江，文學創造之宋江。第二，三個宋江的性格都具有複雜的多面性，而這種複雜性，又是因為其獨特的文化遭遇之所致。

一

我們先看歷史記載之宋江。

宋·李埴《皇宋十朝綱要·徽宗紀》載，宣和元年十二月，「詔招撫山東盜宋江」。可知在北宋宣和元年宋江已經與朝廷為敵。對於宋江起義，在宋·王偁《東都事略·侯蒙傳》和《宋史·侯蒙傳》中有基本相同的記載，或許後者就是抄的前者。《東都事略》云「宋江寇京東，蒙上書陳制賊計曰：『宋江以三十六人橫行河朔、京東，官軍數萬無敢抗者，其材必過人。不若赦過招降，使討方臘以自贖，或足以平東南之亂。』」

當時，與宋江作戰的有以下朝廷官員。一是曾孝蘊：「宣和二年……十二月……初七日，歙守天章閣待制曾孝蘊以京東賊宋江等出青、齊、單、濮間，有旨移知青社。」（宋·方勺《泊宅編》卷5）二是王師心：「公諱師心，字與道。……河北劇賊宋江者，肆行，莫之御。既轉掠京東，徑趨沭陽。公獨引兵要擊於境上，敗之，賊遁去。」（宋·汪應辰《文定集》卷23《顯謨閣學士王公墓誌銘》）「王師心，字與道，金華人。政和八年進士，初為海州沭陽縣尉，敗劇賊宋江境上。」（元·吳師道輯《敬鄉錄》卷5《王師心》）三是蔣圓：「公諱圓，字粹中。……宋江嘯聚亡命，剽掠山東一路，州縣大震，吏多避匿。公

獨修戰守之備，以兵扼其沖。賊不得逞，祈哀假道。公嘿然陽應，偵食盡，督兵鏖擊，大破之。餘眾北走龜蒙間，卒投戈請降。」（宋‧張守《毗陵集》卷12《左中奉大夫充秘閣修撰蔣公墓誌銘》）四是折可存：「公諱可存。……臘賊就擒，遷武節大夫。班師過國門，奉御筆：『捕草寇宋江』。不逾月，繼獲，遷武功大夫。」（宋‧范圭《宋武功大夫河東第二將折公墓誌銘》）這裡，似乎給人造成折可存擒「獲」宋江的感覺，其實這可能有些問題，文獻中記載更多的則是張叔夜招降宋江。請看以下材料：

「（張叔夜）起知海州，破群盜宋江有功。」（宋‧徐夢莘《三朝北盟會編》卷88）

「淮南盜宋江等犯淮陽軍，遣將討捕。又犯京東、河北，入楚、海州界，命知州張叔夜招降之。」（《宋史‧徽宗紀》）

在宋‧王偁《東都事略‧張叔夜傳》、《宋史‧張叔夜傳》、元‧陳桱《通鑒續編》、明‧馮琦原編陳邦瞻增輯《宋史紀事本末》等史料中，對張叔夜招降宋江的過程都有比較詳細的記載，內容大致相同，此摘錄《宋史》所記為代表：「宋江起河朔，轉略十郡，官軍莫敢嬰其鋒。聲言將至，叔夜使間者覘所向，賊徑趨海瀕，劫巨舟十餘，載虜獲。於是募死士得千人，設伏近城，而出輕兵距海誘之戰。先匿壯卒海旁。伺兵合，舉火焚其舟。賊聞之，皆無鬥志，伏兵乘之，擒其副賊，江乃降。」

至於宋江被擒的具體時間，則是《東都事略‧徽宗紀》記載得更清楚。宣和「三年春……大赦天下。……五月丙申，宋江就擒。」

宋江率領三十六人歸順朝廷以後，很快成為朝廷命官，這有宋‧李若水詩句為證：「去年宋江起山東，白晝橫戈犯城郭。殺人紛紛剪草如，九重聞之慘不樂。大書黃紙飛敕來，三十六人同拜爵。」（《忠愍集》卷2《捕盜偶成》）

隨後，宋江又跟著朝廷的軍隊去征剿方臘。《三朝北盟會編》卷52引《中興姓氏姦邪錄》云：「宣和二年，方臘反睦州，陷溫、臺、婺、處、杭、秀等州，東南震動。以（童）貫為江浙宣撫使，領劉延慶、劉光世、辛企宗、宋江等軍二十餘萬往討之。」同書卷212又引《林泉野記》云：「臘敗走入清溪洞，光世遣諜察知其要險難易。光世遣宋江並進，擒其偽將相，送闕下。」宋江進攻方臘的時間是在宣和三年六月間，宋‧楊仲良《通鑒長編紀事本末》卷141載：「宣和三年四月戊子，……劉鎮將中軍，楊可世將後軍，王渙統領馬公直

並裨將趙明、趙許、宋江，既次洞後，而門嶺崖壁峭拔，險徑危側，賊數萬拒之。」此處只說宋江打方臘是在四月以後，而《皇宋十朝綱要・徽宗紀》則記載得更具體：「宣和三年……六月……辛興宗與宋江破賊上苑洞。」

綜合以上材料，我們可以對歷史上的宋江作如下概括：宋江，北宋末山東人，於宣和初起兵造反，手下幹將三十六人，橫行於山東、河北、淮南等地。朝廷和地方官吏曾多次征剿之，未得全勝。宣和三年五月，時任海州知州的張叔夜用誘敵之計，以伏兵擊敗宋江，擒獲其主要成員，宋江不得已而投降，三十六人全部接受招安。隨後，宋江又與諸將跟隨童貫征剿方臘，從清溪洞後發起進攻，斬獲良多。六月，方臘被消滅。

對於歷史上宋江的所作所為，後人有各自不同的評價。

元・陸友《題宋江三十六人畫贊》云：「憶昔熙寧全盛日，百年曾未識干戈。江南丞相變法度，不恤人言新進多。蔡家京卞出門下，首亂中原傾大廈。睦州盜起勢連北，誰挽長江洗兵馬。京東宋江三十六，白日橫行大河北。官軍追捕不敢前，懸賞招之使擒賊。後來報國收戰功，捷書夜奏甘泉宮。」（元・顧瑛編《草堂雅集》卷10）他認為宋江、方臘等人造反的原因是王安石變法、蔡京亂政之所致，同時也讚揚宋江平方臘的行為。這些，都是站在統治者立場的比較清醒的看法。

明・丘濬《明流贖之意》云：「宋人於今五刑之外，又為刺配之法，豈非所謂六刑乎聚罪？廢無聊之人，於牢城之中，使之合群以構怨，其憤憤不平之心無所於泄。心中之意雖欲自新，而面上之文已不可去。其亡去為盜，挺起為亂，又何怪哉？宋江以三十六人橫行河朔，迄不能制之，是皆刺配之徒在在而有以為之耳目也。」（《名臣經濟錄》卷47）他認為宋江造反的直接原因是宋朝不該施行「刺配」之刑罰，因為這會積聚一些亡命之徒於牢城之中，給他們造反提供方便。這種看法其實是皮相之見，不及陸友深刻。

二

我們再看民間流傳之宋江。

首先是宋江等三十六人均在「街談巷語」的基礎上於南宋時均被單獨畫像。當時的畫家龔開寫有《宋江三十六贊》並序。宋江畫像上的讚語是：「不假稱王，而呼保義。豈若狂卓，專犯忌諱？」龔氏還在序言中評價宋江：「余嘗以江之所為，雖不得自齒，然其識性超卓，有過人者。立號既不僭侈，名稱

儼然，猶循軌轍，雖託之記載可也。古稱柳盜跖為盜賊之聖，以其守一至於極處，能出而拔萃。若江者，其殆庶幾乎？」（宋・周密《癸辛雜識》續集卷上）這種以表彰為主的評價，在當時亦算難得的公允。

傳說中的宋江還是一個相當不錯的詞人，明人楊慎《詞品・拾遺・李師師》云：「《甕天脞語》又載宋江潛至李師師家，題一辭於壁云：『天南地北，問乾坤，何處可容狂客？借得山東煙水寨，來買鳳城春色。翠袖圍香，鮫綃籠玉，一笑千金值。神仙體態，薄倖如何銷得？　回想蘆葉灘頭，蓼花汀畔，皓月空凝碧。六六雁行連八九，只待金雞消息。義膽包天，忠肝蓋地，四海無人識。閒愁萬種，醉鄉一夜頭白。』小辭盛於宋，而劇賊亦工如此。」歷史上的宋江是否寫過這樣一首〔念奴嬌〕詞，我們實在無法知道。不過，這首詞卻真實地再現了中國古代那些混跡於綠林的文化人的悲哀心理。造反而欲言忠，投降而欲言義，這些本來冰炭不相容的東西，在這裡卻得到了對立的統一。更有甚者，正是在這種傳說之中，宋江逐步成為造反領袖中的「這一個」。

宋江還是傳說故事中熱門話題的主人公。明代高濂《山居聽人說書》一文寫了這樣一件趣事：「老人畏寒，不涉世故，時向山居，曝背茅簷，看梅初放。鄰友善談，炙糍共食。令說宋江最妙，數回，歡然撫掌，不覺日暮。」（《遵生八箋》卷6）而明代胡應麟在《歌者屢召不至，汪生狂發據高座，劇談〈水滸傳〉，奚童彈箏佐之，四席並傾，余賦一絕賞之》一詩中也描寫了當時人「說宋江」的情景：「琥珀蒲桃白玉缸，巫山紅袖隔紗窗。不知誰發汪倫興，象板牙籌說宋江。」（《少室山房集》卷75）更有甚者，有人在詩歌作品中讚揚了宋江等人，竟遭到文壇盟主錢牧齋的揶揄：「晚年無聊，激贊宋江三十六人，以申寫其叫號呼憤之氣。」（錢謙益《有學集》卷19《咸子詩序》）同樣，一部明代人的著作，因為中間涉及關於宋江的傳說故事，竟然遭到了清代四庫館臣的抨擊：「《獻次瑣談》一卷，明劉世偉撰。世偉字宗周，陽信人，嘉靖中官寧州州同。其書雜取古人說部而評論之，所見頗淺。又載宋江誘柴進為盜事，尤俚俗附會之說。」（《四庫全書總目》）然而，不管讚賞也罷、攻擊也罷，宋江的故事在民間深受歡迎，民間那些對宋江頗感興趣的人都在按照自己的模式塑造著宋江，卻是不爭的事實。

最有意思的是，宋江在民間傳來傳去，竟傳出了種種趣味盎然乃至令人啼笑皆非的「實用價值」。

中國的「國賭」麻將的前身之一是「葉子戲」，想不到宋江及其手下幹將竟成了明代崑山人手中「身價」不等的葉子牌。明人徐復祚曾經這樣回答別人的問題：「又問：『今崑山紙牌，必一一綴以宋江諸人名，亦有說歟？』曰：『吾不知其故。或是市井中人所見所聞所樂道者，止江等諸人姓氏，故取以配列，恐未有深意。』」（《三家村老委談·紙牌》）明人陸容的描述則更為詳細：「鬥葉子之戲，吾昆城上自士夫，下至僮豎，皆能之。予遊昆庠八年，獨不解此，人以拙嗤之。近得閱其形制：一錢至九錢各一葉，一百至九百各一葉。自萬貫以上皆圖人形。萬萬貫呼保義宋江，千萬貫行者武松，……二萬貫小李廣花榮，一萬貫浪子燕青。」（《菽園雜記》卷 14）

為什麼宋江會成為「萬萬貫」？清人王士禎是這樣解釋的：「宋張文忠公叔夜招安梁山濼榜文云：『有赤身為國，不避凶鋒，拿獲宋江者，賞錢萬萬貫，雙執花紅；拿獲李進義者，賞錢百萬貫，雙花紅；拿獲關勝、呼延綽、柴進、武松、張清等者，賞錢十萬貫，花紅；拿獲董平、李進者，賞錢五萬貫，有差。』今鬥葉子戲，有萬萬貫、千萬貫、百萬貫、花紅遞降等採，用叔夜榜文中語也。」（《居易錄》卷 24）這種解釋是否合理，現已不得而知之，但宋江卻實實在在地過了一把「萬萬貫」的癮。須知，古往今來，身價值得「萬萬貫」者能有幾何？

一直到清代，宋江等人還是賭具「明星」，有詩為證：「我聞宋江輩，三十人有奇，橫行遍天下，炎宋無能為。演為《水滸傳》，加以鋪張詞。晚近葉子戲，粉本實因之。」（清·馬壽齡《金陵癸甲新樂府》）不過到後來，宋江等明星的臉譜也發生了一些奇妙的變化，清代苕園主人在《掉譜集覽》中告訴我們：「紅萬：呼保義宋江。」（卷 1 附錄《水滸人名》）這時，宋江由「萬萬貫」變成了「紅萬」。

宋江等人活躍於牌局之餘，還服務於酒令。請看清代俞敦培《水滸酒籌》的記載：「李逵大鬧潯陽江：首二坐為宋江、戴宗，末坐為張順。得籌為李逵，飲一大杯，宋、戴陪小杯，即與張順猜十拳，張順輸則飲酒，李逵輸飲開水。」（《酒令叢鈔》卷 4）

也有把宋江的名字拿來做文字遊戲的。胡應麟告訴我們：「曾見寧夏露布，以『祿山之亂』對『宋江之強』；彼以江對山，自謂絕異，不知轉入惡道。」（《甲乙剩言》）

當然，最嚴肅而又最具諷刺意味的則是宋江等人的名字被後世各色人等

的隨意「借用」。且看：「《東林點將錄》一卷，明王紹徽撰。以《水滸傳》晁蓋、宋江等一百八人天罡地煞之名，分配當時縉紳。」（《四庫全書總目》）具體而言，與及時雨宋江相對應的東林名宿是葉向高。明‧文秉《先撥始志》載「楊、左既逐，奸黨益無忌憚，遂肆行構陷。……韓敬造《東林點將錄》，計一百八人。……天魁星及時雨大學士葉向高。」明‧陳悰《天啟宮詞原注》中也有相同的說法：「或有用《水滸傳》罡煞星名配東林諸人以供談謔之資，如托塔天王則李三才也，及時雨則葉向高也。」這些都是借宋江等強盜的名號來攻擊政敵，但其中卻無意中體現了編造者對宋江們濃厚的興趣。出人意料的是，清代居然有人將宋江等盜賊借來影射詩壇名宿。舒位《乾嘉詩壇點將錄》寫道：「詩壇都頭領三員：托塔天王沈歸愚（德潛）、及時雨袁簡齋（枚）、玉麒麟畢秋帆（沅）。……」這真是一種令人百思不得其解的奇特審美表現。

　　相比較而言，宋江等人的名號借給後世的強盜是最合適不過的。這又分成兩種情況：其一，他人以「宋公明」指代強盜；其二，強盜自稱「宋江」。先看前者：「辛未，余偕同年盛子裁初上公車下第歸。黃河中，為綠林所劫。……群盜必欲殺之，大哥不應，乃免。余深感宋公明仁人大度也。」（明‧鄭敷教《鄭桐庵筆記‧黃河遇盜》）後者的例子更多：「偽翼王石達開，故永安州書吏，自號小宋公明。」（清‧施建烈《紀縣城失守克覆本末》）「公元一六三三年（明崇禎六年）《兵部題為恭報誅剿渠魁等事》：……認出有名賊頭……王忠孝混名宋江。……公元一六四一年（明崇禎十四年）《山東總兵楊御蕃題為塘報畿省會兵合剿等事》：……賊首宋江被火攻。……同年《山東巡按李近古題為塘報防河事》：……土賊頭目稱宋江。」（北京大學文科研究所《明末農民起義史料》）這些綠林好漢不僅借用宋江等人的名號，甚至連聚義的人數也要湊天罡之數三十六，似乎這是造反者的吉祥數字：「宋徽宗時，山東賊宋江等三十六人聚眾橫行，官軍莫敢攖其鋒。元順帝時花山賊畢四等亦三十六人聚集茅山，出沒無忌，官軍不能收捕。二賊相類，而皆三十六人，……豈皆天罡之數耶？」（明‧謝肇淛《文海披沙》卷5）

　　不僅綠林好漢以當一回「宋大哥」為榮，就是江湖幫會也以「宋江」為旗幟相號召。請聽他們的誓詞和號令：「水泊梁山三把香，有仁有義是宋江。高俅奸賊朝綱管，因此聚集在山崗。高扯替天行道旗一面，一百八將招了安。乃是天上諸神降，天罡地煞結拜香。」（李子峰《海底》第二編《組織‧三把

半香詩》）「銅章大令往下揚，滿園哥弟聽端詳。大哥好比宋江樣，仁義坐鎮忠義堂。」（朱琳《洪門志》第十七章第三節《外八堂執事二五銅章令》）

除此而外，宋江的名字還曾經作為《水滸傳》的另一個書名。明代郎瑛云：「《三國》、《宋江》二書，乃杭人羅本貫中所編。予意舊必有本，故曰編。《宋江》又曰錢塘施耐庵的本。」（《七修類稿》卷23）

那個生前造反而又接受招安的宋江，做夢也沒有想到他竟然成為草頭王中的明星，並有如此廣泛的妙用。

三

最後，我們來看看文學作品中的宋江。

目前所知最早描寫水滸故事的小說作品應該是元代佚名的講史話本《宣和遺事》，其中關乎宋江的主要情節有：通風報信救晁蓋，推薦杜千、張岑、索超、董平上梁山，殺閻婆惜、吳偉，九天玄女授天書，上梁山，題詩旗上，率三十六人朝東嶽，受招安，平方臘，封節度使。其中，最有文學意味的是兩個片斷：殺閻婆惜和題詩旗上。《宣和遺事》中宋江殺惜與《水滸傳》中迥然不同，是情殺，而且非常主動：「卻見故人閻婆惜又與吳偉打暖，更不採著。宋江一見了吳偉兩個，正在偎倚，便一條忿氣，怒髮衝冠，將起一柄刀，把閻婆惜、吳偉兩個殺了，就壁上寫了四句詩。……詩曰：『殺了閻婆惜，寰中顯姓名。要捉凶身者，梁山濼上尋。』」這真是敢作敢當的男子漢氣概，完全是一個草莽英雄的宋江。與此相比，題詩旗上一段卻又充分顯示了宋江性格的另一層面——極端講義氣。「宋江題了四句放旗上道，詩曰：『來時三十六，去後十八雙。若還少一個，定是不歸鄉。』」可見《宣和遺事》留給我們的乃是一個義勇豪俠的宋江，與《水滸傳》之宋江大異其趣。

同樣在元代，雜劇也寫到了宋江。元雜劇「水滸戲」現存六本：康進之《梁山泊黑旋風負荊》、高文秀《黑旋風雙獻頭》、李文蔚《同樂院燕青博魚》、李致遠《大婦小妻還牢末》、無名氏《爭報恩三虎下山》和《魯智深智賞黃花峪》。六個劇本都有宋江，然均非主要人物。這位宋大哥只是故事開始時上場打個「鬧臺」，而且講來講去也就是那麼幾句套話：

「某，姓宋名江字公明，綽號順天呼保義。幼年曾為鄆州鄆城縣把筆司吏，因帶酒殺了閻婆惜，腳踢翻蠟燭臺，沿燒了官房，致傷了人命，被官軍捕盜，捉拿的某緊，我自首到官，脊杖六十，迭配江州牢城去。因打此梁山過，

有我八拜交的哥哥晁蓋，知某有難，領嘍囉下山，將押解人打死，救某上山，就讓某第二把交椅坐。哥哥晁蓋，三打祝家莊身亡，眾兄弟拜某為頭領。某聚三十六大夥，七十二小夥，半坺來小嘍囉，威鎮梁山。」（《黑旋風雙獻頭》第一折）

「有我結義哥哥晁蓋，知我平日度量寬洪，但有不得已的英雄好漢見了我，便助他些錢物，因此天下人都叫我做及時雨宋公明。」（《大婦小妻還牢末》楔子）

「只因誤殺閻婆惜，跳出鄆州城，占下了八百里梁山泊，搭造起百十座水兵營。忠義堂高搠杏黃旗，一面上寫著『替天行道宋公明。』聚義的三十六個英雄漢，那一個不應天上惡魔星？繡衲襖千重花豔，茜紅巾萬縷霞生。肩擔的無非長刀大斧，腰掛的盡是鵲畫雕翎。贏了時，捨性命大道上趕官軍，若輸呵，蘆葦中潛身抹不著我影。」（《爭報恩三虎下山》楔子）

將宋江形象塑造得極其豐滿厚實的，當然是不朽的《水滸傳》。

《水滸傳》中宋江的基本性格特徵用兩個字可以概括，那就是「忠」「義」。這二者有時是矛盾的，有時是統一的。實際上，二者是在宋江的思想性格中矛盾著的統一。

此宋江乃是一個以儒家思想為基礎的能幹縣吏，是處於社會中下層的知識分子。這樣的出身、地位以及所受的正統教育，決定了他頭腦裏具有濃厚的忠君思想。同時，宋江又「愛習槍棒，學得武藝多般，平生只好結識江湖好漢」。（第18回）宋江之所以廣交天下英雄，主要是為了幹一番忠君報國的大事業而網羅人才。但同時，江湖好漢的義氣又對宋江的思想有著積極的影響。而這種江湖義氣與忠君報國的思想相結合，就構成了宋江性格內涵矛盾統一的主導面。在宋江看來，忠義二者是完全吻合、統一的，忠臣和義士二者完全可以一體。宋江一生的奮鬥目標，就是要做一個忠臣兼義士。

然而，嚴酷的現實生活卻並不像宋江所想像的那麼簡單。他想當忠臣，偏有姦臣當道，阻塞賢路；他欲為義士，但義又時時與忠發生矛盾。儘管宋江竭盡全力想把忠義二者結合起來，但事實上，這二者在更多的時候卻是矛盾的，有時甚至發展到尖銳衝突的地步。要忠就不能義，要義就不能忠。宋江悲劇性的一生，就是持久地處於兩大矛盾衝突之中：一是自身思想忠與義的矛盾，二是其忠義思想與殘酷現實的矛盾。

宋江上梁山的過程是異常曲折的。上山之前，本人雖處處講忠，所行卻

經常顯義。他的忠，阻撓了他個人走上梁山的進程；他的義，卻在客觀上推動了梁山事業的發展。宋江上梁山後，同時也把矛盾著的「忠義」思想帶上了梁山。他企圖把忠與義結合在一起，以忠為目的、以義為手段來施展自己的政治才能，達到經世濟國的政治目的。宋江一直以為自己的做法是既忠且義的，是既符合皇帝利益又符合江湖精神的。直到柴進簪花入禁院，在「睿思殿」的屏風上看到了御書四大寇的姓名，並把「山東宋江」四字刻下來帶回梁山時，「宋江看罷，歎息不已」。（72回）他才意識到自己思想裏的忠義實際上是不可能統一的，要忠於皇帝，就必須接受朝廷招安而不再當強盜。接受招安後，忠的思想在宋江頭腦中佔了絕對優勢。為了忠，他可以幹不義之事了，陳橋驛斬小卒就是明顯的例子。征方臘而建功受封後，朝廷向他送來了鴆酒。而宋江明知自己將成為朝廷犧牲品時，只是擔心李逵重舉義旗，壞了他的忠名，竟設計將李逵藥死，作了自己的殉葬品。宋江的「忠」，最終竟至發展到愚忠的地步，說出了「寧可朝廷負我，我忠心不負朝廷」（100回）的話來，把對皇帝的一片忠心帶進了墳墓。

《水滸傳》中的宋江，就是這麼一個性格複雜的人物。進而言之，宋江的複雜性格其實也具有十分深刻的悲劇性。宋江的性格是悲劇的性格，宋江的結局是悲劇的結局，而這一切又都是完全真實的，宋江的思想發展變化和性格的複雜性是符合邏輯的。有許多梁山好漢的思想性格都顯得前後矛盾，甚至判若兩人。接受招安前，他們是那麼生龍活虎和血肉豐滿；而招安後，他們卻成為作者任意操縱的傳聲筒了。宋江則不然，作者自始至終都按照這個人物性格發展的邏輯來寫他，用大量的筆墨寫出了他思想的矛盾。更為出色的是，作者細緻、深入地寫出了宋江「忠」與「義」長期以來在共存中的衝突、在衝突中的共存。宋江的絕大多數言行，都可以在他的基本思想性格中找到根據。正因如此，越看到後來，讀者便越感覺到《水滸》之宋江就是《水滸》之宋江，他不是《水滸傳》中任何一個其他的好漢，也不是其他任何作品中的宋江。

總之，宋江是《水滸傳》中最為成功的藝術形象，而《水滸傳》則是塑造宋江形象最優秀的作品。之所以能這樣，乃是因為在宋江身上最大限度地融入了《水滸傳》作者——一個生活在那樣的時代而有良心的下層文人對歷史、現實、社會、人生的深刻感受和深入思考。作者在塑造《水滸傳》其他人物時，大都是對傳說的吸取和改造，而宋江，則是作者用「心」的創造。《水

滸傳》之宋江，比任何一個「宋江」都離歷史、傳說更遠，而距離作者的心靈更近。

更有意味的是，在《水滸傳》中的宋江形象誕生以後的數百年時間裏，他又被許許多多不同程度的讀者在以各自的方式解讀和闡釋。同情者有之、厭惡者有之、讚頌者有之、批判者亦有之……，所有這些，都使得宋江的文化遭遇更加光怪陸離。

「江之用心，不負宋朝；而宋之屠戮，慘加於江。」（明‧吳從先《小窗自紀》卷3《讀水滸傳》）這是同情宋江的觀點。

「若夫宋江者，逢人便拜，見人便哭，自稱曰：『小吏，小吏』，或招口：『罪人，罪人』，的是假道學，真強盜也。然能以此收拾人心，亦非無用人也。當時若使之為相，雖不敢曰休休一個臣，亦必能以人事君，有可觀者矣。」（明‧無名氏《梁山泊一百單八人優劣》）在極端蔑視宋江的同時，又認為他並非一無是處。

金聖歎毫無疑問是最有水平的評點家，尤其是他對《水滸傳》的評價，可謂真知灼見迭出，然而，這位偉大的評點家卻也有至為偏激之處，那就是他貫串《水滸傳》評點始終的「獨惡宋江」。以下幾段話是很有代表性的：

「《水滸傳》有大段正經處，只是把宋江深惡痛絕，使人見之，真有犬彘不食之恨。」（《讀第五才子書法》）

「此書寫一百七人處，皆直筆也，好即真好，劣即真劣。若寫宋江則不然。驟讀之而全好，再讀之而好劣相半，又再讀之而好不勝劣，又卒讀之而全劣無好矣。」（第35回評語）

「此書極寫宋江權詐，可謂處處敲骨而剔髓矣。」（第51回評語）

「寫宋江以忠義二字網羅員外，卻被兜頭一喝，既又以金銀一盤誘之，卻又被兜頭一喝，遂令老奴一生權術，此書全部關節，至此一齊都盡也。」（第61回評語）

為了表示對宋江的厭惡，金聖歎還將梁山眾多英雄人物與宋江一一進行比較，得出宋江乃狹人、甘人、駁人、歹人、厭人、假人、呆人、俗人、小人、鈍人的結論。（參見第25回評語）

當然，金聖歎所厭惡的主要是宋江之個人品質，對於宋江等人所從事的事業——梁山聚義，這位大評點家還是充滿同情的。《水滸傳》第31回的一段評語充分表達了這種思想傾向：「夫江等之終皆不免於竄聚水泊者，有迫之

必入水泊者也，若江等生平一片之心，則固皎然如冰在玉壺，千世萬世，莫不共見。」

與金聖歎鼓桴相應的還有俞萬春，他也是一位宋江的積極反對者。請看這位曾經「剿匪」的小說家的偏激言論：「施耐庵先生《水滸傳》，並不以宋江為忠義。眾位只須看他一路筆意，無一字不描寫宋江的奸惡。其所以稱他忠義者，正為口裏忠義，心裏強盜，愈形出大奸大惡也。聖歎先生批得明明白白。忠於何在？義於何在？總而言之，既是忠義，必不做強盜，既是強盜，必不算忠義。」（《蕩寇志》卷1）

表面看來，俞萬春與金聖歎一樣極端厭惡宋江，但實際上二人觀點卻又天差地別。金聖歎是從人格的角度厭惡宋江，而俞萬春卻是從政治的角度對宋江口誅筆伐。

也有與俞萬春觀點恰恰相反，對宋江大加讚揚者。

「問：一百八人中，不少凶頑惡劣之人，何故一見宋江，即斂而就範，仁信智勇，而無一毫私意乎？宋江操何術以馭之乎？曰：公明而已矣。……天下無不可化之人，特患施治者不公不明耳。」（清·燕南尚生《水滸傳新或問》）

「細繹耐庵筆意，其寫一百七人也，自有一百七人之性質，而此一百七人各各不同之性質，宋江一人均有之。宋江之腦，能包含此一百七人，而此一百七人之腦，不能包含宋江，此宋江所以能用一百七人，而一百七人不能用宋江也。……宋江無特別之才，而腦中能容此一百七人，以一百七人之才為其才，即特別之才。宋江真異人哉！」（清·無名氏《讀水滸傳書後》）

這些評價，實在是有點將宋江看作「英明領袖」的意味了。當然，其中也不乏借題發揮的意思。

談到借題發揮，陳忱是一個典型代表。這位逸民詩人的一肚皮牢騷憤慨，全借著宋江發洩出來：「《水滸》憤書也。宋鼎既遷，高賢遺老，實切於中，假宋江之縱橫，而成此書，蓋多寓言也。憤大臣之覆餗，而許宋江之忠；憤群工之陰狡，而許宋江之義，憤世風之貪，而許宋江之疏財；憤人情之悍，而許宋江之謙和；憤強鄰之啟疆，而許宋江之征遼，憤潢池之弄兵，而許宋江之滅方臘也。」（《水滸後傳論略》）

《水滸傳》寫作之前，有那麼多「宋江」留傳下來；《水滸傳》流行之後，同一個宋江形象卻又遭到了如此差別巨大的闡釋。《水滸》之宋江，其實並不

單單是施耐庵或羅貫中或什麼人創造的，他的創造者其實還包括了數百年來數以萬計的讀者大眾。

四

以上，我們從歷史記載、民間流傳、文學創造三個角度對「宋江」的文化遭遇進行了一番簡明的巡閱。其實，「宋江」最倒楣的時代卻是最近的三十多年。

1974 年，宋江與《水滸傳》一起遭到嚴厲批判。當時有最高指示云：「《水滸》這部書，好就好在投降。做反面教材，使人民都知道投降派。」「《水滸》只反貪官，不反皇帝。屏晁蓋於一百零八人之外。宋江投降，搞修正主義，把晁的聚義廳改為忠義堂，讓人招安了。宋江同高俅的鬥爭，是地主階級內部這一派反對那一派的鬥爭。宋江投降了，就去打方臘。」（人民文學出版社 1975 年版《水滸傳》卷首）若干年後，這些最高指示的核心內容在電視連續劇《水滸傳》的後半段中得到了形象化的展現，宋江成了一個「終於是奴才」（魯迅《流氓的變遷》）式的人物，讓人望而生厭。這一切，或許會讓歷史上的宋江本人以及塑造「宋江」的高文秀、康進之、李文蔚、李致遠、施耐庵、羅貫中、金聖歎乃至俞萬春們瞠目結舌，不知後人何以會有如此奧妙無窮之變化。但無論如何，這也是一種文化，對「宋江」而言，這也是一種文化遭遇。而且，這種種迥然不同的闡釋也將不斷地花樣翻新，或者說，面對「文化」，宋江還得永遠「遭遇」下去，不管這種遭遇是有幸還是不幸。

（原載《水滸爭鳴》第九輯，青海人民出版社，2006 年 12 月出版）

宋江三論

　　長期以來，人們對《水滸傳》中的宋江這一藝術形象爭論較大。讚揚者說他是農民革命的領袖，是梁山上的一面旗幟；貶損者則認為他是投降主義分子，是叛徒，是奸詐小人。當然，還有一些其他的意見，或認為他是「地主階級的革新派」，或認為他是「傳統道德觀念的體現者」，或認為他是「《水滸傳》裏的理想完人」，或認為他是一個「悲劇形象」，如此等等，不一而足，見仁見智，爭論不休。其中，絕大多數的評論者都認為宋江是一個複雜的人物形象，應該給予多角度、綜合性的評價。

　　本著多角度、綜合性評價的基本原則，筆者試圖將歷史事實、民間傳說、小說文本等多重因素結合在一起，對《水滸傳》中的宋江這一藝術典型從三個不同的角度進行一些探討和評價。

一、宋江是《水滸》敘事的線索人物

　　宋江是《水滸》敘事的線索人物，但卻不是唯一的線索人物。《水滸》中的線索人物大致有兩類：一是臨時性的，只在某一段故事中起穿針引線的作用；二是長久性的，他們基本貫串全書而起作用。就線索人物本身而言，也有兩種情況：一種是專職的，即在書中最主要的作用乃在於牽引情節；另一種是兼職的，即除了是線索人物外，他們還是書中的重要人物甚至主要人物。

　　臨時性的線索人物如王進、柴進，二人之間，王進是專職的，柴進是兼職的。而長久性的線索人物，在《水滸》中最突出的有三人：高俅、吳用、宋江，而這三個人物又全都是兼職的。

　　高俅在《水滸》中的地位頗為特殊，從敘事的角度來看，他至少在書中

的前十二回中起到了連接情節的作用。史進、魯達、林沖、楊志這幾個本可以單獨成段落的故事，正是依靠這些人與高俅直接或間接的「反激」關係而連成一片的。故而可以說，高俅在史、魯、林、楊的故事中起到了穿針引線的作用。

從第十三回開始，作者幾乎同時起用了另外兩個線索人物——吳用和宋江。作為線索人物的吳用在《水滸》敘事中的作用主要在「智取生辰綱」到「梁山小奪泊」這幾回書中。值得注意的是，在吳用擔當線索人物的片斷中，另一個線索人物宋江也偶而露崢嶸，而當吳用作為線索人物的基本任務完成之後，作者筆鋒一轉，又提起曾經亮相的宋江這根線索。

作者讓宋江怒殺閻婆惜，作了一番精彩的表演之後，便開始了宋江作為線索人物的一系列工作：引武松進場，又引武松退場。在柴進莊上，宋江將武松引進舞臺中心之後，自己便退入暗線之中；當武松得以充分表現之後，宋江又在孔明莊上引武松離開舞臺中心，而同時宋江本人也由暗線轉入明線。此後十數回書，便是明顯地以宋江行走江湖為線索來展開描寫了。最終到鬧江州、取無為軍而聚集梁山時，已有四十名頭領。於是，他們排了一個饒有意味的臨時性「座次」，請看：「再三推晁蓋坐了第一位，宋江坐了第二位，吳學究坐了第三位，公孫勝坐了第四位。宋江道：『休分功勞高下，梁山泊一行舊頭領，去左邊主位上坐。新到頭領，去右邊客位上坐。待日後出力多寡，那時另行定奪。』眾人齊道：『哥哥言之極當。』左邊一帶，是林沖、劉唐、阮小二、阮小五、阮小七、杜遷、宋萬、朱貴、白勝；右邊一帶，論年甲次序，互相推讓。花榮、秦明、黃信、戴宗、李逵、李俊、穆弘、張橫、張順、燕順、呂方、郭盛、蕭讓、王矮虎、薛永、金大堅、穆春、李立、歐鵬、蔣敬、童威、童猛、馬麟、石勇、侯健、鄭天壽、陶宗旺，共是四十位頭領坐下。」（第四十一回）

以上四十人，就其與梁山的關係而言，可分為四撥：杜遷、宋萬、朱貴三人，乃第一任梁山寨主王倫舊部；林沖是一人單獨山梁山投奔王倫的；晁蓋、吳用、公孫勝、劉唐、阮小二、阮小五、阮小七、白勝八人，是打劫生辰綱以後上梁山的；右邊坐下的二十七人，除蕭讓、金大堅外，全是與宋江相識相交並被其推薦或帶領上梁山的。進而言之，就連晁蓋等八人，也是在宋江通風報信的前提下，才有可能化險為夷上梁山的。如此看來，當《水滸傳》的敘事告一段落時，當一百八人超過三分之一走上梁山時，宋江與其中絕大

多數的人和事都有緊密關係。離開了宋江，那些散處於各地的英雄豪傑是很難齊聚梁山的。在梁山事業從初生到發展壯大的過程中，必須要有宋江這樣的在江湖上具有極大號召力的人物在中間起串聯作用。這樣，作者的敘事方能有條不紊、遊刃有餘。而這，正說明了宋江作為《水滸》敘事線索人物的不可或缺的重要性。

宋江上梁山以後，梁山事業逐漸進入高潮，其中最明顯的標誌就是梁山好漢由比較被動的還手而發展到比較主動的出擊。從三打祝家莊到踏平曾頭市，直到攻下東昌、東平二府，梁山軍是主動出擊多於被動防禦。在敘述這些聲勢浩大的軍事鬥爭的過程中，作者仍然是緊緊抓住宋江與吳用這兩個線索人物來大做文章的。或宋江為表吳用為裏，或吳用為表宋江為裏，晁蓋只不過徒有虛名，眾頭領也不過充當棋子而已。

至於在「梁山泊英雄排座次」以後的三十回書中，作為梁山領袖的宋江，同時也是貫串幾乎所有故事的線索人物。從兩贏童貫、三敗高俅到受招安、征大遼、征方臘，直到最終「神聚蓼兒窪」，宋江都是線索人物。別的不說，僅就後三十回的回目而言，「宋江」或「宋公明」的字樣就明明白白出現了二十一次。此間，有些事件，宋江並未親身參與，有些戰鬥，宋江也只是遙控指揮，但無論如何，這些事件都是以宋江的「名義」發生的，沒有宋江這根線索，如此紛繁複雜的敘事，就不可能得以圓滿完成。

從整體的角度看問題，《水滸》敘事絕不是一百八人故事的簡單連綴，而是要通過各種各樣的人物走向梁山的經歷來揭示當時黑暗的社會現實和梁山好漢的英雄氣概。這裡有一個問題：如果梁山一百八人全都以個人的面目單獨出現，那將永遠是一盤散沙，永遠只能是許許多多的個別性、特殊性，並不能揭示當時社會黑暗的一般性和英雄氣概的整體性。世界上任何一個事物，只要它形成了一個整體，它必然是由許多部件組成的。但是，它所有部件無規律相加的總和，絕不等同於它的整體。所謂整體性，即是由它所能夠包容的所有個別因子的總和再加上構成這個整體的自身的調整和調節因素。整體比它所包含的所有成分的總和還要大，整體還有作為整體自身的性質。《水滸傳》之不同於林十回、魯十回、武十回、宋十回、石十回、盧十回等英雄傳記故事，而成為一部反映當時黑暗的社會現實和梁山好漢英雄氣概的鴻篇巨製，其根本的原因就在於它寓當時社會現實黑暗和梁山英雄氣概的一般狀況於個別英雄的抗爭故事之中，同時，又通過許多個別英雄的抗

爭故事的有機組合而充分揭示當時的現實黑暗和梁山英雄氣概的一般性和整體性。

形成這種一般性和整體性的有機結合的途徑是多方面的，其中很重要的一點就是充分發揮線索人物的作用。尤其重要的是我們必須認識到這些線索人物的作用絕不僅止於故事情節的聯絡和過渡，而是一種主題思想向著具體情節的滲透，同時，也是一種具體情節向著主題思想的凝聚。並且，這種滲透和凝聚又全都是有機的。

宋江作為《水滸傳》中心人物的一面固然重要，但他作為線索人物的一面又何嘗不至關緊要呢？

二、宋江是梁山好漢的精神領袖

絕大多數的梁山好漢都有兩個精神家園，一個是廟堂，一個是江湖。當然，針對每一個梁山好漢而言，廟堂與江湖在他們各自的心目中也並非一半一半的。有的對廟堂的渴望更加強烈，有的則對江湖充滿憧憬。相對而言，朝廷命官出身的綠林好漢更翹首廟堂，而平民百姓出身的水滸英雄則更嚮往江湖。但是，基本上沒有人是純潔的廟堂或者江湖情結，情感一邊倒的現象在水滸英雄中殊為罕見。即便是像李逵那樣的對梁山極有感情的草根英雄，也會發出「殺去東京，奪了鳥位，在那裡快活，卻不好！不強似這個鳥水泊裏」（第四十一回）的吶喊；即便是像柴進那樣沐浴浩蕩皇恩的天潢貴裔，也會誇下「便殺了朝廷的命官，劫了府庫的財物，柴進也敢藏在莊裏」（第二十二回）的海口。而在這兩個精神家園之間徘徊時間最長，矛盾心結最難以開釋的則是《水滸傳》裏的頭號人物宋江。

換一個角度看問題，《水滸傳》中宋江對精神家園的依戀可以概括成一個符號，或曰一種精神凝聚，而這種凝聚又可用兩個漢字概括——「忠義」。在宋江心底深處，不忘廟堂是其「忠」，迷戀江湖是其「義」。按照一般人的理解，江湖與廟堂是水火不相容的，「忠」與「義」也很難兩全其美。但在宋江看來，忠義二者是完全吻合、統一的。他一生的奮鬥目標，就是要做一個忠臣兼義士。

然而，嚴酷的現實卻並不那麼簡單。宋江想當忠臣，偏有姦佞宵小當道，阻礙他忠君報國；宋江欲為義士，又有忠君思想作梗，消滅其江湖義氣。儘管宋江竭盡全力想把忠義二者結合起來，但事實上，這二者在更多的時候卻

是矛盾的，有時甚至發展到尖銳衝突的地步。要忠就不能義，要義就不能忠。宋江悲劇性的一生，就是持久地處於其忠義思想與殘酷現實的矛盾衝突之中，同時又處於自身靈魂深處「忠」與「義」的矛盾衝突之中。在宋江的頭腦中，「忠」與「義」有時是矛盾的，有時是統一的。實際上，二者是在宋江的思想性格中矛盾著的統一。而這種矛盾統一，又使宋江成為梁山好漢的精神領袖。進而言之，梁山好漢絕大多數都是像宋江這樣的矛盾統一體。

上梁山之前，宋江對廟堂的嚮往高於對江湖的渴望，他思想深處主要是「忠」佔了上風。他雖然有著棄忠而全義，「捨著條性命」「擔著血海也似干係」而「私放晁天王」的行為，但在他的思想深處，忠還是在占上風。他只是在個人利益與朋友利益這二者的選擇中舍生而全義，而當他的朋友的利益與他心目中的皇權發生根本衝突的時候，他還是要捨義而全忠的。請看他得知晁蓋等人「直如此大弄」後的一段心靈獨白：

「晁蓋等眾人不想做下這般大事，犯了大罪，劫了生辰綱，殺了做公的，傷了何觀察，又損害許多官軍人馬，又把黃安活捉上山。如此之罪，是滅九族的勾當！雖是被人逼迫，事非得已，於法度上卻饒不得。」（二十回）

他雖然放了晁蓋，但並沒有想到晁蓋會去梁山落草，抗拒官軍，與朝廷作對頭。造反，是他絕對不能容忍的。正因為有這種思想，所以他在殺了閻婆惜之後，明明也是「犯了大罪」，「於法度上卻饒不得」，但他卻不願意與廟堂決裂而走向江湖，絲毫沒有想到去梁山泊與命運相同的晁蓋等人聚義，而是計劃到「廟堂」蔭蔽下的貴族柴進、軍官花榮、莊主孔明家中避難。

進而言之，宋江上梁山的過程如此一波三折，除了作者讓他當線索人物將更多的英雄好漢帶上梁山這種敘事方面的需要而外，歸根結底，還是一個「忠」字在作怪，還是廟堂情結在起作用。當然，這是從宋江主觀思想方面來說。與此同時，我們還應看到另一方面，宋江雖以「廟堂」情結左右自己的行為，但在許多時候又充分體現了一個江湖領袖的本色和風範。他上山以前的許多義舉，對梁山事業起到了鞏固發展的作用。誠如本文上節所涉及的，《水滸傳》寫到一小半而敘事告一段落的時候，梁山已有四十名頭領。這中間除少數幾人之外，絕大多數都是在宋江的直接或間接影響下才上梁山的。而這些人不管認識宋江與否，只一聞「及時雨」三字，便佩服得五體投地。實質上，這正是宋江的「義」在江湖上所具有的巨大的號召作用，正是宋江的江湖情結在不知不覺中的自然流露並因之而發散的巨大磁場作用。因此，在

上梁山之前，宋江本人雖嚮往廟堂，處處講「忠」，但其不自覺的行為卻常常體現江湖情結，處處顯「義」。他的廟堂情結，在主觀上阻撓了他本人走向梁山的進程；而他的江湖情結，卻在客觀上推動了梁山事業的蓬勃發展。更為重要的是，宋江這種江湖、廟堂雙重情結相結合的心路歷程及其外化而成的言行舉止，極大地影響了眾多的梁山好漢，並左右著他們的思想和行動。

最典型的例子是宋江在孔明莊上遇到武松後旋即分手時所說的一段話：「兄弟，你只顧自己前程萬里，早早的到了彼處。入夥之後，少戒酒性。如得朝廷招安，你便可攛掇魯智深、楊志投降了，日後但是去邊上，一槍一刀，博得個封妻蔭子，久後青史上留得一個好名，也不枉了為人一世。」（三十二回）宋江與武松，此刻都是朝廷的罪犯，當武松正要投奔二龍山走向叛逆道路的時候，宋江對武松說出了這樣的話。這既是宋江內心世界的表白，也是其廟堂、江湖雙重情結對武松的一種輻射。

宋江上梁山以後，他的廟堂情結和江湖情結又怎樣結合並影響梁山大眾呢？在此，作者有意安排他於還道村玄女廟的夢中接受了九天玄女娘娘的法旨：「為主全忠仗義，為臣輔國安民，去邪歸正，他日功成果滿，作為上卿。」（第四十二回）這一段話，就是宋江往後作為梁山的精神領袖統率一百八人的行動綱領。

在作為梁山第二號人物時，宋江充分發揮了自己的組織才能和軍事才幹，全力貫徹了「全忠仗義」這四個字。他常常架空晁蓋，親自帶兵三打祝家莊，打高唐州、鬧華山、攻青州，都取得了輝煌的勝利。一直到踏平曾頭市，這一系列的豪壯之舉，要麼是為山寨領袖報仇，要麼是為人民大眾除害，都是「仗義」的行為。或者說，都是作為梁山領袖的宋江將其江湖情結通過一百八人而產生的巨大磁場作用。

在《水滸傳》第七十一回，何道士解釋石碣碑文的一段話饒有意味：「此石都是義士大名，鐫在上面。側首一邊是『替天行道』四字，一邊是『忠義雙全』四字。頂上皆有星辰南北二斗，下面卻是尊號。」

此時，宋江已是梁山山寨的第一把手，而這碑文上的「忠義雙全」「替天行道」八個大字正是宋江在梁山的施政綱領。或曰，這也正是宋江等人在棲息於第一個精神家園「江湖」以後，又向著另一個精神家園「廟堂」的引領眺望。在宋江等人看來，江湖只是暫時的棲身地，他們靈魂的歸宿地最終仍然是廟堂，是能夠封妻蔭子、青史留名的廟堂。

　　其實，石碣碑文上的這八個大字對於宋江而言，只不過是「馬後炮」。此前，宋江不僅開口閉口屢屢提及「替天行道」，而且還在晁蓋死後將「聚義廳」改成「忠義堂」，並公開亮出了「替天行道」的杏黃旗。那麼，宋江反反覆覆地表達的「替天行道」究竟是什麼意思呢？

　　「天」者謂何？當然是主宰人類的上天了。但芸芸眾生又有誰真正見過上天幻化出的天帝呢？沒有！「天意從來高難問」，既然無法接近「上天」，那只好去找上天的兒子——天子了。故而，這裡的「天」，所指者就是天子，就是皇帝。在宋江看來，打擊姦臣是維護皇帝的利益，愛護百姓也是替皇帝爭取民心。這一切的「義」，都是與「忠」統一的、不矛盾的。這一切都是「替天行道」，替皇帝施行仁政。在行道的過程中，當然可以有許多的義舉，但無論如何，這個「道」是在替「天」而行的。宋江就是這樣把「忠」與「義」結合在一起，把梁山好漢的江湖情結和廟堂情結結合在一起。這樣一種口號，可以被梁山絕大多數英雄好漢所接受，並自覺地融化到血液中，落實到行動上，並一直延續到後來的受招安、征大遼、征方臘等所有梁山軍的重大行動中。

　　眾所周知，宋江智慧不及「智多星」，武藝不及「玉麒麟」，但他何以能夠領袖梁山，成為群雄之首呢？就因為宋江有政治頭腦，有大眼光、大見識，他能夠借助九天玄女和石碣天文來宣揚自己「替天行道」「忠義雙全」的思想，並且以這種思想為紐帶，將梁山好漢緊密團結在自己的周圍，並帶領他們去尋找江湖與廟堂的雙重精神家園，去實現「為主全忠仗義，為臣輔國安民」的政治理想。儘管由於種種原因，宋江尋求精神家園的美夢歸於破滅，但那並不能說明宋江的無知或者無能，而是一種悲劇時代造成的英雄悲劇。

　　《水滸傳》的偉大可以體現在很多方面，但在筆者看來，其中最重要的一點就是這部巨著真實地記錄了悲劇英雄宋江充滿悲劇意味的心路歷程。不僅如此，《水滸傳》還真實描寫了作為梁山精神領袖的宋江是怎樣用自己的悲劇精神去影響一百八人的。不僅如此，《水滸傳》還真實再現了許許多多梁山好漢是怎樣在宋江悲劇精神的感召之下走向那悲劇氛圍極其濃烈的肉體生命和政治生命的漫漫不歸之路的。

三、宋江是作者思想的傳播載體

　　其實，擺在我們面前的應該有三個宋江，歷史上的，傳說中的，小說裏的。

　　以上兩節，我們分析的都是小說《水滸傳》中的宋江。然而這個宋江與歷史上的和民間傳說中的宋江卻不大相同，甚至是大不相同。個中原因，當然是因為小說作者對這一歷史人物和傳說人物的改造，而且應該說是脫胎換骨的改造。在《水滸傳》眾多英雄人物中，宋江應該是距離歷史的、傳說的「原型」最遠的一個。

　　為什麼會這樣？因為《水滸傳》的作者在宋江這個小說中的靈魂人物身上寄託了太多自己的政治理想和人格理想。從某種意義上講，《水滸傳》中的宋江就是作者思想的傳播載體。

　　為了說明問題，我們不妨從歷史上的宋江講起。

　　歷史上宋江的事蹟，主要見於李埴《皇宋十朝綱要‧徽宗紀》、王偁《東都事略‧侯蒙傳》、《宋史》、方勺《泊宅編》、汪應辰《文定集》、徐夢莘《三朝北盟會編》等文獻資料的記載。其中，《宋史‧張叔夜傳》中的一段記載頗為完整清晰：「宋江起河朔，轉略十郡，官軍莫敢嬰其鋒。聲言將至，叔夜使間者覘所向，賊徑趨海瀕，劫巨舟十餘，載虜獲。於是募死士得千人，設伏近城，而出輕兵距海誘之戰。先匿壯卒海旁。伺兵合，舉火焚其舟。賊聞之，皆無鬥志，伏兵乘之，擒其副賊，江乃降。」

　　由此可見，這個宋江英勇善戰，但不甚有謀略，因而中計失利。值得我們注意的是，這個宋江頗有俠氣，他之所以投降官軍，乃是因為官軍「擒其副賊」，也就是說官軍抓到了他足以充當左膀右臂的兄弟，他才不得已而放下武器的。

　　民間傳說的宋江正是沿著「勇而且俠」這一模式進行傳播的，而由民間傳說凝聚成的宋元話本中的宋江就是一個以江湖為精神家園的勇而且俠的盜魁形象。

　　目前所知最早描寫水滸故事的講史話本《宣和遺事》中關乎宋江的主要情節有：通風報信救晁蓋，推薦杜千等人上梁山，殺閻婆惜、吳偉，九天玄女授天書，自己上梁山，題詩旗上，朝東嶽，受招安，平方臘，封節度使。其中，最有文學意味的是兩個片斷：殺閻婆惜和題詩旗上。然而，正是這兩個片斷，最能體現宋江勇而且俠的草莽英雄性格。

　　《宣和遺事》中寫道：「宋江回家，醫治父親病可了，再往鄆城縣公差勾當；卻見故人閻婆惜又與吳偉打暖，更不睬著。宋江一見了吳偉兩個，正在偎倚，便一條忿氣，怒髮衝冠，將起一柄刀，把閻婆惜、吳偉兩個殺了；就壁

上寫了四句詩。道是，詩曰：『殺了閻婆惜，寰中顯姓名。要捉凶身者，梁山濼上尋。』」

這裡的宋江殺惜與《水滸傳》中迥然不同，是情殺，而且非常主動。宋江的行為，完全是敢作敢當的男子漢氣概。這個宋江，完全是一個草莽英雄，而絕不像《水滸傳》裏的宋江那樣秀氣或做秀。

《宣和遺事》中又寫道：「宋江題了四句放旗上道，詩曰：『來時三十六，去後十八雙。若還少一個，定是不歸鄉。』」

這正與上引《宋史》中記載的「擒其副賊，江乃降」可以相互印證：宋江三十六人既已結拜為兄弟，那麼，每次打仗必須同生共死：「若還少一個，定是不歸鄉」。既然「副賊」為官府所擒，那宋江等人便只有兩條道路：一是全體自殺，二是全體投降，只有這樣才能保全三十六個弟兄。這種將哥兒義氣「題詩旗上」的行為，充分顯示的正是宋江性格的另一層面——極端的江湖義氣。

由上可見，《宣和遺事》裏的宋江，與《水滸傳》之宋江大異其趣，他是一個勇而且俠的江湖強盜魁首。

無論是歷史上的宋江抑或是傳說中的宋江，都與《水滸傳》中的宋江形象大相徑庭。原本是一個頗為簡單的勇而且俠的強盜魁首，在《水滸傳》中卻不斷地被「儒化」。但是，作者又不能完全泯滅歷史的和傳說的宋江身上的「墨俠」風采。於是，《水滸傳》中的宋江，就成為本文第二節所分析的那麼一個思想性格極其複雜的人物。

讀《水滸傳》，有一種現象必須引起我們的重視：絕大多數的梁山好漢的思想性格都顯得前後矛盾，甚至判若兩人。接受招安前，他們是那麼生龍活虎和血肉豐滿；而招安後，他們卻成為作者任意操縱的傳聲筒了。這也是《水滸傳》之所以給人以「前佳後惡」的印象的根本原因之一。

但有一個人物卻是例外，那就是宋江。在《水滸傳》梁山一百八人中，宋江是罕見的能在招安前後保持思想性格基本一致的人物。作者自始至終都按照這個人物性格發展的邏輯來寫他，用大量的筆墨寫出了他思想的矛盾。更為出色的是，作者細緻、深入地寫出了宋江在兩個精神家園之間的猶豫不決、踟躕徘徊，寫出了「忠」與「義」長期以來在宋江靈魂深處衝突中的共存和共存中的衝突。宋江的絕大多數言行，都可以在他的基本思想性格中找到根據。作者甚至還觸及到宋江的複雜性格十分深刻的悲劇性。因而作者非常

真實地寫出了宋江的性格是悲劇的性格，宋江的結局是悲劇的結局，而這一切又都是完全真實的，宋江的思想發展變化和性格的複雜性是符合邏輯的。正因如此，越看到後來，讀者便越感覺到《水滸》之宋江就是《水滸》之宋江，他不是《水滸傳》中任何一個其他的好漢，也不是其他任何作品中的宋江。之所以能這樣，關鍵在於《水滸傳》的作者在宋江身上最大限度地融入了一個有藝術良心的下層文人對歷史、現實、社會、人生的深刻感受和深入思考。作者在塑造《水滸傳》其他人物時，大都只是對傳說的吸取和改造而已，那是用「筆」寫人。而對宋江，作者則是用「心」在創造。《水滸傳》之宋江，比任何一個「宋江」都離歷史、傳說更遠，而距離作者的心靈更近。從這個意義上講，《水滸傳》中的宋江就不可避免地成為作者精神的外化，成為作者以自己的心靈來解讀現實的載體。

進一步的問題是，《水滸傳》的作者在宋江身上究竟寄託了什麼呢？筆者認為，主要是政治理想和人格理想。

宋江的「忠」，他對廟堂精神家園的嚮往，是沿著政治理想的路徑前行的。宋江的「義」，他對江湖精神家園的依戀，是沿著人格理想的方向前進的。作者最為理想化的結局就是宋江忠義雙全，將靈魂同時安頓在廟堂與江湖之中。但是，形象大於思維，《水滸傳》中的宋江沒有這樣做，因為他不可能這樣做。於是，作者就依照宋江的思維邏輯老老實實地描寫了宋江在政治理想與人格理想之間的徘徊彷徨。結果，宋江以自己的言行體現了政治理想的自我完善，為忠於朝廷而放棄了江湖中的一切，包括義氣。宋江臨死之前將義弟李逵毒死就是最好的例證。在「寧可朝廷負我，我忠心不負朝廷」的嗚咽聲中，宋江所擔心的只是李逵重舉義旗，壞了他的忠名。故而他設計將李逵藥死，作了自己的殉葬品。這是什麼？是宋江靈魂深處政治理想對人格理想的殺滅。

宋江是《水滸傳》中一個非常成功的藝術典型，但同時又是一個不招人喜愛的角色。之所以說他成功，是因為他很好地表達了作者的思想；之所以說他不招人喜愛，也是因為他很好地表達了作者的思想。

何以如此矛盾？因為在一般讀者看來，人格理想的磨滅是不能夠被接受的。

（原載《荊楚學刊》2013 年第一期）

武松：人中之神，神中之人

　　《水滸傳》中武松這一人物形象的成功塑造，不是施耐庵一人的功勞，但這位小說家的貢獻最大。

　　歷史上宋江起義隊伍中是否有武松其人，我們今天已經不甚了了。但是，在民間傳說和民眾藝術創作中，武松卻是宋江隊伍中最早存在的骨幹成員之一。

　　宋代羅燁在《醉翁談錄‧小說開闢》中列舉了許多話本名目，其中有講述武松的話本：「言這《花和尚》、《武行者》、《飛龍記》、《梅大郎》、《鬥刀樓》、《攔路虎》、《高拔釘》、《徐京落章》、《五郎為僧》、《王溫上邊》、《狄昭認父》，此為杆棒之序頭。」此處涉及的話本，《花和尚》應該寫的就是《水滸傳》中魯智深的故事。《飛龍記》當為宋代開國皇帝趙匡胤微時的傳說，明代章回小說《南宋志傳》，清代章回小說《飛龍記》，還有《警世通言》中的《趙太祖千里送京娘》等作品中都有相關描寫。《攔路虎》當為《清平山堂話本》中的《楊溫攔路虎傳》。《五郎為僧》當寫楊家將故事，明代章回小說《楊家府演義》和《北宋志傳》中均有相關描寫。《鬥刀樓》，《寶文堂書目》有《鬥刀樓記》。《徐京落章》中的「章」字，當為「草」字之誤，《水滸傳》第七十八回有「上黨太原節度使徐京」的記載。《王溫上邊》，《宋史》卷二十四有「淮東忠勇軍統領王溫等二十四人戰天長縣東，眾寡不敵，皆沒於陣」的記載。以上宋代說話場中的人物和故事，無論可考不可考，都是以「杆棒」為主要兵器的英雄傳奇，而武松，就是這類杆棒英雄中的佼佼者。

　　南宋龔開《宋江三十六贊》中，「行者武松」的讚語是：「汝優婆塞，五戒在身。酒色財氣，更要殺人。」武松形象在這裡甚為粗豪，是一個典型的酒色

財氣、殺人放火的披著「行者」外衣的江湖流浪漢。到了話本《宣和遺事》中，卻只有「行者武松」的姓名綽號在玄女娘娘的「天書」當中，而沒有關於他的故事。元雜劇舞臺上，武松頗為活躍，目前所知寫武松的劇本有高文秀《雙獻頭武松大報仇》、紅字李二《折擔兒武松打虎》《窄袖兒武松》。

如果說《水滸傳》中的宋江形象是與歷史人物距離最大而最帶有作者意識形態的梁山好漢的話，那麼，該書中的武松形象則是最具江湖氣息、俠義品格的遊俠，因此，也最能得到以市民為核心的廣大讀者的喜愛。

大實話，武松就是一位植根於草野的江湖大俠，而且是一位匯聚多層俠客文化精神的遊俠。

產生於古代「俠文化」土壤之上的「俠文學」，經過長時間的流傳演變，在唐代蔚為大觀。唐人傳奇小說中塑造的英雄豪俠雖然形形色色、五彩繽紛，但大致上還是可以歸為以下幾類：一曰技藝之俠，指那些依靠武功劍術來張揚其俠氣的俠客。二曰性情之俠，指那種為了維護正義和尊嚴而不顧一切的俠士。三曰道德之俠，指那種倫理分明、快意恩仇的英雄。四曰勇武之俠，指憑藉膽氣和力量戰勝敵人的勇士。五曰犯禁之俠，指那種挑戰權威甚至挑釁官府的強盜。

以上面幾條來衡量《水滸傳》中的武二郎，發現他居然「五項全能」。

作為技藝之俠，武松武功蓋世，且看他「醉打蔣門神」一節：

> 說時遲，那時快。武松先把兩個拳頭去蔣門神臉上虛影一影，忽地轉身便走。蔣門神大怒，搶將來，被武松一飛腳踢起，踢中蔣門神小腹上。雙手按了，便蹲下去。武松一踅，踅將過來，那只右腳早踢起，直飛在蔣門神額角上，踢著正中，望後便倒。武松追入一步，踏住胸脯，提起這醋缽兒大小拳頭，望蔣門神頭上便打。原來說過的，打蔣門神撲手：先把拳頭虛影一影，便轉身，卻先飛起左腳，踢中了，便轉過身來，再飛起右腳。這一撲有名，喚做「玉環步，鴛鴦腳」。這是武松平生的真才實學，非同小可！打得蔣門神在地下叫饒。（第二十九回）

須知，武松「醉打」的蔣門神並非等閒之輩，而是相撲高手，請聽小管營施恩的介紹：「那廝姓蔣名忠，有九尺來長身材，因此，江湖上起他一個諢名，叫做蔣門神。那廝不特長大，原來有一身好本事，使得好槍棒，拽拳飛腳，相撲為最。自誇大言道：『三年上泰嶽爭交，不曾有對；普天之下沒我一般的了！』

因此來奪小弟的道路。小弟不肯讓他，吃那廝一頓拳腳打了，兩個月起不得床。」（同上）你看，就連「使得好拳棒」（第二十八回）的金眼彪施恩都被蔣門神打得如此狼狽，而武松卻將這個九尺多高的長大漢子玩弄於股掌之上，沒有超乎尋常的蓋世武功，是根本辦不到的。

作為性情中人，武松最大的特點就是感情用事，為了捍衛自己「英雄好漢」的名頭，他可以忍受一切折磨，甚至可以拋棄一切，包括生命。如他對「殺威棒」的態度就是如此。書中描寫。大宋太祖定下的規矩，凡新到的犯人須打一百殺威棒。「若不得人情時，這一百棒打得七死八活」。（第九回）面對這樣的牢城「見面禮」，一般人都是戰戰兢兢，就連林沖那樣的好漢也會行賄求情，而武松卻滿不在乎。是武二郎不怕傷筋動骨嗎？不是！他是怕傷了自身的「名頭」。什麼時候聽說過景陽岡上打死老虎的武二郎怕挨殺威棒的？怕打的武松將來在江湖上還有顏面見朋友嗎？直到施恩在父親耳邊耳語，要留下強壯的武松為其爭奪快活林時，老管營沒有辦法，只好搬個梯子讓武松下臺：「你路上途中曾害甚病來？」而武松則完全不領情，這就是性情之俠的典型表現：第一，將名譽看得比身體、甚至比生命更重要；第二，絕不隨意接受別人的恩賜和看顧，因為受人滴水之恩是一定要湧泉相報的。

在武松身上，還有非常濃厚的倫理道德因素。且看武松對哥哥的孝悌之情：

> 那武大、武松弟兄兩個吃了幾杯。武松拜辭哥哥。武大道：「兄弟去了，早早回來，和你相見。」口裏說，不覺眼中墮淚。武松見武大眼中垂淚，又說道：「哥哥便不做得買賣也罷，只在家裏坐地，盤纏兄弟自送將來。」武大送武松下樓來。臨出門，武松又道：「大哥，我的言語休要忘了。」（第二十四回）

> 武松就靈床子前點起燈燭，鋪設酒肴。到兩個更次，安排得端正，武松撲翻身便拜，道：「哥哥陰魂不遠！你在世時軟弱，今日死後不見分明。你若是負屈銜冤，被人害了，託夢與我，兄弟替你做主報仇！」把酒澆奠了，燒化冥用紙錢，便放聲大哭。哭得那兩邊鄰舍無不悽惶。（第二十六回）

上一例是武松要出遠門，擔心懦弱的哥哥被人暗算，此前，他就交代過哥哥：「你從來為人懦弱，我不在家，恐怕被外人來欺負。假如你每日賣十扇籠炊餅，你從明日為始，只做五扇籠出去賣；每日遲出早歸，不要和人吃酒。歸到

家裏，便下了簾子，早閉上門，省了多少是非口舌。如若有人欺負你，不要和他爭執，待我回來自和他理論。」（第二十四回）臨別之時，又反覆叮嚀，叫哥哥不要忘了。金聖歎讀到此處，禁不住感歎：「寫武二視兄如父，此自是豪傑天性，實有大過人者。」下一例是武大死後，武松在哥哥靈前號啕痛哭並立志為其報仇的情景描寫。武松的哭聲，何止感動了左鄰右舍，簡直是感天動地的，因為此處所抒發的是天地間的至情至性——骨肉親情。如此，武松作為道德之俠的一面也得到了充分而真切的揭示。

說到武松的勇武，那更是盡人皆知，甚至可以說他是處於「神」「人」之間的英雄形象。「景陽岡武松打虎」一節最能體現武松這種植根於現實的神勇神力：

> 武松見那大蟲復翻身回來，雙手輪起梢棒，盡平生氣力，只一棒，從半空劈將下來。只聽得一聲響，簌簌地將那樹連枝帶葉劈臉打將下來。定睛看時，一棒劈不著大蟲。原來慌了，正打在枯樹上，把那條梢棒折做兩截，只拿得一半在手裏。那大蟲咆哮，性發起來，翻身又只一撲，撲將來。武松又只一跳，卻退了十步遠。那大蟲卻好把兩隻前爪搭在武松面前。武松將半截棒丟在一邊，兩隻手就勢把大蟲頂花皮胳月荅地揪住，一按按將下來。那隻大蟲急要掙扎，早沒了氣力。被武松盡氣力納定，那裡肯放半點兒鬆寬。武松把隻腳望大蟲面門上、眼睛裏只顧亂踢。那大蟲咆哮起來，把身底下扒起兩堆黃泥，做了一個土坑。武松把那大蟲嘴直按下黃泥坑裏去。那大蟲吃武松奈何得沒了些氣力。武松把左手緊緊地揪住頂花皮，偷出右手來，提起鐵錘般大小拳頭，盡平生之力，只顧打。打得五七十拳，那大蟲眼裏、口裏、鼻子裏、耳朵裏都迸出鮮血來。那武松盡平昔神威，仗胸中武藝，半歇兒把大蟲打做一堆，卻似躺著一個錦布袋。（第二十三回）

這真是一段讓人熱血沸騰、讀得手心冒汗的精彩描寫。武松的神勇神力，在這裡表現得淋漓盡致。這才是武二郎真正的英雄亮相，從此以後，武松這種勇武之俠的表演頻頻出鏡：「鬥殺西門慶」、「十字坡打店」、「威震安平寨」、「醉打蔣門神」、「大鬧飛雲浦」、「血濺鴛鴦樓」、「夜走蜈蚣嶺」，一次比一次精彩，一次比一次扣人心弦，簡直打遍天下無敵手。而且，「武松平生只要打天下硬漢。」（第二十八回）這發自武二郎心底的肺腑之言，正是這位「神」

「人」之間的英雄人物勇武風姿的品格底蘊。

武松一開始並不想「犯禁」，即便他懷疑哥哥被人害死，也沒有貿然採取行動，抄起鋼刀就殺人。他通過大量的調查取證工作，終於掌握了西門慶等人殺害哥哥的證據。於是武二郎帶著人證「何九叔並鄆哥」、物證「兩塊酥黑骨頭」，還有狀紙一張到縣衙門告狀：「親兄武大，被西門慶與嫂通姦，下毒藥謀殺性命。」誰知縣官「貪圖賄賂」，百般刁難。武松道：「既然相公不准所告，且卻又理會。」（第二十六回）怎麼理會？曰：私設公堂，審訊殺人。最終，殺了潘金蓮，鬥殺西門慶，「卻押那婆子，提了兩顆人頭，徑投縣裏來。」（第二十七回）為報私仇而連殺二命且非法拘捕一人，武二郎的行為毫無疑問是「犯禁」之舉，但他的「犯禁」卻是被貪官污吏逼出來的。從此以後，武二郎一發而不可收，乾脆「犯禁」到底，或曰反叛到底。「醉打蔣門神」，是以因徒身份參加江湖紛爭；「血濺鴛鴦樓」，是以逃犯身份展開血腥屠殺；至於佔據二龍山、聚義上梁山，則更是聚眾叛亂，武裝反抗政府。武松，真正符合了一千數百年前韓非子所說的那句話：「俠以武犯禁。」（《韓非子·五蠹》）這位江湖大俠，一而再再而三地犯了朝廷的禁令。

由上可知，武松是一個技藝之俠、性情之俠、道德之俠、勇武之俠、犯禁之俠五位一體的英雄人物，因此，他能得到絕大多數讀者的喜愛。但是，武松之所以得到大家的喜愛，僅僅是因為他身上的「俠」氣嗎？非也！武松之所以成為梁山好漢中最受讀者歡迎的人物形象，還因為他是最具「游民」意味的市井之俠，或者說，武松是植根於市井這塊肥沃的民間通俗文學土壤中的草根英雄。

首先是孝悌，武松敬重兄長如父，為兄長報仇而不顧一切，這是深深得到廣大民眾認可並讚揚的。中國人普遍認為，殺父之仇不共戴天，為父兄報仇天經地義，當然可以捨棄一切，甚至生命。其次是有恩必報，古人認為，受人滴水之恩，必當湧泉相報。這兩點加在一起，就是所謂「恩怨分明」，而有恩報恩、有仇報仇則正是市井之俠的基本特徵，他們自認為是「快意恩仇」。

武松也曾濫殺無辜，甚至可以說，在《水滸傳》中，他這方面的惡劣性僅次於李逵。但為什麼讀者在讀到武松「血濺鴛鴦樓」而濫殺無辜的時候沒有像讀到李逵「江州劫法場」濫殺無辜時那麼容易引起反感，進而發出譴責呢？筆者認為個中原因乃是武松的濫殺無辜表現在「復仇」之時，是特殊

環境中的過激行為，而不像李逵的濫殺無辜那樣屬於根本不需要理由的「經常性」。

武松也容易受到小恩小惠的迷惑而替人賣命。如他也曾幫助陽穀縣令私人押「鏢」，當縣令對他說「我有一個親戚在東京城裏住，欲要送一擔禮物去」時，武松的回答斬釘截鐵：「小人得蒙恩相抬舉，安敢推故。」（第二十四回）再如他受施恩之「施恩」後，就去幫他搶地盤、鬥強敵，甚至準備「拳頭重時打死了，我自償命！」（第二十九回）尤其讓讀者扼腕歎息的是武松受張都監小恩小惠、花言巧語的蒙蔽，便由衷地說出了一些令人感到肉麻的話：「若蒙恩相抬舉，小人當以執鞭墜鐙，伏侍恩相。」「難得這個都監相公，一力抬舉我！」「量小人何者之人，怎敢望恩相宅眷為妻？」「都監相公如此愛我，又把花枝也似個女兒許我。他後堂內裏有賊，我如何不去救護？」（第三十回）最終，武松還差一點為此而付出了生命的代價。武松的這些心理和行為，無論如何也應該算是性格缺陷吧。但為什麼廣大讀者並不覺得反感反而依然沒有挑剔地喜愛、讚美武二郎呢？因為武松所有的行為，包括他的劣根性和悲劇性的行為全都符合江湖遊戲規矩和民眾道德規範，尤其是符合中國傳統文化中最為老百姓所接受的那些層面。

武松的「五項全能」的大俠風範，武松的能夠引起普通讀者同情乃至讚揚的弱點和缺點，再加上他市民的家庭出身和游民的個人經歷，還有他敢作敢當的硬漢作風、三思而後行的精細品格、不近女色的純潔本性。所有這些，使他終究成為「天人」，成為人中之神、神中之人的一位遊俠，成為能夠得到社會各階層讀者廣泛喜愛的一位市井英雄的代表人物。

武松之所以具有不朽的藝術魅力，其根本原因正在於此。

（原載《施耐庵與〈水滸傳〉》，中州古籍出版社，2017 年 6 月出版）

從魯智深所走的道路看
其性格的發展變化

　　魯智深，是一個長期以來為人民所喜愛、所傳誦的農民革命英雄。在《水滸傳》裏，作者用現實主義筆觸，生動地描繪了北宋末年農民革命的歷史畫卷，刻畫了一系列革命者以不同的經歷、覺悟水平，從不同的途徑奔向梁山的英雄傳記，銘刻著他們衝破封建羅網，參加農民革命的曲折而堅實的步履。在這英雄群像中，魯智深積極主動地向封建勢力挑戰、進攻，歷經艱難險阻而勇往直前的可歌可泣的業績，正代表了封建社會中叱吒風雲的農民革命者所走過的典型道路。

一

　　魯智深對封建勢力的鬥爭，開始只是個人的行動。在渭州，金老父女走投無路的哭訴，使他義憤填膺，揮動鐵拳打死了魚肉鄉里的鄭屠；在瓦罐寺，又是那幾個備受欺侮的老和尚痛苦的告白，使他怒火中燒，果敢地掄著禪杖，與欺壓善良的崔道成、邱小乙大戰一場；在野豬林，還是他義薄雲天，飛起禪杖，威懾董超、薛霸，在千鈞一髮之際從權豪勢要高俅的魔爪下救出了含冤受害的林沖；這一切，都有力地說明了魯智深一向把深切的同情給予受迫害、遭冤屈的弱者，而將鬥爭的矛頭又準又狠地殺向萬惡的封建勢力。儘管他鬥爭的具體對象越來越龐大、兇惡，而他鬥爭的意志卻越來越堅定、頑強，他鬥爭的經驗也越來越豐富。正是在鬥爭中，作品一步深入一步地展示了他嫉惡如仇、見義勇為、捨己救人、豪俠仗義的優秀品質和淳樸、直率、豪爽、

粗獷、敏銳、機智的性格，表現了他勇猛豪邁、不屈不撓的英雄氣概。「殺人須見血，救人須救徹」，就是他行動的真實寫照。

　　然而，由於當時封建勢力的強大，僅僅憑個人的力量去衝闖、奮鬥，是無法衝破層層封建羅網的。魯智深三拳打死鎮關西，雖然痛快淋漓，可接下去，他不得不設法悄悄地逃亡，在東奔西藏中做了和尚；他兩戰結果了兩個歹徒的狗命、並且火燒瓦罐寺，固然是除惡務盡，但由於他初戰的失利，致使幾個老和尚因懼怕歹徒的報復而上弔自盡了；尤其是在野豬林，他果決、機警而迅猛地救護林沖，更可謂驚心動魄、盡心竭力了，可是，他既不能解除林沖在滄州再次遭到的危難，而且他自己也由於高俅的迫害連和尚也做不成了；「逃走在江湖上，東又不著，西又不著。」（十七回）這說明罪惡的封建勢力不僅向林沖、而且已向他步步逼來。正是這種嚴酷的現實、沉痛的教訓，逐步地教育了他，喚醒了他，使善於思考的魯智深開始意識到：要有安身之處，要與封建勢力對抗到底，只有參加農民起義軍。於是他打聽得「二龍山寶珠寺可以安身」，（十七回）便決然地去「入夥」，卻又遭到王倫式的不能容人的鄧龍的拒絕，而「廝併起來」，後來又與楊志等人設計殺死了鄧龍，才上了二龍山。從此，魯智深便成為二龍山這支具有五、六百人的農民起義軍的領袖，並開始了集體的戰鬥生活。魯智深從個人奮戰到上二龍山，正如一瀉千里的大江，雖幾經曲折，卻畢竟奔騰東去！這正標誌著他的反抗精神發展到了一個新的階段。

　　有了這樣一個革命根據地，有了這樣一個戰鬥的集體，比起魯智深一個人的力量來，顯然是眾人拾柴火焰高了。就是這支規模不大的二龍山農民起義軍，不僅「累次抵敵官軍，殺了三五個捕盜官」（五十七回），而且為了救援挑花山的農民起義軍，在魯智深等人的率領下，居然能威風凜凜地同青州的兩千官軍大戰一陣了。而二龍山的起義隊伍，也正是在這激烈的鬥爭中壯大起來。武松、曹正、張青、孫二娘、施恩等人都先後參加到這支起義軍中來。如果說，在黑沉沉的封建社會裏，魯智深個人鋤暴安良的鬥爭只是星點的耀眼的火花的話，那麼，屹立在二龍山的農民起義軍這個戰鬥的集體，已是光芒四射的火炬了。

　　隨著風起雲湧、星羅棋佈的農民起義隊伍的建立、發展，也隨著封建統治階級對農民起義瘋狂的圍剿、鎮壓，分散在各個山頭的規模不大的農民起義軍要生存、要壯大，就必須聯合起來進行鬥爭。這是在當時新的階級鬥爭

形勢下，起義軍迫在眉睫急待解決的新問題，也是農民革命戰爭發展的必然趨勢。像二龍山的起義軍可以揮戈躍馬與青州官軍對陣，但要拿下一座「城池堅固，人強馬壯」的青州城，卻是不行的。即使加上青州地面的桃花山、白虎山兩支各有幾百人的起義隊伍也還是辦不到。事實上，開始如果不是魯智深等率領二龍山的起義軍去救助桃花山的兄弟，桃花山就將在青州官軍的圍剿下有覆滅的危險。而後白虎山起義軍攻打青州城而大敗的慘痛教訓，更是發人深省。「若要打青州，須用大隊軍馬方可」。（五十八回）為了援助白虎山的起義軍，救出身陷囹圄的兄弟，魯智深毅然地聚集三山人馬為進攻青州城打頭陣，同時，他更極力贊同去向力量雄厚強大的梁山起義軍求援。於是，三山人馬在兵強馬壯的梁山起義軍的大力援助之下，精誠團結、共同對敵，終於攻破了青州這個封建統治階級堡壘，取得了輝煌的勝利。鬥爭的實踐，使魯智深的思想又產生了更大的飛躍。於是，他便毫不猶豫地「使施恩回二龍山與張青、孫二娘收拾人馬錢糧，也燒了寶珠寺寨柵」，帶著自己的隊伍加入了梁山農民大起義的行列。其態度是何等的鮮明，堅決！他作為一個成熟的農民革命者，英雄性格發展到了高峰！

「仗義疏財歸水泊，報仇雪恨下梁山」（七十一回）。一批批的起義英雄，一支支的起義隊伍，都紛紛地匯聚到梁山。梁山的革命烈火，已成燎原之勢。其規模、其組織、其策略戰術，顯然都遠非昔日魯智深在二龍山可比。這支強大的革命武裝，人才濟濟，各盡其能。在統一的指揮之下，紀律嚴明，同仇敵愾，震撼著整個封建王朝。魯智深生活在這個戰鬥的大集體裏，懷著對革命事業的赤膽忠心，聽從革命的號令，充分發揮著他善於步戰的特長，在與階級敵人的大搏鬥中，衝鋒陷陣，勇猛非常！在梁山起義軍攻破大名府，踏平曾頭市，兩贏童貫等一系列的大戰中，魯智深是立下了汗馬功勞的。他對農民革命所作出的貢獻，使他無愧於農民革命英雄的光榮稱號。

對於農民革命事業，魯智深抱著赤膽忠心。對於梁山山寨這個革命大集體，他像愛護自己的眼睛一樣地愛護她。他為救史進，隻身深入虎穴去刺殺貪官賀太守，以致遭受囚禁。在敵人面前，他即使遭受拷打，卻仍然大義凜然，他不僅以自己是梁山好漢而感到萬分自豪，並對兇惡的封建統治者賀太守表示了極度的痛恨和蔑視：「我死倒不打緊，洒家的哥哥宋公明得知，下山來時，你這顆驢頭趁早兒都砍了送去！」（五十九回）具有泰山崩於前而色不變的英雄氣概！魯智深的愛憎分明的感情和革命的堅定性、徹底性在這裡表

現得是何等鮮明、突出！而關於他這一點，更集中地體現在反對投降上。在菊花會上，他極力反對招安，他不願自己奮鬥了大半生，追求了多年而得到的梁山這個戰鬥的大集體毀於一旦。在這裡，李逵、武松都堅決反對招安，但魯智深卻說出了比李逵、武松更為深刻的道理：「只今滿朝文武，俱是姦邪，蒙蔽聖聰，就比俺的直綴染做皂了，洗殺怎得乾淨。招安不濟事」。（七十一回）魯智深在這裡雖然對皇帝還有保留態度，但從本質上來看，魯智深是充分地認識到封建社會的黑暗和不可救藥的。他的這種觀點，正是當時梁山上最為清醒的認識，是高於其他英雄之上的反投降的理論。由此可見，魯智深不僅是一個與李逵、武松、阮氏三雄等緊密站在一起的反對投降，堅持革命的農民革命英雄，而且是一個較為清醒的叛逆封建制度的戰士。在梁山，魯智深忠於革命，堅決鬥爭，勇猛戰鬥，階級友愛等優秀品質得到了更充分的表現，標誌著他的革命精神發展到了一個新的更高階段，甚至可以說，達到了時代的高峰！

總之，當時黑暗的社會現實，崎嶇不平的生活道路，促使魯智深細緻地觀察現狀，步步深入地去認識那個醜惡的社會，從而在寬闊的胸懷裏，掀起同情人民的狂瀾，仇恨封建統治者的怒濤！孕育和發展著他那堅定和徹底的反抗精神和英雄性格。而鬥爭的實踐，革命的陶冶，使勤於思考的魯智深不斷地探索著前進的道路。隨著他思想認識的飛躍、發展，他經歷了個人奮戰——上二龍山——上梁山這麼三個大的階段。魯智深一步一個腳印地所走的這條個人、小集體、大集體的愈來愈寬廣的革命道路，既概括了封建社會裏農民革命英雄所走的典型道路，也從一個側面反映了梁山農民起義軍發生、發展的過程。

二

《水滸傳》不僅成功地塑造了一系列栩栩如生的革命農民的英雄形象，而且更深刻地揭示出他們的英雄性格是怎樣形成的。而魯智深作為小說裏一個重要的英雄形象，更是如此。

在中國封建社會的歷史長河裏，農民起義風起雲湧，波瀾壯闊。其次數之多、規模之大、影響之深遠，是世界歷史上所少見的。它不僅推動了中國社會的發展，而且積累了豐富的經驗和不少的教訓。作為一部描寫農民起義的現實主義的長篇傑作《水滸傳》，雖然反映的是北宋末年宋江領導的一次農

民起義，實際上卻概括了中國封建社會裏歷次的特別是宋元乃至明初的農民革命。那麼，在《水滸傳》裏所塑造的革命英雄形象中，就必然會鎔鑄著歷次農民起義英雄的革命精神和優秀品質，甚至可以說就是我們古代中華民族的民族性格。勤勞勇敢、酷愛自由、富於革命精神，可以說是偉大中華民族最顯著的性格特徵。而這種特徵，又集中地表現在勞動人民身上。

魯智深是《水滸傳》中農民革命英雄的光彩奪目的典型形象，他的英雄性格，鮮明地體現了古代中華民族的性格特徵。他開始是一個由行伍提升的鎮守邊疆的下級軍官。他無家無業、無牽無掛、也不識字。顯然，他是出身於下層勞動人民。因此，他就能和勞動人民血肉相連、休戚相關，並具有勞動人民嫉惡如仇、見義勇為、捨己救人的優秀品質和淳樸、正直、坦率、粗獷的性格。這是他思想性格中最基本也是最富有光華的地方。又由於作為「關西大漢」的魯智深，平素愛結交江湖好漢，以及闖蕩江湖的生活磨煉，使他更為精明機警、慷慨豪爽、任俠仗義。加之邊疆軍旅生活的烽煙的薰染和下級軍官的閱歷，不僅鍛鍊出他一身好武藝，並使他獲得軍事鬥爭經驗多而且更有利於他觀察、瞭解封建統治階級醜惡、腐朽的內幕。這樣，就使他更加痛恨封建統治階級並對其保持著警惕性，以致養成了他善於思索、異常敏銳的性格。

魯智深的下層勞動人民的出身，特有的鬥爭經歷和生活環境，不僅決定了他一步一個腳印地在革命道路上奮勇前行，而且他酷愛自由，追求自由的思想亦是由此產生和發展的。

魯智深酷愛自由，追求自由的思想，首先集中表現在他強烈地反抗封建壓迫上。像高俅這樣一個封建統治階級的代表人物，在京城濫施淫威、無惡不作，甚至連其養子高衙內也是「在東京倚勢豪強、專一愛淫垢人家妻女。京師人懼怕他權勢，誰敢與他爭口」。（七回）然而魯智深對高俅這個炙手可熱的權貴，卻是十分蔑視和憤恨的。當林沖的妻子遭到高衙內調戲的時候，當事人林沖懾於本官太尉的權勢，不敢還擊，而魯智深卻怒不可遏地說道：「你卻怕他本官太尉，洒家怕他甚鳥！俺若撞見那撮鳥時，且教他吃洒家三百禪杖了去」。分手時，他還對林沖說：「但有事時，便來喚洒家與你去」。（七回）根本不把高俅放在眼裏。充分顯示出他那大無畏的氣概。魯智深對高俅是如此，對其他封建統治者及其爪牙又何嘗不是這樣？從他的「拳打鎮關西」、「火燒瓦罐寺」、「舉義二龍山」、「華州刺太守」，直到上梁山後對封建統治階

級進行殊死的大搏鬥。這一系列的壯舉，無不說明魯智深反抗封建壓迫是多麼堅定、強烈！我們從魯智深的身上，清楚地看到了幾千年來深受階級壓迫的中國人民所爆發出來的反抗的衝天怒火和排山倒海的力量；看到了我們中華民族的革命傳統和氣衝霄漢的民族氣魄！從以上的事例裏，可以進一步說明，魯智深的「禪杖打開危險路，戒刀殺盡不平人」，（三回）並不是從個人恩怨出發的，而是為受封建壓迫的人們、為自己的階級兄弟報仇雪恥、伸張正義的。而「殺盡不平方太平」，就是他追求自由所希望達到的理想境界。可見，反抗封建壓迫，就是他酷愛自由、追求自由的具體表現。

其次，魯智深酷愛自由，追求自由的思想，還突出地表現在他敢於衝破宗教的束縛上。眾所周知，宗教歷來都是封建統治者用來麻醉人民的精神鴉片。特別是宋元時期，封建統治者更是利用宗教來禁錮人民的思想，以維持其岌岌可危的統治。於是，宗教尤其是佛教的勢力便滲透到社會的每個角落。所以，魯智深敢於衝破強大的宗教束縛並對其表示大膽的蔑視，不僅有著時代特色，而且具有鮮明的反封建意義。

魯智深是在與封建勢力的鬥爭中，受迫害而去五臺山做了和尚的。就是這樣一位無拘無束、富於反抗精神的「莽和尚」，又怎堪忍受令人窒息的佛門清規戒律的禁錮呢？既做和尚，就須坐禪，而他卻「放翻身體，橫羅十字，倒在禪床上睡」；（四回）既做和尚，更不許吃肉，而他卻大吃狗肉，喝得酩酊大醉。更有甚者，他不僅擊毀了山門外的「尊神」泥塑金剛，而且還在佛堂內「指東打西，指南打北」，把一個「千百年清淨香火去處」鬧得個天翻地覆」。（四回）魯智深兩番大鬧五臺山的豪舉，乃是對禁錮人們身心的佛教清規的踐踏，乃是對封建統治者所推崇的宗教的大膽蔑視。乃是對中世紀的神權思想的勇敢挑戰！儘管魯智深並沒有、也不可能從理論上對宗教教義、神權思想進行深刻的批判，但他的行動卻是有代表性的，正代表著革命農民與封建統治者在思想領域裏所進行的一場猛烈的搏鬥。他的行動，有力地顯示了在漫長的封建社會裏逐步覺醒的中國人民、中華民族掌握自己命運的願望、信心和力量。

總之，魯智深對封建統治階級的強烈反抗，對封建統治者所推崇的宗教的猛烈衝擊，雄辯地表明了他所否定的，是整個封建秩序；他所反對的，是整個封建統治。而他酷愛自由、追求自由的思想，更從這種種的豪言壯舉中得到了充分、深刻的表現。

同時，我們還必須看到：正因為魯智深酷愛自由、追求自由，所以他就能邁開大步，走向革命；反之，他在革命的道路上勇往直前，又表明他是多麼渴望達到一個「殺盡不平方太平」的「自由」天地啊！而這一切，正集中地表現了長期受著殘酷的封建統治的中國人民尤其是處於水深火熱之中的宋元人民的意志和理想。所以在魯智深的思想性格裏，不僅充分地體現了我們中華民族的革命歷史傳統，而且又溶注了鮮明的時代內容。他是一個閃耀著我們古代中華民族的智勇的火花，凝聚著宋元人民理想的光彩的英雄。他作為一個成功的藝術典型，既具有獨特鮮明的個性，又概括了農民革命英雄的共同特徵，他是一個不朽的典型形象。

三

魯智深是一位頂天立地的農民革命的英雄，是一個成功的藝術典型。然而，《水滸傳》卻在七十回以後，讓他跟著宋江投降了封建統治階級，背叛了自己革命的過去。那麼，原來具有錚錚鐵骨的魯智深，為什麼前後會有這樣大的變化呢？而《水滸傳》又是怎樣來描寫他的這種變化過程的呢？

梁山農民起義軍在軍事上取得的一系列巨大的勝利，迫使封建統治階級不得不採取招降的策略；而在起義軍內部，以宋江為首的投降派勢力逐漸佔了統治地位，並把起義軍輝煌的戰果當作投降的資本。於是，宋江便運用軟硬兼施的手段，特別是用「義氣」來束縛起義英雄們的思想和手腳，終於將梁山農民起義軍引向了受招安的邪路。在這種形勢下，儘管魯智深對封建社會的醜惡、黑暗有著較清醒的認識，儘管他竭力地反對投降，但是，他卻沒有足以鼓動大家不斷前進的明確的奮鬥目標，所以竟至於連他自己也只好跟著宋江、隨著大流去投降了。

魯迅先生說過：「人生最痛苦的是夢醒了無路可走」。(《墳》)《水滸傳》中受招安時的魯智深，就是處於這麼一種思想狀態之中。一方面，他曾較清醒地認識到封建社會的黑暗、腐朽，並力圖衝破這吃人的封建羅網；另一方面，他雖有理想，但對未來又缺乏明確的藍圖，更不知道怎樣才能創造新的未來。真理在哪裏？出路在何方？也就在他深感茫然之際，由於「佛緣未斷」，神權思想又在他心底萌動、滋長。他回頭來看到了五臺山上他曾經踐踏過的「靈光聖火」。他「欲往五臺山參禮本師」，「求問師父前程如何」。(八十九回)這裡的前程，實際上已是指歸宿了，是一個在革命道路上衝殺了大半生而在

投降後更感到前途黯淡的落荒者所要尋求的歸宿。既然前進不成，他就開始尋求退步抽身之路了。

這裡必須說明，前面所說的魯智深對佛教清規的踐踏和對神權思想的挑戰，往往是由感性而發的。由於魯智深不可能從理論上對其進行深刻的批判，因此，神權不僅在魯智深思想上留有烙印，而且使他在行動上也不可能徹底地衝破宗教的樊籬。他雖然兩番大鬧了五臺山，可他對那個知道過去未來的「當世的活佛」智真長老卻始終是尊重的。所以，後來在魯智深夢醒了而無路可走的時候，他便公然向佛門懺悔了：「不想醉後，兩番鬧了禪門，有亂清規」。（八十九回）正因如此，而後當智真長老諷刺他「徒弟一去數年，殺人放火不易」時，（九十回）他只能「默默無言」，接受了神權思想對他的審判。此時此際的魯智深，佛教的「靈光」已掩蓋了他叛逆的光輝，佛教的「聖火」卻代替了他鬥爭的火焰。他終於向著佛門頂禮膜拜，接受了智真長老給他的「逢夏而擒，遇臘而執，聽潮而圓，見信而寂」的偈語，並且「讀了數遍，藏於身邊」，「準備終身受用。」（九十回）

如果說，在五臺山參禪之前，魯智深還只是在茫茫的苦海裏懺悔的話，那麼，五臺山參禪之後，他更墮入了罪惡的深淵。而智真長老的十六字偈語，也就成了他往後的行動指南。在征方臘時，他和其他梁山軍士一起，像工具一樣為宋王朝效勞，來殘殺自己原來的階級兄弟。他殺了夏侯成，又擒了方臘。在神權思想的驅使下，他徹底地背叛了自己的過去。最後，在神權思想的支配和毒害下，魯智深終於在無異於自殺的圓寂中結束了自己的生命。而且作者還讓他在臨死前寫下「頌子」，完全否定了自己光輝的過去。

那麼，為什麼在一部《水滸傳》裏，魯智深會判若兩人？曾使山河增輝的農民革命英雄魯智深又怎麼落得這樣一個可悲的結局呢？這些問題，我們只有聯繫到《水滸傳》成書的年代，才能得到解決。

從宋元到明初，是中國封建社會走向崩潰的時期。階級矛盾、民族矛盾日益尖銳、激烈。《水滸傳》中魯智深那種強烈的反抗精神和酷愛自由的思想，也與這種社會現實有著密切的聯繫。這是事情的一方面。另一方面，由於當時新的生產關係還沒有完全形成，新興的階級還沒有產生，因而也就不可能有先進的思想來引導農民革命。所以，當時的農民起義，只能取得暫時的、局部的勝利，而不可能徹底摧毀封建制度，在全國建立新的政權。而這一切，也決不可能對《水滸傳》沒有影響。因此，《水滸傳》裏的魯智深，雖然酷愛

自由，但不知怎樣才能爭得真正的自由；他只能打破舊的過去，卻不能創造新的未來；他只能是舊制度的叛逆者，而不可能是新制度的倡導者。正因如此，《水滸傳》中魯智深的形象，就會出現前後矛盾。可見，這種矛盾的形成，正是受時代影響的結果。而魯智深的悲劇結局，也就可以說是時代的悲劇，是農民階級的歷史悲劇。

造成魯智深這種矛盾和悲劇結局的，還有一個重要原因，就是《水滸傳》是人民群眾集體創作和作家個人創作相結合的結晶，它既吸收了宋元以來說話、雜劇等通俗文藝特別是民間傳說的進步思想和藝術經驗，又在施耐庵等人的加工和再創作中得到提高。在經過文人尤其是施耐庵的加工改編過程中，作者世界觀中的進步因素，就使《水滸傳》能繼承民眾創作的民主性的精華和藝術成就，成為一部完整的現實主義巨著；同樣，作者世界觀中的落後、反動的一面，不僅會使小說將原來的封建糟粕承襲下來，而且也會把作者自己的思想觀點強加在所描寫的人物身上。這在《水滸傳》的後幾十回裏，表現得異常明顯。魯智深受招安後，皈依宗教，並去為封建統治者賣命的事實，正好說明這一形象已成為作者宣揚忠君思想的「傳聲筒」了。這時的魯智深，不僅完全背叛了自己革命的過去，而且作為一個藝術形象，也是概念化的人物了。（此文與人合作）

（原載《水滸爭鳴》第二輯，長江文藝出版社，1983 年 8 月出版）

魯智深：心常忘我，眼不容沙

　　花和尚魯智深是不是一個合格的和尚，每個人的看法可能不一致。有些人認為他不合格，因為他的綽號是「花和尚」。花和尚者，花心和尚也。這倒不是說他好色，而是說他不守佛門的清規戒律。和尚戒酒，他動輒酩酊大醉；和尚戒葷，他連狗肉都吃；和尚不打誑語，他往往善意騙人；和尚修心養性，他經常大打出手。其實，這些解釋也對也不對。說它對，是概括了魯智深的行為；說它不對，是因為花和尚之「花」根本不是這個意思。什麼是「花和尚」？魯智深自己有解釋，他對山西老鄉楊志說：「人見洒家背上有花繡，都叫俺做花和尚魯智深。」（第十七回）而「花和尚」這個綽號，最早出現在宋代羅燁的《醉翁談錄·小說開闢》中。這位花和尚與武行者一樣，屬於「杆棒」類英雄人物，而且花和尚還排在第一位，屬於領銜人物。

　　至於魯智深的名字，在正規的歷史文獻中也很難看到，他最早出現在龔開《宋江三十六贊》中：「花和尚魯智深：有飛飛兒，出家尤好，與爾同袍，佛也被惱。」這裡對「花和尚」的評價並不高，佛門出了這麼一個弟子，似乎佛祖都受到他的拖累。《宣和遺事》中，魯智深是最後入夥的：

> 宋江道：「今會中只少了三人。」那三人是：花和尚魯智深、一丈青張橫、鐵鞭呼延綽。……那時有僧人魯智深反叛，亦來投奔宋江。這三個人來後，恰好是三十六人之數。

元雜劇現存六個劇本中，魯智深在兩個劇本中出現過：《梁山泊李逵負荊》和《魯智深喜賞黃花峪》。第一個劇本中，魯智深是李逵的配角。之所以如此，主要是因為搶劫民女的歹徒宋剛、魯智恩冒名宋江、魯智深，李逵對此事大發雷霆，故而，魯智深必須陪同宋江一起到山下找王林老漢與李逵當面對質。

結果，王林澄清事實：「那兩個一個是青眼兒長子，如今這個是黑矮的。那一個是稀頭髮臘梨，如今這個是剃頭髮的和尚。不是！不是！」（第三折）李逵知道錯怪了宋江、魯智深二位哥哥，只好負荊請罪。最後，宋江命令李逵將功折罪，捉拿二賊，於是有了梁山兄弟四人的一場小戲：

> （宋江云）山兒，我如今放你去，若拿得這兩個棍徒，將功折罪；若拿不得，二罪俱罰。您敢去麼？（正末做笑科云）這是揉著我山兒的癢處。管教他甕中捉鼈，手到拿來。（學究云）雖然如此，他有兩副鞍馬，你一個如何拿的他住？萬一被他走了，可不輸了我梁山泊上的氣概。魯家兄弟，你幫山兒同走一遭。（魯智深云）那山兒開口便罵我禿廝會做媒，兩次三番要那王林認我，是甚主意？他如今有本事自去拿那兩個，我魯智深決不幫他。（學究云）你只看「聚義」兩個字，不要因這小忿，壞了大體面。（宋江云）這也說的是。智深兄弟，你就同他去拿那兩個頂名冒姓的賊漢來。（魯智深云）既是哥哥分付，您兄弟敢不同去？（第四折）

作為配角，魯智深的形象還是很生動的。該發的脾氣也發了，該反唇相譏的也譏了，該服從的命令還得服從，該珍視的兄弟情義還得珍視。宋江、吳用、李逵、魯智深，他們在這裡表現的梁山好漢之間的關係是自然和諧的，同時又是充滿生活情味的。

另一個劇本《魯智深喜賞黃花峪》，看劇名，似乎魯智深領銜，是頭號主人公，其實不然。眾所周知，元雜劇中的「末本戲」，正末扮演誰，誰就是主人公。《黃花峪》的「正末」第一折扮演楊雄，第二折、第三折俱扮演李逵，只有第四折才扮演魯智深。因此，他在劇中只能算次要人物。然而，在第四折戲中，魯智深的表現卻也是夠充分的。尤其是在打擊反面角色時，還充滿了幽默意味：

> （蔡淨云）我著這莽拳頭，往這廝嘴上丟。潑水難收，則一拳打你個翻筋斗，來叫爹爹有甚麼羞。哎喲，這禿弟子孩兒，打殺我也。我拐了他渾家，誰和你說來？（正末唱）【四門子】黑旋風與我先說透，（蔡淨云）干你甚麼事？（正末唱）你是個強奪人家女豔羞。不索你憂，不索你愁，潑賤貨性命不過九。不索憂，不索愁，打這廝將沒作有。【古水仙子】那那女豔羞，你拆散了他鸞交和鳳友。待飛來難飛，待走來怎走？身軀似不纜舟，炎騰騰水上澆油。

一隻手便把衣領揪，一隻手搯住衣和袖，滴溜撲摔翻一個肉春牛。

（第四折）

當然，上面所介紹的這些個「花和尚魯智深」都只是體現了這個人物的某些側面，真正全面而生動地展示魯智深「精氣神」的還是《水滸傳》。該書中，魯智深除了兩次落草為寇而外，一生擔任的社會角色只有兩個：提轄與和尚。然而，魯智深無論處於何種境況，總是表現出同一種心態：赤條條往來無牽掛。而這種心態的外在化表現就是兩大層面八個大字：心常忘我，眼不容沙。

所謂心常忘我，指的就是魯提轄經常不像提轄，花和尚根本不像和尚。

魯智深在《水滸傳》中首次亮相的時候，他還叫作魯達，職務是提轄。提轄是宋代州郡中設置的專管統轄軍隊、訓練教閱、督捕盜賊等工作的中下級軍官。雖然夠不上高官厚祿，但畢竟是有身份、有臉面的「官人」。然而，魯達根本就沒有將這種身份放在心上，一衝動，就忘了「提轄」為何物。當他在潘家酒樓聽到金翠蓮的哭訴之後，「回到經略府前下處，到房裏，晚飯也不吃，氣憤憤的睡了」。第二天，就開始大打出手。首先是痛打了阻攔金氏父女離去的店小二：「魯達大怒，叉開五指，去那小二臉上只一掌，打的那店小二口中吐血，再復一拳，打下當門兩個牙齒」。（第三回）甚至還搬了條凳子，在酒店門口坐了小半天時間，阻滯店小二報信。隨後，才到鄭屠鋪子尋釁鬧事：

> 魯達坐下道：「奉著經略相公鈞旨，要十斤精肉，切做臊子，不要見半點肥的在上頭。」鄭屠道：「使頭，你們快選好的切十斤去。」魯提轄道：「不要那等醃臢廝們動手，你自與我切。」鄭屠道：「說得是，小人自切便了。」自去肉案上揀了十斤精肉，細細切做臊子。……這鄭屠整整自切了半個時辰，用荷葉包了，道：「提轄，教人送去？」魯達道：「送甚麼！且住，再要十斤都是肥的，不要見些精的在上面，也要切做臊子。」鄭屠道：「卻才精的，怕府裏要裹餛飩。肥的臊子何用？」魯達睜著眼道：「相公鈞旨分付洒家，誰敢問他。」鄭屠道：「是。合用的東西，小人切便了。」又選了十斤實膘的肥肉，也細細的切做臊子，把荷葉包了。整弄了一早晨，卻得飯罷時候。……鄭屠道：「著人與提轄拿了，送將府裏去。」魯達道：「再要十斤寸金軟骨，也要細細地剁做臊子，不要見些肉在上

> 面。」鄭屠笑道：「卻不是特地來消遣我。」魯達聽罷，跳起身來，拿著那兩包臊子在手，睜眼看著鄭屠道：「洒家特的要消遣你！」把兩包臊子劈面打將去，卻似下了一陣的肉雨。（同上）

先要「精肉」，又要「肥的」，再要「寸金軟骨」，而且每樣十斤，而且都必須「細細剁做臊子」，當對方辛辛苦苦切了兩大包以後，又因一言不合，魯提轄居然「跳起身來」，居然說：「洒家特的要消遣你！」居然「把兩包臊子劈面打將去，」在說這些話，做這些事的時候，魯提轄還像一個「提轄」嗎？他還記得自己是一個「提轄」嗎？這簡直就是流氓手段！魯提轄，在對付「鎮關西」這樣的流氓時所採用的就是流氓手段。這就是以惡攻惡，魯達式的「心常忘我」的以惡攻惡。

身為提轄，魯達常常忘記自己是提轄；當了和尚以後，魯智深又何嘗記得自己是和尚？受戒時，長老對他說得很清楚：「一要歸依三寶，二要歸奉佛法，三要歸敬師友：此是三歸。五戒者：一不要殺生，二不要偷盜，三不要邪淫，四不要貪酒，五不要妄語。」（第四回）結果呢？他酒也貪了，生也殺了，語也妄了，肉也吃了，架也打了，甚至兩次大鬧五臺山。我們且看他第二次的最後一「鬧」：

> 滿堂僧眾大喊起來，都去櫃中取了衣鉢要走。此亂喚做「卷堂大散」，首座那裡禁約得住。智深一昧地打將出來。大半禪客都躲出廊下來。監寺，都寺不與長老說知，叫起一班職事僧人，點起老郎、火工道人、直廳轎夫，約有一二百人，都執杖叉棍棒，盡使手巾盤頭，一齊打入僧堂來。智深見了，大吼一聲，別無器械，搶入僧堂裏佛面前，推翻供桌，撧了兩條桌腳，從堂裏打將出來。但見：心頭火氣，口角雷鳴。奮八九尺猛獸身軀，吐三千丈凌雲志氣。按不住殺人怪膽，圓睜起卷海雙睛。直截橫衝，似中箭投崖虎豹；前奔後湧，如著槍跳澗豺狼。直饒揭帝也難當，便是金剛須拱手。恰似頓斷絨條錦鷂子，猶如扯開鐵鎖火猢猻。當時魯智深輪兩條桌腳，打將出來。眾多僧行見他來得凶了，都拖了棒，退到廊下。智深兩條桌腳著地卷將來，眾僧早兩下合攏來。智深大怒，指東打西，指南打北，只饒了兩頭的。（同上）

當提轄不像提轄，當和尚不像和尚，甚至當強盜也獨具特色。魯智深「心常忘我」忘了自己的身份，怎麼想就怎麼幹，想幹什麼就幹什麼。從不扭扭捏

捏，從不矯情造作，從不故作姿態，從不遮遮掩掩。這使我們想起了毛宗崗對《三國演義》中的關羽的評價：「作事如青天白日，待人如霽月光風。」(《讀三國志法》) 其實，我們的魯和尚與關聖人一樣，也完全當得起這個評價，而魯智深應該比關雲長更為「透明」。

人人都希望自由，很多人甚至標榜自己如何如何追求自由。但有些人或許並不知道，「自由」最大的敵人就是「身份」，追求自由最大的障礙就是「身份感」。身份越多、越高的人越沒有自由，身份感越強烈的人越得不到自由。要想真正的自由，必須杜絕身份感，忘掉自己的社會角色。這一點，一般人做不到，或者說很難做到。但我們的魯智深是真正的自由追求者，他經常能達到這種境界、「心常忘我」的境界。請看：

大家「湊錢」資助貧困的金翠蓮婦女，李忠只是個江湖賣藝人，拿出二兩多血汗錢，結果：「魯提轄看了，見少，便道：『也是個不爽利的人。』」「把這二兩銀子丟還了李忠」。(第三回) 全然不顧人家是史進的開手師父，而且彼此初次見面。

打著佛家「說因緣」的幌子，花和尚魯智深的真正目的卻是為了暴打強奪民女的「小霸王」，結果：「一個胖大和尚，赤條條不著一絲，騎翻大王在床前打。」(第五回)

被強盜請上山去，卻因為看不慣慳吝的山大王，就將他們「桌上金銀酒器，都踏匾了，拴在包裹」，在後山「卻把身望下只一滾，骨碌碌直滾到山腳邊，並無傷損。魯智深跳將起來，尋了包裹，跨了戒刀，拿了禪杖，拽開腳手，投東京便走」。(同上)

瓦罐寺中，飢餓難當的花和尚正將搶來的粥捧吃了幾口，聽到「那老和尚道：『我等端的三日沒飯吃。卻才去村裏抄化得這些粟米，胡亂熬些粥吃，你又吃我們的。』智深吃五七口，聽得這話，便撇了不吃」。(第六回)

在東京酸棗門外看菜園時，二三十個潑皮徒弟每日將酒肉請花和尚，他就覺得過意不去了：「過了數日，智深尋思道：『每日吃他們酒食多矣，灑家今日也安排些還席。』叫道人去城中買了幾般果子，沽了兩三擔酒，殺翻一口豬、一腔羊。那時正是三月盡，天氣正熱。智深道：『天色熱！』叫道人綠槐樹下鋪了蘆席，請那許多潑皮團團坐定。大碗篩酒，大塊切肉，叫眾人吃得飽了，再取果子吃酒。」(第七回)

當朋友史進被官府捉拿之後，魯智深表現得相當急躁，連酒都不吃了，

嚷著要去華州城救人。「眾人那裡勸得住，當晚又諫不從。明早，起個四更，提了禪杖，帶了戒刀，徑奔華州去了」。（第五十八回）

最有意味的是花和尚魯智深臨死前的一段表現，那是在美麗的錢塘江畔：

> 至半夜，忽聽得江上潮聲雷響。魯智深是關西漢子，不曾省得浙江潮信，只道是戰鼓響，賊人生發，跳將起來，摸了禪杖，大喝著便搶出來。眾僧吃了一驚，都來問道：「師父何為如此？趕出何處去？」魯智深道：「洒家聽得戰鼓響，待要出去廝殺。」眾僧都笑將起來，道：「師父錯聽了，不是戰鼓響，乃是錢塘江潮信響。」魯智深見說，吃了一驚，問道：「師父，怎地喚做潮信響？」寺內眾僧推開窗，指著那潮頭叫魯智深看，說道：「這潮信日夜兩番來，並不違時刻。今朝是八月十五日，合當三更子時潮來。因不失信，為之潮信。」魯智深看了，從此心中忽然大悟，拍掌笑道：「俺師父智真長老，曾囑付與洒家四句偈言，道是：『逢夏而擒』，俺在萬松林裏廝殺，活捉了個夏侯成；『遇臘而執』，俺生擒方臘；今日正應了：『聽潮而圓，見信而寂』。俺想既逢潮信，合當圓寂。眾和尚，俺家問你，如何喚做圓寂？」寺內眾僧答道：「你是出家人，還不省得？佛門中圓寂便是死。」魯智深笑道：「既然死乃喚做圓寂，洒家今已必當圓寂。煩與俺燒桶湯來，洒家沐浴。」寺內眾僧，都只道他說耍，又見他這般性格，不敢不依他。只得喚道人燒湯來與魯智深洗浴，換了一身御賜的僧衣，便叫部下軍校：「去報宋公明先鋒哥哥，來看洒家。」又問寺內眾僧處，討紙筆寫下一篇頌子。去法堂上，捉把禪椅，當中坐了。焚起一爐好香，放了那張紙在禪床上，自疊起兩隻腳，左腳搭在右腳，自然天性騰空。比及宋公明見報，急引眾頭領來看時，魯智深已自坐在禪椅上不動了。看其頌曰：「平生不修善果，只愛殺人放火。忽地頓開金枷，這裡扯斷玉鎖。咦！錢塘江上潮信來，今日方知我是我。」（第九十九回）

身為關西漢子，從提轄到和尚，又從和尚到強盜，最終由稀裏糊塗成了官軍的魯智深一輩子只知道戰鬥，聽到錢塘江潮還以為是戰鼓擂響，當別人告知真相後，他竟然不知道「潮信」是什麼，並老老實實發問。及至明白了「潮信」為何物並且聯想到師父的四句「偈言」，尤其是其中的「聽潮而圓，見信

而寂」。但新的問題出現了，何謂「圓寂」？於是魯智深又虛心發問。當他明白了「圓寂」就是死亡的時候，竟然笑道：「既然死乃喚做圓寂，洒家今已必當圓寂。」並且說到做到，將自己洗得乾乾淨淨以後，「天性騰空」了。從魯智深這些與眾不同的言語行為中，我們看到的是那赤條條往來無牽掛的純淨靈臺和孩童心性，是那「心常忘我」的最徹底、最乾淨、最瀟灑、最執著、最從容的本質表達！他臨死前留下的偈語也是自然天成而又發人深省的：「咦！錢塘江上潮信來，今日方知我是我。」當他最終明白「我」的真切含義的時候，這個「我」已經不屬於他那個我。或者，換句話說，魯智深正是在錢塘江畔這麼一個美麗而又聖潔的地方結束了「世俗」之「我」而升騰為涅槃境界的新「我」。為了更好地表現這一點，作者在魯智深圓寂之後又補寫了一筆：「眾僧誦經懺悔，焚化龕子，在六和塔山後，收取骨殖，葬入塔院。所有魯智深隨身多餘衣缽金銀並各官布施，盡都納入六和寺裏，常住公用」。（同上）這是什麼？答曰：徹底地「忘我」。生前，身為和尚的魯智深居然連什麼是「圓寂」都不知道，但死後的花和尚，卻將他的一切都還給了自然，還給了天地，還給了人間，還給了那卑鄙齷齪的塵凡世界！在梁山一百八人之中，魯智深最少「私心雜念」，他一片童心、一片真心，一片混沌、一片天然，如此人格精神，真乃深諳佛門三昧的人間活佛！

但魯智深並不知道自己是什麼「活佛」。

但，唯有不知道自己是「活佛」者，才是真正的活佛。

然而，以上所敘只是魯智深性格的一個層面，他還有另一面更其重要，那就是「眼不容沙」。魯智深以童貞之心來到這個世界，也以童貞之心看待這個世界。然而，這個世界卻不斷玷污、腐蝕他的童貞之心，很多沙塵不斷襲擾他「童貞」的眼睛。於是，花和尚魯智深只能以一片真誠在紅塵中「抱打不平」，並通過打盡不平方太平的行動來體現他「眼不容沙」的童貞本性。

這裡有一個自身相悖的命題，我們稱之為「活佛」的魯智深為什麼會具有「兩隻放火眼，一片殺人心」？為什麼「平生不修善果，只愛殺人放火」？是的，《水滸傳》中的魯智深喜歡打架，甚至喜歡殺人，但請注意，他並不像黑旋風那樣嗜血好殺，這位花和尚從不濫殺無辜。不僅如此，他還常常對那些無辜遭到迫害的弱者援之以手。

別的好漢打抱不平，多多少少夾帶著一點「私心雜念」，打擊對象也罷、拯救對象也罷，總與這些好漢有某種瓜葛。武松醉打蔣門神，花榮大鬧清風

寨，石秀智殺裴如海，李逵打死殷天錫，乃至於三山聚義打青州、孫立孫新大劫牢等大規模的活動，均乃如此，概莫能外，只有極少數英雄人物的個別性表現如「病關索長街遇石秀」是真正的路見不平拔刀相助。魯智深則不同，他的抱打不平純然是處於「眼不容沙」，是最少具有「私心雜念」的，當然也就是最人道、最具正義性的。從魯提轄到花和尚，他一次又一次地將保護傘撐到了那些素不相識者的弱者頭上。為救落難女子金翠蓮，魯提轄拳打鎮關西，但他與金翠蓮父女萍水相逢；為救被迫招親的劉小姐，花和尚痛打小霸王，但他只是路過桃花莊借宿一晚；為了拯救幾個受人欺壓的老和尚，魯智深火燒瓦罐寺，但他與這些和尚並無任何師承瓜葛。……所有這些，都體現了魯智深抱打不平的特異之處，他只是眼睛裏容不得沙子。魯智深的口號是：「禪杖打開危險路，戒刀殺盡不平人。」（第三回）「怒掣戒刀，砍世上逆子讒臣。」（第四回）這就是魯智深與其他梁山好漢的區別，花和尚是「眼不容沙」的抱打不平。

從世俗的觀念看來，魯智深就是一個不合格的和尚，因為他的所作所為嚴重違反了佛門的清規戒律。但是，就「佛性」而論，魯智深與那些苦苦修煉的得道高僧相比，其實也差不到哪裏去。更進一步說，那些高僧之得道乃是「刻意」修行的結果，而魯智深佛性的綻放卻是在「無意」之間。即以上述最能體現魯智深生命底蘊的「心常忘我」「眼不容沙」八字而言，無形之中就暗合了高級境界的佛性。他的「心常忘我」其實也就是一種對自由的酷愛，這正是暗合小乘佛教的解脫自我的精神；而他的「眼不容沙」進而抱打不平的行動，體現的卻是大乘佛教的最高境界——普度眾生。而這兩點的結合，又意味著魯智深生前身後都在無意間實踐著佛門的永恆境界——「赤條條往來無牽掛」。

「赤條條往來無牽掛」，讀懂了這句話才算讀懂了花和尚魯智深。

古往今來，無論是現實中人物，抑或是小說中人物形象，讀懂魯智深者能有幾人？

邱園算一個，因為他在根據《水滸傳》故事改編的傳奇戲《虎囊彈·山門》中讓魯智深唱出了這樣的心聲：「（淨唱：）【寄生草】漫搵英雄淚，相辭乞士家；謝恁個慈悲剃度蓮臺下，沒緣法轉眼分離乍，赤條條來去無牽掛。那裡討煙蓑雨笠卷單行，一任俺芒鞋破缽隨緣化。」

曹雪芹算一個，因為他在《紅樓夢》中讓幾大主人公對魯智深及其「佛

「性」進行了討論：

　　　　寶釵點了一齣《魯智深醉鬧五臺山》。寶玉道：「只好點這些戲。」寶釵道：「你白聽了這幾年的戲，那裡知道這齣戲的好處，排場又好，詞藻更妙。」寶玉道：「我從來怕這些熱鬧。」寶釵笑道：「要說這一齣熱鬧，你還算不知戲呢。你過來，我告訴你，這一齣戲熱鬧不熱鬧。是一套北《點絳唇》，鏗鏘頓挫，韻律不用說是好的了；只那詞藻中有一支《寄生草》，填的極妙，你何曾知道。」寶玉見說的這般好，便湊近來央告：「好姐姐，念與我聽聽。」寶釵便念道：「漫搵英雄淚，相離處士家。謝慈悲剃度在蓮臺下。沒緣法轉眼分離乍。赤條條來去無牽掛。那裡討煙蓑雨笠卷單行？一任俺芒鞋破缽隨緣化！」寶玉聽了，喜的拍膝畫圈，稱賞不已，又贊寶釵無書不知。林黛玉道：「安靜看戲罷！還沒唱《山門》，你倒《妝瘋》了。」說的湘雲也笑了。……寶玉道：「什麼是『大家彼此』！他們有『大家彼此』，我是『赤條條來去無牽掛』。」談及此句，不覺淚下。襲人見此光景，不肯再說。寶玉細想這句趣味，不禁大哭起來，翻身起來至案，遂提筆立占一偈云：「你證我證，心證意證。是無有證，斯可云證。無可云證，是立足境。」寫畢，自雖解悟，又恐人看此不解，因此亦填一支《寄生草》，也寫在偈後。自己又念一遍，自覺無掛礙，中心自得，便上床睡了。……寶釵看其詞曰：「無我原非你，從他不解伊。肆行無礙憑來去。茫茫著甚悲愁喜，紛紛說甚親疏密。從前碌碌卻因何，到如今回頭試想真無趣！」看畢，又看那偈語，又笑道：「這個人悟了……」（《紅樓夢》第二十二回）

捨此而外，還有幾個人讀懂了花和尚魯智深，讀懂了魯智深的「佛性」，我不知道。但我讀來讀去，在《水滸傳》的魯智深身上還是讀出了那八個字：「心常忘我」「眼不容沙」。

（原載《施耐庵與〈水滸傳〉》，中州古籍出版社，2017 年 6 月出版）

瑣議《水滸傳》內外的燕青

　　《水滸傳》中的燕青是一個頗為有趣的人物，他出身低賤而又心志高遠，技藝高超而又處人以善，最終，在梁山好漢絕大多數命舛身亡時，他卻選擇了一個最明智、也最世俗的結局。更有甚者，在《水滸傳》產生之前，燕青的身影就若隱若現地飄忽於傳說、話本、雜劇等諸多大眾藝術領域，而在《水滸傳》之後，燕青的形象仍然活躍在眾多的俗文學乃至俗文化的作品之中。

　　我們先來看看燕青在《水滸傳》中的「出場秀」：

> 這人是北京土居人氏，自小父母雙亡，盧員外家中養的他大。為見他一身雪練也似白肉，盧俊義叫一個高手匠人與他刺了這一身遍體花繡，卻似玉亭柱上鋪著軟翠。若賽錦體，由你是誰，都輸與他。不則一身好花繡，那人更兼吹的、彈的、唱的、舞的，拆白道字，頂真續麻，無有不能，無有不會。亦是說的諸路鄉談，省的諸行百藝的市語。更且一身本事，無人比的。拿著一張川弩，只用三枝短箭，郊外落生，並不放空，箭到物落，晚間入城，少殺也有百十個蟲蟻。若賽錦標社，那裡利物管取都是他的。亦且此人百伶百俐，道頭知尾。本身姓燕，排行第一，官名單諱個青字。北京城里人口順，都叫他做浪子燕青。（第六十一回）

這位人見人愛的燕小乙，在早期的「水滸」故事中，就是宋江麾下「三十六人」中的骨幹。

　　宋末周密《癸辛雜識·宋江三十六贊》中的排名是：呼保義宋江、智多星吳學究、玉麒麟盧俊義、大刀關勝、活閻羅阮小七、尺八腿劉唐、沒羽箭張

清、浪子燕青、病尉遲孫立、浪裏白跳張順、船火兒張橫、短命二郎阮小二、花和尚魯智深、行者武松、鐵鞭呼延綽、混江龍李俊、九文龍史進、小李廣花榮、霹靂火秦明、黑旋風李逵、小旋風柴進、插翅虎雷橫、神行太保戴宗、急先鋒索超、立地太歲阮小五、青面獸楊志、賽關索楊雄、一直撞董平、兩頭蛇解珍、美髯公朱全、沒遮攔穆橫、拼命三郎石秀、雙尾蠍解寶、鐵天王晁蓋、金槍班徐寧、撲天雕李應。其中，「浪子燕青」排在第八位，其贊詞曰：「平康巷陌，豈知汝名，太行春色，有一丈青。」

宋元講史話本《宣和遺事》在九天玄女的天書中也排列了三十六人姓名綽號，他們的順序是：

> 智多星吳加亮、玉麒麟李進義、青面獸楊志、混江龍李海、九紋龍史進、入雲龍公孫勝、浪裏白條張順、霹靂火秦明、活閻羅阮小七、立地太歲阮小五、短命二郎阮進、大刀關必勝、豹子頭林沖、黑旋風李逵、小旋風柴進、金槍手徐寧、撲天雕李應、赤髮鬼劉唐、一直撞董平、插翅虎雷橫、美髯公朱同、神行太保戴宗、賽關索王雄、病尉遲孫立、小李廣花榮、沒羽箭張青、沒遮攔穆橫、浪子燕青、花和尚魯智深、行者武松、鐵鞭呼延綽、急先鋒索超、拼命三郎石秀、火船工張岑、摸著雲杜千、鐵天王晁蓋。

這裡燕青的排名比較靠後，到了第二十八位，但無論如何，在宋元時期流行的「水滸」故事中，燕青都是數得著的人物，而且諢名都喚作「浪子」，《水滸傳》也是這樣寫的。

但有一個問題，當引起我們的注意，在《宋江三十六贊》中，燕青似乎還有一個外號——「一丈青」。更令人費解的是，「一丈青」這個諢名，在中國歷史和歷代小說中有不少人用作綽號，關於這個問題，筆者將另作考證。此處要強調的乃是在「水滸」系列故事中，諢名「一丈青」的居然有三人，除了上述燕青而外，還有《水滸傳》中的扈三娘，而另外一個就有點莫名其妙了。我們還是先看原始資料：

> 那時吳加亮向宋江道：「是哥哥晁蓋臨終時分道與俺：從正和年間朝東嶽燒香，得一夢，見寨上會中合得三十六數；若果應數，須是助行忠義，衛護國家。」吳加亮說罷，宋江道：「今會中只少了三人。」那三人是：花和尚魯智深，一丈青張橫，鐵鞭呼延綽。（《宣和遺事》）

像《宣和遺事》這種講史話本，本身就是說書場中生產的介乎口頭文學與書面文學之間的作品，其中有這樣那樣的錯訛在所難免。在剛剛提及的九天玄女天書中三十六人姓名根本就沒有張橫，這裡突然冒了出來，並且有一個「一丈青」的綽號，真讓人哭笑不得。然而，書中對張橫為什麼叫做一丈青是沒有任何解釋或描寫的，而且《水滸傳》中對張橫的描寫，也沒有任何關於「一丈青」的明示或暗示，倒是船火兒張橫與《宣和遺事》中的火船工張岑可以對得上號。

如此說來，是否「一丈青」的綽號放在燕青頭上較之張橫更為合理呢？答案應該是肯定的。首先是「平康巷陌，豈知汝名，太行春色，有一丈青」的讚語將燕青、平康、一丈青三者聯繫到了一起。隨後，在《水滸傳》中竟然有了這三點之間緊密聯繫的展示：燕青在京城的平康女子李師師面前展露了他的一丈青——遍體花繡。且看這段風流話柄：

> 數杯之後，李師師笑道：「聞知哥哥好身文繡，願求一觀如何？」
> 燕青笑道：「小人賤體雖有些花繡，怎敢在娘子根前揎衣裸體！」李
> 師師說道：「錦體社家子弟，那裡去問揎衣裸體。」三回五次，定要
> 討看。燕青只的脫膊下來。李師師看了，十分大喜。把尖尖玉手，
> 便摸他身上。（第八十一回）

眾所周知，紋身又叫刺青，遍體花繡無論多麼漂亮，畢竟以青色為主。試想，一個遍體刺青的「玉亭柱」般高大的男兒，叫做「一丈青」，不是非常形象而生動嗎？

燕青在《宣和遺事》中的作為主要是參加打劫「生辰綱」，該書寫道：「花約道：『為頭的是鄆城縣石碣村住，姓晁名蓋，人號喚他做鐵天王；帶領得吳加亮、劉唐、秦明、阮進、阮通、阮小七、燕青等。』張大年令花約供指了文字，將召保知在，行著文字下鄆城縣根捉。」這裡的燕青，只是一個配角，甚至沒有自己單獨的言行，根本算不上人物形象。但在元雜劇舞臺上，燕青這一藝術形象可真是個「人物」了。

現存元雜劇中的「水滸戲」有六本，其中有兩本寫到燕青。

在《燕青搏魚》中，燕青毫無疑問是主人公。他由正末扮演，是一個抱打不平的好漢。且看劇本最後宋江所言：

> 則俺三十六勇耀罡星，一個個正直公平。為燕大主家不正，親
> 兄弟趕離家庭。楊衙內敗壞風俗，共淫婦暗約偷情。將二人分屍斷

首，梁山上號令施行。這的是與民除害，不枉了浪子燕青。（第四

折）

此外，在《黃花峪》中，也有梁山好漢燕青的名字，而且排名靠前：「關勝同李俊、燕青、花榮、雷橫、盧俊義、武松、王矮虎、呼延灼、張順、徐寧上。」（第二折）

《水滸傳》中，燕青的排位大大下降，書中第七十一回石碣前面書梁山泊天罡星三十六員，燕青是最後一名。但在明人郎瑛所著《七修類稿》卷二十五《辯證類》「宋江原數」條中，燕青的地位又被抬得很高：

> 史稱宋江三十六人橫行齊魏，官軍莫抗，而侯蒙舉討方臘。周公謹載其名贊於《癸辛雜誌》，羅貫中演為小說，有「替天行道」之言，今揚子、濟寧之地皆為立廟。據是，逆料當時非禮之禮，非義之義，江必有之，自亦異於他賊也。但貫中欲成其書，以三十六為天罡，添地煞七十二人之名，又易尺八腿為赤髮鬼，一直撞為雙槍將，以至淫辭詭行，飾詐眩巧，聳動人之耳目，是雖足以溺人而傳久失其實也多矣。今特書其當時之名三十六於左。宋江、晁蓋、吳用、盧俊義、關勝、史進、柴進、阮小二、阮小五、阮小七、劉唐、張青、燕青、孫立、張順、張橫、呼延綽、李俊、花榮、秦明、李逵、雷橫、戴宗、索超、楊志、楊雄、董平、解珍、解寶、朱仝、穆橫、石秀、徐寧、李英、花和尚、武松。

回頭再看《水滸》。在《水滸傳》中，燕青雖然排在三十六天罡的最後一位，但他的故事卻是非常精彩的。這就使得他成為梁山好漢中頗為突出的人物，很有自己的個性。

首先，恩怨分明，知恩圖報。

中國幾千年的民眾公共道德告訴我們：受人點水之恩，必當湧泉相報；受人大恩不言報，報則以身。燕青的行為，是完全符合這種傳統倫理道德的。他深受盧俊義大恩，因此，當盧俊義遭遇厄難時，燕青便奮不顧身地進行營救。當盧俊義被官府抓捕，陷入牢獄之災時，燕青四處叫化，弄了半罐飯救恩人性命：「蔡福起身出離牢門來，只見司前牆下轉過一個人來，手裏提著飯罐，而帶優容。蔡福認的是浪子燕青。蔡福問道：『燕小乙哥，你做甚麼？』燕青跪在地下，擎著兩行珠淚，告道：『節級哥哥，可憐見小人的主人盧員外，吃屈官司，又無送飯的錢財！小人城外叫化得這半罐子飯，權與主

人充饑。節級哥哥怎地做個方便，便是重生父母，再長爺娘！」說罷，淚如雨上，拜倒在地。」（第六十二回）這一幕是感人至深的。像盧俊義這種「通寇」罪名的犯人，是彌天大罪。在那個人情冷暖、世態炎涼的時代，人人都怕惹火上身，躲之唯恐不及，哪裏去找燕青這樣的歷盡艱難而忠心報恩之人呢？

燕青每日叫化飯食以救盧俊義之饑渴只是權宜之計，他的最終目的是要救出恩人。但牢房戒備森嚴，他無從下手。終於等到了盧俊義被押解上路的機會，他可以攔路打劫救出恩人了。於是，發生了「放冷箭燕青救主」一幕：「薛霸兩雙手拿起水火棍，望著盧員外腦門上劈將下來。董超在外面只聽得一聲撲地響，慌忙走入林子裏來看時，盧員外依舊縛在樹上，薛霸倒仰臥倒樹下，水火棍撇在一邊。董超道：『卻又作怪！莫不是他使的力猛，倒吃一跤？』仰著臉四下裏看時，不見動靜。薛霸口裏出血，心窩裏露出三四寸長一枝小小箭杆。卻待要叫，只見東北角樹上，坐著一個人，聽的叫聲：『著！』撒手響處，董超脖項上早中了一箭，兩腳蹬空，撲地也倒了。那人託地從樹上跳將下來，拔出解腕尖刀，割斷繩索，劈碎盤頭枷，就樹邊抱住盧員外放聲大哭。盧俊義開眼看時，認得是浪子燕青。」（第六十二回）這段描寫，與魯智深救林沖一段有異曲同工之妙，但又各有千秋。相對於魯智深的勇猛而言，燕青更為機智。魯智深是以其豪邁的氣勢折服兩個公差，而燕青則乾脆乾淨利落地消滅了這兩個無恥小人。當然，他們行為又有共同之處，都是千鈞一髮之際救出命懸一線之人，只不過魯智深救的是肝膽相照的朋友，而燕青救的是恩重如山的主人而已。

其次，做事牢靠，值得信任。

《水滸傳》裏與燕青在一起活動得最多的人是李逵，那麼，作者為什麼要將李逵與燕青放在一起來寫呢？道理很簡單，因為李逵是梁山上最莽撞的人，而燕青是梁山上最精細的人。作者正是讓這兩個人在一起而相映成趣的。譬如說，李逵有一次冤枉了宋江，闖下大禍，事後不知如何是好。而燕青就幫他出了一個負荊請罪的好主意。且看這段描寫：「燕青道：『你沒來由尋死做甚麼！我教你一個法則，喚做負荊請罪。』李逵道：『怎地是負荊？』燕青道：『自把衣服脫了，將麻繩綁縛了，脊樑上背著一把荊杖，拜伏在忠義堂前，告道：由哥哥打多少。他自然不忍下手。這個喚做負荊請罪。』」（第七十三回）這樣一條妙計，既讓李逵有了改正錯誤的表現，也給宋江以足夠的

面子。結果是既教育了李逵，又進一步樹立了宋江的威信，真是一舉兩得的好主意！

以上所述的還只是發生在梁山兄弟內部的一件不算太大的誤會，按照燕青的妙計，得到了妥善處理。小事如此，大事就更是這樣了。越是碰上大事，燕青越沉著冷靜。他做事十分牢靠，是那種值得信任、并能夠委以重任的聰明伶俐之人。當宋江要向朝廷聯絡招安事宜，必須通過京城名妓李師師向宋徽宗吹吹枕頭風的時候，如何能說動李師師幫忙，是一個很艱巨的任務。這位說客萬萬不可魯莽，也不能粗豪，而必須具有溫柔體貼的性情，更要精通吹拉彈唱諸般技藝。一句話，既要能討風塵女子李師師的歡心，又不能與李師師過於纏綿動真情而誤了正事。宋江等人考慮再三，此事非燕青不辦。而燕青也果然不辱使命，圓滿完成了山寨交給的任務。然而，在這一過程中，燕青可是要經受嚴峻的考驗的。因為像燕青這樣的風流子弟，是最有可能得到李師師的愛戀的。果不其然：

> 原來這李師師是個風塵妓女，水性的人。見了燕青這表人物，能言快說，口舌利便，倒有心看上他。酒席之間，用些話來嘲惹他。數杯酒後，一言半語，便來撩撥。燕青是個百伶百俐的人，如何不省得。他卻是好漢胸襟，怕誤了哥哥大事，那裡敢來承惹？（第八十一回）

就這樣，燕青抵禦了李師師的誘惑，甚至有些忍心地拒絕了絕代佳人的愛戀。而他之所以這樣做，完全是以梁山事業為己任。因此，燕青的為人處事，是值得充分信任的。

第三，尤擅弩箭，相撲第一。

燕青在梁山的步軍首領中排名第六，楊雄、石秀、解珍、解寶均在其後，如果沒有幾下子過硬的工夫，便難以服眾。然而，燕青不像李逵，靠蠻力取勝，他是輕巧靈活型的高手。他的絕門工夫有二：弩箭和相撲。他的弩箭，在搭救盧俊義時大顯神威，而《水滸傳》的作者，更是對燕小乙的弩箭讚不絕口：

> 這浪子燕青那把弩弓，三枝快箭，端的是百發百中。但見：弩椿勁裁烏木，山根對嵌紅牙。撥手輕襯水晶，絃索半抽金線。背纏錦袋，彎彎如秋月未圓；穩放雕翎，急急似流星飛迸。綠槐影裏，嬌鶯膽戰心驚；翠柳陰中，野鵲魂飛魄散。好手人中稱好手，紅心

裏面奪紅心。(第六十二回)

至於燕青相撲的工夫，在當時更是天下第一。書中好幾個人物都吃過他的虧。首先是李逵：「話說當下李逵從客店裏搶將出來，手搭雙斧，要奔城邊劈門，被燕青抱住腰胯，只一交，攧個腳稍天。燕青拖將起來，望小路便走。李逵只得隨他。為何李逵怕燕青？原來燕青小廝撲天下第一。」(第七十三回)燕青擴李逵，還只能算是梁山兄弟之間的戲謔，而他與任原的打擂臺相撲，那可就是性命相搏了。這段文字太長，恕不贅引，讀者可以參看《水滸傳》第七十四回。

然而，燕青相撲，最有意味的是在梁山上撲倒高俅的那一次，真正令人拍手稱快：「高太尉大醉，酒後不覺失言，疏狂放蕩，便道：『我自小學得一身相撲，天下無對。』盧俊義卻也醉了，怪高太尉自誇天下無對，便指著燕青道：『我這個小兄弟，也會相撲。三番上岱嶽爭跤，天下無對。』高俅便起身來，脫了衣裳，要與燕青廝撲。眾頭領見宋江敬他是個天朝太尉，沒奈何處，只得隨順聽他說；不想要勒燕青相撲，正要滅高俅的嘴，都起身來道：『好，好！且看相撲！』眾人都哄下堂去。宋江亦醉，主張不定。兩個脫了衣裳，就廳階上，宋江叫把軟褥鋪下。兩個在剪絨毯上，吐個門戶。高俅搶將入來，燕青手到，把高俅扭摔得定，只一跤，攧翻在地褥上，做一塊半晌掙不起。這一撲，喚作守命撲。」(第八十回)高俅相撲水平一般，卻要自稱「天下無對」。於是，真正天下無對的燕小乙上來三下五除二，將他摔了個一佛出世，二佛涅槃。如此，便大長了梁山好漢的威風，大滅了朝廷奸賊的志氣。別看宋江、盧俊義表面緊張得要命，內心深處可是高興得要死哩！燕青，通過小小的相搏之戲，真是給水泊梁山掙足了面子！

第四，不求榮華，功成身退。

在梁山好漢一百八人中，燕青是最聰明的一個。這不僅體現在他百事伶俐，討人喜歡，更重要的是他看透了朝廷，看透了世情，不求榮華富貴而功成身退。征方臘勝利後，他在回朝途中離隊出走，不知所終。作者對燕青這種功成身退的行為，是十分欣賞的。不僅用了詩歌的和議論的方式進行讚歎，而且還通過形象化的描寫，進一步強化了讀者對燕青這一方面的認識：

再說宋江與同諸將，離了杭州，望京師進發。只見浪子燕青私

自來勸主人盧俊義道：「小乙自幼隨侍主人，蒙恩感德，一言難盡。

今既大事已畢，欲同主人納還原受官誥，私去隱跡埋名，尋個僻淨

> 去處，以終天年。未知主人意下若何？」盧俊義道：「自從梁山泊歸
> 順宋朝已來，北破遼兵，南征方臘，勤勞不易，邊塞苦楚。弟兄殞
> 折，幸存我一家二人性命。正要衣錦還鄉，圖個封妻蔭子，你如何
> 卻尋這等沒結果？」燕青笑道：『主人差矣。小乙此去，正有結果。
> 只恐主人此去，定無結果。」……燕青納頭拜了八拜。當夜收拾了
> 一擔金珠寶貝挑著，徑不知投何處去了。次日早晨，軍人收得字紙
> 一張，來報復宋先鋒。宋江看那一張字紙時，上面寫道是：「辱弟燕
> 青百拜懇告先鋒主將麾下：自蒙收錄，多感厚恩。效死幹功，補報
> 難盡。今自思命薄身微，不堪國家任用，情願退居山野，為一閑人。
> 本待拜辭，恐主將義氣深重，不肯輕放。連夜潛去。今留口號四句
> 拜辭，望乞主帥恕罪。情願自將官誥納，不求富貴不求榮。身邊自
> 有君王赦，淡飯黃齏過此生。」（第九十九回）

鳥盡弓藏，兔死狗烹，這是封建時代君臣關係的常態，更何況梁山英雄來自
草莽，強盜出身，朝廷怎麼可能給你一個好的結局？宋江、盧俊義等人沒有
參透這中間的奧秘，因而全都成為封建王朝的犧牲品，成為祭壇上的羔羊。
而燕青等少數人看透了這一點，於是，就有了魯智深的坐化，武二郎的守靈，
混江龍的詐病，燕小乙的隱遁。其實，這些人的思想正代表了作者的思想，
也正顯示了《水滸傳》這部悲劇英雄小說最深層的悲劇涵蘊。

　　但無論如何，在《水滸傳》作者的心目中，燕青是他最喜愛的人物之一。
在全書對燕小乙的描寫過程中，只有讚揚，從無貶損，甚至連皮裏陽秋的暗
諷都沒有。在作者看來，燕青就是朝霞、旭日、春風、山泉，是那麼輝煌、明
亮、和煦、清澈，謂予不信，不妨以作者的一首《沁園春》為證：

> 唇若塗朱，睛如點漆，面似堆瓊。有出人英武，凌雲志氣，資
> 稟聰明。儀表天然磊落，梁山上端的馳名。伊州古調，唱出繞梁聲。
> 果然是藝苑專精，風月叢中第一名。聽鼓板喧雲，笙聲嘹喨，暢敘
> 幽情。棍棒參差，擅拳飛腳，四百軍州到處驚。人都羨英雄領袖，
> 浪子燕青。（第六十一回）

由上可見，《水滸傳》中的燕青，就是這麼一個從作者到書中人物再到絕大多
數的作者都非常喜愛的英雄人物形象。

　　《水滸傳》出現以後，燕青在中國文學史乃至於文化史上仍然作為一個
人物形象或者文化符號而盛傳不衰，這主要體現在以下幾個方面。

首先是帶有俗文化意味的「燕青」。

明・陸容《菽園雜記》卷十四載：

> 鬥葉子之戲，吾昆城上自士夫，下至僮豎皆能之。予遊昆庠八
> 年，獨不解此，人以拙嗤之。近得閱其形制，一錢至九錢各一葉，
> 一百至九百各一葉，自萬貫以上，皆圖人形：萬萬貫呼保義宋江，
> 千萬貫行者武松，百萬貫阮小五，九十萬貫活閻羅阮小七，八十萬
> 貫混江龍李進，七十萬貫病尉遲孫立，六十萬貫鐵鞭呼延綽，五十
> 萬貫花和尚魯智深，四十萬貫賽關索王雄，三十萬貫青面獸楊志，
> 二十萬貫一丈青張橫，九萬貫插翅虎雷橫，八萬貫急先鋒索超，七
> 萬貫霹靂火秦明，六萬貫混江龍李海，五萬貫黑旋風李逵，四萬貫
> 小旋風柴進，三萬貫大刀關勝，二萬貫小李廣花榮，一萬貫浪子
> 燕青。

那些月黑風高夜殺人的梁山好漢，在這裡都成為市井百姓手中的一張牌，似
乎有點兒調侃意味。其中，宋江最貴，萬萬貫；燕青最賤，一萬貫。實際上，
這裡的排列除了盜魁宋江和市民心中的天神武松以外，其他諸位，是帶有很
大的隨意性的。但無論如何，燕青和他的兄弟們一道，都成為了娛樂物品。
這樣的例子並非唯一，再如晚清小說中的描寫：「敬敷喝了酒，抽了一枝：浪
子燕青。便想了一個『江標』，眾人痛贊了。」（《轟天雷》第十四回）

上一例是賭博，下一例是酒令，梁山弟兄都在娛樂場中被物化，鮮活的
藝術生命已然喪失殆盡。不知這種文化現象是代表著社會的進步，抑或是後
退？

其次是改編續寫《水滸傳》的戲曲小說作品中的「燕青」。

凌濛初「二拍」的最後一篇其實不是小說，而是根據《水滸傳》的片段改
編而成的雜劇《宋公明鬧元宵》，這裡面的燕青，是一個較為重要的配角：

> （外）我日間只在客店裏藏身，夜晚入城看燈，不足為慮。且
> 聽我分撥：我與柴進、戴宗、燕青一路，史進與穆弘一路，魯智深
> 與武松一路，朱仝與劉唐一路。只此四路人，暗地相隨，緩急策應。
> 其餘兄弟，盡數在家守寨。（第三折《訊燈》）

在此後的第五折《闖禁》、第七折《賜環》、第八折《狎遊》、第九折《鬧燈》
中，都有貼扮燕青的戲。

《水滸傳》的續書很多，晚清自《蕩寇志》以下的眾多作品或借題發揮，

或立意相反，暫且不議。僅以清初最有名的兩部作品為例，便可窺見燕青在續書中的重要性。

《水滸後傳》與《水滸傳》相比，有三點值得注意：它繼承前傳什麼？曰官逼民反的基本精神；它突破前傳什麼？曰濃烈厚重的民族意識；它不及前傳什麼？曰功名利祿的庸俗趣味。這部書中燕青是重要人物，全書共四十回，其中二十回寫到燕青，這位小乙哥出鏡率很高。而且，在梁山好漢殘餘的三十多人中，燕青的排名是相當靠前的。

> 那三十二人是公孫勝、呼延灼、關勝、朱仝、李俊、李應、戴宗、燕青、朱武、黃信、孫立、孫新、阮小七、顧大嫂、樊瑞、蔡慶、童威、童猛、蔣敬、穆春、楊林、鄒潤、樂和、安道全、蕭讓、金大堅、皇甫端、杜興、裴宣、柴進、凌振、宋清。（第一回）

在《水滸傳》的另一本續書《後水滸傳》中，「天魁星呼保義宋江，託生天柱曜星全義勇楊么；天罡星玉麒麟盧俊義，託生天任曜星金頭鳳王摩；天機星智多星吳用，託生天心曜星廣見識何能；天閒星入雲龍公孫勝，託生天英曜星活神仙賀雲龍；天勇星大刀關勝，託生牛金牛宿毛頭獅勞捷；天威星雙鞭呼延灼，託生虛日鼠宿潑天火羅英；天貴星小旋風柴進，託生天禽曜星小虯髯孫本；天富星撲天鵬李應，託生亢金龍宿攔路虎沃泰；天殺星黑旋風李逵，託生天蓬曜星刮地雷黑瘋子馬霆；天速星神行太保戴宗，託生星日馬宿筋半雲鄭天祐；天滿星美髯公朱同，託生尾火虎宿沒攔擋隋舉；天敗星活閻羅阮小七，託生箕水豹宿揭浪蛟岑用七；天巧星浪子燕青，託生心月狐宿鑽心蟲遍地錦殷尚赤；天壽星混江龍李俊，託生軫水蚓宿癩頭龜侯朝；天英星小李廣花榮，託生鬥木獬宿小天王花茂；⋯⋯」（第四十二回）燕青排名不僅靠前，而且該書開卷第一回的回目就是「燕小乙訪舊事暗傷心，羅真人指新魔重出世」，整個故事就是由燕青「報幕」的。且看燕青與羅真人的一段對話：

> 燕青聽了，因又問道：「天機固不敢盡泄，但弟子情深，尚有不盡之請，望祖師慈悲指引。」真人道：「燕義士還有什言？」燕青道：「這幾位弟兄，祖師說已託人世，不知弟子此去天涯海角，可能親見得一二人否？」羅真人點頭道：「真情種也！吾今有四句偈言，汝當記之。」因說道：「有婦悲啼，在於水溪。懷藏兩犢，盧分宋分。」真人說完，遂喚公孫勝近前，暗說了幾句，道：「你今送

燕義士下山，完卻前因，來尋後果可也。」二人遂拜謝而出。（第一
回）

此處羅真人所講的前因後果，指的就是宋江帶領手下天罡地煞中的若干兄
弟，投胎為楊么手下的三十七條好漢，在洞庭湖重舉義旗，再創輝煌。這樣，
作者就通過一種奇特的方式將北宋的宋江起義與南宋的楊么起義這兩個原本
風馬牛不相及的故事勾連在一起，體現了人民大眾反抗鬥爭的前赴後繼。而
燕青，在這裡做了貫穿前生後世的穿針引線之人。

第三是作為一種武術技藝代名詞的「燕青」。

由於《水滸傳》寫燕青「棍棒參差，揎拳飛腳，四百軍州到處驚」，兼之
「那把弩弓，三枝快箭，端的是百發百中」，故而，在後世小說中往往以「燕
青」二字來給某種武術技藝命名。且看數例：

一個姓花，叫做花花子，善能射箭打彈，有袖中奇矢三枝，能
傷人百步之外，渾名又叫「賽燕青」。（《女仙外史》第五十一回）

正在吃酒之際，忽聽外面有人來報，說有小霸王郭龍、賽燕青
郭虎，乃是北路宣化府的英雄，來至此處，與黃三太送銀。（《彭公
案》第十九回）

那少年拉開拳腳架子，練將起來。山東馬並不認識，回頭暗問
顧煥章說：「侯爺大哥，那叫什麼拳腳名兒？」侯爺說：「燕青拳。」
（《永慶升平全傳》第五十回）

以上三例均為章回小說，有人將外號取名為「賽燕青」，有的甚至將某種拳術
叫做「燕青拳」，可見這位小乙哥在後世文學中知名度較高。不僅古代小說如
此，就是某些雜記資料也有這方面的記載，僅以《清稗類鈔》為例，就不止一
次提到燕青。

夜既深，寂無聲。店主人小燕青，盜魁也。窺牧輜重，乃預集
群盜之傑者，各操利器，躍登後壁，伺便而入，餘盜潛伏四周。先
一人躍下，久而不出，曰：「何遲遲也？」又二三躍下，久又不出，
乃相顧愕然。小燕青曰：「若輩了不長進，是何大事，乃尚須勞乃公
耶？」遂躍入院中。（《清稗類鈔·俠義類·倪惠姑護主殺盜》）

少林拳、太祖拳、通臂拳、大紅拳、小紅拳、二郎拳、路行拳、
梅花拳、羅漢拳、地堂拳、關西拳、萬古手、黃英手、三十看對手、
打掌、譚腿、頭進、六家勢、廿四勢、雙實練、十八滾、短打、燕

　　青、飛架、三步架、醉劉唐……（《清稗類鈔·技勇類·拳術各技》）
上一例的「小燕青」乃盜魁的諢名，下一例的「燕青」則乾脆是一種拳術的名
稱。燕青的影響可謂大矣！

　　更為有趣的是，在《說岳全傳》中，占山為王的燕青作為宋江餘部的
代言人，居然還在宋高宗逃難途中，借著圖畫將宋高宗的父親宋徽宗痛斥了
一番：

> 　　那頭目得令，遂引了李太師一行人來到兩廊下，但見滿壁俱是
> 圖畫。李綱道：「這是什麼故事？」頭目道：「這是梁山泊宋大王的
> 出身。我家大王，就是北京有名的浪子燕青。只因宋大王一生忠義，
> 被姦臣害死，故有此大冤。」李綱又逐一看去，看到「蓼兒窪」，便
> 道：「原來如此。」便放聲大哭起來。哭一聲：「宋江。」罵一聲：
> 「燕青。」哭一聲：「宋江，好一個忠義之士！」罵一聲：「燕青，
> 你這背主忘恩的賊！不能將蔡京、童貫一般姦臣殺了報仇，反是偷
> 生在此快活。」燕青聽見，心下想道：「這老賊罵得有理。」叫頭目：
> 「送他們到海中，由他們去罷！」頭目答應一聲，將他們君臣八人
> 推下海船，各自上山去了。（第三十七回）

李綱對燕青的指責簡直有點兒豈有此理。「將蔡京、童貫一般姦臣殺了報
仇」，豈是區區草寇燕青可以做得到的？那是宋徽宗父子的權力和責任！再
者，燕青何曾「背主忘恩」？他既沒有投降金人，而且還將梁山故事編成壁
畫，讓世人千秋萬代永遠記住。燕青沒有錯！那麼，作者為什麼還要這樣寫
呢？或者是指桑罵槐，或者是借題發揮，總之矛頭應該是指向宋朝皇帝的。
而且，這裡的燕青非常大氣，或者是他聽出了李綱罵聲的弦外之音吧。故而
一邊說李綱罵得有理，一邊令手下放走了逃難途中的宋高宗君臣。

　　《說岳全傳》中這匆匆一筆所寫的，應該說是《水滸》之外的「燕青」中
頗為精彩的一個。

　　（原載《水滸爭鳴》第十六輯，中州古籍出版社，2016 年 3 月出版）

橫貫齊魯的征程和去而復歸的心路
——《水滸傳》內外的病尉遲孫立

　　早期的「水滸故事」宋江麾下三十六人的名單中均有孫立，而且綽號都是「病尉遲」。

　　宋代龔聖與《宋江三十六贊》載：「病尉遲孫立：尉遲壯士，以病自名，端能去病，國功可成。」三十六人中，孫立排在第九位，這靠前的位置說明作者對孫立比較看重。但龔聖與對「病尉遲」的解釋可就有點問題了。這裡面的尉遲，毫無疑問指的是唐代名將尉遲恭，孫立綽號「病尉遲」，並非說他的武藝象生了病的尉遲恭，那樣也太小看孫立了。這裡的「病」，乃是「並」的意思。因為《水滸》故事來自民間說話，說書藝人在上面講「並尉遲」孫立，下面聽眾不懂這個文言詞彙，以訛傳訛，久而久之，就變成了「病尉遲」。而這個「並」，就是「比併」「並肩」，也就是今天口語中「趕得上」的意思。意謂孫立的鞭法可以與歷史上最會使鞭的尉遲恭相媲美，這樣一來，就以大唐名將尉遲恭作鋪墊，抬高了孫立在讀者心目中的地位。

　　宋元講史話本《宣和遺事》亦載「病尉遲孫立」。先是在九天玄女的天書中排列了宋江手下三十六人姓名綽號，「病尉遲孫立」排在二十四位，明顯下降，但書中對於他的一段故事的描寫，卻頗為詳細：

> 先是朱勔運花石綱時分，差著楊志、李進義、林沖、王雄、花
> 榮、柴進、張青、徐寧、李應、穆橫、關勝、孫立十二人為指使，
> 前往太湖等處，押人夫搬運花石。那十二人領了文字，結義為兄
> 弟，誓有災厄，各相救援。李進義等十名，運花石已到京城，只有

楊志，為在穎州等候孫立不來，在彼處阻雪。……那楊志為等孫立
不來，又值雪天，旅途貧困，缺少果足，未免將一口寶刀出市貨
賣，終日價無人商量。行至日晡，遇一個惡少後生要買寶刀，兩個
交口廝爭，那後生被楊志揮刀一斫，只見頸隨刀落。楊志上了枷，
取了招狀，送獄推勘結案。申奏文字回來，太守判道：「楊志事體雖
大，情實可憫。將楊志誥箚出身，盡行燒毀，配衛州軍城。」斷罷，
差兩人防送往衛州交管。正行次，撞著一漢，高叫：「楊指使！」楊
志抬頭一覷，卻認得是孫立指使。孫立驚怪：「哥怎生恁地犯罪？」
楊志把賣刀殺人的事，一一說與孫立。道罷，各人自去。那孫立心
中思忖：「楊志因等候我了，犯著這罪。當初結義之時，誓在厄難相
救。」只得星夜奔歸京城，報與李進義等知道楊志犯罪因由。這李
進義同孫立商議，兄弟十一人往黃河岸上，等待楊志過來，將防送
軍人殺了，同往太行山落草為寇去也。

看來，在早期的「水滸」故事中，孫立與楊志是同一系列的，而且是這段故事
中的主要人物。這裡有一個值得注意的問題：孫立是為了救結義兄弟而由朝
廷官員變成綠林好漢的。這與《水滸傳》中對孫立為了嫡親兄弟的某些瓜葛
而背叛朝廷、走向江湖的描寫有同有異。

　　《水滸傳》中寫孫立，一共有四大輝煌業績：劫牢救二解，計破祝家莊，
大戰呼延灼，鞭削寇鎮遠。

　　地勇星病尉遲孫立，「瓊州人氏，軍官子孫。因調來登州駐紮，弟兄就此
為家。」（第四十九回）孫立本為登州提轄，因解救親戚解珍、解寶兄弟，劫
了登州牢房，投奔梁山。並帶領手下喬裝改扮，打入敵人內部，裏應外合，幫
助梁山軍攻下祝家莊。第七十一回梁山泊英雄大聚義時，孫立排在地煞星第
三位。具體分工為「馬軍小彪將兼遠探出哨頭領一十六員」的第二位，屬於
梁山軍沙場征戰時的主要將領。宣和五年九月，征方臘歸來，在幸存人員名
單中，有孫立的名字，並被封為義節郎。最後，「孫立帶同兄弟孫新、顧大嫂
並妻小，自依舊登州任用」。（第一百回）

　　看來，《水滸傳》中的孫立故事是起自登州而又終於登州，這一迴旋往復
的過程，既是孫立的生命歷程，也是他的心路歷程。

　　齊魯大地以泰山為分水嶺，山北為齊，山南為魯。即以孫立輝煌業績的
前兩項而言，他踏上的正是一條橫貫齊魯大地的征程。

　　孫立故事的起點在登州，登州自古屬於齊國。在故事中所描寫的宋代，登州的轄境為山東蓬萊、黃縣、棲霞、海陽以東地，州治在蓬萊。《宋史》卷八十五載：「登州，上，東牟郡，防禦。崇寧戶八萬一千二百七十三，口一十七萬三千四百八十四。貢金、牛黃、石器。縣四：蓬萊，文登，黃，牟平。」

　　孫立出場時，作者對他的描寫甚是精神了得：「姓孫名立，綽號病尉遲，射得硬弓，騎得劣馬，使一管長槍，腕上懸一條虎眼竹節鋼鞭，海邊人見了，望風而降。」（第四十九回）這樣一員酷似唐代尉遲恭的虎將，論武功、能力，在戰將如雲的梁山泊衝鋒陷陣的將軍們中間，也是排在第二梯隊的。

　　在劫牢救二解的鬥爭中，雖然一開始孫立稍有猶豫，但在弟媳母大蟲顧大嫂的刺激之下，他毅然決然擔任了這次行動的總指揮。尤其是其鎮定自若的大將風度，使這次行動取得了圓滿成功。請看故事的最後：「街上人家都關上門，不敢出來。州里做公的人認得是孫提轄，誰敢向前攔當。眾人簇擁著孫立奔出城門去。一直望十里牌來。」（第四十九回）

　　離開登州以後，孫立等人按照預定計劃，去尋找鄒淵的朋友石勇，進而投奔梁山泊入夥。那麼，從登州到梁山有多遠的距離呢？如上所言，登州在齊地東北部的海邊上，而梁山卻在遙遠的魯西南腹地，兩地的直線距離就有一千多里路，更不要說中間還隔著幾大山川湖泊了。

　　梁山在濟水邊上，《水經注》卷八載：「濟水又北逕梁山東。」具體而言，梁山在東平府與濟州的接壤處。

　　《史記‧梁孝王世家》：「三十五年冬，復朝。上疏欲留，上弗許。歸國，意忽忽不樂。北獵良山，有獻牛，足出背上，孝王惡之。」《索隱》：「漢書作『梁山』。述征記云『良山際清水』。今壽張縣南有良山，服虔云是此山也。」《正義》：「括地志云：『梁山在鄆州壽張縣南三十五里』，即獵處也。」

　　宋代，壽張縣屬東平府。《宋史》卷八十五載：「東平府，東平郡，天平軍節度。本鄆州。慶曆二年，初置京東西路安撫使。大觀元年，升大都督府。政和四年，移安撫使於應天府。宣和元年，改為東平府。崇寧戶一十三萬三百五，口三十九萬六千六十三。貢絹、阿膠。縣六：須城、陽谷、中都、壽張、東阿、平陰。監一，東平。」東平府往南，就是濟州。「濟州，上，濟陽郡，防禦。戶五萬七百一十八，口一十五萬九千一百三十七。貢阿膠。縣四：巨野，任城，金鄉，鄆城。」梁山在鄆城縣東北五十里處。今天的梁山於1949

年設縣，乃合併故壽張、舊鄆城以及汶上三縣各部分土地而成，屬濟寧市，在山東省西南部。

　　一路之上，因為都是車馬行走，當然，也出於作者編故事的需要，故而孫立一行速度很快：「不一二日，來到石勇酒店」。那麼，石勇的酒店開在什麼地方呢？書中自有交代：「令石勇也帶十來個伴當，去北山那裡開店。仍復都要設立水亭、號箭、接應船隻，但有緩急軍情，飛捷報來。」（第四十四回）由此可見，作為聯絡點的石勇酒店開設在梁山的北面。

　　當孫立來投奔梁山時，梁山與祝家莊的戰鬥正處於膠著狀態，甚至可以說祝家莊還佔了上風。按照書中的描寫，祝家莊應該在梁山的西北方向，因為此前不久楊雄、石秀、時遷三人投奔梁山，就是從河北薊州出發的。未到梁山之前，因時遷偷雞被擒，楊雄、石秀在請李應調解無效的情況下，才到梁山搬救兵的。而且，最先投的也是石勇酒店。這樣，我們就大致明確了書中所寫的地理位置。孫立等人來自梁山的東北方向，而祝家莊在梁山的西北方向。故而，孫立等人的到來，祝家莊中人完全不知情，如此方可實施三打祝家莊的「木馬計」。

　　在計破祝家莊的鬥爭中，孫立毫無疑問是主角。首先，這個計謀就是他提出的：利用他與祝家莊教頭欒廷玉的師兄弟關係，帶領登州人馬，冒充換防的官軍，打入敵人內部，裏應外合，拿下祝家莊。這條妙計，在得到宋江和吳用的贊同和批准之後，由孫立領銜實施。實際上，在實施這一妙計的過程中，孫立是要冒極大風險的。因為，他必須帶著家眷去實施此計，這樣，才不至於引起祝朝奉和欒廷玉的懷疑。而他的妻子樂大娘子，卻是完全不通武藝的弱女子，萬一有個閃失，那可是賠了夫人又折兵的。但是，大智大勇的孫立再一次體現了大將風采，沉著、鎮靜地指揮著這一場特殊的戰鬥。他故意生擒石秀，進一步得到祝家莊方面的信任。隨後，就開始了一系列行動：「孫立又暗暗地使鄒淵、鄒潤、樂和去後房裏把門戶都看了出入的路數。」（第五十回）然後，利用祝家莊主力打開莊門四面迎敵的機會，由孫立帶進來的人將原先真真假假被抓進來的梁山好漢從牢房中放出，大家聯手從裏面向外面殺，與梁山大隊人馬從外面向裏面殺相互配合。到了戰鬥的關鍵時刻，孫立又大發威風：「祝虎見莊裏火起，先奔回來。孫立守在弔橋上，大喝一聲：『你那廝那裡去？』攔住弔橋。祝虎省口，便撥轉馬頭，再奔宋江陣上來。」（第五十回）終被梁山軍士消滅。隨著祝家父子、兄弟的滅亡，梁山軍終於在三

打祝家莊的鬥爭中取得最後勝利，將祝家莊這顆梁山好漢的眼中釘連根拔掉。令人注目的是，這次攻下祝家莊，是在梁山泊兩次攻打祝家莊不利的情況下，最終用孫立的妙計才取得成功的。因此，計取祝家莊的戰役，第一位功臣毫無疑問應該是病尉遲孫立。

在《水滸傳》中，善於用「鞭」的有兩人：一個是雙鞭呼延灼，一個是病尉遲孫立。呼延灼的故事不屬本篇討論的範圍，而孫立的「鞭技」卻在他作為梁山好漢和接受招安後兩次大放異彩。

一次是大戰呼延灼。當時，雙鞭呼延灼還是代表朝廷的官軍將領。當他擺佈連環馬向梁山進攻時，碰到了梁山用鞭高手病尉遲孫立。既然兩位「鞭」中高手碰到了一起，不耍耍鋼鞭，讀者是絕對不會放過的。於是，作者特意安排了這場單鞭對雙鞭的打鬥。請看：「且來陣前，看孫立與呼延灼交戰。孫立也把槍帶住，手腕上綽起那條竹節鋼鞭，來迎呼延灼。兩個都使鋼鞭，卻更一般打扮。病尉遲孫立是交角鐵襆頭，大紅羅抹額，百花點翠皂羅袍，烏油餵金甲，騎一匹烏騅馬，使一條竹節虎眼鞭，賽過尉遲恭。這呼延灼卻是衝天角鐵襆頭，銷金黃羅抹額，七星打釘皂羅袍，烏油對嵌鎧甲，騎一匹御賜踢雪烏騅，使兩條水磨八棱鋼鞭，左手的重十二斤，右手重十三斤。兩個在陣前左盤右旋，鬥到三十餘合，不分勝敗。」（第五十五回）

另一次是鞭削寇鎮遠。寇先鋒可是遼國的名將，這真是一場棋逢敵手的殊死搏鬥：「那孫立的金槍神出鬼沒，寇先鋒見了，先自八分膽喪。鬥不過二十餘合，寇先鋒勒回馬便走，不敢回陣，恐怕撞動了陣腳，繞陣東北而走。孫立正要建功，那裡肯放？縱馬趕去。寇先鋒去的遠了。孫立在馬上帶住槍，左手拈弓，右手取箭，搭上箭，拽滿弓，覷著寇先鋒後心較親，只一箭。那寇將軍聽的弓弦響，把身一倒，那枝箭卻好射到，順手只一綽，綽了那枝箭。孫立見了，暗暗地喝采。寇先鋒冷笑道：『這廝賣弄弓箭。』便把那枝箭咬在口裏，自把槍帶住了事環上，急把左手取出硬弓，右手箭搭上弦，扭過身來，望孫立前心窩裏一箭射來。孫立早已偷眼見了，在馬上左來右去。那枝箭到胸前，把身望後便倒，那枝箭從身上飛過去了。這馬收勒不住，只顧跑來。寇先鋒把弓穿在臂上，扭回身且看孫立倒在馬上。寇先鋒想道：『必是中了箭。』原來孫立兩腿有力，夾住寶鐙，倒在馬上，故作如此，卻不墜下馬來。寇先鋒勒轉馬要來捉孫立。兩個馬頭卻好相迎著，隔不的丈尺來去。孫立卻跳將起來，大喝一聲：『不恁地拿你，你須走了！』寇先鋒吃了一驚，便

回道：『你只躲的我箭，須躲不的我槍！』望孫立胸前盡力一槍搠來，孫立挺起胸脯，受他一槍。槍尖到甲，略側一側，那槍從肋羅裏放將過去。那寇將軍卻撲入懷裏來。孫立就手提起腕上虎眼鋼鞭，向那寇先鋒腦袋上飛將下來，削去了半個天靈骨。那寇將軍在鎮遠做了半世番官，死於孫立之手。」（第八十七回）

　　以上所述，乃病尉遲孫立馳騁疆場英雄風采的犖犖大者。除此而外，孫立自從上梁山以後，大大小小的戰爭經歷了數十次，多半都是聽從軍師吳用的調配，做某一方面軍的副將。

　　孫立當然是一介武夫，但在梁山泊將星如雲的陣營中，他還是具有自身特色的。第一，他有大將風度，體現出指揮若定的氣質。這一點，在劫牢救二解和計破祝家莊的鬥爭中表現得尤為突出。越是激烈的鬥爭場景，他越能沉得住氣。這一點，並非每一位戰將都能做到。第二，他精通多種武藝，在戰場上以使槍為主，使鞭輔之，必要時還能以弓箭偷襲敵人。這一點，在大戰呼延灼和鞭削寇鎮遠的鬥爭表現的非常充分。第三，他在戰場上威風凜凜對敵人有震懾力，他不僅在祝家莊前對祝虎的「大喝一聲」，而且還威懾過高唐州的太守高廉：「行不到十里之外，山背後撞出一彪人馬，當先擁出病尉遲孫立，攔住去路，厲聲高叫：『我等你多時，好好下馬受縛！』高廉引軍便回。」（第五十四回）第四，在生死攸關的戰場搏鬥中，他能機智靈活地消滅敵人。這一點，充分表現在他與寇鎮遠的生死搏鬥中。兩人你來我往，各顯神通之後，孫立假裝中箭，騙得敵人上當，一鞭打死寇將軍。尤其重要的是，他裝做中箭的「兩腿有力，夾住寶鐙，倒在馬上，故作如此，卻不墜下馬來」的工夫，真是出人意料且超乎常人之上。而最後的以前胸迎接寇將軍的槍刺，飛快躲過，然後致命一擊，真如電石火花，令人目不暇接。這樣的描寫，既顯示了作者的生花妙筆，更體現了孫立的大智大勇。

　　由上可見，孫立在《水滸傳》中也可以算得上一個重要人物。不僅如此，在「水滸」故事的流傳過程中，孫立的地位和作用也不可小覷。《水滸傳》成書以前有關孫立的內容已見前述，就是在《水滸傳》成書以後，孫立仍然是一個值得重視的角色。

　　明人郎瑛（1487～1566）在所著《七修類稿》中開列了一份宋江三十六人名單。該書卷二十五《辯證類》「宋江原數」條載：

　　　　今特書其當時之名三十六於左：宋江、晁蓋、吳用、盧俊義、

> 關勝、史進、柴進、阮小二、阮小五、阮小七、劉唐、張青、燕青、
> 孫立、張順、張橫、呼延綽、李俊、花榮、秦明、李逵、雷橫、戴
> 宗、索超、楊志、楊雄、董平、解珍、解寶、朱仝、穆橫、石秀、
> 徐寧、李英、花和尚、武松。

孫立在這裡排名第十四位，而不是像《水滸傳》中降到了七十二地煞的第三位、總排名第三十九位。在郎瑛所排列的「宋江原數」三十六人中，《水滸傳》降到地煞的只有兩位：張青與孫立。而張青，在《水滸傳》三十六天罡中還有一位「張清」值得懷疑是否替代，如此說來，不折不扣降級的就只有孫立一人了。那麼，在郎瑛的這番言語中，是否也點兒對羅貫中的做法不滿而「正本清源」的意味呢？

郎瑛而外，明代陸容《菽園雜記》卷十四所記載的一則資料就更有文化意味了：

> 鬥葉子之戲，吾昆城上自士夫，下至僮豎皆能之。予遊昆庠八
> 年，獨不解此，人以拙嗤之。近得閱其形制，一錢至九錢各一葉，
> 一百至九百各一葉，自萬貫以上，皆圖人形：萬萬貫呼保義宋江，
> 千萬貫行者武松，百萬貫阮小五，九十萬貫活閻羅阮小七，八十萬
> 貫混江龍李俊，七十萬貫病尉遲孫立，六十萬貫鐵鞭呼延灼，五十
> 萬貫花和尚魯智深，四十萬貫賽關索王雄，三十萬貫青面獸楊志，
> 二十萬貫一丈青張橫，九萬貫插翅虎雷橫，八萬貫急先鋒索超，七
> 萬貫霹靂火秦明，六萬貫混江龍李海，五萬貫黑旋風李逵，四萬貫
> 小旋風柴進，三萬貫大刀關勝，二萬貫小李廣花榮，一萬貫浪子
> 燕青。

這裡，孫立跟隨宋大哥等人一道，從水泊梁山來到了牌桌，成為普通百姓的賭具。但請注意，孫立在這裡卻是分外值錢：七十萬貫！僅次於宋江、武松、阮小五、阮小七、李俊五人。雖然這些排名帶有很大程度上的隨意性，但正是在隨意之中可以領略到群眾心理的「文化意味」。

然而，孫立這一人物形象在《水滸傳》之後的大放異彩卻並不在於明代這兩則資料的記載，而在於清代的一些章回小說、尤其是《水滸》續書中的描寫。

清代以降的《水滸》續書很多，但真正能從正反兩方面與原著精神相聯繫的卻只有三部：《水滸後傳》《後水滸傳》《結水滸傳》(《蕩寇志》)。孫立在

這三部書中都有不同凡響的表現。

陳忱的《水滸後傳》接著《水滸傳》往後寫，梁山好漢只剩下不到三分之一的三十二人，這裡面就有孫立故事系列的五人：

> 那三十二人是公孫勝、呼延灼、關勝、朱仝、李俊、李應、戴宗、燕青、朱武、黃信、孫立、孫新、阮小七、顧大嫂、樊瑞、蔡慶、童威、童猛、蔣敬、穆春、楊林、鄒潤、樂和、安道全、蕭讓、金大堅、皇甫端、杜興、裴宣、柴進、凌振、宋清。（第一回）

殊不知，在《水滸後傳》中，孫立那位俠肝義膽的弟媳顧大嫂又生事端，為給扈三娘的哥哥扈成報仇，殺了毛太公的兒子毛豸全家。對此，孫立毫不知情，竟被登州楊太守和統制欒廷玉逮捕。後來，登州再一次發生大劫牢，不過這一次被救的卻是孫立。

> 孫新、顧大嫂直入監中，放出孫立，到家收拾家資，孫立紮扮舊日模樣，鐵襆頭，烏油甲，手執竹節鋼鞭，乘馬往來馳驟。阮小七、鄒潤打進內衙。楊太守聽知火發，慌忙起身，早被阮小七一刀砍翻。鄒潤把衙內家眷殺盡。扈成在城門邊把守。城中百姓鼎沸，各自逃命。到天明，救滅了火，把倉庫中錢糧裝在車子上，叫顧大嫂押著，護送孫立家眷先回山寨。扈成選營內好馬，各騎一匹，餘多的馱著衣甲、器械、火炮等物，出城而去。（《水滸後傳》第三回）

實在話，這一次的大鬧登州，較之《水滸傳》中的登州劫牢更為轟轟烈烈、驚天動地。而孫立也顯得更為憤怒和衝動。你看他：「紮扮舊日模樣，鐵襆頭，烏油甲，手執竹節鋼鞭，乘馬往來馳驟。」而在《水滸傳》中那次劫牢的表現則顯得沉靜多了：「孫提轄騎著馬，彎著弓，搭著箭，壓在後面。」

《水滸後傳》中的孫立，歷經戰陣之後，最終與眾兄弟一起揚帆出海，在混江龍李俊稱王的暹羅國擔任要職：「大刀關勝為前軍都督。雙鞭呼延灼為後軍都督。病尉遲孫立為左軍都督。鎮三山黃信為右軍都督。美髯公朱仝為中軍都督。」（第三十五回）儼然成為「海外版」梁山好漢的「新五虎大將」之一。

佚名的《後水滸傳》並非接著《水滸傳》寫下去，而是在一百零八人中挑選了三十七人，讓他們全部投胎轉世，成為南宋洞庭湖起義的楊么及其手下三十六骨幹成員：「天魁星呼保義宋江，託生天柱曜星全義勇楊么；天罡星

玉麒麟盧俊義，託生天任曜星金頭鳳王摩；天機星智多星吳用，託生天心曜星廣見識何能；天閒星入雲龍公孫勝，託生天英曜星活神仙賀雲龍；天勇星大刀關勝，託生牛金牛宿毛頭獅勞捷；天威星雙鞭呼延灼，託生虛日鼠宿潑天火羅英；天貴星小旋風柴進，託生天禽曜星小虯髯孫本；天富星撲天鵰李應，託生亢金龍宿攔路虎沃泰；天殺星黑旋風李逵，託生天蓬曜星刮地雷黑瘋子馬霆；天速星神行太保戴宗，託生星日馬宿筋半雲鄭天祐；天滿星美髯公朱同，託生尾火虎宿沒攔擋隋舉；天敗星活閻羅阮小七，託生箕水豹宿揭浪蛟岑用七；天巧星浪子燕青，託生心月狐宿鑽心蟲遍地錦殷尚赤；天壽星混江龍李俊，託生軫水蚓宿癩頭黿侯朝；天英星小李廣花榮，託生鬥木獬宿小天王花茂；地魁星神機軍師朱武，託生天輔曜星前知神袁武；地煞星鎮三山黃信，託生角木蛟宿鎮天雄遊六藝；地勇星病尉遲孫立，託生張月鹿宿鐵殼臉呂通；……」（第四十二回）

《後水滸傳》中這位由孫立投胎的呂通，是楊么最早結識的三個兄弟之一，且看其「出場秀」：

> 楊么將二人細看：柏堅面帶青色，呂通是紫臉荏腮，身材俱有七尺以外，虎項熊腰。花茂遂細問騎虎的事。呂通即起身出外，去不一時，挾了這只死虎到階前來，向腰間抽出刀來，剝褪虎皮。裏面已送出酒肴來。花茂催呂通入席，呂通拿著虎皮笑嘻嘻捧來，道：「今日哥哥上座，卻也少不得這張虎皮。」便來圍在椅上。楊么一時不便就座。柏堅道：「哥哥活虎也騎了來，只這死虎皮倒不肯坐，什麼道理？」楊么道：「乘騎活虎沒甚干犯，我一個庶民怎便坐得虎皮，須吃人閒話作笑。」花茂道：「如今多少相公大剌剌坐著虎皮，哥哥恁般好人，難道倒坐不得麼！」呂通道：「哥哥怕什麼嫌疑，我這裡天雄山一夥強人，俱坐的是虎皮交椅。難道哥哥這般豪傑，反不如他！」楊么見他三人這般勸坐，只得坐了。四人一時義氣相投，歡然暢飲。（第三回）

這呂通相對孫立而言，無論是長相還是性格，都是繼承中的變異。孫立的「淡黃面皮，落腮鬍鬚，八尺以上身材」，在這裡變成了呂通的「紫臉荏腮，身材俱有七尺以外，虎項熊腰」，性格則由孫立的威嚴持重而演變為豪爽風趣，但俠義精神卻是一致的。此後，呂通跟隨楊么縱橫馳騁，成其大業。然而，這夥洞庭湖好漢的結局卻是耐人尋味的。

　　報說岳少保領眾已打破觀瀾關殺來。楊么、王摩領著眾兄弟，各帶器械，走到笑傲亭旁，趲入地道，直到軒轅井底，進了石門，望前急走去問真人。這裡岳軍一時殺入，四處搜尋楊么等，絕無蹤跡。……忽見半空中墜下一片紙條，忙使人拾來。只見上寫的是：「軒轅井，沒底影，自從太尉放妖魔，一百八人行兇逞。降招安，為藩屏，高楊童蔡忌功勳，水銀藥酒傷頭領。骨雖寒，心未冷，冤抑常衝透九重。道君設醮求生永，表中錯字達上庭，赫然震怒將他警。遣妖魔，如蝗蟊，楊么原是宋公明，王摩的似麒麟猛。三十六個亂縱橫，四南數載由他梗。報冤仇，窮馳騁，女真雖興宋不亡，江山傾圮忠臣整。天心有意鎖群雄，真人引入軒轅井。王室安，君民幸，穴中相聚百八人，從今不出俱寧靜。君山土地說原因，無帥功成且自請。」岳飛與眾人看完，方知道些緣故。那紙條在手中依舊旋起空中，倏忽不見。……這楊么等一時進了石門，急走多時，忽見前面沖起一道黑煙，將三十六人一陣昏迷，撲地皆倒。過了半晌，各醒轉立起身來，竟虛颼颼如若雲霧。再回看地下，只見地下有許多屍骸堆疊，只不知緣故。忽見賀雲龍領著一陣人，笑嘻嘻迎著走來，說道：「哥哥們俱已脫去骸殼，各現本來面目。吾奉真人法旨，指引眾弟兄相聚於此。從今已後，不復世塵。」楊么等聽明恍然大悟。一時三十六天罡、七十二地煞相逢於穴中，化成黑氣，凝結成團，不復出矣。（第四十五回）

相較於《水滸傳》和《水滸後傳》而言，《後水滸傳》給犯上作亂的綠林好漢安排了第三種結局。然而，還有第四種結局，那就是「了結」梁山好漢的《蕩寇志》所寫，將這些草寇斬盡殺絕。

　　由於《蕩寇志》中剿滅梁山的一路大軍是由祝永清統帥的，而祝永清乃是「祝家莊祝朝奉的庶弟」，「欒廷玉的兄弟欒廷芳的徒弟」。（第七十六回）這夥官軍對當年在攻打祝家莊的戰鬥中起過關鍵作用的梁山好漢有著刻骨銘心的仇恨，故而，在殺害這些人的時候手段尤其殘忍。且看這慘絕人寰的一幕：

　　　　日方亭午，希真吩咐在府堂上排起桌案，供起祝家莊祝朝奉並祝龍、祝虎、祝彪，一應眷屬的神位。萬年當先主祭，永清、麗卿以次行禮，希真、輔梁、廷玉等以次助祭。禮畢，左右獻上活三牲，

乃是孫立、杜興、石秀。……廷玉持刀揀孫立身上不致命處，搠了
三個窟窿，取出三杯血酒，獻在祝朝奉位前，拜道：「祝兄，今日皇
天垂祐，凶仇授首，吾兄英靈不滅，尚其來饗。」……次日，希真
命綁孫立赴十字路口聽刑。劊子手來稟道：「小的想了一法，用細鉤
鉤皮肉，用刀小割，備下鹽滷澆洗創口。倘有昏暈，可將人參湯灌
下，令其不死。如此緩緩動手，自然夠他受用了。」廷玉大喜，重
賞那個劊手，便教他照這法兒施行。那孫立自辰牌割起，直至申末，
方才絕命。刀斧手梟下首級。統計陣上斬獲，並昨日所梟的首級共
八顆，乃是楊雄、石秀、孫立、解珍、解寶、顧大嫂、杜興、樂和。
並計前次之斬獲，除鄒淵、鄒潤屍骨無存外，尚有孫新首級鹽封未
壞，總共首級九顆。（《蕩寇志》第一百十回）

在諸多小說描寫的孫立的結局中，這是最慘的一個。然而，在《蕩寇志》中，
像孫立這樣慘死的梁山好漢卻數以十計，因為這是許多綠林好漢結局的常
態，雖然不是唯一。

那麼，中國古代小說中所描寫的造反英雄的結局究竟有哪些呢？答曰，
比較常見的有五種，而且其中四種均被《水滸》系列的小說寫到：第一，被殘
酷鎮壓，慘遭殺害，如《蕩寇志》（《結水滸傳》）所寫；第二，接受招安，為
朝廷賣命，如《水滸傳》所寫；第三，飄洋出海，另創天地，如《水滸後傳》
所寫；第四，回歸本原，永不再出，如《後水滸傳》所寫。當然還有第五種，
造反英雄的領袖搖身一變，成為皇帝，明代小說《英烈傳》寫的就是朱元璋
由強盜變為皇帝的過程。只可惜中國歷史上這種「盜」而「帝」的轉變的統共
只有兩位，一是漢高祖，一是明太祖，而宋江等人是沒有當皇帝的，故而這
種結局不能在《水滸傳》及其續書系列中出現。

與本文密切相關的一個事實是：造反英雄的前四種結局，孫立都踏踏實
實地經歷過，因為在《水滸傳》《水滸後傳》《後水滸傳》《結水滸傳》中，他
都是頗為重要的人物。

在《水滸傳》中，接受招安以前的孫立的人生征程基本上就是由東北而
西南的橫貫齊魯大地的兩件大事：登州大劫牢和智取祝家莊。而《水滸傳》
中受招安以後的孫立以及《水滸》續書中的孫立的四種結局，所體現的又是
曾經造反而又尋求歸宿的綠林豪俠的心路歷程的東南西北的四極指向。

孫立擺不脫這四個指向，他的生命結局、精神結局只能是這四個方向中

的任何一個。

不僅孫立如此，所有的梁山好漢均乃如此。

不僅梁山好漢如此，幾乎所有犯上作亂的綠林好漢均乃如此。

只有兩個人例外，漢代的高祖和明代的太祖。

為什麼例外？因為這兩位開國皇帝讓許許多多的別人（包括先前的戰友和敵人）選擇了上面那四種結局中的任何一種，而他們自己卻全都迴避了。

（原載《水滸爭鳴》第十七輯，中州古籍出版社，2018 年 9 月出版）

論《水滸傳》中的女性形象

　　正如同《紅樓夢》中的「女兒國」中也有男性一樣，在《水滸傳》這個男性的世界裏也離不開對女性的描寫。她們雖非這部英雄傳奇小說的主角，但也形形色色、饒有意義。就出身而言，上至達官貴人的妻室，下至淪落風塵的藝妓，各社會階層都有。就性格而言，有的軟弱如羔羊、有的狠毒如蛇蠍、有的暴躁如虎豹、有的狡猾如狐狸。就審美價值而言，可歡、可憐、可悲、可喜、可惡、可恨乃至於可歌、可泣者亦各各有之。而在這些女性之中，作者用墨最多的則是兩類人：首先是或淫、或毒，或淫而兼毒者，其次是女中豪傑丈夫。對前者，作者口誅筆伐；對後者，作者勉力歌頌。

　　先說第一類：如潘金蓮、潘巧雲、閻婆惜、賈氏、白秀英、劉恭人等。作者對她們是深惡痛絕的，必欲讓她們一個個都橫遭慘死而後快。這是《水滸傳》中描寫的實際，也是作者的主觀意圖。同時，數百年來，作者的這種意圖與努力已在大多數讀者中形成了一種觀念：這些女性都是「壞女人」的代表。自然，對這些女性我們應作具體分析，絕不能以一個「壞」字來籠統概括。對她們中間的某些人，我們也可以寄予一定程度的同情。即便是「壞」，也要問為什麼「壞」。但是，對另一點，卻不能動搖：作者對她們是輕蔑的、痛恨的，作者是有意將她們寫得那麼壞的。這就涉及另一個問題：作者為什麼要這樣做？

　　作者這樣處理她們，是由於傳統道德的束縛？是由於時代、階級的侷限？這些當然不能排斥。但我更願意從作者與他筆下人物之間的關係著眼、從《水滸傳》本身出發、并聯繫當時的社會思潮和通俗文學發展的軌跡來探討這個問題。

　　常言道：「自古英雄愛美人」、「英雄難過美人關」。然而，這些話在《水滸傳》中的絕大多數地方是失效了。《水滸傳》中大多數的英雄好漢們，恰恰是不好女色的。作者也認為這種不近女色的英雄才是真正好漢。先看山東及時雨。觀其行：「原來宋江是個好漢，只愛學使槍棒，於女色上不十分要緊。」「這宋江是個好漢胸襟，不以這女色為念。」聽其言：「原來王英兄弟要貪女色，不是好漢的勾當。」「但凡好漢，犯了『溜骨髓』三個字的，好生惹人恥笑。」再看河北玉麒麟。「平昔只顧打熬氣力，不親女色。」梁山泊的兩面旗幟均為不好女色的英雄，其他好漢，亦大略如此。看看武二郎吧。當潘金蓮說他「在縣前東街上養著一個唱的」時，他急忙表白：「嫂嫂休聽外人胡說，武二從來不是這等人。」後又對孫二娘說：「我是斬頭瀝血的人，何肯戲弄良人？」再看黑旋風。他幾次誤會、頂撞、怒罵宋江，都由女色而起。扈三娘事件，他諷刺：「你又不曾和他妹子成親，便又思量阿舅、丈人？」李師師事件，他發火：「卻說李逵見了宋江、柴進和那美色婦人吃酒，卻教他和戴宗們看門，頭上毛髮倒豎起來，一肚子怒氣正沒發付處。」劉太公女兒事件，李逵更是怒不可遏，大罵宋江：「我當初敬你是個不貪色慾的好漢，你原正是酒色之徒。」此外，還有燕順評價王英：「這個兄弟諸般都肯向前，只是有這些毛病。」石秀為自己表白：「哥哥，兄弟雖是個不才之人，卻是頂天立地的好漢，如何肯做這等之事？」最後，再看眾頭領。當宋江將扈三娘配與王英、眾人原以為宋江欲自納之的誤會消除之後：「晁蓋等眾人皆喜，都稱賀宋公明真乃有德有義之士。」

　　在作者看來，英雄與美色竟是如此冰炭不相容。那麼，這是否僅僅是作者借梁山好漢來提倡風化呢？不全是。這裡還有一個作者的英雄觀問題。作者心目中的真正英雄，至少有三個參照系：一是與孱弱者相比，他們具有硬漢作風，吃軟不吃硬、喜剛不喜柔。二是與邪惡者相比，他們具有正義肝腸，抱打不平、光明正大。三是與庸俗者相比，他們具有坦蕩胸襟，潔身自重、一塵不染。在作者看來，好女色，恰恰是不剛、不正、不潔的行為。這正是作者英雄觀的一個側面。作者不僅在《水滸傳》中極力讓他筆下的完美英雄們避開女色的誘惑，而且，對於以前「水滸」故事中某些英雄好色的傳說、描寫也進行了改造。《大宋宣和遺事》中寫宋江殺惜，乃是「宋江一見了吳偉兩個正在偎依，便一條忿氣，怒髮衝冠，將起一柄刀，把閻婆惜、吳偉兩個殺了。」而《水滸傳》中的殺惜，卻是為了一封機密信，是政治原因。再如《宋江三十

六贊》中，說吳用是「惜哉所予，酒色粗人。」武松是「酒色財氣，更要殺人。」而在《水滸傳》中，幾曾見過吳用、武松好色的描寫？當然，《水滸傳》中也有幾個好色的好漢，如王英、董平等，但一個卻遭人嗤笑，雖在讀者眼前勉強站了起來，卻總是矮了半截；一個卻面容蒼白，根本沒在讀者心中立起來。在《水滸傳》中，作者真正傾心歌頌的英雄，而事實上在讀者心中真正站起來的好漢，幾乎全都是不好色的。而且，除了朝廷中的降官降將外，那些真正的江湖好漢、草莽英雄，似乎連老婆都不需要。

作者不僅在個人品質上以好色與否作為衡量是否真英雄的一條準繩，而且，還通過大量情節來反映「壞女人」們對英雄們的危害。在宋江與閻婆惜之間，武松與潘金蓮之間，楊雄、石秀與潘巧雲之間，盧俊義與賈氏之間，雷橫與白秀英之間，宋江、花榮與劉恭人之間，乃至史進與李瑞蘭之間，都存在著「壞女人」與「好漢」之間的糾葛。而作者的評判：這些「壞女人」一個個都死於非命、罪在不赦，那些好漢們則一個個正義凜然、氣薄雲天。作者這樣寫，其中當然有他的道德觀念在作怪，大家也可以很快從中得出作者鼓吹女人禍水論、作者輕視婦女等結論。但是，是否還有其他因素呢？有的。那就是作者認為越寫出這些女人之醜惡，就越能反襯出那些英雄們之美好。從藝術表現手法來看，作者正是用這些淫婦、壞女人來反襯他心目中的英雄。無惡不歸於淫婦，無美不歸於英雄，正是作者一種奇特的審美心理。

這種審美心理，說它奇特，主要在於它與其前後的通俗文學作品相比，在對待婦女問題上的獨特性。眾所周知，在宋元話本、元人雜劇的不少作品中，早已出現了許多動人的女性形象，如璩秀秀、周勝仙、李翠蓮、竇娥、趙盼兒、崔鶯鶯、李千金、張倩女等等。這些女性，或具有大膽追求的勇氣，或具有頑強不屈的精神，或具有勤勞善良的品質，⋯⋯總之，她們都是美的化身；而在這些女性身上，也充分體現了她們的作者們進步的婦女觀。至於在《水滸傳》之後的晚明清初階段，就更不用說了。通俗文學中的婦女問題往往成為某些作品的中心、主旨。如那一大批才子佳人小說，如《紅樓夢》、《鏡花緣》，如「三言」「二拍」中的一些作品，如《牡丹亭》、《玉簪記》、《嬌紅記》、《桃花扇》等等。這中間該有多少動人的女性形象啊！這中間又體現了多少作者們進步的婚姻觀、婦女觀啊！可以說，宋元期間與晚明清初，是比較全面地在通俗文學作品中健康反映中國封建時期婦女們的痛苦生活、理想追求的兩個黃金時代。而在這兩大高潮之間的元末至明前期，卻恰恰形成了

一種對婦女輕蔑、禁錮、鄙棄乃至仇視的文學思潮。在對待婦女問題上，通俗文學在這裡出現了一個令人恐怖的斷裂層。這時的戲曲作品，或充滿封建的倫理綱常，如《琵琶記》、《香囊記》、《五倫全備記》等；或充滿對歷史英雄的歌頌，如《投筆記》、《舉鼎記》、《雙忠記》等。而產生於這一時期的兩部著名的章回小說——《三國演義》和《水滸傳》，則將對婦女的蔑視與對英雄的重視二者融為一體而得以表現。《三國演義》中的女性，多是一種政治交易的工具；《水滸傳》中的女性，則多是英雄好漢的反襯。在這兩部作品中，女性大都是沒有多少人格價值可言的。造成這一文學現象的原因當然是多方面的，但我認為有兩點尤其值得注意。

其一，社會道德問題。說到道德，自然要涉及宋明理學，因為「宋明理學是封建社會後期的統治思想，從十一世紀到十七世紀，歷時七百年之久。」然而，從橫向看：「宋明理學討論的主要是以『性與天道』為中心的哲學問題，也涉及政治、教育、道德、文學、宗教等方面的問題。」道德問題只是其中的一個問題而不是它的全部，而對婦女道德的規定，又只是道德問題中的一個方面，更不是它的全部。因此，它的注意力主要在哲學方面，而非道德方面。當它未被統治者利用之前，並未成為婦女生活的「緊身索」。從縱向看：「宋明理學的發展分為兩個時期。宋元時期，明及清初時期。」而第一時期又可分為三個階段：「北宋，是理學的形成及初步發展階段。」「南宋，是理學的進一步發展以及朱學統治地位逐步確立階段。」「元朝，是朱學北傳的階段。」第二時期亦可分為三個階段：「明初，是朱學統治階段。」「明中期，是王學崛起及傳播階段。」「明後期及清前期，是對理學的總結批判階段。」（本段上述引文，均見侯外廬等《宋明理學史》上卷）可見，兩宋時的理學，正處於理論上的建樹發展及內部調整的時期。理學思想（包括其道德觀念）尚沒有、也不可能成為統治廣大人民群眾的思想。在這個時候的文學創作尤其是通俗文學的創作不受或較少受到理學思想的影響是很自然的。而元代，朱學北傳本身需要一個過程，再加上元蒙貴族統治之初本身就對中國幾千年的傳統道德不夠重視。因此，在這時的通俗文學中出現許多反傳統觀念的作品就更不足為奇了。而從元末到明前期，理學思想愈來愈占統治地位，它已不僅僅停留在理論的辯述、完善上，而是成為一種社會化的意識形態，約束指導著人們的社會生活實踐，控制左右著人們的道德觀念。再加上朱元璋這個由馬上得天下的皇帝卻深知馬上不能治天下的道理，建國之始，他就大力提倡社會風

化、婦女節烈。如果說，他看了《琵琶記》以後說：「五經四書在民間，如五穀不可缺；此記如珍羞百味，富貴家其可無耶？」（《青溪暇筆》）這尚屬傳說的話，那麼，請看《明會典》中的「洪武元年詔令」吧：「民間寡婦，三十以前夫亡守制、五十以後不改節者，旌表門閭，除免本家差役。」除皇帝外，還有當時的理學家兼朝廷重臣宋濂等人極力提倡婦德婦節，他們修《元史》時，所收烈女竟超過以前任何一個朝代的正史。元以前的史書所載烈女，連《列女傳》及其他傳中所附及者，沒有超過六十人的。《宋史》最多，亦不過五十五人。而《元史》竟猛增到一百八十七人之多。他們還在《元史·列女傳序》中說：「女生而處閨閫之中，溺情愛之私。耳不聆箴史之言，目不睹防範之具。由是動逾禮，則往往自放於邪僻矣！苟於是時而有能以懿節自著者焉，非其生質之美，則亦豈易改哉？史氏之書所以必錄而弗敢略也。……故特著之以示勸勵之義云。」在統治者們的大力提倡下，婦德婦節問題，成為明代的一個重大的社會問題。「明興，著為規條，巡方督學歲上其事。大者賜祠祀，次亦樹坊表。烏頭綽楔，照耀井閭。乃至僻壤下戶之女，亦能以貞白自砥；其著於實錄及郡邑志者，不下萬餘人。（《明史·列女傳序》）程朱理學的「餓死事極小，失節事極大」（《近思錄》）的節烈觀，在宋代只是一個口號，在明代才真正成為一種社會現實，成為羈絆婦女生活的繩索。尤其是明代前期，對中國婦女而言，恐怕是一個最黑暗的時代。正是在這麼一種極端重視婦德婦節的社會環境中、文化背景下，文學作品或從正面歌頌節婦、或從反面咒罵淫婦，從而形成一種壓縮婦女人格的文學思潮。然而，到了晚明清初之際，一方面理學思想已逐漸失去統治地位而走向衰亡；另一方面，一股提倡人性解放、婦女解放的思潮正在崛起。人們的道德觀念在因襲傳統的同時又在更新。當新舊思想交鋒、混戰的時候，出現那麼多具有進步的婦女觀的文學作品，自然也就是合情合理的了。

其二，通俗文學本身的發展問題。就宋元話本與元人雜劇而言，雖然反映的社會問題非常廣泛，但最集中的還是兩大問題：一是對英雄人物的歌頌，二是對婦女問題的描寫。歌頌英雄的作品，主要集中在講史話本與歷史劇中。這些作品具有一定程度的陽剛美，但大都很粗糙，英雄人物被淹沒於事件之中，只見情節，難以見其性格；而描寫婦女的作品，則集中在某些小說話本與風情劇中。這些作品大都具有陰柔之美，而且比較細膩，情節而外，人物也常常寫得活靈活現。當元末明初的通俗文學家們來接受這份遺產並繼續向

前邁進時，一方面受上述所言的社會氣候的影響，不可能在自己的筆下健康地反映婦女問題；另一方面，則又受到通俗文學本身發展規律的調節，不能得心應手地反映婦女問題。宋元時反映婦女問題的作品已達到相當的高度，短時間內無論從思想深度抑或藝術技巧上都無法逾越。而對於英雄的歌頌，由於宋元時作品成功者不多，反而大有用武之地。因此，元末明初作家們的精力、興趣，自然而然地就向著歌頌英雄的方向轉移，從而也就輕視了對婦女問題的進一步發掘。再加上就章回小說本身而言，它本是以講史話本為主體發展而來的，從取材的角度來看，它也必須向著英雄方向靠攏，進而發揚著那一種陽剛之氣。

元末明初道德風氣的浸染，通俗文學自身規律的調節，正是《水滸傳》形成輕蔑女性的傾向的兩大因素。一般女性，在《水滸傳》中顯然沒有人格尊嚴，就是那些英雄的女性，也被抹殺了女人的魅力而變得男性化。

梁山一百八人，女中豪傑僅三人而已。這種懸殊的人數比例，我們且不去談它。就連這三個女英雄的名字，也可見作者的草率從事。顧大嫂、孫二娘、扈三娘，一概沒有花、月、雲、霞、嬌、麗、英、倩等代表女性的字樣，而以排行稱之，「嫂」「娘」代之。再看她們的綽號，母大蟲、母夜叉，除了一個「母」字的女性標籤外，給人的感覺實在是兇猛甚至可怕的。一丈青這個綽號似乎文氣一點，但卻有其非同小可的來歷。在《大宋宣和遺事》中，作「一丈青張橫」，後又變作李橫，乃呼延灼部將，一齊投宋江，湊足三十六人之數。但不管張「冠」也好、李「戴」也罷，一丈青乃男性英雄的綽號。但民間藝人也弄錯了，「一丈青」本是南宋一女子的外號。《女世說》載：馬皋被誅，閭勁周恤其妻一丈青，認為義女。後勁說張用歸朝，以一丈青妻之，遂為中軍統領。有二認旗在馬前，題曰：「關西真烈女、護國馬夫人。」《水滸傳》的作者不知是有意還是無意，將一丈青的綽號歸還給女性，而且歸還給這位將來要做王矮虎的妻子的女英雄，這中間是否帶有一點以身材高低的對比來體現扈三娘的男性意味的因素呢？我不敢妄斷。但在《水滸傳》對扈三娘的描寫中倒可以看出，她比歷史上那個馬前豎認旗、強勝男子漢的一丈青更為了得。「霜刀把雄兵亂砍，玉纖手將猛將生拿」，「一騎青騌馬上，輪兩口日月雙刀」，果然「十分了得」。她活捉王英、挫敗歐鵬、力戰馬麟、窮追宋江，簡直不把男子漢們放在眼裏。儘管如此，扈三娘在三位女英雄中還算秀氣一點的，再看其他二位：孫二娘「眉橫殺氣、眼露凶光，轆軸般蠢坌腰肢、棒槌似

桑皮手腳。」說起話來，不是拍手叫道：「倒也！倒也！」就是大聲喝道：「你這鳥男女，只會吃飯吃酒全沒些用！」行起事來，竟是「一頭說，一面先脫去了綠紗衫兒，解下了紅絹裙子，赤膊著便來把武松輕輕提將起來。」再看顧大嫂，「眉粗眼大、胖面肥腰。……有時怒起，提井欄便打老公頭；忽地心焦，拿石碓敲翻莊客腿。」「三二十人近他不得」。說起話來，「若是伯伯不肯去時，我們自去上梁山泊去了！」「既是伯伯不肯，我們今日先和伯伯並個你死我活。」行起事來，「身邊便掣出兩把明晃晃尖刀來」，「當時顧大嫂手起，早戳翻了三五個小牢子。」這樣的幾位女英雄，身上還有多少女性的韻致、色彩？她們已被作者男性化了。如果我們去掉她們名字中的「嫂」呀「娘」呀，去掉她們的妝束衣著而觀之，簡直都成了男性英雄。就連她們的丈夫，本也是七尺男兒，但在她們面前，一個個都成了「王矮虎」。作者為什麼要將她們男性化？因為她們都不是一般的女性，而是「英雄」。是英雄就得男性化，就得具有陽剛之氣。這正是由作者的審美心理所決定的。

蔑視一般女性，表彰英雄不近女色，用淫婦反襯英雄，將女英雄男性化。透過這些浮在《水滸傳》情節設置、人物塑造上的表象，我們應當可以摸索到作者的一種潛在的觀念和心理，即：在以全力提倡陽剛美的英雄小說中，作者最反對的便是英雄氣短、兒女情長。可不是嗎？史進一到東平府中去找舊時相好李瑞蘭「敘間闊之情」，作者馬上讓他被捕入獄。李逵「正待要賣弄胸中許多豪傑的事務」，被一賣唱女子打斷，便禁不住「怒從心上起，惡向膽邊生」，把那脂粉嬌娃點翻在地。王英剛在戰場上要與扈三娘「做光起來」，馬上就被「橫拖倒拽捉了去」。周通正準備「帽兒光光，今夜做個新郎；衣衫窄窄，今夜做個嬌客」，便挨了花和尚一頓臭打。一對小兒女正在偷情幽會，卻不料喪生於黑旋風板斧之下。英雄之氣與兒女之情在《水滸傳》中竟是如此格格不入，如果說這中間不帶有作者的主觀感情、意向，那恐怕是不尊重事實了。

從《水滸傳》作者對女性形象的態度上，我們似乎可以看到事情的另一面。在這部書中，充盈其間的正是一種強烈的英雄主義精神。它是就英雄的題材、寫英雄的身影、傳英雄的心曲、形象地表達作者的英雄觀。作者所歌頌的都是英雄，所譴責的都是英雄的對立面。越是「英雄」得完美者，作者就越發竭盡全力地歌頌；但凡有礙於英雄完美者，作者一律口誅筆伐；只要有損於完美英雄者，作者一概筆削刀刪；對於不盡完美的英雄，作者則頗有微

詞、稍作調侃。作者留給讀者的，乃是一組英雄群像，儘管他們「英雄」得各有其不同的層次、程度；而讀者從《水滸傳》中所得到的，也正是一種整體的、渾然的英雄主義精神的感染。

一部《水滸傳》，也反映了農民起義，也反映了招安剿「寇」，也反映了忠奸鬥爭，也反映了人才問題，也反映了市井生活，也反映了人際交往。但這些都只是它的一些部分並非其整體，而將這些局部黏合、調節為一個有機整體的一種內在精神，卻正是英雄主義，因此，從整體上說，《水滸傳》是豪俠傳、是英雄譜、是陽剛之氣的讚美詩。它是作者的審美心理適應了當時人民大眾審美積澱的結果，它是作者的道德觀念遷就時代風氣的反映，它是通俗小說發展規律自身調節的必然，它是被歌頌者、歌頌者與聆聽歌頌者心靈共振的回聲。

（原載《湖北師範學院學報》1990 年第四期）

董超、薛霸與差役的「共名」

　　少時讀《水滸傳》，只注重故事情節，對於非情節性的東西往往直接跳過。這樣，當然容易犯一些低級錯誤。

　　譬如，當時將《水滸傳》草草讀過以後，覺得作者有些扯談。主要是在董超、薛霸這兩個解差身上，作者對他們的態度太不嚴肅。明明他們是開封府的解差，最有名的是曾經押解豹子頭林沖，並在野豬林遭受魯智深的打擊。這故事凡讀《水滸》者沒有不知道的。而且世上的人認識董超、薛霸二位，絕大多數也是從這裡開始的。《水滸傳》第八回也交代得很清楚：「府尹回來升廳，叫林沖除了長枷，斷了二十脊杖，喚個文筆匠刺了面頰，量地方遠近，該配滄州牢城。當廳打一面七斤半團頭鐵葉護身枷釘了，貼上封皮，押了一道牒文，差兩個防送公人監押前去。兩個人是董超、薛霸。二人領了公文，押送林沖出開封府來。」

　　然而，同樣是《水滸傳》，當這兩位解差將林沖押送到滄州以後，不知為什麼在第六十二回忽然又押送起盧俊義來：「梁中書……隨喚蔡福牢中取出盧俊義來，就當廳除了長枷，讀了招狀文案，決了四十脊杖，換一具二十斤鐵葉盤頭枷，就廳前釘了。便差董超、薛霸管押前去，直配沙門島。」

　　這不是活見鬼嗎？東京城的解差怎麼跑到北京城來了？或者是天下的解差都叫董超、薛霸？當時發現這個破綻，自以為得意，著名的《水滸傳》居然也有這麼大的漏洞。因此，對這個問題印象極深，但並沒有深究。因為當時讀《水滸傳》，是借閱他人書籍，人家追著要還。自己又是一小學生水平，中間還有很多字都不認得哩！是真正的囫圇吞棗的閱讀，沒有多大可能去回頭細讀，更談不上咀嚼、推敲了。

　　成年以後再讀《水滸傳》，那可是帶點兒「專業性質」的閱讀，不想看的地方也得硬著頭皮看。想不到這一細讀，竟然將原先的一點「自以為得意」的心理徹底粉碎了。原來，在上引「盧俊義刺配」的那段文字下面還有一個說明性的「原來」：

　　「原來這董超、薛霸自從開封府做公人，押解林沖去滄州，路上害不得林沖，回來被高太尉尋事刺配北京。梁中書因見他兩個能幹，就留在留守司勾當。今日又差他兩個監押盧俊義。」（第六十二回）

　　鬧了半天，《水滸傳》並沒有錯，是我自己讀書不細。這真應得上那句老話了：「把自己的無知當成別人的無能。」

　　再往後，隨著看的小說越來越多，新的問題又出現了。怎麼在別的小說中也有董超薛霸？而且也是「防送公人」？這一次，究竟是作者錯了還是我這個讀者錯了？於是，饒有興趣地看下去：

　　「當時知州將卜吉刺配山東密州牢城營，當廳斷了二十脊杖，喚個文字匠人刺了兩行金印，押了文牒，差兩個防送公人：一個是董超，一個是薛霸，當廳押了卜吉，領了文牒，帶卜吉出州衙前來。」（《三遂平妖傳》第八回）

　　不僅別的小說作品中有董超、薛霸，甚至連元人雜劇中也有這兩個傢伙，而且身份也是「解子」。再請看：

　　「（二淨扮解子同正旦上）（正旦做跌起坐科）（董淨云）小子是鄭州衙門裏有名的公人，叫做董超，這個兄弟叫做薛霸，解這婦人張海棠，到開封府定罪去。」（《包待制智賺灰闌記》第三折）

　　有時候，這「有名的公人」董超還將「叫做薛霸」的兄弟甩在一邊，一個人跑起「單幫」來。不過，就不一定當解差了，換成了級別稍高一個釐米的「旗牌」，所執行的任務也要高級三分，由「押解」變為「抓捕」。這事發生在又一部小說中：

　　　　狄公看完狀子，問了幾句口供，遂拔令箭一枝，命旗牌董超聽差。董超答應一聲，當堂跪下。狄公道：「與你令箭一枝，速到鎮江龍潭，提捉鮑福，並將私娃及老梅、梅滔等人犯，提來候審。」（《綠牡丹》第四十五回）

當然，在更多的時候，董超還是與薛霸休戚與共的。他們甚至可以共同被清官所用，做一些比較好的事情。譬如下面這一段描寫：

> 包公又差董超、薛霸，吩咐依計而行，一程前往，到了楊府傳
> 進，說：「你家大老爺，已經被包龍圖審明，殺死者乃是外國飛龍公
> 主，頂冒鳳姣小姐的，楊大老爺現在我衙中，我家包老爺差我們前
> 來，請二小姐去講幾句話，就送回來，如若小姐不去，你老爺就活
> 不成了。」……鳳姣小姐坐上轎中，董超、薛霸隨後，兩個丫鬟左
> 右跟隨，一同到了包府，董超、薛霸，進內稟知。（《五虎平西》第
> 四十九回）

這裡的董超、薛霸，乃是包公的屬下，奉命去「賺」楊府小姐問明一樁案情
的。因此，他們做到了「文明執法」。說話客客氣氣而又軟中帶硬，跟隨小姐
轎邊既監管又保護。

最有趣的是在擬話本小說中，那民間藝人竟然將董超、薛霸的隊伍擴展
了一倍，並且對董、薛二人進行了「換位取名」。那是在今天被叫做《清平山
堂話本》的那本書中：

> 皇甫殿直道：「這妮子卻不弄我！」喝將過去，帶一管鎖，走出
> 門去，拽上那門，把鎖鎖了。走去轉彎巷口，叫將四個人來，是本
> 地方所由，如今叫做「連手」，又叫做「巡軍」：張千、李萬、董霸、
> 薛超四人。（《簡帖和尚》）

董超、薛霸居然變成了「董霸、薛超」，而且還「冠以」張千、李萬二人。他
們的工作，也由刑警變成了巡警，甚或片兒警。但無論怎麼變化，都沒有變
掉他們「差役」的基本身份。

更令人矚目的是張千、李萬二人，此二位差役、尤其是其中的「張千」，
其實遠比董超、薛霸更「老資格」。上面提到董超、薛霸在元雜劇中僅僅是「偶
而露崢嶸」，而張千卻是大大地混了個「臉兒熟」了。筆者稍稍翻檢了一百多
部元雜劇作品，張千的「出鏡率」竟達幾十個劇本之多：

如《救風塵》《勘頭巾》《灰闌記》《留鞋記》《爭報恩》《神奴兒》《盆兒
鬼》《謝天香》《蝴蝶夢》《黑旋風》《瀟湘雨》《酷寒亭》《風光好》《魔合羅》
《紅梨花》《還牢末》《玉壺春》《凍蘇秦》《魯齋郎》《後庭花》《冤家債主》
《生金閣》《救孝子》《鐵拐李》《陳州糶米》《羅李郎》《馮玉蘭》《梧桐葉》
《舉案齊眉》《鴛鴦被》《合同文字》《漁樵記》《金線池》《誶范叔》《張天師》
《竹塢聽琴》《碧桃花》《金錢記》《揚州夢》《降桑椹》《風雲會》《獨角牛》
《衣襖車》《村樂堂》《裴度還帶》《緋衣夢》《醉寫赤壁賦》等等。

　　他的身份是達官貴人的貼身隨從，或在衙門執事如喝攛箱、放牌、傳達、布置任務等等，或跟隨官員出門如私訪、探案、巡查等等，或充當官員的家院如迎客、送客、通報等等，或料理官員的生活如帶馬、備轎、臨時差遣等等。總之，有些像達官貴人的總管兼跟班。甚至有時還被官員派遣服侍其親屬，如《牆頭馬上》《曲江池》《金鳳釵》《延安府》中的張千所服務的對象就都是「少主」衙內。

　　當讀過這麼多作品以後，才猛然明白過來：這一次作者也沒有錯，我這個讀者也沒有錯。董超、薛霸，還有張千、李萬之類，其實就是中國古代小說戲劇中「差役的共名」。

　　明白了這一點以後，回過頭來再看《水滸傳》中從東京跑到北京的那兩位解差——董超、薛霸。一個新的問題突然湧上筆者心頭：筆者少時的感覺並沒有錯，只不過是撞上「死老鼠」而已。

　　《水滸傳》是積累型小說，這是稍有文學史常識的人都知道的。在「水滸」故事流傳於民間的過程中，林沖的故事與盧俊義的故事本是各不相干的。因此，他們二位分別「刺配」時，不同的創作者就分別採用了董超、薛霸這差役的「共名」來作為押解人員。後來在逐漸將「水滸」故事積聚成為一體的過程中，林沖起解與盧俊義起解被寫到同一部書中。再後來，《水滸傳》的最終寫定者發現了這中間的問題，於是就加上了那一段「高太尉刺配董超、薛霸」的說明，使得東京的董超、薛霸變成了北京的董超、薛霸，也就彌補了《水滸傳》漫長成書過程所形成的一個漏洞。

　　以上想法，大體出自筆者的猜測，或者說是一種分析。如果這個結論能站得住腳的話，筆者也就用不著因為少時讀書的「草草」而太慚愧了。因為最終的結果並非是「把自己的無知當成別人的無能」，而是「用自己的有知證明別人的有能」了。

（原載《閒書謎趣》，河南人民出版社，2010 年 4 月出版）

多重性格的組合
——《水滸》人物塑造之一斑

　　衡量一部小說中的人物塑造是否成功，有很多標準，但其中很重要的一點就是看書中人物性格是單一的還是複雜的。嚴格而言，那些性格單一的人物只能算是類型化的典型形象，只有多種性格組合的人物形象才是個性化的典型。

　　我們先談談「粗人弄細」的問題。像李逵、魯智深這樣的梁山好漢，毫無疑問是地地道道的「粗人」，粗豪之人，粗莽之人。但就是這些「粗人」，卻往往體現其狡點或自作聰明的一面。這樣，「粗人弄細」就產生了雙重藝術魅力，一方面是使他們的性格內涵更為豐富，另一方面則是增添作品的喜劇效果。

　　李逵是《水滸傳》中性情最為粗直憨厚之人，但在第三十八回作者寫他與宋江初次見面之後，卻有一連串的反基本性格表現：或使乖說謊，或自作聰明，或軟語求人。一開始，他怕戴宗又以假宋江騙他下跪而取笑之，因為這樣的「坑」他跳過多次，因此，他斬釘截鐵地對戴宗說：「若真個是宋公明，我便下拜。若是閒人，我卻拜甚鳥。節級哥哥不要瞞我拜了，你卻笑我。」隨即，他知道眼前真是宋江，忍不住一陣狂喜。更令他高興不已的是，他得到了宋江一錠十兩紋銀的「見面禮」。不料，他卻突發奇想，希望用這十兩銀子做本錢去賭，贏得更大的銀子回報宋江：「如今得他這十兩銀子，且將去賭一賭。倘或贏得幾貫錢來，請他一請也好看。」誰知，賭到後來，還是輸了銀子。這位平常賭得最直的漢子此時卻一反常態，使乖說謊乃至撒賴放

刁起來:

> 李逵道:「我這銀子是別人的。」小張乙道:「遮莫是誰的,也
> 不濟事了。你既輸了,卻說甚麼!」李逵道:「沒奈何且借我一
> 借。明日便送來還你。」小張乙道:「說甚麼閒話!自古賭錢場上
> 無父子。你明明地輸了,如何倒來革爭!」李逵把布衫摟起在前
> 面,口裏喝道:「你們還我也不還?」小張乙道:「李大哥,你閒常
> 最賭的直。今日如何恁麼沒出豁?」李逵也不答應他,便就地下摟
> 了銀子,又搶了別人賭的十來兩銀子,都摟在布衫兜裏,睜起雙眼
> 說道:「老爺閒常賭直,今日權且不直一遍。」小張乙急待向前奪
> 時,被李逵一指一跤。十二三個賭博的,一發齊上,要奪那銀子。
> 被李逵指東打西,指南打北。李逵把這夥人打得沒地躲處,便出到
> 門前。

通過這一系列「粗人弄細」的描寫,李逵性格的另一面便顯現出來,與其粗
豪耿直的性格基調形成比照,相映成趣。對李逵初見宋江直到賭輸了錢要賴
這段描寫,金聖歎多有批語:「寫李逵粗直不難,莫難於寫粗直人處處使乖說
謊也。」「偏寫李逵作乖覺語,而其呆愈顯,真正妙筆。」「第二句便說謊,寫
得奇絕妙絕。」「寫他說謊,偏極嫵媚。」「鐵牛作此軟語,越可憐,越無理,
越好笑,越嫵媚。」「看他又說謊,正妙極也。」這一段寫黑旋風李逵的言談
舉止,與平素的憨厚率直迥然不同,竟然是「乖覺」、「說謊」「可憐」、「嫵媚」,
殊不知這正是李逵性格在特殊情況下的特殊表現。唯其如此,才是一個真實
的李逵、自足的李逵、豐滿的李逵。

如果說李逵的「粗人弄細」是一種先天本色的流露的話,魯智深的「粗
人弄細」卻有點兒後天生活歷練的結果。我們不妨來看幾個鏡頭:

> 魯達看時,只見鄭屠挺在地上,口裏只有出的氣,沒了入的氣,
> 動撣不得。魯提轄假意道:「你這廝詐死,洒家再打!」只見面皮漸
> 漸的變了,魯達尋思道:「俺只指望打這廝一頓,不想三拳真個打死
> 了他。洒家須吃官司,又沒人送飯,不如及早撒開。」拔步便走,
> 回頭指著鄭屠屍道:「你詐死!洒家和你慢慢理會。」一頭罵,一頭
> 大踏步去了。(第三回)

> 連走了三五家,都不肯賣。智深尋思一計:「若不生個道理,如
> 何能勾酒吃。」……走入店裏來,倚著小窗坐下,便叫道:「主人家,

過往僧人買碗酒吃！」莊家看了一看道：「和尚，你那裡來？」智深
道：「俺是行腳僧人，遊方到此經過，要買碗酒吃。」莊家道：「和
尚若是五臺山寺里師父，我卻不敢賣與你吃。」智深道：「洒家不是。
你快將酒賣來。」（第四回）

　　智深聽了道：「原來如此！小僧有個道理，教他迴心轉意，不
要娶你女兒如何？」太公道：「他是個殺人不眨眼魔君，你如何能勾
得他迴心轉意？」智深道：「洒家在五臺山真長老處，學得說因緣，
便是鐵石人也勸得他轉。今晚可教你女兒別處藏了，俺就你女兒房
內說因緣勸他，便迴心轉意。」太公道：「好卻甚好，只是不要捋虎
鬚。」智深道：「洒家的不是性命？你只依著俺行，並不要說有洒
家。」（第五回）

這幾個鏡頭，所體現的都是魯智深的「粗人弄細」。第一例，魯達原本只想教
訓鎮關西一頓，不料拳頭重了，將其打死。因為魯提轄和鎮關西這兩個狠人
在大街上打鬥，圍觀者雖多，卻無人敢到近前。故而現場之中，只有魯達本
人知道打死人了。這種情況下，如果換做李逵，他定會一溜煙逃跑，但那樣
一來，有可能逃得了嗎？那可是在城市中的大街上呀！如果換做武松，他可
能根本就不逃跑，而是站在當地，大喊痛快痛快！但此時既不是線性思維的
李逵，也不是極愛名聲的武松，而是下層軍官魯達，他是既要逃跑又要逃得
從容有面子的。因此，他急中生智，一邊罵鎮關西「你詐死！洒家和你慢慢
理會」，迷惑圍觀者，一邊大踏步離開現場，盡快脫離大家的視線。梁山好漢，
在這種情況下能這樣表現的，惟魯提轄一人而已。第二例，魯智深在五臺山
下想買點酒喝，不料到處酒店都是五臺山房產，都得遵從真長老的「法旨」，
如若賣酒給五臺山僧人吃了，就要追回本錢，趕出房屋。花和尚無奈，只得
心生一計，謊稱自己是遊方和尚，方能如願以償，喝到美酒，吃到狗肉。梁山
好漢，在這種情況下能這樣表現的，亦惟魯智深一人而已。第三例，在桃花
莊，魯智深為了救無辜女子，也為了教訓強搶民女的山大王，決定趟這渾水。
但如果直接將自己的想法說出來，太公一家肯定不敢這樣做，那可是「捋虎
鬚」呀！於是魯智深只好謊稱自己會說因緣，騙過劉太公，然後才能躲在銷
金帳內，伺機將新郎官暴打一頓。梁山好漢，在這種情況下能這樣表現的，
還是只有花和尚一人而已。有了這些獨特的粗人弄細的表演，魯智深這位英
雄人物的形象就更加真切動人，並且使得《水滸傳》這部書在濃厚的悲劇氛

圍中帶有一些喜劇意味。

除了對李逵、魯智深「粗人弄細」的成功描寫之外，《水滸傳》眾多的人物形象尤其是梁山好漢，大多是多重性格組合的藝術典型。宋江、武松、林沖、楊志、阮小七、吳用等人物形象的複雜性我們且不去說他，就連稍次一等的英雄形象也有很多是多重性格組合而成的。如秦明，雖有萬夫不當之勇，卻性格急躁，並很容易上當受騙，也因此斷送了「妻小一家人口」（第三十四回）。如徐寧，雖有鉤鐮槍法天下獨步，為人卻猶豫不決，最終上了自己表弟的當，被賺上梁山「坐把交椅」（第五十六回）。如索超，既有為國家面上只要爭氣當先廝殺的凜然正氣，又有為人性急撮鹽入火的壞脾氣，最終也因為立功心切，在宋公明的陷阱裏「連人和馬攧將下去」（第六十四回）。如雷橫，既有武藝高強、俠肝義膽的一面，也有心地偏狹、性格急躁的一面，同時，他還「是個大孝的人」（第五十一回）。如此等等，不一而足。至於董平、史進、王英、周通這些「好色」的英雄人物，其性格缺陷與英雄豪氣永遠成為一種「共軛」狀態，更是有目共睹，毋庸細說。

梁山好漢之外，那些市井細民中人，也有不少成功的藝術形象，他們同樣是性格多重組合的結晶。

我們且看陽穀縣團頭何九叔的精彩表演。當潘金蓮毒殺武大郎之後，對外說是心痛病死亡，但必須過入殮前驗屍這一關，而此事斷然瞞不過何九叔那雙「五輪八寶犯著兩點神水眼」。因此，同謀的姦夫西門慶就來找何九叔打通關節了：

> 西門慶道:「別無甚事，少刻他家也有些辛苦錢。只是如今殮武大的屍首，凡百事周全，一床錦被遮蓋則個，別不多言。」何九叔道:「是這些小事，有甚利害，如何敢受銀兩。」西門慶道:「九叔不受時，便是推卻。」那何九叔自來懼怕西門慶是個刁徒，把持官府的人，只得受了。……何九叔心中疑忌，肚裏尋思道:「這件事卻又作怪！我自去殮武大郎屍首，他卻怎地與我許多銀子？這件事必定有蹺蹊。」（第二十五回）

何九叔是何等精於世故之人？西門慶無緣無故請吃飯，並奉上十兩紋銀，只是要他在給武大入殮時「百事周全，一床錦被遮蓋則個」。這樣的付出與收入太不相當，中間一定有問題。按道理，這錢是萬萬不能收受的。但是，何九叔雖然心中疑惑，卻又「自來懼怕西門慶是個刁徒，把持官府的人」，只好戰戰

兢兢地將這骯髒的銀子收了。後來，給武大入殮時，果然發現有問題。但此時的何九叔既不敢聲張，又不甘心將錯就錯，只好採取出人意料之外的自保之法——假裝「中惡」跌倒在地。而當他被人抬回家以後，才在沒人時將自己的為難處境和應急措施對老婆和盤托出：

> 何九叔覷得火家都不在面前，踢那老婆道：「你不要煩惱，我自沒事。卻才去武大家入殮，到得他巷口，迎見縣前開藥鋪的西門慶，請我去吃了一席酒，把十兩銀子與我，說道：『所殮的屍首，凡事遮蓋則個。』我到武大家，見他的老婆是個不良的人模樣，我心裏有八九分疑忌。到那裡揭起千秋幡看時，見武大面皮紫黑，七竅內津津出血，唇口上微露齒痕，定是中毒身死。我本待聲張起來，卻怕他沒人作主，惡了西門慶，卻不是去撩蜂剔蠍？待要胡盧提入了棺殮了，武大有個兄弟，便是前日景陽岡上打虎的武都頭，他是個殺人不眨眼的男子，倘或早晚歸來，此事必然要發。」（第二十六回）

俗話說：「前怕狼，後怕虎。」（《冷眼觀》第十六回）這句話很能表達此時何九叔的心態。他明明知道武大郎死得蹊蹺，但懼怕西門慶是「地頭蛇」，如果洩露消息，自己將死無葬身之地；但此事瞞得過初一瞞不過十五，死者的兄弟武二郎也是不好惹的，那可是一條「強龍」。何九叔深知，在武松與西門慶之間，將來終究會有一場強龍與地頭蛇的生死搏鬥。但究竟強龍是否能壓得過地頭蛇？何九叔心中確實沒底。怎麼辦？在他那賢惠的妻子的提醒之下，他採取了收集、保留證據在手，靜以待變的最為保險的方法。旋即，正如何九叔所預料的那樣，武二郎果然回來查他哥哥的死因了，而且，首先找的便是何九叔。這次見面，對何九叔而言簡直就是走一趟鬼門關。他雖然聽到武松一聲「何九叔在家麼」就「嚇得手忙腳亂，頭巾也戴不迭」，但還是做好了充分準備，「取了銀子和骨殖在身邊」，跟著武松去了。那是一次多麼具有危機性的見面啊！

> 何九叔起身道：「小人不曾與都頭接風，何故反擾？」武松道：「且坐。」何九叔心裏已猜八九分。量酒人一面篩酒。武松便不開口，且只顧吃酒。何九叔見他不做聲，倒捏兩把汗，卻把些話來撩他。武松也不開言，並不把話來提起。酒已數杯，只見武松揭起衣裳，颼的掣出把尖刀來插在桌子上。量酒的驚得呆了，那裡肯近

前。何九叔面色青黄，不敢抖氣。武松捋起雙袖，握著尖刀，對何九叔道：「小子粗疏，還曉得冤各有頭，債各有主。你休驚怕，只要實說，對我一一說知武大死的緣故，便不干涉你。我若傷了你，不是好漢。倘若有半句兒差錯，我這口刀，立定教你身上添三四百個透明的窟窿！閒言不道，你只直說，我哥哥死的屍首是怎地模樣？」武松說罷，一雙手按住肐膝，兩隻眼睜得圓彪彪地看著。何九叔去袖子裏取出一個袋兒，放在桌子上，道：「都頭息怒。這個袋兒便是一個大證見。」……武松道：「姦夫還是何人？」何九叔道：「卻不知是誰。小人閒聽得說來，有個賣梨兒的鄆哥，那小廝曾和大郎去茶坊裏捉姦。這條街上，誰人不知。都頭要知備細，可問鄆哥。」（第二十六回）

無論何九叔見到武松後的表現是多麼難堪、狼狽，但我們仍然應該給他點贊。何以如此？因為讀者儘管可以指責何九叔圓滑世故、精明狡猾、膽小怕事、貪生怕死，但這位市井老人性格的底蘊卻是正直善良。儘管他在武松和西門慶兩邊曾經有過徘徊、抉擇，但在心底深處他還是認為自己必須站在武二郎一邊，去揭發西門慶的陰謀。因為，正義在武松這一邊，而西門慶代表的是邪惡和犯罪。因此，何九叔在聽到武松召喚以後，就帶上了物證——西門慶的「封口費」紋銀十兩和可以證明死者被毒害的武大郎骨殖。而且，在武松尚未開口時，何九叔「卻把些話來撩他」，這是希望早一點揭開蓋子。而當武松拔出刀子，說了那一番既含有威脅又合情合理的話以後，何九叔便鼓起勇氣拿出了裝著物證的袋子，並且對眼睛瞪得「圓彪彪」的武松說：「這個袋兒便是一個大證見。」何九叔能有這樣的行為，是需要很大勇氣的。那一刻，這位無端被轉入生死漩渦中的可憐的老人是將自己的身家性命全部押在了武松身上。須知，如果武松鬥不過西門慶，他何九叔在陽穀縣便將死無葬身之地。然而，何九叔戰勝了心頭對西門慶的恐懼，這中間，多半是正義與善良賦予他的力量和膽氣。正義，能使懦弱者勇敢，能使柔弱者堅強！但何九叔畢竟是何九叔，他不是鄆哥，不是唐牛兒，更不是李逵或魯達，他不是憤青，也不是莽漢，他是飽經風霜的，也是老於世故的。當武松問他姦夫是誰的時候，他並沒有直接回答，而是給武松提供了最明晰的線索：鄆哥曾經幫助武大郎去捉姦，他是知情人。這樣一個回答，一是說明何九叔畢竟是與公門打交道的人，他知道耳聞不如目見，不清楚不能瞎說。二是他

希望盡可能地幫助武松，提示另一個有力證人，這樣也能最大限度地扳倒西門慶。

看了上面何九叔那一段漫長而又精彩的表演，你能說他的性格不複雜嗎？何九叔這種人物形象，是從生活中來的，更是充分社會化的，而從生活中來而又充分社會化的人物，其最大的性格特徵就是兩個字：複雜。因為「生活」和「社會」就是世界上最複雜的兩項事物。

《水滸傳》中像何九叔這樣多重性格組合而成的人物形象還有很多，不管是正面形象還是反面形象，不管是大英雄還是淫毒婦，甚至包括在作品中只是流光一閃的人物，只要作者是嚴格按照社會生活的本來面目去塑造他們，他們就將是複雜的、成功的，甚至是永恆的。（本文副標題後加）

（原載《施耐庵與〈水滸傳〉》，中州古籍出版社，2017 年 6 月出版）

從《水滸傳》中的「橫插詩歌」說起
——關於古代小說中「特殊語言」的運用與批評

　　從根本上講，中國古代小說是一種散文體的文學樣式，但這只是問題的普遍性或主流性的一面；就其非普遍非主流的一面而言，中國古代小說又有許多韻文、駢文等「音韻」「格律」文字不時出現於其間。我們可以將這種語言稱之為出現於小說作品中的「特殊語言」。有時，有些語言雖然也以散文的面貌出現，但它又是一些諸如行話、隱語、俗語、方言、歇後語等特殊的語言形式。

　　進而言之，上述種種特殊語言，就其在小說創作過程中的功能而言，既包含有敘述語言，又包含有人物語言。下面我們就從這兩個方面入手進行分析。

一

　　讓我們先從《水滸傳》中的數次「橫插詩歌」說起。

　　《水滸傳》第五十回，有勾欄女子白秀英演出時念的一首定場詩：「新鳥啾啾舊鳥歸，老羊羸瘦小羊肥。人生衣食真難事，不及鴛鴦處處飛！」這四句詩雖然也具有白秀英藉以表達一個民間藝人「人生衣食真難事」的內心苦痛的成分，但更重要的是起到了一種烘托環境、推動情節、描寫人物的作用。金聖歎於此處有接二連三的批語，將這一問題說得明明白白：「一二句刺入雷橫耳，第三句刺入合棚眾人耳，到第四句忽然轉到自家身上，顯出與

知縣相好。只四句詩，便將一回情事羅撮出來，才子妙筆，有一無兩。」「俗本失此一段，可謂食蚱蜢乃棄其螯矣。」「此書每每橫插詩歌，如五臺亭裏，瓦官寺前，黃泥岡上，鴛鴦樓下，皆妙不可言。」不僅評價了白秀英的定場詩，而且還聯繫書中其他的「詩作」，指出這正是《水滸傳》重要的藝術手段之一。

金批指出《水滸傳》每每「橫插詩歌」，這是非常符合《水滸傳》創作實際的。且以上文提及的幾次為例。

所謂「五臺亭前」，見於第三回。書中寫魯智深在五臺山半山亭正想酒喝，忽聽得一個漢子挑酒上山唱道：「九里山前做戰場，牧童拾得舊刀槍。順風吹動烏江水，好似虞姬別霸王。」金聖歎於此也有一段批語：「不唱酒詩，妙絕。卻又偏唱戰場二字，拖逗魯達，妙不可當。」「第一句風雲變色，第二句冰消瓦解，聞此二言，真使酒懷如湧。」通過金氏的批點，我們看到了英雄、戰場、美酒三者之間的聯繫。而聯繫其間的線索，就是這首「橫插」的「詩歌」。

所謂「瓦官寺前」，則有一首道人的「嘲歌」是這樣唱的：「你在東時我在西，你無男子我無妻。我無妻時猶閒可，你無夫時好孤恓。」這首歌雖是道人崔道成挑著魚肉酒菜邊走邊唱的，但並非道人的「創作」，而是作者為表現道人、和尚在感情生活方面的無聊和無賴而「強加」給和尚、道人的，但它確實非常生動傳神。金聖歎對此也很感興趣，提筆批道：「並不說擄掠婦女，卻反說出為他一片至情。」（第五回）這樣的評語，正是看到了這首嘲歌特殊的寫法和效果。

更為有趣的是，金聖歎在《水滸傳》第十五回的一段批語中再次提到這類「橫插」的酒歌，並且與上述兩首酒歌進行了比較，從而更加深入地指出了這些歌謠的撰寫是為塑造人物、推動情節服務的。金氏的這段評語寫在楊志押送生辰綱，眾軍士挑著擔子在「黃泥岡上」歇息，又渴又累，而遠遠看見一個漢子挑著一擔酒唱著歌走上岡子之時。漢子歌曰：「赤日炎炎似火燒，野田禾稻半枯焦。農夫心內如湯煮，公子王孫把扇搖。」金批曰：「挑酒人唱歌，此為第三首矣。然第一首有第一首妙處，為其恰好唱入魯智深心坎也。第二首有第二首妙處，為其恰好唱出崔道成事蹟也。今第三首又有第三首妙處，為其恰好唱入眾軍漢耳朵也。作書者雖一歌不欲輕下如此，如之何讀書者之多忽之也。」這裡說得非常清楚，《水滸傳》中的這三首挑酒者的歌，都不是

作者隨意寫出的，而是有著深刻含義的。

至於金批所謂「鴛鴦樓下」，指的則是小說第二十九回，張都監設宴鴛鴦樓，並於此時假意以養娘玉蘭籠絡武松，為以後陷害武松埋伏陷阱。當此時，玉蘭唱的一隻曲子便是「東坡學士中秋水調歌」。在玉蘭歌唱的過程中，金聖歎連連批道：「樽前月下，忽聞此言，令人陡然念陽穀縣紫石街，不知在何處。」「絕妙好辭，令人想到亡兄，想到宋江，想到張青夫妻，想到管營父子，灑淚不止。」可見作者在這裡設置蘇東坡「人有悲歡離合」的唱詞，主要是為寫武松內心世界製造一種特殊的氛圍。

由上述「五臺亭裏，瓦官寺前，黃泥岡上，鴛鴦樓下」四次歌唱的「橫插詩歌」可見，《水滸傳》中那些如詩詞歌賦之類的特殊語言，多半都是用來在敘述故事或描寫人物的時候發揮散文很難達到的特殊作用的。

《三國演義》中也有相同的例證，不過不是「橫插詩歌」，而是「以詩作結」。該書最後一回的結末，有一首古風概述全書內容，從「高祖提劍入咸陽，炎炎紅日升扶桑」直敘到「鼎足三分已成夢，後人憑弔空牢騷」。毛宗崗對此亦有批語云：「此一篇古風將全部事蹟隱括其中，而末二語以一『夢』字一『空』字結之，正與首卷詞中之意相合。一部大書以詞起以詩收，絕妙筆法。」由此亦可見得，《三國演義》中的這些詩詞創作，在整部小說作品中也具有關鍵作用。

較之《三國》《水滸》而言，《金瓶梅》就更有意思了，該書甚至出現了「橫插小賦」之事。如第四回，就有一篇寫西門慶、潘金蓮交媾的「小賦」。張竹坡評有夾批云：「即此小小一賦，亦不苟。起四句，是作者看官心頭事，下六句，乃入手做作推就處，下八句正寫，止用『搏弄』『揉搓』，已經狂淫世界，下四句，將完事也；下四句已完事也；末二句，又入看官眼內。粗心人自不知。」連這樣的小賦都能引起張竹坡的注目，就更不用說同書第十五回那篇著名的《燈賦》了。張竹坡對此一批再批：「《燈賦》中以玉樓金蓮起，瓶兒在中，月娘、西門結尾。隱伏一會中人已將寫全矣。故妙。」（回前總評）「妙在將有名人物俱賦入，見得一時幻景不多時，而此回一會，又『冰鑒』中一影也。」（夾批）這兩則批語都說明了這篇《燈賦》在全書中所起到的埋伏線索、預示情節的作用，可見這種「特殊語言」是何等重要。

當然，在中國古代小說中，敘事過程中插入詩詞歌賦最多而且最恰切的毫無疑問應該是《紅樓夢》了。而諸多版本的「脂批」也對這些「特殊語言」

多有妙評。如第三回介紹賈寶玉的那兩首著名的《西江月》詞，甲戌本就有眉批：「二詞更妙，最可厭野史貌如潘安，才如子建等語。」再如書中第十七、十八回寫到元春省親，寶玉作《有鳳來儀》《蘅芷清芬》《怡紅快綠》三詩，庚辰本便有墨筆連連不斷的夾批：「起便拿得住。」「妙句！古云『竹密何妨水過』，今偏翻案。」「『助』字妙！通部書所以皆善鍊字。」「刻畫入妙。」「甜脆滿頰。」「雙起雙敲。讀此首，始信前云『有蕉無棠不可，有棠無蕉更不可』等批，非泛泛妄批駁他人，到自己身上則無能為之論也。」「本是『玉』字，此遵寶卿改，似較『玉』字佳。」「是蕉。」「是海棠。」「是海棠之情。」「是芭蕉之神。何得如此工恰自然？真是好詩——卻是好書！」「雙收。」「歸到主人，方不落空。」這些，都是雙重的文學批評，既是對小說中人物所作「詩歌」本身的批評，也是對小說作者為書中人物「代擬詩歌」的高超技巧的贊許。尤其是中間那句「真是好詩——卻是好書」的評語，更是點穿了個中奧妙。

名著而外，在那些並非一流的小說作品中，偶而也有一兩首意味深長的詩作「橫插其間」。對此，小說評點者們也絕不輕易放過。聊舉二例：

《隋史遺文》第二十八回有一首極其沉痛的開首詩，前幾句云：「荷鋤老翁淚如雨，惆悵年來事場圃。縣官租賦苦日增，增者不除蠲復取。況復有滑胥，奸獪能侵漁。羨餘火耗媚令長，加派飛灑腴里閭。」對於這首沉痛的憫農詩，有評點者批曰：「其慘更甚子美《石壕吏》諸篇。」

《平山冷燕》第六回，寫書中才女冷絳雪作了一首《風箏詠》，詩云：「巧將禽鳥作容儀，哄騙愚人與小兒。篾片作胎輕且薄，遊花塗面假為奇。風吹天上空搖擺，線縛人間沒轉移。莫笑腳跟無實際，眼前落得燥虛脾。」這樣的詩句，用來嘲諷書中人物宋信那樣的幫閒篾片中的「文化人」，真是再恰當不過了。故而天花藏主人在這一回的回前總評中寫道：「《風箏詠》字字體切風箏，字字譏嘲宋信，妙莫能言，非小說所有。」

以上二例，一注重小說中的詩歌作品的思想內涵和史料價值，一看重小說中詩作的藝術水平和審美效應。均從不同的側面反映了小說作品中「橫插詩歌」這種「特殊語言」的重要性和必要性。

二

還有一種非正規的「詩歌」——諸如讖語、歌謠、聯句、銘文甚或酒令、

謎語等等，也常常出現在中國古代小說的創作之中，並引起了評點者們的注意。對於這樣一些與情節和人物相關的「通俗」文藝作品，評點者們的主要任務就在於揭示其「底蘊」和「內涵」，或者對其中獨特的審美意蘊進行分析和評價。

如《三國演義》第九回的小兒之歌：「千里草，何青青！十日卜，不得生！」毛宗崗批曰：「『千里草』乃『董』字，『十日卜』乃『卓』字，『不生』者，言死也。」意謂這首童謠預示著董卓即將滅亡。

在《金瓶梅》第六十回中，作者更是大量描寫了眾人眾多的酒令，而每一酒令又都隱含著「言外之意」。張竹坡在這裡連連寫下眾多的批語，將這些酒令之蘊涵一一點破，對讀者深入理解作品起到了很大的點醒作用。下面，我們不妨通過「對讀」書中的酒令與張竹坡的批語，來增強對《金瓶梅》「特殊語言」的理解。

酒令：「一擲一點紅，紅梅花對白梅花。」張批：「春梅。直貫弄一得雙之春梅。」

酒令：「二擲並頭蓮，蓮漪戲彩鴛。」張批：「金蓮。直貫至不慣吹簫之金蓮，蓋得意殺也。」

酒令：「三擲三春李，李下不整冠。」張批：「瓶兒。珠沉玉碎矣。」

酒令：「四擲狀元紅，紅紫不以為褻服。」張批：「玉樓。玉兒自是尊貴。」

酒令：「五擲臘梅花，花裏遇神仙。」張批：「愛姐貞操俱見。」

酒令：「六擲滿天星，星辰冷落碧潭水。」張批：「月娘。直貫入雲理手之夢，又西門慶死期至矣。」

《紅樓夢》中通過這種雅俗共賞的「特殊語言」來塑造人物、推動情節、表達思想以及體現作者藝術構思的例子就更多了，諸本脂評對此也多有揭發。

如第一回寫太虛幻境的石牌坊兩邊有一副對聯是：「假作真時真亦假，無為有處有還無。」甲戌本夾批云：「迭用真假有無字，妙。」有正本亦有批語云：「無極太極支輪轉，色空之相生，四季之隨行，皆不過如此。」隨後，當書中第五回寫賈寶玉神遊太虛幻境時，作者又將這幅對聯展示了一次。對這種「重複」筆墨，甲戌本的批語道明了作者的用意：「正恐觀者忘卻首回，故特將甄士隱夢境重一渲染。」尤其是在第一回中甄士隱對《好了歌》的注釋附近，甲戌本特多眉批或夾批。我們且看帶有總結意味的一段夾批：「此

等歌謠原不宜太雅，恐其不能通俗，故只此便妙極。其說得痛切處，又非一味俗語可到。」《紅樓夢》第八回在寫了賈寶玉的「寶玉」上的銘文「莫失莫忘，仙壽恒昌」之後，又寫了薛寶釵的「金鎖」上的銘文「不離不棄，芳齡永繼」，諸本對此亦多有批語。甲戌本夾批：「合前讀之，豈非一對？」己卯本批曰：「『不離不棄』與『莫失莫忘』相對，所謂愈出愈奇。」「『芳齡永繼』又與『仙壽恒昌』一對。請合而讀之，問諸公歷來小說中，可有如此可巧奇妙之文，以換新眼目。」在第十七、十八回中，針對「有鳳來儀」的匾題和兩旁「寶鼎茶閒煙尚綠，幽窗棋罷指猶涼」的聯語，己卯、庚辰、有正諸本均屢有批語云：「果然，妙在雙關暗合。」「『尚』字妙極，不必說竹，然恰恰是竹中精舍。」「『猶』字妙。『尚綠』『猶涼』四字，便如置身於森森萬竿之中。」

白話小說如此，文言小說亦然。《聊齋誌異‧狐諧》篇中，有一位名叫「萬福」者，得一狐婦，聚會時，有一個名叫「得言」的人出一對聯以調笑萬福：「妓者出門訪情人，來時『萬福』，去時『萬福』。」狐娘子當即反唇相譏，對曰：「龍王下詔求直諫，鱉也『得言』，龜也『得言』。」於此處，王士禎批云：「妙解人頤。」但明倫批云：「自是確對，特太虐耳。」

此外，有些章回小說的作者對「回目」非常重視，而評點者們也對一些小說作品中精彩的回目作出了切中肯綮的評價。

如《水滸傳》第十六回的回目「花和尚單打二龍山，青面獸雙奪寶珠寺」附近，芥子園刻本就有眉批：「一事分題，曹正用智的卻立在虛處，妙。」再如同書第四十七回回目「一丈青單捉王矮虎，宋公明兩打祝家莊」附近亦有「芥眉」：「此回似專為二人作合，故特用標題。」

如此相類的還有《紅樓夢》甲戌本第三回「回目」的下半聯「榮國府收養林黛玉」中「收養」二字邊上，有朱筆旁批云：「二字觸目淒涼之至。」在同書庚辰本第二十一回回目「賢襲人嬌嗔箴寶玉」的「賢襲人」附近，亦有朱筆旁批：「當得起。」

評點者們不僅對小說作品中的諸如讖語、歌謠、聯句、銘文、酒令、謎語、回目等等通俗韻文比較注目，而且對一些特殊的散文也報以青眼。

毛宗崗在評點《三國志演義》時，比較喜愛對「回末驚人語」的揭示分析。如在第五回回末寫張飛「拍馬上關，來擒董卓」時，毛批云：「每回之末，定俱異樣驚人語，妙絕。」再如第八回回末寫董卓趕呂布出園門，只見「一人

飛奔前來，與卓胸膛相撞，卓倒於地」，毛批又云：「此何人耶？令人急欲看下文矣。」這種「回末驚人語」儘管既非韻文，又非駢文，但也應該視為一種小說創作中的「特殊語言」。

《金瓶梅》第三十二回寫妓女鄭愛香兒和應伯爵調笑鬥嘴，罵道：「不要理這望江南、巴山虎兒、汗東山、斜紋布。」張竹坡於此處有眉批云：「『望』作『王』，『巴』作『八』，『汗』同『汗』，『斜』作『邪』，合成『王八汗邪』四字，蓋婊子行市語也。」再如該書第五十一回，寫西門慶向黃主事介紹自己的雅號：「學生賤號四泉，因小莊有四眼井之說。」張竹坡於此有夾批云：「四井者，市井也。明明說出，卻都混混看過。」還有第六十一回一隻小令的名稱「四夢八空」，也引起了張竹坡的高度重視：「夫一夢一空，已全空矣，況一夢兩空，天下安往非夢，亦安往非空？然而不夢亦不空，又不可不知。《金瓶》點題，每在曲名小令，是又一大章法。」

《聊齋誌異・念秧》篇中也有這方面的例子，當書中人物說「作老娘三十年，今日倒繃孩兒，亦復何說」時，但明倫夾批云：「其言曰：老娘倒繃孩兒。吾以一語贈之曰：賠了夫人又折兵。」馮鎮巒夾批云：「念秧妙計高天下，賠了男兒又折妻。吾性不飲，讀至此浮兩大白。」作者通過諺語將書中人物語言寫得生動活潑，評點者們也忍不住技癢，弄點諺語來湊湊熱鬧。

《紅樓夢》中也有這種通過諺語、俗語來增強作品藝術感染力的例子。如第二十五回寫丫鬟彩霞咬著嘴唇向賈環頭上戳了一指頭，說道：「沒良心的，『狗咬呂洞賓，不識好人心。』」庚辰本於此有署名「畸笏」的朱筆眉批云：「此等世俗之言，亦因人而用，妥極，當極！」再如第五十三回，當賈珍向人訴苦說「黃柏木作磬槌子——外頭體面裏頭苦」時，庚辰本又有墨筆夾批云：「新鮮趣語。」這些恰當人物的恰當語言的運用，有效地增強了作品的世俗色彩，脂批可謂一語中的。更有趣味的是書中第三十九回寫劉姥姥稱賈母為「老壽星」，庚辰本有一段墨筆夾批對這精彩的一筆的分析可謂淋漓盡致：「更妙！賈母之號何其多耶？在諸人口中，則曰老太太；在阿鳳口中，則曰老祖宗；在僧尼口中，則曰老菩薩；在劉姥姥口中，則曰老壽星。看去（原誤「者卻」）似有數人，想去則皆賈母。難得如此各盡其妙。」

不僅如此，就連那十分隱秘的夫妻之間閨房生活的隱語，也出現於作家筆下，同時也進入了評點者的視野。《聊齋誌異・庚娘》篇寫夫妻二人久別重逢於「飛舟」之時，倉促間不敢相認於大庭廣眾之下。其夫只好大呼曰：

「看群鴨兒飛上天耶！」其妻亦大呼曰：「讒獱兒欲吃貓子腥耶！」這兩句話，正是他們二人「當年閨中之隱謔也」。對這種「特殊語言」的絕妙運用，評點者當然不願意輕易放過。故而馮鎮巒批云：「如《史記》中引古諺語，倍增澤色。」故而但明倫亦批云：「金山舟中已覿面矣，卻用閨中隱語而識之。此忙中生趣法。」

讀了這些小說評點者們的言論，們可以看到，某些小說作品中的這看似俗不可耐的「特殊語言」，卻正是小說創作行文過程中不可多得的「妙語」「趣語」。

三

中國古代小說中的「特殊語言」不僅能為塑造人物、敘述故事服務，有時它們還能以一種代言體的方式出現，成為書中人物的「心聲」。說到底，這也是一種人物塑造，甚至可以說是一種更深層次的人物塑造，因為它所表現的正是人物的獨具特色的個性語言特徵。

較早出現的這方面的評點文字應該是《虞初志·周秦行紀》中的一段夾批，所批對象是作品中那些古代的美女如薄太后、王明妃、戚夫人、楊貴妃、潘妃、綠珠以及男主人公牛僧孺的「詩作」。該篇中有署名湯若士的評語：「後詩淒慘，中帶風流；王詩慨慷，中帶懊恨；戚詩似戲似真，有無窮含意；太真詩如山陽之笛，淒惻動人；潘詩如清江細柳，縠紋自生；僧孺詩則骨清態逸，而其寫情酸楚處，如子夜聞商弦，令人蕭然而起；綠詩字字俱涕，比諸作更覺淒清。」這種評論，基本上還是停留在按照評價歷史上真實人物的真實作品的方式來評點作品中人物的詩作，還缺乏對「代言」意味的重視。

進一步深入到作者為書中人物撰寫「代言」詩詞之作的小說作品，是從明代開始的。如《水滸傳》第十回有林沖寫在牆上的一首自敘懷抱的詩作：「仗義是林沖，為人最樸忠。江湖馳譽望，京國顯英雄。身世悲浮梗，功名類轉蓬。他年若得志，威鎮泰山東。」這可以說是書中人物內心痛苦的凝聚和揮發，也可以說是小說作者內心痛苦的借題發揮。金聖歎對此深有同感，再度借他人之酒杯澆自己胸中之塊壘：「何必是歌，何必是詩，悲從中來，寫下一片，既畢數之，則八句也，豈如村學究擬作詠懷詩耶？」

這是很有藝術眼光的評語，言為心聲，林沖的詩句，是林沖的心聲；而林沖的詩句其實是《水滸傳》作者寫的，某種意義上這也是《水滸》作者的心

聲；而金聖歎如此重視這樣的詩句，某種意義上則更可以說是金氏的心聲。一首普普通通的「五言八句」，何以能一再成為人們的心聲呢？關鍵就在於它的「真」，而不是那種「處富有而言窮愁，遇承平而言干戈；不老曰老，無病曰病」的矯揉造作之「作品」。從對一首普通詩歌的評價中，我們可以看出評點者的藝術見解，此其一例也。

再如《京本增補校正全像忠義水滸志傳評林》第三十五回余象斗對宋江「反詩」的評點：「宋江詞語，志氣非凡，意味爽人。」「詩中尾句，結而有味，何等英雄。嗟籲二字，覺有警人。」這種評價，對書中人物宋江心態的把握還是頗為準確的。

如果說，林沖的自敘詩和宋江的反詩所表達的還僅僅是個人心聲的話，那麼，阮氏兄弟的嘲歌所表達的則是一種受壓迫者的集體反抗情緒了。《水滸傳》第十八回寫阮小五歌曰：「打魚一世蓼兒窪，不種青苗不種麻。酷吏贓官都殺盡，忠心報答趙官家。」隨即，又寫阮小七歌云：「老爺生在石碣村，稟性生來要殺人。先斬何濤巡檢首，京師獻與趙王君。」金聖歎在阮小五的歌下批道：「以殺盡贓酷為報答國家，真能報答國家者也。」在阮小七的歌下批道：「斬贓酷首級以獻其君，真能獻其君矣。」「又兩歌辭義相承，如斷若續。前云殺盡，後云先斬；前歌大，後歌緊，妙絕。」在這裡，金聖歎對作者的本意雖然有所「強化」，但通過這兩首特殊的「漁歌」所表現的《水滸傳》反貪官是為了「替天行道」，而「天」其實就是「天子」的思想，卻也被金氏揭露無遺。所謂「真能報答國家者也」，所謂「真能獻其君矣」，正是這個意思。同時，金氏還指出了這兩首歌之間的內在聯繫，真可謂之思想內涵、藝術結構「兩頭爆」的批評文字。

通過書中人物的「詩歌作品」來表達某些人物的思想感情的例子，在中國古代小說作品中簡直太多了，而評點者對此的評論也不在少數。除上述《水滸傳》中的例證而外，這裡不妨再舉數例。

《三國演義》第七十九回，曹植被兄長曹丕所逼，遂有「七步詩」，詩云：「煮豆燃豆萁，豆在釜中泣。本是同根生，相煎何太急！」對此，毛宗岡批云：「四句詩賽過一篇求通親親表，聞之安得不淚！」在該書第一百十四回中，毛氏又對漢少帝與曹髦的詩進行了比較研究：「漢少帝《飛燕》之詩興也賦也，曹髦《黃龍》之詩比也，不謂百回之後忽有其對。」

相類似的例子還有《儒林外史》第九回，書中人物楊執中有一首將前人

詩作「改裝」的七言絕句，詩曰：「不敢妄為些子事，只因曾讀數行書。嚴霜烈日皆經過，次第春風到草廬。」對此，諸評點者多有評語。「齊省堂」本批云：「樂天知命是賢者胸襟，究非村學究可比。」張文虎批云：「蓋亦隱寓吃官司收監事。」萍叟批云：「詩見《輟耕錄》，但改七律為絕句。」平步青批云：「見《輟耕錄》，但改七律為絕句耳。」這些評語，從詩作者的寓意到詩中所體現的詩人的胸襟懷抱，一直到該詩作的本源，都一一點出，似乎是在評價一個現實生活中的詩家作品。從中亦可看出小說作者在借用前人詩作而為自己筆下的人物形象傳神寫照方面取得了多麼驕人的藝術效果。為了讓大家對這一問題加深瞭解，此處不妨將元代陶宗儀《南村輟耕錄》卷十二中「文章政事」條中間所錄呂仲實（思誠）先生的那首戲作的七言律詩引錄如下：「典卻春衫辦早廚，老妻何必更躊躇。瓶中有醋堪燒菜，囊裏無錢莫買魚。不敢妄為些子事，只因曾讀數行書。嚴霜烈日皆經過，次第春風到草廬。」如果以不追究楊執中破壞知識產權而剽竊他人作品的過錯為前提的話，我們完全可以認為楊先生是借呂先生之虎皮而裝飾自身。而這一切，又都是吳敬梓賦予楊執中的，又都是「萍叟」「平步青」等人告訴我們這些讀者的。

　　《聊齋誌異》也有這方面的表現，如在《連瑣》篇中，蒲松齡為鬼女連瑣和男主人公楊於畏安排了帶有「鬼氣」的聯句。連瑣吟曰：「玄夜淒風卻倒吹，流螢惹草復沾帷。」楊於畏續曰：「幽情苦緒何人見？翠袖單寒月上時。」這樣的鬼詩，當然是作者為了塑造書中人物而設置的。評點者心有靈犀，對此作出了準確的評價。馮鎮巒評曰：「詩有鬼氣。」但明倫評曰：「孤寂如鶩，幽恨如綿，十四字已是寫足；楊之續句，特從空處發其餘意耳。」

　　至於《紅樓夢》中許多人物的詩詞歌賦乃至酒令書啟，更是作者設身處地地幫助書中人物「創作」出來的，非常符合各不同人物的身份、教養和文學水平，具有相當濃厚的個性化特色。對此，諸本脂批也多有評議、揭示。

　　小說第三十七回，一開始就連寫了兩封書信。一是探春寫給寶玉邀立詩社之書啟，極具高情雅趣；一是賈芸向寶玉獻白海棠之書啟，文字庸俗不堪。對此，甲辰本有脂批云：「接連二啟，字句因人而施，誠作者之妙。」指出了兩封書信分別表現了探春、賈芸不同的文化素養。而對賈芸那封庸俗不堪的書信，庚辰本則連連有墨筆夾批曰：「直欲噴飯。真好新鮮文字！」「皆千古未有之奇文！初讀令人不解，思之則噴飯。」其實，在庚辰本這一回的回前墨批中，評點者就說過一段整體性的提示語：「此回才放筆寫詩、寫詞、作劄。

看他詩復詩，詞復詞，劄又劄，總不相犯。」隨後，庚辰本中又有評點者對書中眾人的「作品」進行了恰如其分的評價。如對薛寶釵所作《白海棠》詩句「珍重芳姿畫掩門」，墨筆夾批云：「寶釵詩全是自寫身份，諷刺時事，只以品行為先，才技為末，纖巧流蕩之詞，綺靡穠豔之語，一洗皆盡，非不能也，屑而不為也。最恨近日小說中一百美人詩詞，語氣只得一個豔稿。」接下去，對林黛玉《白海棠》詩句「嬌羞默默同誰訴，倦倚西風夜已昏」，又有墨筆夾批：「看他終結到自己。一人是一人口氣。逸才仙品，固讓顰兒；溫雅沉著，終是寶釵。」再往後，在史湘雲《海棠詩》二首附近，又有墨筆夾批云：「二首真可壓卷！」「詩是好詩，文是奇奇怪怪之文，總令人想不到——忽有二首來（原誤「末」）壓卷。」

不僅如此，對於作者在書中擬作的外國女子的詩歌作品，評點者更是興趣盎然，絕不輕易放過。如小說第五十二回寫薛寶琴念出了真真國女子的五言律詩，尤其是該詩頷聯「島雲蒸大海，嵐氣接叢林」，更是引來了評點者的稱讚。庚辰本此處有署名「鑒堂」的眉批云：「詩好，頷聯壯麗之至！」

由此可見，諸本脂批都已深刻地體味到《紅樓夢》作者這種通過人物的詩詞歌賦來展現人物性格的手法，並倍加讚譽。謂予不信，不妨再看帶有概括意味的兩則批語。

其一，第三十八回有正本回末總批：「請看此回中閨中兒女能作此等豪情韻事，且筆下各能自盡其性情，毫無乖舛，作者之錦心繡口無庸贅瀆。」

其二，第七十六回有正本回末總批：「詩詞清遠閒曠，自是慧業才人，何須贅評。須看他眾人聯句填詞時，各人性情，各人意見，敘來恰肖其人。」

不僅詩詞歌賦、書啟簡牘如此，就連燈謎這種小小的玩意兒，在《紅樓夢》中也能做到為表現人物性格服務。如第二十二回寫賈環所作的燈謎，就是地地道道的環哥口吻：「大哥有角隻八個，二哥有角隻兩根。大哥只在床上坐，二哥愛在房上蹲。」眾人看了，大發一笑。庚辰本於此有墨夾連連批道：「可發一笑，真環哥之謎。」「諸卿勿笑，難為了作者摹擬。」接著，當賈環告訴別人謎底是「一個枕頭，一個獸頭」時，庚辰本又有墨筆夾批：「虧他好才情，怎麼想來？」這裡，評點者已經十分明確地指出了這種「作品」是作者對書中人物口氣的摹擬，是一種高級的代言狀態。

更妙的還有「代言」之「代言」者，亦即作者讓自己筆下的人物模擬其他作品中的另一人物的口吻來表達其思想感情。如小說第二十三回，寫賈寶

玉與林黛玉共讀《西廂記》時，寶玉忘情地借用劇中人張生的唱辭對黛玉說：「我就是個『多愁多病身』，你就是那『傾國傾城貌』。」這裡，甲辰本有批語云：「借用得妙。」而庚辰本的朱筆旁批則說得更透徹：「看官說寶玉忘情有之，若認作有心取笑，則看不得《石頭記》。」寶玉讀《西廂記》而忘情，不知不覺地到其中去充當了一個角色，同時，又將自己的心上人當成了另一個角色，故而才有這一段精彩的「借用」。其實，「精彩」的創造者並非賈寶玉，而是曹雪芹，是小說作者運用這種「特殊語言」才造就了這種特殊的「精彩」。如若認識不到這一點，就無法與曹雪芹「對話」了。

如此精彩的描寫在《紅樓夢》中當然不止一處，就在與上述例子同一回的後面，作者又寫到林黛玉對《牡丹亭》曲辭「原來姹紫嫣紅開遍……」的欣賞和領悟，庚辰本又有朱筆眉批云：「情小姐，故以情小姐詞曲警之，恰極，當極！」這更是通過「代言」而「代心」的好例子。

名著而外，有些二三流的小說作品偶而也冒出一兩首能體現人物思想性格的「代言」詩作。對此，那些敏感的小說評點者們當然會一把揪住不放。

如《東周列國志》第九十四回寫韓憑妻息氏被宋康王擄入宮中，強迫為妻。息氏不願順從，作詩言志：「鳥有雌雄，不逐鳳凰。妾是庶人，不樂宋王。」蔡元放在這裡連連批道：「自道本色，妙。」「掃興，真是妙歌。」

再如《珍珠舶》卷二第三回寫三十歲的新進之士金某奉旨歸娶，他躊躇滿志，賦詩一首：「春風遊遍曲江時，三十功名尚未遲。漫道文章空白首，已隨鵷鷺向丹墀。金燈賜娶重膺寵，綺閣催妝擬賦詩。寄語嫦娥休企望，好留翠黛畫雙眉。」對這首洋洋自得的「代言」之作，幻庵居士有行間批云：「一時得意，詩亦流麗可喜。」既對人物心理進行了揭示，又對詩作效果進行了評判。

還有《青樓夢》第四十五回寫主人公金挹香嘗作詩云：「慢移遊屐訪名山，俗恨閒愁一例刪。願與野僧為伴侶，幾時跨鶴出塵寰。」鄒弢批云：「詩妙，已為挹香棄絕紅塵作引。」這首詩雖然沒有多麼高超的藝術水平，但至少表達了主人公金挹香的一種心態。因此，可以說它還是具有很不錯的「代言」效果的。

綜上所述，在小說作品中採用詩詞歌賦乃至酒令謎語等各種「特殊語言」來表達作者各方面的追求和寄託，是中國古代小說作家們慣用的手法，也是中國古代小說評點者們注目之所在。

最後，借用林鈍翁在《姑妄言》卷二十四的卷前總評中所說的一段話，作為本文的結束語：「此部書內，或詩、或詞、或賦、或贊、或四六句、或對偶句、或長短句、或疊字句、或用韻、或不用韻，雖是打油，然而較諸小說中，無一不備。」此語雖然說的是《姑妄言》中的「特殊語言」，但筆者認為，對於許多小說作品「特殊語言」的運用和批評而言，這段話都是恰如其分的。

（原載《內江師範學院學報》2012 年第五期）

梁山水泊灌溉「小說林」
——略談《水滸傳》的文學影響

「不讀水滸，不知天下之奇！」（金聖歎《水滸傳》第二十五回回前總批）

《水滸傳》對後世的影響是巨大的。且不談它的社會影響，單就其文學影響而言，也是個滔滔不斷如春水的話題。這裡，在有限的篇幅中，僅就《水滸傳》對後世小說的影響略談一二。

一、把妖魔裝進去，不要放出來！

在古今中外的民間傳說中，有一種饒有興味的敘事模式，那就是將妖精或壞蛋裝進瓶子或葫蘆一類的容器中，萬萬不可放出來。下面這一個故事就是非常典型的例證。

> 謝廷立刻飛跑逃命，那怪物就在後追趕。足有二三里路，迎面有一座涼亭，亭中站立一位老婦人。謝廷一見，連忙喊叫：「救命！」後面惡怪也就趕到。這老婆婆隨將怪物攔阻喝道：「尊障！往哪裏走？給我住了！」老婆婆回頭便問：「相公你因何惹他？」謝白春遂道：「海邊觀潮，水上漂一葫蘆。吾將葫蘆口上之塞拔下，此怪從葫蘆內衝出來要吃我。這不是此葫蘆嗎？」老婆婆說：「我不信。這小小葫蘆，如何裝的下去他的怎大的身軀？」遂向怪物說道：「你再鑽進這葫蘆裏去我看看，我把相公與你吃！」怪物聞言說：「這有何難。」遂將身就地一滾，身軀縮小，隨鑽入葫蘆。老婆婆一見，

　　忙將塞子緊緊塞了葫蘆口，說：「這就無妨礙了。相公隨我來。」
　　（《聚仙亭》第二回）

清代小說《聚仙亭》，又名《混元盒五毒全傳》，是一個地地道道的神異故事，帶有中國古代原始的宗教、迷信、崇拜意味。書名「五毒」，所描寫的妖精則有蟾精、蜈蚣、蜘蛛、蠍子、蟒蛇、壁虎六個精怪。書敘某書生遭遇到種種毒物精怪，最終，眾多妖精都被天師先後收入混元盒中。以上所引，就是書生打開葫蘆誤放「五毒」這一段，一看就知道與《一千零一夜》中漁夫與魔鬼的故事極其相似。但是，與其說這個故事源自域外，倒不如說它受中國古代小說自身的灌溉。就其犖犖大者而言之，《水滸傳》中就有這種「把妖魔裝進去，不要放出來」的描寫，且看：

　　真人慌忙諫道：「太尉！不可掘動！恐有利害，傷犯於人，不當穩便。」太尉大怒，喝道：「你等道眾，省得什麼！碑上分明鑿著遇我教開，你如何阻當！快與我喚人來開。」真人又三回五次稟道：「恐有不好。」太尉那裡肯聽。只得聚集眾人，先把石碑放倒，一齊併力掘那石龜，半日方才掘得起，又掘下去，約有三四尺深，見一片大青石板，可方丈圍。洪太尉叫再掘起來。真人又苦稟道：「不可掘動！」太尉那裡肯聽。眾人只得把石板一齊扛起。看時，石板底下，卻是一個萬丈深淺地穴。只見穴內刮剌剌一聲響亮，那響非同小可，恰似：天摧地塌，嶽撼山崩。錢塘江上，潮頭浪擁出海門來；泰華山頭，巨靈神一劈山峰碎。共工奮怒，去盔撞倒了不周山；力士施威，飛錘擊碎了始皇輦。一風撼折千竿竹，十萬軍中半夜雷。那一聲響亮過處，只見一道黑氣，從穴裏滾將起來，掀塌了半個殿角。那道黑氣直衝上半天裏，空中散作百十道金光，望四面八方去了。（第一回）

張天師關在地窖中的一群妖魔，被洪太尉一傢伙全放出來，變成了梁山一百零八個好漢。如果沒有洪太尉錯誤的「豪舉」，哪來的驚心動魄、扣人心弦的水滸故事？只不過張天師關妖魔的既不是瓶子，也不是葫蘆，而是一個超豪華地窖而已。其實，這也沒有什麼值得大驚小怪的，仙家妙用，無論什麼東西都能隨心所欲地變大變小嘛！裝妖精的器皿又豈能例外？

　　但，也有極小的容器。

　　只見那軍師先生手拿寶劍，口中念念有詞，用劍向地下一指，

山溪內大小石塊都亂跳起來。又用劍向天上一指，那些大小石塊，隨劍俱起在半空。復用劍向那婦人一指，那些大小石塊，雨點般向婦人打下。只見那婦人口內吐出寸許大一小瓢，其色比黃金還豔。用手將小瓢一晃，那些大小石塊，響一聲，俱裝入瓢內，形影全無。那婦人又將瓢向軍師先生並眾大漢一擲，響一聲，將眾大漢同軍師先生並將軍，俱裝入瓢內，飛起半天。那婦人又用手將瓢連指幾指，那瓢在半空連轉幾轉。那婦人將手向下一翻，只見從瓢內先倒出無數大小石塊，勢若山積，隨後又倒出許多青黑水來，如瀑布懸空一般，飛流直下，平地上堆起波濤。那婦人將手一招，那瓢兒仍鑽入婦人口中。那婦人旋即嫋嫋婷婷，仍向西山行去。(《綠野仙蹤》第十六回)

仙姑口中吐出的瓢兒，只有一寸大，卻能將對方做法打過來的雨點一般的石塊以及對方的軍師先生、將軍、眾大漢一起裝下，真正是秤砣雖小壓千斤哪！只不過，這裡的「主題思想」開始暗中偷換了。前面兩個故事中的容器裝進去的都是「妖精」「魔鬼」，而這裡卻用來裝「敵人」及其「武器」。這大概要算此種類型故事的另一種發展模式了。相近的例子還有一個：

尹天峰大驚，連忙收了元神，走回本陣，即默念真言，將劍尖在空中畫一道靈符，忽巽方狂風驟發，石卵石片、大小石塊沙礫，滿天撲地卷將過來。曼師手中托出一枚小紅銅罐，僅如缽盂大，滴溜溜拋向空中，只見底兒向上，口兒向下，一道靈氣，將無數的飛石盡行吸入，一些也不剩，彌彌漫漫，都化作石灰，散將下來，竟如下了一天大雪。曼尼將蒲葵扇子略略一扇，石灰捲進妖人營內，向著將士的耳目口鼻直湧入去，急得棄甲丟戈，四散奔走。石和尚亟誦回風咒時，可霎作怪，那風兒八面旋轉，石灰搶入喉中，幾乎餓死。連黛命部下女將，各用羅帕裹著關臉，拍馬飛跑，方能得脫。

(《女仙外史》第七十二回)

這曼師手中的小紅銅罐更神奇，居然像「石灰窯」一般，能將敵方打過來的石頭化作石灰又拋灑回去消滅敵人。這種報復的方法真是太厲害了，相當於將別人的徒弟抓過來壞以心智，教以怪招，然後讓他回去殺敗其師傅。當今武俠小說多有這種描寫，這下子總算找到它的源頭了。

然而，《女仙外史》的這種寫法怪則怪矣，只可惜太過單一，缺乏趣味

性。若論用某某容器將妖魔裝進放出的描寫，還得數《西遊記》最為生動。那裡面，包括孫悟空在內的許許多多正邪兩賦的「妖魔」，都曾經被裝進各種各樣的容器裏。那容器，更是五彩繽紛，出人意料。有瓶子、袋子、葫蘆、銅鈸、缽盂、火爐……甚至肚皮！這些描寫，不僅神奇莫測，而且趣味盎然。尤其是下面這一段，可謂變幻莫測之極致。

> 那魔道：「你且過來，我不與你相打，但我叫你一聲，你敢應麼？」行者笑道：「你叫我，我就應了；我若叫你，你可應麼？」那魔道：「我叫你，是我有個寶貝葫蘆，可以裝人；你叫我，卻有何物？」行者道：「我也有個葫蘆兒。」那魔道：「既有，拿出來我看。」行者就於袖中取出葫蘆道：「潑魔，你看！」幌一幌，復藏在袖中，恐他來搶。那魔見了大驚道：「他葫蘆是那裡來的？怎麼就與我的一般？……縱是一根藤上結的，也有個大小不同，偏正不一，卻怎麼一般無二？」他便正色叫道：「行者孫，你那葫蘆是那裡來的？」行者委的不知來歷，接過口來就問他一句道：「你那葫蘆是那裡來的？」那魔不知是個見識，只道是句老實言語，就將根本從頭說出。……大聖道：「自清濁初開，天不滿西北，地不滿東南，太上道祖解化女媧，補完天缺，行至崑崙山下，有根仙藤，藤結有兩個葫蘆。我得一個是雄的，你那個卻是雌的。」那怪道：「莫說雌雄，但只裝得人的，就是好寶貝。」大聖道：「你也說得是，我就讓你先裝。」那怪甚喜，急縱身跳將起去，到空中，執著葫蘆，叫一聲「行者孫」。大聖聽得，卻就不歇氣連應了八九聲，只是不能裝去。那魔墜將下來，跌腳捶胸道：「天那！只說世情不改變哩！這樣個寶貝，也怕老公，雌見了雄，就不敢裝了！」行者笑道：「你且收起，輪到老孫該叫你哩。」急縱筋斗，跳起去，將葫蘆底兒朝天，口兒朝地，照定妖魔，叫聲「銀角大王」。那怪不敢閉口，只得應了一聲，倏的裝在裏面，被行者貼上「太上老君急急如律令奉敕」的帖子。(《西遊記》第三十五回)

這葫蘆，不僅可以裝妖精，也可以裝孫行者，還可以裝行者孫。更為有趣的是，葫蘆不僅有真有假，而且在孫悟空的杜撰之下還有雌雄之分。最令人忍俊不禁的是，妖精居然也就信了孫猴子的信口胡柴，認為自己的「母葫蘆」也怕「公葫蘆」，這是貨真價實的封建時代的人生哲學：夫為妻綱。就是在這

樣的幽默調笑之中,作者既諷刺了社會現實,又隱寓了哲理蘊含,還帶有童話意味!

但事情並不止於此。我們在閱讀了《西遊記》這樣優秀的小說之後,難道僅僅是欣賞一陣而已?不!我們首先要記住,它來自梁山水泊的灌溉,同時,還應該記住那句扣題的話:

把妖魔裝進去,不要放出來!

二、連類及彼的妙語借用

名著的力量是無窮的。

在中國古代小說史上有一種有趣的現象,像《水滸傳》這種名著中的一些詞彙、意象乃至人名等等微不足道的東西卻引起了後代小說作家的極大興趣。後者往往根據前者這些小玩意兒加以引用、發揮、改造,使之變成自己的東西。有時候,這種方式還能產生意想不到的效果。

先談淺層的連類及彼,且從最為表面化的遣詞造句說起:

> 劉唐道:「小弟打聽得北京大名府梁中書,收買十萬貫金珠寶貝玩器等物,送上東京,與他丈人蔡太師慶生辰。去年也曾送十萬貫金珠寶貝,來到半路裏,不知被誰人打劫了,至今也無捉處。今年又收買十萬貫金珠寶貝,早晚安排起程,要趕這六月十五日生辰。小弟想此一套是不義之財,取而何礙。」(《水滸傳》第十四回)

> 取回下處打開看時,都是白物,約有二百金之數。呂玉想道:「這不意之財,雖則取之無礙,倘或失主追尋不見,好大一場氣悶。古人見金不取,拾帶重還。我今年過三旬,尚無子嗣,要這橫財何用!」(《警世通言·呂大郎還金完骨肉》)

劉唐稱梁中書送給蔡京的生辰綱為「不義之財」,這是通常的用法,不僅《水滸傳》這樣用,許多古代小說都這樣用,甚至老百姓日常口語中也這樣用。馮夢龍正是看到了這一點,由大家習用的「不義之財」連類及彼弄出個「不意之財」,就增加了語言的生動性。試想,如果這裡呂大郎稱撿到的銀子為「想不到的所獲」該多麼乏味!「不義之財」和「不意之財」當然是有很大區別的,但兩者卻有一個連接點,那就是呂玉提到的「橫財」,正是因為有了這個連接點,再加上「義」和「意」是同音字,因此,馮夢龍才在梁山水泊的灌溉之下發明了這種連類及彼而又投機取巧的用法,並取得成功。

與之相同的例子還有下面這一對：

> 門前一帶綠油闌干，插著兩把銷金旗，每把上五個金字，寫道：「醉裏乾坤大，壺中日月長。」（《水滸傳》第二十九回）

> 這屋中北牆上掛著一軸挑山，畫的「虎溪三友圖」，兩邊有對聯一幅，寫的是：「靜裏乾坤大，閒中日月長。」（《續濟公傳》第十八回）

「虎溪三友」是佛門傳說。虎溪在廬山東林寺前，相傳釋慧遠居東林寺時，送客不過溪。一日，陶潛、陸修靜來訪，與語甚契，相送時不覺過溪，虎輒號鳴，三人大笑而別。據考，由於三人年齡上的差距，不可能相聚於虎溪，此乃傳說，不可坐實。這些，我們且不去管他。我們著眼於《水滸傳》中的「醉裏乾坤大，壺中日月長」，本來也是民間的習用語，卻被《續濟公傳》的作者輕輕改成「靜裏乾坤大，閒中日月長」，雖談不上「點鐵成金」，但至少也不會是「點金成鐵」吧。這也是一種連類及彼，能增加作品的生動性和諧趣性。

然而，在古代小說中連類及彼的借用更多還是體現在「人名」。多半是《水滸傳》這種名著中某某人做了一件什麼事，然後，連人帶事被後面的小說作連類及彼的借用，從而達到事半功倍的效果。當然，這裡又可分為「明借」和「暗借」兩種情況。

所謂「明借」，就是直接將小說名著中的某一人物的姓名、綽號等身份標誌借過來描寫自己筆下的人物，《水滸傳》中的人名和綽號被借用的可就太多了。如「天巧星浪子燕青」「地魁星神機軍師朱武」「地周星跳澗虎陳達」（第七十一回），這些綽號乃至「星座」就被後代作家反覆借用：「天巧星程三益」。（《封神演義》第九十九回）「金臺乃是上界天巧星臨凡，其心最巧，一看就會了。」（《金臺全傳》第四十二回）「上首的是神機軍師周德威，足智多謀，經文緯武，慣使雙刀。……下首是跳澗虎樊達，挺槍立馬。」（《殘唐五代史演義傳》第三十回）同樣的道理，《水滸傳》中的反面人物的名字也有被借用的，如第六十回寫射死晁天王的箭，「上有『史文恭』字」。這梁山泊的大仇人「史文恭」的名字，居然也被《北遊記》借用：「此氣乃是黑煞神在世間作鬧，自稱為黑面山王，手下有七員將：……六名史文恭。」（第十一回）

然而，較之這種「明借」更為高級的則是「暗借」，亦即前面某部作品中的某位人物做了一件很有意味的事情，後面的作品就以這個人物的名字作為

某件事的代名詞運用，從而產生一種奇特的藝術效果。例如，宋江通風報信私放晁天王是《水滸傳》中一個重要的關目，「有詩為證：太師符督下州來，晁蓋逡巡受禍胎。不是宋江潛往報，七人難免這場災。」（第十八回）後來，宋江就成為帶有正義感的通風報信的典型，後面就有小說將宋江作為典故使用：「內中有一個名叫小宋江張威，是一個房書，專好結交會黨中人。凡衙門有逮捕文書，他得了信，馬上使人報信，倘或捉拿到案，也必極力周張，所以會黨中人上了他這個名號。」（《獅子吼》第六回）

從這些細微末節之處，我們照樣可以看出《水滸傳》巨大的文學影響。

三、傑出的舉重者

英雄小說、乃至公案小說寫英雄，鬥勇比力乃常用手段。如《狄公案》第五十五回，就寫了一個後來棄暗投明而當時還在巴結權貴的英雄與反英雄集於一身的人物的神力：

> 當下將李飛雄喊到書房，指著院中一塊峰石，說道：「武大人命汝當此重任，若不在此開演一回，武皇親何以知你手段？這峰石汝能舉起否？」李飛雄聽了此言，恨不能將周身的本領全賣與他，方令他敬服。隨向敬宗說道：「小人本領雖不高明，這一座峰石也不難提起。」說著，搶走幾步，到了前面，將左手衣袖高卷，右手撐在腰間，兩腳用了個丁字步，伸開手爪，先把峰石向外一推，離了地土。只見身軀一彎，手掌往下面一託，說聲「起」，早見一隻手將一人高的一塊石頭舉了起來。前後走了一回，然後到了原處，又輕輕擺好。把個武承嗣嚇到伸不出舌來。

明眼人一下子就可以看出，這段李飛雄舉巨石的描寫是從《水滸傳》中武松舉石墩的描寫學習過來的。說到武松，人人皆知是《水滸傳》中的頂尖人物，更是神勇神力的代表。就連大評點家金聖歎都稱讚說：「若武松直是天神。」（《讀第五才子書法》）而小說作者寫武松時就常用誇勇誇力的手段，景陽岡打虎，鬥殺西門慶，十字坡打店，醉打蔣門神，大鬧飛雲浦，血濺鴛鴦樓，均乃如此。然最能體現武二郎神力的，則是天王堂舉石墩一節：

> 武松道：「只是道我沒氣力了！既是如此說時，我昨日看見天王堂前那個石墩，約有多少斤重？」施恩道：「敢怕有四五百斤重。」武松道：「我且和你去看一看，武松不知拔得動也不？」施恩

道：「請吃罷酒了同去。」武松道：「且去了回來吃未遲。」兩個來
到天王堂前，眾囚徒見武松和小管營同來，都躬身唱喏。武松把石
墩略搖一搖，大笑道：「小人真個嬌惰了，那裡拔得動！」施恩道：
「三五百斤石頭，如何輕視得他。」武松笑道：「小管營也信真個拿
不起？你眾人且躲開，看武松拿一拿。」武松便把上半截衣裳脫下
來，拴在腰裏，把那個石墩只一抱，輕輕地抱將起來。雙手把石墩
只一撇，撲地打下地裏一尺來深。眾囚徒見了，盡皆駭然。武松再
把右手去地裏一提，提將起來，望空只一擲，擲起去離地一丈來
高。武松雙手只一接，接來輕輕地放在原舊安處。（《水滸傳》第二
十八回）

這是明顯的誇張，現實生活中，一個人舉起三五百斤還有可能，但要將三五
百斤的石墩「擲起去離地一丈來高」「雙手只一接，接來輕輕地放在原舊安
處」，則是不可能的。但是，這樣的地方如果不誇張，那又有什麼意思？難道
寫武松將石墩慢慢抱起，憋得滿臉通紅，顫巍巍舉過頭頂，然後，像舉重運
動員一樣，「咚」地一聲悶響，將石墩拋在地下嗎？其實，不僅這一段描寫運
用了誇張手段，像《水滸傳》這樣的英雄小說中誇張的地方很多，甚至可以
說，如果不用誇張手段，《水滸傳》就不成其為《水滸傳》了。但有一點，不
能像《說唐後傳》《五虎平南》等小說那樣，誇張到《西遊記》的份上。這些，
本屬於一般的道理。但有些現代的電視劇編導，似乎不懂這太過簡單的道理，
硬是要還原生活真實，或讓魯智深倒拔垂楊柳「真實」到碗口粗的小樹，或
讓武松打虎時「真實」到動用匕首。殊不知，這樣就真實了嗎？請任何一位
編導人員，你們能徒手拔起「茶杯口」粗的活樹嗎？或者，給你一把不大不
小的刀，你能殺死動物園之外野性十足的弔睛白額大蟲嗎？

這些且不去說他，此處，值得我們注意的問題在於，《水滸傳》這種誇張
的舉重描寫除了影響《狄公案》外，是否還灌溉了其他小說作品？

當然有！

明代甄偉的《西漢演義》第十一回，就對項羽舉鼎有生動描寫：

桓楚曰：「山下禹王廟前有鼎，不知幾千斤，公能推倒扶起，扶
起又能推倒，三推三起，公方可謂無敵矣。」籍曰：「願往觀之。」
隨同二將並季布眾多小校，來到禹王廟前。看那鼎時，高七尺，圍
圓五尺，約有五千餘斤。籍看了一遍，命一強健小卒，盡力一推，

> 分毫不動。籍乃捉衣向前，用力一推其鼎遂倒，籍又應手扶起。一
> 連三推三起，若有不知其為重者。二將大喜曰：「公力足可以敵天下
> 矣！」籍笑曰：「如此試力，不足為奇。」復又捉衣近鼎邊，用手插
> 入鼎足下，盡力舉個平身，繞殿連走二次，面不改容，氣不喘息，
> 仍輕輕安於原處，看二將曰：「汝以為何如？」二將向籍前抱住曰：
> 「公真天神也！吾輩願隨鞭蹬。」

除了標準的英雄「舉」重而外，還有一種變格描寫，那就是托「千斤閘」。如
《說唐全傳》就寫了一位雙手托起「千斤閘」的英雄人物，此人乃當時排名
「天下第四條好漢」的雄闊海。且看：

> 眾反王都有些知覺，防有不測之變，一齊上馬，飛的一般奔到
> 城下。忽聽一聲炮響，城上放下千斤閘來。那雄闊海剛剛來到城門
> 口，只見上邊放下閘來，忙下馬一手抱住，大叫一聲。眾王應道：
> 「城內有變！」雄闊海道：「既然有變，你等要出城者，趁我托住千
> 斤閘在此，快走。」那十八家王子，與各路一齊爭出城來，一個個
> 都走脫了。雄闊海走了一日一夜，肚中飢餓，身子已乏，跑到就托
> 了這半日千斤閘，上邊又有許多人狠命的推下來，他頭上手一鬆，
> 撲搭一響，壓死在城下。（第四十一回）

雄闊海雖然能在緊急之中托起千斤閘，但最後還是被千斤閘壓死。毫無疑問，
他的死是悲壯的。因為他用自己一人的性命換來了數十位英雄人物的生命，
這是一種崇高的犧牲精神。況且，在正常情況下雄闊海本來是不會送命的，
只是因為「走了一日一夜，肚子飢餓，身子已乏，跑到後就托了這半日千斤
閘，上邊又有許多人狠命的推下來」，種種客觀原因，導致了這位英雄的悲劇。
因此，雄闊海雖然死了，而且是被千斤閘壓死了，但這絲毫不影響他的英雄
形象。

　　說到對英雄好漢托千斤閘的描寫，據筆者的淺陋見聞，恐怕要數《施公
案》中寫活閻王李天壽的那段最為成功了。可惜的是，李天壽是一個江湖大
盜，在《施公案》中是一個反派人物，而不是像雄闊海那樣屬於正面英雄人物
形象。但無論如何，我們還是先看看這位活閻王的表演然後再作評價吧。

> 活閻王搶到城門的時候，恰巧剛要閉城。守城官得知縣飛報，
> 傳令關閉城門，守城官立劾叫軍士將千斤閘放下。軍士奔上城頭，
> 那繩索盤車早已整理了舒齊。眾軍士一齊動手，立刻把絞樁帶定繩

索，左右平勻，然後將盤車轉動，那千斤閘板，軋軋的慢慢下來。那知這閘板下得還不到一半，可巧活閻王搶到。他見城上放閘，一跳有丈外地步，直到閘板底下，把槳刀插在腰內，雙手把閘板托住，大叫：「你們快走！」吳成便叫：「二位賢弟快搶城門。」馬英、張寶隨後也到，一齊連蹦帶蹦，逃出城關去了。那城上的軍士，見閘板停住不下，說：「這是什麼緣故？」到跟前一望，連說：「下面有個老強盜托住呢！我們來相幫，你用力盤絞，絞死這老忘八的。」眾軍士聽了，個個驚慌，全說：「怪不得絞不下了，我們大家來呀！」那上來的幾個軍士，一齊一幫，拼命的盤絞。……那活閻王雙手托住了閘板，過了吳成、馬英、張寶，三人出城走了，只不見朱鑣到來。他正在著急，忽見上面頓時著力起來，好似泰山一般壓將下來，老賊兩手發抖，汗如雨下。正在萬分難忍之時，忽見朱鑣到來，離城門不到一箭之地。朱鑣看見師父正抵住閘板，頭上汗如雨下，兩臂東西搖擺，知道來不得了，連忙大叫：「師父休慌，小徒來也！」他便撇了黃天霸眾人，向前飛也似的奔來。正搶到城門相近，只有幾丈地步。豈料背後的黃天霸也就看見了活閻王手托閘板，站在城門洞內，忙向袋內摸出一隻金鏢，照准了李天壽的咽喉，嗖的就是一鏢。那李天壽看見黃天霸緊跟在朱鑣背後，早已用心提防，見他把手一揚，就知是暗器來了，一道金光直奔自己身上而來，叫聲「不好！」只苦的雙手托住閘板，本係正在性命交關的時節，他的身子那裡還好躲嗎？連忙把頭一偏，這隻鏢正中肩頭上。李天壽吼叫一聲，也顧不得徒弟了，把雙手一鬆，身子向外一個脊背翻身跳將出來。這閘板「砰」的一聲，就直閘到底。李天壽見閘板已下，也不能顧著朱鑣，且回玄壇廟而去。（《施公案》第二百零四回）

平心而論，這段描寫較之《說唐全傳》中的那段描寫要生動、細膩得多。首先，它對活閻王托閘的過程描寫很詳細，很有層次感，也很符合一般讀者的閱讀接受心理。其次，它增加了不少主人公李天壽的心理描寫，而且是此時此地此情此境非常真實的心理描寫。第三，它增加了活閻王的徒弟朱鑣等人的旁觀視角，這就使得對李天壽的描寫更有立體感。第四，它增加了活閻王對立面守城官兵的描寫，這增加了李天壽托閘的難度，更有利於人物塑造。

最後還要交代幾點：

第一，李天壽這一次沒有死，而是活下來繼續給黃天霸等官府力量製造麻煩。

第二，李天壽的工夫深厚，黃天霸也拿他無可奈何。

第三，站在施公和黃天霸的角度，李天壽簡直十惡不赦；但如果換一個角度，站在李天壽的角度，黃天霸也應該是萬劫不復。

第四，如果將《施公案》反過來看，則李天壽之流其實與梁山好漢沒有多少區別。而黃天霸也就相當於《蕩寇志》中剿滅梁山好漢的雲天彪、祝永清之流了。

這就是我們從小小的一段托千斤閘的描寫中所得到的「微言大義」。

但無論如何，我們這裡所要強調的是，《水滸傳》對後代小說的影響既是巨大無比的，也是無微不至的。

梁山水泊灌溉「小說林」，既有汪洋一片，也有涓涓細流，這才是全方位的灌溉。

（原載《水滸爭鳴》第十五輯，萬卷出版公司，2014 年 11 月出版）

石麟：《水滸傳》改編最怕「現代化」

小說《水滸傳》產生於元末明初，故事背景是宋代，把《水滸傳》從莊稼地裏拔起來放到花盆裏養，那就不是《水滸傳》了。（本報記者陳巨慧）

新版《水滸傳》電視劇的播出引發熱議，劇中人物的塑造、劇情的改編備受詬病。9 月 19～22 日，「羅貫中與《三國演義》《水滸傳》學術研討會」在東平舉行，中國《水滸》學會副會長、湖北師範學院文學院石麟教授在會議期間接受記者專訪，以研究者的視角審視新版《水滸傳》。

「新宋江」更討喜

從東平到莘縣再到太原，國慶節前石麟的行程排得滿滿的，其中無一例外均是與《水滸傳》相關的學術研討。在石麟看來，水滸的研究可以分為「歷史的」、「文學的」、「文化的」三個層次，電視劇屬於「文化的」範疇，再創作面對的是大眾，只要老百姓接受，就勝利了。讓《水滸傳》永遠呆在寶塔尖、象牙塔裏都是沒用的。

記者：新版《水滸傳》前段時間在四大衛視播出，您有關注嗎？

石麟：新版電視劇我看了一些，但是沒有看全。

記者：和 97 版《水滸傳》相比，您覺得哪一部更成功？

石麟：和 97 版相比，新版規模更加宏大，打鬥場面比較真實。97 版我很討厭宋江這個人物，宋江去投降，跪在地上屁股翹得老高，這個宋江的形象太猥瑣了，老百姓不喜歡。應該肯定的是李雪健演得很好，他把宋江的奴性

給演出來了，但老百姓不喜歡這個宋江，就沒有生命力，頭號主人公一定要討觀眾喜愛，這個作品才會喜聞樂見。新版就把宋江這個農民起義的領袖、山寨寨主的風度演出來了，這樣的宋江觀眾更喜歡，這是值得肯定的。

記者：有觀眾認為，新版《水滸傳》把宋江拔得過高了，您怎麼看？

石麟：我認為這不是拔高，是基本恢復原著的精神。原著的作者是矛盾的，他一方面把宋江寫成一個英雄，他對朝廷不滿，對現實不滿，他要造反，要拯救老百姓，要顯示自我價值；另一方面，英雄又沒有歸宿，當面對要麼硬撐到底被朝廷剿滅，要麼歸順朝廷做一個順民、忠臣的時候，宋江的忠義思想使他選擇歸順。新版《水滸傳》對宋江的領袖風範揭示得很好，但對於知識分子固有的脆弱、對於他矛盾的心態還有待進一步開掘，這樣才能塑造一個既能被老百姓接受，又比較忠實於原著的宋江。

記者：「又黑又矮」幾乎成了宋江的標誌，讓身高 1 米 79 的張涵予來演宋江，是不是太高？

石麟：身高像武大郎那樣做不了領袖，太高又有點「高大全」的樣子。宋江只要不是太高就好，最好一般化一點，適量地淡化一點「又黑又矮」。

「匕首刺虎」挫武松神勇之氣

　　　　武松武勇非凡，是很多人心目中的大英雄，山東人更是對武松懷有特殊的感情，率先將武松的故事搬上熒屏。在新版《水滸傳》中，武松「招惹」了不少是非，甚至有網友認為這部戲就是來「黑」武松的。

記者：新版武松是公認的帥氣加細膩，但缺少了幾分應有的俠氣。這樣的武松還是武松嗎？

石麟：武松集中了很多梁山英雄的優點和缺點，但他的主體性格就是江湖遊俠，這決定了他的俠氣不能丟，他是一個頗具陽剛之氣的人，否則就不是武鬆了。很多人對「俠」有誤解，覺得俠就是武藝高、有本事，這是錯誤的。任何一部武俠小說，「俠」的定義都是與人保持最好關係的人。比如《射雕英雄傳》中，最大的俠是郭靖，他的武功不是最高的，憑什麼當最大的俠？就是因為郭靖愛一切的人。俠的最高境界是能夠容忍別人，武松這方面大體做得差不多，但他是市民階層的俠，具備市民階層的特點，喜歡給別人施小恩小惠，也容易被別人的小恩小惠所蒙蔽，他的悲劇就在這裡。

記者：武松赤手空拳打死猛虎的故事廣為流傳，可在新版《水滸傳》中，武松打虎卻掏出了匕首，這樣的改編是不是太可笑？

石麟：哈哈，這的確有損武松的形象，給觀眾的感覺好像武松用拳頭打不死老虎一樣。《水滸傳》的作者就是想藉此表現武松的神勇神力，用了藝術誇張的手法。原著中的有些藝術誇張不要覺得現實中不可能就去改動，現實中不可能的事情多了！比如關羽的大刀82斤、魯智深的禪杖61斤，用來做武器打仗可能嗎？「武松打虎」、「魯智深倒拔垂楊柳」等藝術誇張老百姓既然接受，就不要改了，老百姓也知道是假的，但這些假的東西在文學裏都是「美麗的謊言」，原著的基本精神應該保持。

記者：面對潘金蓮的勾引，武松的眼中流露出幾分不確定的因素。武松與潘金蓮的「叔嫂情愫」讓許多觀眾「吃不消」，被調侃為「英雄難過美人關」。

石麟：在人與人之間的感情上，《水滸傳》原有的描寫我是不滿意的，它過分誇張了男性英雄對女性的歧視。如果男人和女人有不正當的男女關係，這種行為從英雄的角度是不潔，對英雄氣是有磨損的。也就是說，如果一個英雄好色，那就不是完整的英雄。武松是一個「純粹」的英雄，但對他的描寫有些過度英雄化，這是原著的弱點。面對美女的調戲，武松不可能完全不動心，那就不正常了。現在的電視劇在這方面有所改進，我認為是對的，但如果過分強調武松的七情六欲，會使武松偏離英雄的主線，結果也只能是弄巧成拙。

「洗白」過度成誤導

在《水滸傳》原著中，女性角色不僅是配角，而且不是淫婦便是悍婦。新版《水滸傳》卻大有為女性「翻案」之勢，為淫婦尋找放蕩的藉口，為悍婦換上俊美的皮囊，潘金蓮成為追求愛情的楷模，「母夜叉」變身「梁山第一妖媚」。

記者：新版《水滸傳》被視為「洗白」之作，四大淫婦都淫之有理，不但讓人恨不起來，還多了幾分同情。這樣的改編合理嗎？

石麟：《水滸傳》《三國演義》《西遊記》對女性都是賤視的，賤視並不是把這些女性都殺了，而是沒有把女人當女人來寫。女人在想什麼？為什麼要淫？為什麼要紅杏出牆？為什麼要謀殺親夫？原著不去挖掘女性悲劇造成的

原因和過程只寫個結果，她紅杏出牆了，她謀殺親夫了，她就應該千刀萬剮，這就是簡單化。這種簡單化是有原因的，封建社會男人可以三妻四妾，花街柳巷，但不允許女人有任何不貞潔的行為，這是維護男權思維造成的。女人永遠依附男人而存在，沒有獨立的人格。新版《水滸傳》像《金瓶梅》那樣深入到女性世界中，它告訴觀眾，四大淫婦不是天生就下賤，而是因為社會環境、不幸的婚姻使她慢慢地滑向這個深淵。編劇導演有這個思維，我認為是很好的，彌補了原著的不足。

記者：在新版《水滸傳》中，閻婆惜深愛著宋江，她的「出軌」是為了氣冷落自己的宋江，甚至被宋江刺中，臨死之際還要高呼「你不要管我，你快走」。不少觀眾表示對此「接受無能」。您如何看待？

石麟：這些改編有些過於現代化了，改編名著最怕的就是現代化。這些東西是為了迎合收視率寫給 80 後 90 後看的，年輕人會覺得這樣寫很有現代的色彩，古人也是有生活、有追求的。但是，古人的追求要在一定範疇之內，《水滸傳》這個小說產生於明代，故事背景是宋代，你不能把《水滸傳》從莊稼地裏拔起來放到花盆裏養，那就不是《水滸傳》了。電視劇的改編可以在原著的基礎上有一點進步，但進步不能脫離原著精神太遠，不能脫離他生存的土壤。站在 80 後 90 後的立場上改編《水滸傳》有一定的危險性，不僅會失去年齡比較大的觀眾，對年輕的觀眾也會產生誤導。

記者：潘金蓮「被殺」變「自殺」，臨死前眼前浮現出與西門慶的第一次邂逅的畫面，此時的配樂竟然是韓劇音樂，這樣的場景是否過於「唯美」？

石麟：「唯美」的結局不適合潘金蓮，只要把她的思想脈絡挖出來就行了，不要過分渲染。如果每個女人為了追求愛情就可以把自己的丈夫給殺了，那就太極端了。

記者：顧大娘、孫二娘、扈三娘這三大悍婦，一改往日的兇悍，集體變柔美，您如何看待這樣的變化？

石麟：原著中顧大嫂應該是胖一點的，她城府比較深，考慮事情比較周全，比較大氣，有點女中豪傑的味道；孫二娘是潑辣厲害帶幾分兇狠，她也有溫柔的一面，但溫柔不代表俏麗；扈三娘綽號「一丈青」，她的身材應該是比較高挑的，並且應該盡可能地漂亮，不然王英不可能在陣前打仗、性命相搏的時候就對她垂涎三尺。現在編劇把她們寫得都很漂亮，三個人物的區分度不夠。

原著改編「精氣神」丟不得

　　如今名著翻拍熱盛行，《紅樓夢》《三國演義》《西遊記》《水滸傳》均被再次搬上熒屏，雖然有名著作保障，關注度不低，口碑卻不盡人意，觀眾似乎對此並不買帳，將其貼上「雷劇」的標籤。

　　記者：前赴後繼地翻拍有必要嗎？

　　石麟：名著改編電視劇可以讓名著得到更好的傳播，很多年輕人、外國人都通過這種方式瞭解到中國的四大名著，名著翻拍是好事。對於名著改編的電視劇，大家要抱著寬容的態度，要求一字一句都與原著不差是不現實也不必要的。

　　記者：名著改編電視劇要遵循哪些原則？

　　石麟：原著的精神不能改編。比如《水滸傳》中俠義的精神，《三國演義》中仁政的精神，《西遊記》中對人性的體悟，這些基本東西不可以改，一改這個作品的精氣神就沒了。細節問題可以改，但改的時候最重要的有兩點：一要符合生活的真實、藝術的提煉，二要符合老百姓的審美，但同時又不能遷就老百姓的世俗。改編的東西和原著之間的關係是「不即不離，不黏不脫」，做到這8個字是最好的，但也是很難的。

　　記者：如果請您來做《水滸傳》的編劇，重新改編，您會去做嗎？

　　石麟：改編劇本？哈哈（石麟若有所思地笑），這個我還沒有想過。如果讓我來改編，我會按照我說的原則去做。

　　（原載 2011 年 9 月 30 日《大眾日報·週末人物》）

金本《水滸》中的線索人物

　　金本《水滸》有兩條線索，一是思想線索，最簡明的概括便是「官逼民反」；二是情節線索，即以環環相扣的方式寫一百八人齊聚梁山。而線索人物在二者之間均起作用。

　　金本《水滸》中的線索人物大致有兩類：一是臨時性的，他們只在某一段故事中起穿針引線的作用；二是長久性的，他們基本貫串全書而起作用。就線索人物本身而言，也有兩種情況：一種是專職的，即在書中最主要的作用乃在於牽引情節；另一種是兼職的，即除了是線索人物外，他們還是書中的主要人物、重要人物或次要人物。

　　這裡，我們先將臨時性的線索人物簡單一提，以王進、柴進為例吧。二人相比，王進是專職的，柴進是兼職的。

　　王進在金本《水滸》中最大的作用，便在於將故事情節的發展由高俅而引向史進，由風刀霜劍之官場而引向水深火熱之民間，由「官逼」而引向「民反」。這位八十萬禁軍教頭，既是貪官高俅逼迫下的直接受害者，又是書中首先上場的梁山好漢九紋龍史進的師傅。這中間是純然無意的巧合，還是別具匠心的安排？讀者自可領會。不過，從表面看，這位王教頭「依舊自挑了擔兒，跟著馬，子母二人自取關西路裏去了」。（第一回）他向史進告別，也向讀者告別了。因為他作為線索人物的過渡任務已經完成，無須再現。在這裡，金聖歎批得明白：「開書第一籌人物，從此神龍無尾，寫得妙絕。」

　　小旋風柴進是書中一個不大不小的角色。論地位，赫然三十六天罡之第十名；論故事，也有那麼或斷或續的幾回書。他至少可算一個次要人物吧。但同時，他又是一個兼職的臨時性的線索人物。凡讀《水滸》者，都會有這麼

一種印象:不少英雄好漢,平生只讓兩個人,一是宋江,另一位便是柴進。這種江湖上的大名氣已表明柴進有點兒線索人物的味道了,但更重要的是,柴進還有具體完成情節過渡的任務之時。如第二十二回,作者要把故事情節從宋江而引向武松,特意安排了「橫海郡柴進留賓」一段,讓宋江、武松同在柴進莊上作客,從而十分自然地結束了宋江殺惜的餘波,引出武松打虎等一系列故事。

諸如王進、柴進這樣的臨時性線索人物,金本《水滸》中還有不少,此不贅述。本文的重點是要討論那些長久性的線索人物。在金本《水滸》中,長久性的線索人物最突出者有三人,即高俅、吳用、宋江,而這三個人物又全都是兼職的。

高俅在金本《水滸》中的地位頗為特殊。從思想線索看,他是「官逼」一方的代表人物。他雖未能全能地與梁山一百八人個個都有聯繫,但以他為代表的四大奸賊及其統治網,卻像陰影一樣籠罩著全書;梁山眾好漢要衝決的,也正是這麼一架通天的大羅網。從這個意義上講,沒有高俅等人,便沒有上梁山的一百零八將。如果僅從情節發展的角度看問題,則高俅至少在書中的前十二回中起到了連接情節的作用。史進、魯達、林沖、楊志這幾個本可以單獨成段落的故事,正是依靠史、魯、林、楊這些人與高俅直接或間接的關係這根線而連成一片的。

一部金本《水滸》,主要反映了梁山大起義從發生、發展直到高潮的過程。在這三大階段中,高俅一夥都具有「反激」作用。但就高俅個人而言,則主要是通過他的所作所為來揭示梁山起義發生的原因。正因如此,在第一階段中,高俅的線索作用就顯得特別突出。對於這一點,金聖歎說得十分清楚,在第一回回前總評中,他提筆寫道:「一部大書七十回,將寫一百八人也,乃開書未寫一百八人,而先寫高俅者,蓋不寫高俅,便寫一百八人,則是亂自下生也;不寫一百八人,先寫高俅,則是亂自上作也。」可見,在金聖歎看來,高俅這一人物的安排,其首要任務便是體現「亂自上作」,便是體現「官逼」乃「民反」最根本的原因。高俅在前十二回書中穿針引線般的反激作用,是不能忽視的。

從第十三回開始,作者便採取了兩方面同時進展的方法。一方面繼續寫「官逼」,進一步揭示梁山起義的原因;另一方面則開始大張旗鼓地寫「民反」,以主要筆墨來反映人民群眾反抗鬥爭的發展趨勢和進程。正是在這情節

大轉折之時，作者幾乎同時起用了兩個線索人物——吳用和宋江。當然，在金本《水滸》中，宋江是核心人物，吳用是重要人物，這是毋庸置疑的。但我們這裡所論述的乃是從情節結構著眼、作為線索人物的吳用和宋江，因此，對這兩個人物的其他方面，一般不作詳細分析。

若以線索人物論，吳用在金本《水滸》中至少有兩大作用。其一，作者通過他，將全書對梁山起義的原因的揭示進一步推向對梁山起義的發展過程的描寫，亦即從對人民群眾的不自覺的個體反抗而推向自覺的小集體的反抗鬥爭。這一點，是以吳用獨個人為主而發揮作用的。其二，是將各小集體的反抗鬥爭連串成整個梁山大革命的大規模行動，亦即生動地再現了梁山起義發展壯大、直到高潮的進程。這一點，則是以吳用與宋江互為表裏的結合來體現的。

在金本《水滸》的情節安排中，「智取生辰綱」無疑是一個十分重要的轉折點。在此之前，許多英雄的反抗鬥爭多是不自覺的、被動的、個人的行為。史、魯、林、楊，均皆如此，自不待言。即如少華山三傑，也只是「累被官司逼迫，不得已上山落草」，「聚集著五七百小嘍囉打家劫舍」。（第一回）即如王倫領導下的梁山泊，也只是「三個好漢聚集著七八百小嘍囉打家劫舍，多有做下迷天大罪的人都投奔那裡躲災避難」。（第十回）他們既無政治綱領，又無遠大目標，除了打家劫舍，便是躲災避難，都只是一些不自覺的、被動的反抗行為。而要使這種人民群眾個體反抗的星星之火形成燎原之勢，必須要有遠大政治目光、胸襟抱負的決策人指揮其間，必須使江湖好漢們盲目的、不自覺的反抗行為轉化成具有自己的旗幟、綱領、方針、目標的理智而自覺的行為，必須要將種種歷史的或然性轉化為歷史的必然性，必須要體現人民群眾由為生存而抗爭的被動性轉化為反壓迫、反剝削的歷史主動性。而「智取生辰綱」，恰恰便是這樣一個大轉折的開始。首先，「智取生辰綱」是有一定數量的英雄集體的行為。吳用曾說過：「人多做不得，人少又做不得。」「這段事須得七八個好漢方可。」（十三回）後來在黃泥崗上，作者總是寫「七人」一致的行動，一口氣寫了十幾次作為一個不可分割的整體的「七人」的言語、行為。其次，「智取生辰綱」又是一種主動的行為。梁中書並未直接惹翻這七人中的任何一個，倒是這七人主動去惹那梁中書。他們個個發誓道：「梁中書在北京害民，詐得錢物，卻把去東京與蔡太師慶生辰，此一等正是不義之財。」（十四回）並一次又一次地呼喊：「不義之財，取之何礙！」完全是一種主動、

積極的行為。第三，「智取生辰綱」是有組織、有計劃的行為。你看他們從頭到尾都安排是井井有條、天衣無縫。總之，從「智取生辰綱」整個行動過程來看，帶有一種被壓迫的人民群眾對壓迫者的憤怒的反抗心理，與上述那些打家劫舍、抱打不平的行為有著很大的區別。

在這樣一場帶有轉折意義的鬥爭中，吳用無疑是真正的核心人物。雖然劉唐、公孫勝是慕晁蓋之名而來，而晁蓋也充當了這一行動的表面主持人，但真正策劃其間的卻是吳用。從慧眼識劉唐到定計東溪村，從大義激三阮到鬥智黃泥崗，一直到許多善後工作，都是這位智多星來考慮、安排，甚至直接出面發動、組織的。尤其是「吳學究說三阮撞籌」那一段書，簡直可以說是把蔡京之流的對立面由晁保正等人而引向更底層的貧苦漁民，使《水滸》全書「官逼民反」的思想更加鮮明、深刻。這裡，已遠遠不是某官逼某民，某民不得不反；而是將「官」的概念上升到所有的官，把「民」的概念推及所有的民，是一種階級性十分鮮明的「官逼民反」了。《水滸傳》中這一層思想上的大轉折，沒有吳用這個兼職的線索人物，是很難完成的。

生辰綱事件暴露以後，作者仍然是緊緊抓住吳用這個線索人物，把這一夥犯下「彌天大罪」的反抗者引上了水泊梁山。當大禍臨頭、眾人商議對策時，是吳用胸有成竹地提出：「石碣村那裡一步步近去，便是梁山泊。如今山寨裏好生興旺，官軍捕盜，不敢正眼兒看他。若是趕得緊，我們一發入了夥。」（十七回）吳用所考慮的這一條道路，實際上正是這一夥劫生辰綱者必須要走的正道，也是《水滸》一百八人的必然之路。

晁蓋等人投奔梁山後，在火並王倫的事件中，仍是以吳用穿梭於其間的。當王倫首次接見七人後，晁蓋是心中歡喜，而吳用卻冷言道出王倫的不能容人，並指出林沖可用。林沖來訪，又是吳用頻頻用激將法，使林沖加強了火並之心，並由吳用隨即定下策應林沖的計劃。後來在水亭之上，又是吳用以反話激怒林沖，最後終於火並王倫。正如金聖歎在第十八回的一段夾批中所言：「今自冷笑二字已下完火並一篇，乃是出色寫個吳用也。」

火並王倫之事，絕非簡單的起義隊伍內部爭權奪利的事，而是關乎梁山革命究竟向何處去的大問題。為此，作者特借林沖之口提出了「他日剪除君側元兇首惡」的政治口號，使梁山軍有了一個比較明確的目標。又通過林沖之口明確表示：「今日山寨，天幸得眾豪傑一相聚，大義既明，非比往日苟且。」（十九回）這裡，誠如金聖歎所言，「是《水滸》一書大題目」。作者也正是在

寫這個大題目時，讓吳用這個線索人物完成了他的第一個任務：將一些零星的革命火種聚成一團，簇成一個耀眼的火把，插上了八百里水泊梁山。從智取生辰綱到梁山小奪泊，表面的旗幟、振臂一呼者一直是晁蓋，而內在的力量、穿針引線者卻一直是吳用。吳用是這一關鍵時期絕不可少的線索人物。沒有他，這一大段故事非散亂無章不可。

當吳用作為線索人物的第一大任務完成之後，作者筆鋒一轉，又提起以前曾亮過一次相的宋江這根線索。首先，作者讓宋江怒殺閻婆惜，作了一番表演之後，緊接著便開始了宋江作為線索人物的第一項工作，即引武松進場、又引武松出場。在柴進莊上，宋江將武松引進舞臺中心之後，自己便退入暗線之中；當武松得以充分表現之後，宋江又在孔明莊上引武松離開舞臺中心，而同時宋江本人也由暗線轉入明線。此後十數回書，便是明顯地以宋江行走江湖為線索來展開描寫了。從「錦毛虎義釋宋江」到「宋公明遇九天玄女」這十餘回書，僅就宋江角度談問題，至少有兩重意義：其一，以書中第一號人物看宋江，作者充分展示了他上梁山前的雙重衝突，即他想當忠臣兼義士的主觀願望與黑暗現實不允許他如願以償的衝突、他自己頭腦中封建主義的頑固性與被現實所激發的革命性之間的衝突。其二，從線索人物的角度看宋江，作者則通過他長時間的江湖行走過程，將一批又一批的英雄好漢引入梁山。在這十餘回書中，宋江兼任了前面所提到的晁蓋加吳用的雙重作用。他既是一面旗幟，又是具體的穿針引線者。離開了宋江，那些散處於各地的英雄豪傑是很難齊聚梁山的。在梁山革命事業從初生到發展壯大的這一過程中，必須要有宋江這樣的在江湖上有號召力的人物在中間起串聯作用。

宋江上山以後，梁山革命事業逐漸進入高潮階段，其中顯明的標誌便是梁山好漢們由比較被動的還手而發展到比較主動的出擊。從三打祝家莊到踏平曾頭市，一直到攻下東昌、東平二府，梁山軍是主動出擊多於被動防禦。在這些大的鬥爭中，作者仍然是緊緊抓住宋江與吳用這兩個線索人物來做文章的。有時候，宋江為表，吳用為裏；有時候，吳用為表，宋江為裏。晁蓋只不過徒有虛名、眾頭領也不過聊充工具而已。對此，金聖歎早在第十七回的批語中就預先提出：「大書吳用與宋江同心，為一書之眼目。」而在第四十一回中，作者又通過九天玄女之口說：「此三卷書，可以善觀熟視，只可與天機星同觀，其他皆不可見。」這正是宋江、吳用二人作為金本《水滸》的綱領人物和線索人物的最好說明。

　　金本《水滸》，作為一個整體來看，絕不是一百八人故事的簡單連綴，而是要通過各種各樣的人物走向梁山的經歷來揭示「官逼民反」的社會現實。這裡有一個問題：如果梁山一百八人全都以個人的面目單獨出現，那將永遠是一盤散沙，永遠只能是許許多多的個別性、特殊性，並不能揭示封建社會「官逼民反」的整體性、一般性的規律。世界上的任何一個事物，只要它形成了一個整體，它必然是由許多部件組成的。但是，它所有部件無規律地相加的總和，絕不等同於它的整體。所謂整體性，即是由它所能夠包容的所有個別因子的總和再加上構成這個整體的自身的調整和調節。整體比它所包含的所有成分的總和還要大，整體還有作為整體自身的性質。金本《水滸》之不同於武十回、林十回、宋十回等英雄傳記故事，而成為一部反映「官逼民反」的社會現實的長篇巨製，其根本的原因就在於它寓「官逼民反」的一般道理於個別英雄的抗爭故事之中，同時，又通過許多個別英雄的抗爭故事的有機組合而充分揭示了「官逼民反」的整體的、根本的規律。形成這種整體性的有機結合的途徑是多方面的，其中很重要的一點就是充分發揮線索人物的作用。尤其是聯繫到作品的思想線索看問題，這些線索人物的作用絕不僅僅止於故事情節的聯絡和過渡，而是一種主題思想向著具體情節的滲入，同時，也是一種具體情節向著主題思想的凝聚，而這種滲入和凝聚又都是有機的。

　　宋江、吳用、高俅，作為金本《水滸》中的中心人物或重要人物的一面固然重要，但他們作為線索人物的一面又何嘗不至關緊要呢？

（原載《說部門談》，中國文聯出版社，2000 年 10 月出版）

金本《水滸》的歷史地位

　　在中國小說史上，若論版本的複雜，《水滸傳》算得一個。各種繁本、簡本不下數十種。其中，有的完整保存，有的部分保存，有的甚至只有殘頁，有的在社會中暢銷，有的卻「養在深閨人未識」。這就使得某些《水滸傳》的讀者，尤其是青年讀者在欣賞這部蓋世奇書時有望洋興歎的感覺。千頭萬緒，不知從何下手。

　　然而，世界上任何複雜的事情都有被簡化的途徑。如果我們對《水滸傳》的版本簡而化之，還是可以找到一條路徑，並依此路徑找到各自適合閱讀的《水滸》之版本的。

　　大要而言，《水滸傳》的版本分為「繁本」與「簡本」兩大系列。至於兩個系統的本子孰前孰後的問題，學術界一直有爭議，我們這裡且不去管他，我們只看現實存在。

　　就《水滸傳》現存的版本而言，繁本系列影響最大的應該是「天都外臣序本水滸傳」（一百卷一百回）、「忠義水滸傳」（不分卷一百回）、「李卓吾先生批評忠義水滸傳」（一百卷一百回）、「芥子園本李卓吾評忠義水滸傳」（一百回）、「鍾伯敬先生批評忠義水滸傳」（一百卷一百回）等等。它們有兩大共同特點：第一，都是一百回本；第二，都是文繁事簡。簡本系列的主要版本則有「新刊京本全像增插田虎王慶忠義水滸全傳」（二十四卷一百二十回）、「京本增補校正全像忠義水滸志傳評林」（二十五卷不計回數）、「新刻出像京本忠義水滸傳」（十卷一百十五回）、「水滸傳」（二十卷一百十回）、「水滸全傳」（十二卷一百二十四回）等等。它們也有兩大共同特點：第一，多於一百回；第二，都是文簡事繁。而所謂「事繁」者，主要是增加了關於田虎、王

慶的故事。

　　一般的繁本、簡本而外，還有兩種本子至為特殊：一是「李卓吾評忠義水滸全傳」（不分卷一百二十回），其特點是在一百回繁本的基礎上從簡本系列中抽出「田、王故事」加以潤色、糅合而成，實際上是繁本與簡本的雜交。二是「金人瑞刪定水滸傳」（七十回），這就是本文要重點論述的「金本《水滸》」。

一

　　金人瑞（1608～1661），原名采，字若采，後更名人瑞，字聖歎，蘇州府長洲縣人。明諸生，入清後絕意仕進，因「哭廟案」被清政府殺頭，年僅五十四歲。

　　金聖歎曾評點《離騷》、《莊子》、《史記》、「杜詩」、《水滸傳》、《西廂記》，並依次稱之為「第一」至「第六」才子書。其中，尤以評點《第五才子書施耐庵水滸傳》和《第六才子書王實甫西廂記》影響最大。

　　「金人瑞刪定水滸傳七十回」最早為明崇禎間貫華堂大字刊本，題「東都施耐庵撰」，七十五卷。正文從第五卷開始，前有金聖歎假託施耐庵序言一篇以及金聖歎署名序言三篇。其中，《序三》之末署「皇帝崇禎十四年二月十五日」，崇禎十四年為一六四一年，由此可知此書出版的大致時間。

　　嚴格而言，金本《水滸》屬於繁本系列的刪改本。金聖歎將百回本的第一回改作「楔子」，而將此後的每一回都提前一個數字，如金本第一回即百回本第二回，第二回即第三回，依此類推，直至百回本的第七十一回「忠義堂石碣受天文，梁山泊英雄排座次」在金本中就變成了第七十回。同時，金聖歎又將百回本第七十一回梁山英雄排座次、分任務之後的「菊花會」宋江題詞等情節以及此後三十回內容一刀砍斷、丟棄，而更換為自己改寫的以下這段文字：

> 　　是夜，盧俊義歸臥帳中，便得一夢。夢見一人，其身甚長，手挽寶弓，自稱：「我是嵇康，要與大宋皇帝收捕賊人，故單身到此，如等及早各各自縛，免得費我手腳。」盧俊義夢中聽了此言，不覺怒從心發，便提樸刀，大踏步趕上，直戳過去，卻戳不著，原來刀頭先已折了。盧俊義心慌，便棄手中折刀，再去刀架上揀時，只見許多刀槍劍戟也有缺的，也有折的，齊齊都壞，更無一件可以抵

敵。那人早已趕到背後。盧俊義一時無措，只得提起右手拳頭劈面打去，卻被那人只一弓稍，盧俊義右臂早斷，撲地跌倒。那人便從腰裏解下繩索，捆縛做一塊，拖去一個所在：正中間排設公案，那人南面正坐，把盧俊義推在堂下草裏，似欲勘問之狀。只聽得門外卻有無數人哭聲震地。那人叫道：「有話便都進來！」只見無數人一齊哭著，膝行進來。盧俊義看時，卻都綁縛著，便是宋江等一百七人。盧俊義夢中大驚，便問段景住道：「這是甚麼緣故？誰人擒獲將來？」段景住卻跪在後面，與盧俊義正近，低低告道：「哥哥得知員外被捉，急切無計來救，便與軍師商議：只除非行此一條苦肉計策，情願歸附朝廷，庶幾保全員外性命！」說言未了，只見那人拍案罵道：「萬死狂賊！你等造下彌天大罪，朝廷屢次前來收捕，你等公然拒殺無數官軍，今日卻來搖尾乞憐，希圖逃脫刀斧！我若今日赦免你們時，後日再以何法去治天下！況且狼子野心正自信你不得！我那劊子手何在？」說時遲，那時快，只見一聲令下，壁衣裏蜂擁出行刑劊子二百一十六人，兩個伏侍一個，將宋江、盧俊義等一百單八個好漢，在於堂下草裏，一齊處斬！盧俊義夢中嚇得魂不附體，微微閃開眼，看堂上時，卻有一個牌額，大書「天下太平」四個青字。詩曰：太平天子當中坐，清慎官員四海分。但見肥羊寧父老，不聞嘶馬動將軍。叨承禮樂為家世，欲以謳歌寄快文。不學東南無諱日，卻吟西北有浮雲。大抵為人土一丘，百年苦個得齊頭。完租安隱尊於帝，負曝奇溫勝若裘。子建高才空號虎，莊生放達以為牛。夜寒薄醉搖柔翰，語不驚人也便休。

因為有了上述這段文字，故而，金本《水滸》第七十回的回目就變成了「忠義堂石碣受天文，梁山泊英雄驚惡夢」。

腰斬水滸，並貼上「驚惡夢」的大補丁，這是金聖歎對《水滸傳》最大的修改，也是金本《水滸》的最大特色。金聖歎似乎有夢幻情結，而且，特別願意將這種夢幻情結與腰斬行為結合在一起對某些文學名著動手術。他的第五才子書《水滸傳》如此，第六才子書《西廂記》亦乃如此。金本《水滸》和金本《西廂》一樣，都是斷尾巴蜻蜓，但都斷得很美。因為百回本《水滸傳》的後三十回無非寫的是宋公明全夥受招安、征大遼、征方臘的故事。從思想內涵來看，所符合的是最高封建統治者的利益而不是人民的利益；從敘事藝術

而言，那些故事大多只是前七十回故事的不斷重複。因此，《水滸傳》的後三十回相對於前七十回而言，實在是思想、藝術的雙重贅疣。既然是贅疣，又為什麼不能一刀割斷呢？因此，金聖歎腰斬水滸的手術刀是充分表現了其藝術功力和審美趣味的。金本《西廂》亦乃如此。第四本第三折的「長亭送別」已經將鶯鶯和張生的愛情悲劇推向極致，足以震撼人心了。接下來，第四本第四折的「草橋店驚夢」，讓鶯鶯的反叛性在愛人的夢境中得到昇華。這其實是一筆兩寫，既寫了鶯鶯，同時也寫了張生，是兩個年輕的叛逆者心靈的共振。劇本中的情節和人物到了這種地方已經完全感動了讀者和觀眾，從藝術的、審美的角度都達到了最終目的。既然如此，還要那第五本做什麼？一定要讓張生大登科連接小登科，金榜題名而又洞房花燭，又有什麼意義？因此，金聖歎準確而又果斷地對第五、第六才子書實施揮刀腰斬，可謂獨具慧眼，實在超出了常人的庸俗見解。

因此，筆者認為，第七十回的「腰斬」，正是金本《水滸》的第一個成功點。

然而，這裡卻有一個重大的問題必須辨明。因為金聖歎在「驚惡夢」的情節中所表現的乃是對梁山好漢的斬盡殺絕，而後天下太平。這種描寫，有人就會認為金聖歎是站在封建統治者的立場上仇恨農民起義，故而，金聖歎長時間也就被戴上了反動文人的帽子。其實，事情還不止於此。如果說金聖歎立場反動的話，尚不僅止於「驚惡夢」的描寫。這位人瑞先生在金本《水滸》的序言中還理性表達了這種觀點：「故夫以忠義予《水滸》者，斯人必有懟其君父之心，不可以不察也。且亦不思宋江等一百八人，則何為而至於水滸者乎？其幼，皆豺狼虎豹之姿也；其壯，皆殺人奪貨之行也；其後，皆敲樸劓刖之餘也；其卒，皆揭竿斬木之賊也。有王者作，比而誅之，則千人亦快，萬人亦快者也。如之何而終亦幸免於宋朝之斧鑕？彼一百八人而得幸免於宋朝者，惡知不將有若干百千萬人，思得復試於後世者乎？耐庵有憂之，於是奮筆作傳，題曰《水滸》，意若以為之一百八人，即得逃於及身之誅戮，而必不得逃於身後之放逐者，君子之志也。而又妄以忠義予之，是則將為戒者而反將為勸耶？豺狼虎豹而有祥麟威鳳之目，殺人奪貨而有伯夷顏淵之譽，劓刖之餘而有上流清節之榮，揭竿斬木而有忠順不失之稱。既已名實牴牾、是非乖錯，至於如此之極，然則幾乎其不胥天下後世之人，而惟宋江等一百八人，以為高山景行，其心嚮往者哉！是故由耐庵之《水滸》言之，則如史氏之

有《檮杌》是也，備書其外之權詐，備書其內之兇惡，所以誅前人既死之心者，所以防後人未然之心也。由今日之《忠義水滸》言之，則直與宋江之賺入夥、吳用之說撞籌無以異也。無惡不歸朝廷，無美不歸綠林，已為盜者讀之而自豪，未為盜者讀之而為盜也。」(《水滸傳序二》)

這簡直有點要向梁山好漢實行武器的批判了。如果單看這些描寫和言論，則金聖歎頭上的確可冠以「反動」二字，但當我們看到金聖歎在同一部金本《水滸》中的另外一些言論，我們會覺得判若兩人，簡直讓人感到不可思議：「夫江等之終皆不免於竄聚水泊者，有迫之必入水泊者也。」(第三十一回回前總批)「嗟乎！天下者，朝廷之天下也，百姓者朝廷之赤子也。今也縱不可限之虎狼，張不可限之讒吻，奪不可限之兒肉，填不可限之雞鶩，而欲民之不畔，國之不亡，胡可得也！」(第五十一回批語)「蓋盜之初，非生而為盜也，父兄失教於前，飢寒驅迫於後，而其才與其力，又不堪以鬱鬱讓人，於是無端入草，一嘯群聚，始而奪貨，既而稱兵，皆有之也。然其實誰致之失教，誰致之飢寒，誰致之有才與力而不得自見？『萬方有罪，罪在朕躬』，成湯所云，不其然乎？」(《宋史綱》批語)

這就是金聖歎思想矛盾的獨特體現。他在整體上、理論上否定梁山英雄的造反行為，說他們的罪惡當「比而誅之」，如若不然，就會出現「已為盜者讀之而自豪，未為盜者讀之而為盜」的可怕局面。但同時，金聖歎又在許許多多的具體的批語中肯定梁山英雄的造反行為，並指出他們之所以造反，是因為「有迫之必入水泊者也」。筆者認為，金聖歎之所以對梁山造反抽象否定、具體肯定，並非塗上什麼「保護色」，也不是蒙上什麼「外衣」，而是一個封建時代的知識分子對封建統治既不滿又維護、對起義造反者既指責又同情的複雜思想的真實反映。更為重要的是，金聖歎洞察到其中深刻的原因：「亂自上作」。而這一切，又正是金聖歎為什麼要腰斬水滸並貼上「驚惡夢」大補丁的思想基礎。

二

自金本《水滸》出現之後，深得廣大讀者喜愛。由清代到民國直到上一世紀七十年代，社會中流傳最為廣泛的就是金聖歎刪改評點的七十回本《水滸傳》。而一百回本、一百二十回本的《水滸傳》逐漸退居次要地位，至於那些簡本系統的一百一十回本、一百一十五回本、一百二十四回本則更是為廣

大讀者所罕見。然而，到了 1975 年，一百回本的《水滸傳》突然大量出現。其中原因，很是特別。因為晚年的毛澤東睡在病床上，聽別人讀了《水滸傳》之後，隨機發表了一些口頭的「聽後感」，其中有幾段很是有名，在當時可謂風靡九州。一之曰：「《水滸》這部書，好就好在投降。做反面教材，使人民都知道投降派。」二之曰：「《水滸》只反貪官，不反皇帝。屏晁蓋於一百〇八人之外。宋江投降，搞修正主義，把晁的聚義廳改為忠義堂，讓人招安了。宋江同高俅的鬥爭，是地主階級內部這一派反對那一派的鬥爭。宋江投降了，就去打方臘。」

因為偉大領袖號召全國人民「都知道投降派」，並要求對《水滸傳》中投降派的領袖宋江進行口誅筆伐，於是，在 1974 年至 1975 年之間，全中國就開展了一次轟轟烈烈的「評水滸，批宋江」的群眾運動。但是，一個嚴重的問題出現了：當時社會中大量流行的乃是金本《水滸》，其中，「宋江投降了，就去打方臘」等內容已被金聖歎「腰斬」，如此版本怎麼能夠「知道投降派」，又如何「評水滸，批宋江」？於是，以人民文學出版社為首的各出版社，就在一時之間大量出版百回本《水滸傳》，目的就是給人民提供批判的對象。筆者手頭就有這麼一本在當時購買的人民文學出版社 1975 年 10 月出版的百回本《水滸傳》。該書根據的是明代容與堂刻本（亦即本文上述「李卓吾先生批評忠義水滸傳」一百卷一百回本）為底本。至於出版此種版本《水滸傳》之目的，人民文學出版社編輯部說得很清楚：「《水滸》經金聖歎這麼一砍，宋江這個投降派的面目不能充分暴露出來，就不真實了。」（《前言》）「一百回本《水滸傳》，包括了宋江受招安和投降以後打方臘的情節，是比較接近《水滸》原貌的一個本子。我們加以校點印行，為廣大讀者提供反面教材。」（《關於本書的校點說明》）

對於那場聲勢浩大的「評水滸，批宋江」的群眾運動，本文這裡不作評價，反正從那個時代過來的人都知道是怎樣一回事。筆者所要提出的是，為了讓更多的人閱讀《水滸傳》，因而大量趕印百回本，此項行動正說明此前百回本《水滸傳》並不怎麼普及，同時，出版社急於肅清金本《水滸》的影響，也正說明它影響巨大。不然，為什麼要擺開近乎動用國家權力的架勢來對付一本小說的版本問題呢？金本《水滸》的普及性和影響力，於此可見一斑。

進一步的問題是，金本《水滸》何以如此得到廣大讀者的喜愛而在社會

中長時間廣泛流傳呢？

原因是多方面的，除了上面講到的「第七十回的『腰斬』，正是金本《水滸》的第一個成功點」以外，至少還有以下幾個方面引人注目。

首先是金聖歎對《水滸傳》某些地方的成功改寫。

例子太多，聊舉二處足矣。

第一例：百回本在第一回之前有「引首」一大段文字，除了一詞一詩以外，還有從宋朝開國到宋仁宗朝的歷史簡介。隨後，才是第一回「張天師祈禳瘟疫，洪太尉誤走妖魔」，所述仍然是宋仁宗時代的故事。至第二回「王教頭私走延安府，九紋龍大鬧史家村」，又有數百字敘仁宗朝事，然後慢慢過渡到《水滸》正文的宋哲宗、宋徽宗兩朝。這樣的敘事，顯然有些拖泥帶水，而且情節結構方面也有些許瑕疵。金聖歎的處理是，將引首、第一回以及第二回的那幾百字統統合併為「楔子」，並在楔子的最後開列了「一部七十回正書，一百四十句題目」。然後在第一回「王教頭私走延安府，九紋龍大鬧史家村」的開篇處以「話說故宋哲宗皇帝在時，其時去仁宗天子已遠」一句，由水滸故事的「過去時」直接導入「現在進行時」。如此處理，層次井然，交代清楚，言簡意賅，乃敘事文章大手筆之所為。

第二例：百回本第六回寫花和尚魯智深看見生鐵佛崔道成與一個婦女一個道士在一起飲酒作樂時的一段對話：

> 智深走到面前，那和尚吃了一驚，跳起身來，便道：「請師兄坐，同吃一盞。」智深提著禪杖道：「你這兩個如何把寺來廢了？」那和尚便道：「師兄請坐，聽小僧說。」智深睜著眼道：「你說！你說！」那和尚道：「在先敝寺十分好個去處，田莊又廣，僧眾極多。……」

這一段，被金聖歎改寫成以下文字：

> 智深走到面前，那和尚吃了一驚，跳起身來便道：「請師兄坐！同吃一盞。」智深提著禪杖道：「你這兩個如何把寺來廢了？」那和尚便道：「師兄請坐，聽小僧……」智深睜著眼道：「你說，你說！」
> 「……說：在先敝寺十分好個去處，田莊又廣，僧眾極多。……」

這裡，雖然僅僅是將崔道成的一個「說」字放到了魯智深「你說，你說」的後面，但神韻立現，且符合生活的真實。這樣的改寫，活畫出魯智深的性急如火與崔道成的支支吾吾。金聖歎本人對這樣的改寫也頗為得意，故而在「聽

小僧」後面夾批:「其語未畢。」在「你說,你說」後面夾批:「四字氣忿如見。」並且在「在先敝寺」後面來了一段理論總結式的夾批:「說字與上聽小僧,本是接著成句,智深自氣忿忿在一邊,夾著你說你說耳。章法奇絕,從古未有。」雖然有點自吹自擂,但確實該他吹的。因為像這種心急如焚、眼中容不得沙子之人打斷對方支支吾吾的講話的現象在現實生活中可謂屢見不鮮,而金聖歎的改寫雖然只是移置了一個字,但其韻味卻是無窮。

當然,百回本《水滸傳》本身也是非常偉大的,它不一定要等待金聖歎的修改然後才偉大。然而,偉大的東西也要人能讀懂。對於一般讀者而言,《水滸傳》深刻的思想內涵和無比的藝術魅力如果能有一位目光如炬的批評家進行導讀,那可真是一件愜意的事。

金聖歎就是《水滸》藝術迷宮的最佳導遊員,他的金本《水滸》就是附有導遊圖的水滸讀本。而這,正是金本《水滸》具有長盛不衰的社會影響的又一原因。

金聖歎對《水滸傳》的導讀,主要分成兩個方面:一是對《水滸傳》的整體觀照,二是對《水滸傳》的局部分析。

我們先來看看金聖歎對《水滸傳》的整體觀照。

關於金聖歎對《水滸傳》思想內涵的導讀,上文已作了一些基本的介紹,此不贅言。這裡重點闡述金聖歎對《水滸傳》這部輝煌巨著的藝術水平、審美價值的評判分析。

金聖歎認為《水滸傳》的藝術水平與其他小說不可同日而語,他說:「《三國》人物事體說話太多了,筆下拖不動,捱不轉,分明如官府傳話奴才,只是把小人聲口替得這句出來,其實何曾自敢添減一字。《西遊》又太無腳地了,只是逐段捏捏撮撮,譬如大年夜放煙火,一陣一陣過,中間全沒貫串,便使人讀之,處處可住。」「《水滸傳》不說鬼神怪異之事,是他氣力過人處。《西遊記》每到弄不來時,便是南海觀音救了。」(《讀第五才子書法》)

由此,金聖歎還對《水滸傳》作者施耐庵的才華,進行了高度的肯定:「夫古人之才也者,世不相延,人不相及。莊周有莊周之才,屈平有屈平之才,馬遷有馬遷之才,杜甫有杜甫之才,降而至於施耐庵有施耐庵之才,董解元有董解元之才。」(《水滸傳序一》)金聖歎甚至還認為《水滸傳》較之《史記》有青藍之勝:「《水滸傳》方法,都從《史記》出來,卻有許多勝似《史記》處。若《史記》妙處,《水滸》已是件件有。」「某嘗道《水滸》勝似《史

記》，人都不肯信，殊不知某卻不是亂說。其實《史記》是以文運事，《水滸》是因文生事。以文運事，是先有事生成如此如此，卻要算計出一篇文字來，雖是史公高才，也畢竟是吃苦事。因文生事即不然，只是順著筆性去，削高補低都由我。」（《讀第五才子書法》）

在這裡，金聖歎將施耐庵與莊子等人相提並論，實際上也就是將《水滸傳》與《莊子》《離騷》《史記》「杜詩」相提並論。尤其是金聖歎認為《水滸傳》的文字較之《史記》的文字是青出於藍而勝於藍，這在當時都是石破天驚的理論。因為在中國封建時代，「史官文化」一直是思想戰線的主流，而「稗官文化」不過是街談巷議、道聽途說者之所為也，不過是不入流的等外品。史官文化的成果就是以《史記》為代表的煌煌正史，而稗官文化的結晶就是以《水滸傳》為代表的通俗小說。金聖歎認為通俗小說學習煌煌正史而又超越之，本來是符合中國文學、中國文化發展史的實際的，但因為當時絕大多數人都不這麼看，主流文化也不認同這種觀點，因而他的觀點才如同空谷足音，彌足珍貴。與此同時，金聖歎對《水滸傳》的整體定位和宏觀評價，又使得當時廣大讀者認識到主流文化以外的真正客觀的事實，認識到如《水滸傳》這樣的通俗小說不可磨滅的歷史地位。

進而言之，金聖歎的這種說法，是既有號召力，又有前瞻性的。兩百多年以後，梁啟超等人提出的「小說界革命」的口號和論小說與群治之關係的許多觀點，都是以金聖歎的這一理論為出發點的。

三

至於金本《水滸》局部的光芒，那又是通過金聖歎兩方面的工作來漸次體現的。一方面是每一回的回前批和夾批、眉批、旁批，另一方面是三篇序言和《讀第五才子書法》。而這局部光芒的精髓，又體現在寫人藝術和敘事藝術兩大領域。

在這兩個美不勝收的領域，百回本《水滸傳》要依靠讀者自己去苦苦求索的很多風景名勝，在金本《水滸》中，卻都被聖歎先生以其犀利的妙筆掀開了神秘的面紗，露出其可餐的秀色。

對此，要詳盡地分析顯然不是本文篇幅可以容納的。無奈，只好優中選優，將金聖歎最精彩的「導遊詞」羅列一二。

「《水滸》所敘，敘一百八人，人有其性情，人有其氣質，人有其形狀，

人有其聲口。」（《水滸傳序三》）

「《水滸傳》寫一百八個人性格，真是一百八樣。若別一部書，任他寫一千個人也只是一樣，便只寫得兩個人也只是一樣。」（《讀第五才子書法》）

「其忽然寫一豪傑，即居然豪傑也；其忽然寫一奸雄，即又居然奸雄也；甚至忽然寫一淫婦，即居然淫婦也。今此篇寫一偷兒，即又居然偷兒也。」（第五十五回回前總批）

「《水滸傳》只是寫人粗鹵處，便有許多寫法。如魯達粗鹵是性急，史進粗鹵是少年任氣，李逵粗鹵是蠻，武松粗鹵是豪傑不受羈靮，阮小七粗鹵是悲憤無說處，焦挺粗鹵是氣質不好。」（《讀第五才子書法》）

「方寫過史進英雄，接手便寫魯達英雄；方寫過史進粗糙，接手便寫魯達粗糙；方寫過史進爽利，接手便寫魯達爽利；方寫過史進劐直，接手便寫魯達劐直。作者蓋特地走此險路，以顯自家筆力。讀者亦當處處看他所以定是兩個人，定不是一個人處，毋負良史苦心也。」（第二回回前總批）

「武松天人者，固具有魯達之闊、林沖之毒、楊志之正、柴進之良、阮七之快、李逵之真、吳用之捷、花榮之雅、盧俊義之大、石秀之警者也。」（第二十五回的回前總批）

「施耐庵以一心所運，而一百八人各自入妙者，無他，十年格物而一朝物格，斯以一筆而寫百千萬人，固不以為難也。」（《水滸傳序三》）

讀了以上「金氏導遊詞」，我想，每一位讀者應該對《水滸》中各色人物有了更親切的認識，從而對作者的寫人藝術有了更深刻的理解吧。再看：

「讀打虎一篇，而歎人是神人、虎是怒虎，固已妙不容說矣。乃其尤妙者，則又如讀廟門榜文後，欲待轉身回來一段；風過虎來時，叫聲阿呀翻下青石來一段；大蟲第一撲從半空裏攛將下來時，被那一驚，酒都做冷汗出了一段；尋思要拖死虎下去，原來使盡氣力手腳都蘇軟了，正提不動一段；青石上又坐半歇一段；天色看看黑了，惟恐再跳一隻出來，且掙扎下岡子去一段；下岡子走不到半路，枯草叢中鑽出兩隻大蟲，叫聲阿呀今番罷了一段，皆是寫極駭人之事，卻盡用極近人之筆。」（第二十二回回前總批）

「殺出廟門時，看他一槍先搠倒差撥，接手便寫陸謙一句；寫陸謙不曾寫完，接手卻再搠富安；兩個倒矣，方翻身回來，刀剜陸謙；剜陸謙未畢，回頭卻見差撥爬起，便又且置陸謙，先割差撥頭挑在槍上；然後回過身來，作一頓割陸謙、富安頭，結做一處。以一個人殺三個人，凡三四個回身，有節

次、有間架、有方法、有波折，不慌不忙、不疏不密、不缺不漏，不一片、不煩瑣，真鬼於文、聖於文也。」（第九回回前總批）

讀了這兩段「金氏導遊詞」，如果還說對《水滸傳》的敘事技法一無所知，那他肯定是一個審美弱智者。

具有豐富多彩、入骨三分、深入淺出的「導遊詞」，這是金本《水滸》為廣大讀者所喜愛的又一個原因，也是金本《水滸》具有勝出其他版本而能長存不朽的歷史地位的又一個標誌。

四

金本《水滸》還有一個顯著特點，就是金聖歎在書首的《讀第五才子書法》中一口氣給讀者開列的十五條「文法」。所謂文法，其實具有兩面性：對讀者而言，它是閱讀文本和欣賞作品的提示，是「讀法」；對作者而言，它又是創作經驗和寫作技巧的總結，是「做法」。

金聖歎所提出的十五條「文法」是：倒插法；夾敘法；草蛇灰線法；大落墨法；綿針泥刺法；背面鋪粉法；弄引法；獺尾法；正犯法；略犯法；極不省法；極省法；欲合故縱法；橫雲斷山法；鸞膠續弦法。

就筆者所知，這種大規模的小說「文法」的探討，其實是金聖歎首創的，也是在金本《水滸》中首次出現的。影響所及，幾乎所有著名的小說評點者都有一些關於「文法」的討論。如毛宗崗的《讀三國志法》、張竹坡的《批評第一奇書金瓶梅讀法》、蔡元放的《水滸後傳讀法》以及《紅樓夢》脂評中屢屢涉及的各種「文法」等等。

這些「文法」，尤其是其中的小說寫作技法，大多是具有可操作性行的，讀了之後，也能提高讀者的藝術鑒賞力。雖然其間有些提法在一定程度上受到八股選家的影響，顯得有些支離破碎、重複繁瑣，但大體而言，對於小說的創作和欣賞都是有幫助的。更有甚者，現代敘事文學寫作基礎知識中的某些概念，如明寫、暗寫、詳寫、略寫、伏筆、照應、過渡、對比、烘托、反襯、倒敘、插敘、預敘、補敘等等，大多都是由這些「文法」發展演變而成的。故而，對這些「文法」，我們不能輕易否定，而應該進行科學、客觀的評價。

金聖歎在《讀第五才子書法》中所涉及的十五條「文法」，是其閱讀經驗、審美經驗的總結，對讀者幫助尤大。同時，又由於這種系統化的小說「文

法」是自聖歎先生始，並最先附於金本《水滸》流傳，故而，對於七十回本的《水滸傳》的有效傳播，起到了很大的作用。相對於上一節筆者所說的金聖歎對《水滸傳》的那些「導遊詞」而言，這些「文法」也是一種「導遊詞」，而且是一種更具理論形態的「導遊詞」。

關於上述十五條文法中的「極省法」「極不省法」「弄引法」「獺尾法」「草蛇灰線法」「倒插法」「橫雲斷山法」「正犯法」「略犯法」「鸞膠續弦法」等，筆者在《金批〈水滸傳〉敘事研究——〈讀第五才子書法〉「文法」芻議》（載《水滸爭鳴》第十輯）和《金聖歎與〈水滸傳〉的敘事》（載《水滸爭鳴》第十二輯）兩篇文章中作了較為詳細的介紹和分析。這裡，僅對這兩篇文章未能涉及的「文法」補敘一二。因為金聖歎在分析這些「文法」的過程中所用的概念並不一致，有的樸實無華、意思顯豁；有的則涉筆成趣、韻味朦朧，故而我們的分析也是有詳有略的。

「有夾敘法。謂急切裡兩個人一齊說話，須不是一個說完了，又一個說，必要一筆夾寫出來。如瓦官寺崔道成說『師兄息怒，聽小僧說』，魯智深說『你說你說』等是也。」這方面的例子，本文第二節已作詳細分析，此不贅言。

「有大落墨法。如吳用說三阮，楊志北京鬥武，王婆說風情，武松打虎，還道村捉宋江，二打祝家莊等是也。」所謂「大落墨法」，就是最詳細、最曲折、最淋漓酣暢地描寫故事，從文中所舉的幾個例子即可看出，這些片斷的的確確是《水滸傳》全書中最為神采飛揚的篇章。

「有綿針泥刺法。如花榮要宋江開枷，宋江不肯；又晁蓋番番要下山，宋江番番勸住，至最後一次便不勸是也。筆墨處，便有利刃直戳進來。」金聖歎這裡所說的「綿針泥刺法」，指的就是小說作者通過生動的描寫，對書中某些人物進行深刻諷刺的意思。如同綿裡藏針、泥中帶刺一樣。運用此法的要領在於，作者在「柔軟鬆弛」的敘事過程中，要暗藏著尖銳鋒利的針刺。在《水滸傳》所描寫的梁山一百八人中，金聖歎獨惡宋江。他將宋江與雞鳴狗盜之徒時遷相提並論：「時遷、宋江是一流人，定考下下。」但是，金聖歎的不喜歡宋江與毛澤東的不喜歡宋江又大不相同。毛澤東是從政治的角度出發，要批判宋江這個投降派。而金聖歎則是從文學的角度出發，認為宋江是一個令人討厭的奸詐小人。在金聖歎看來，宋江之所以與時遷一樣，乃是他心目中的下下之人，其根本原因就是因為他們都是盜賊：時遷偷雞摸狗，宋江欺

世盜名。因此，金聖歎在上面所提到的綿針泥刺法所諷刺的對象，都以宋江為例。

「有背面鋪粉法。如要襯宋江奸詐，不覺寫作李逵真率；要襯石秀尖利，不覺寫作楊雄糊塗是也。」所謂「背面傅粉」，就是在對某一人物或情景的正面描寫已頗為充分，似乎無可再寫的情況下，乾脆暫時放下描寫中心不寫，而從側面或反面來描寫他物、他人、他情、他景以反襯之，使人物刻畫更為精細、情景描寫更為深透的一種藝術手法。這與繪畫時利用同一畫面中其他景物來襯托中心景物的手法是有相通之處的。運用「背面傅粉」法，可以使人物塑造避免平面、孤單，而具有立體感和厚度。此法並不像立體雕塑，而是從平面上襯出立體感來，重在一個「襯」字。表面看來，作者的筆觸離開中心在大寫旁的東西，似乎大有離題萬里之勢，實際上，寫旁邊正是為了襯中心。作者筆下看似不經意的地方，正是他心中大經意之處。這裡，金聖歎又以李逵的真率來反襯宋江的奸詐，並以之說明「背面傅粉」法的要義。

「有欲合故縱法。如白龍廟前，李俊、二張、二童、二穆等救船已到，卻寫李逵重要殺入城去；還道村玄女廟中，趙能、趙得都已出去，卻有樹根絆跌士兵叫喊等。令人到臨了，又加倍吃嚇是也。」金聖歎所謂「欲合故縱法」，強調的是情節安排要善於掀起波瀾，製造緊張氣氛。此種方法的運用，其主要目的是為了使讀者「加倍吃嚇」，亦即達到一種驚心動魄以後而獲得快感的審美效果。

從上可見，我們對金聖歎所涉及的《水滸傳》的「文法」問題，絕不可視而不見，更不可嗤之以鼻，而應當從中間披沙揀金，吸取其精華，進而給我們的小說批評提供借鑒和幫助。因為他所提出的小說批評中的「文法」論，給小說評點開闢了一個新的角度。當然，這些「文法」的提出和探討，也給許許多多的讀者提供了一把打開《水滸傳》藝術迷宮的金鑰匙。僅僅從這個角度出發，金本《水滸》也是不同凡響而又不可替代的。

五

金聖歎曾經說過，讀《水滸》「必要真正有錦繡心腸者，方解說道好」。（《讀第五才子書法》）實踐證明，金聖歎本人就是這種「真正有錦繡心腸者」。金聖歎對《水滸傳》的評點幾乎是全方位的：從思想內涵到表現技法，

從人物形象到審美效果，從情節結構到文學語言，他都有一些精彩的言論。這些言論，既相當準確地把握了《水滸傳》的精神實質和藝術價值，又充分體現了金聖歎本人在小說批評理論方面高人一籌的見識和眼光。金聖歎的小說批評理論，幾乎籠罩了小說批評界二百年之久。他對《水滸傳》的精心評點，促使了清代小說「評點派」的形成，並成為此後「評點派」諸家之楷模。他在小說批評理論中所表現出的敏銳目光和深刻思想，也使得一時的批評家難以逾越。由這樣一位卓有見地的文學家兼文學批評家整理修訂出來的金本《水滸》，如果在社會中得不到流傳，那才是咄咄怪事哩！盛傳不衰的金本《水滸》，經歷了三百多年傳播歷程，至今，也仍然為廣大讀者所喜愛，將來，也必定為更多的讀者所喜愛。金本《水滸》，毫無疑問是《水滸傳》眾多版本中最優秀、最具可讀性的一個。

不讀《水滸》，不知天下之奇！

不讀「金本」，不知《水滸》之奇！

（原載《水滸爭鳴》第十三輯，團結出版社，2012 年 1 月出版）

金批《水滸傳》的辯證思維

　　《水滸傳》是中國古代最著名的小說作品之一，金聖歎則是中國古代最傑出的小說批評家之一。金聖歎批評《水滸傳》，既是《水滸傳》的幸運，也是金聖歎的幸運，二者之間是「強強聯合」的「雙贏」。金聖歎嘗言：「天下文章，無有出《水滸》右者。」(《水滸傳序三》)，馮鎮巒則說：「金人瑞批《水滸》《西廂》，靈心妙舌，開後人無限眼界、無限文心。」(《讀聊齋雜說》)這些，都是切中肯綮的評價。然而，筆者認為，金聖歎評價《水滸》最令人刮目相看的還是從那些評點文字中所體現出的一種辯證思維形式。

　　秦漢以降的中國，有一個流傳千百年的文化傳統：相對重視辯證邏輯而輕視形式邏輯。這種追求「辯證」的思維模式直接影響了中國古代的小說評點者們，從而，使中國古代小說批評文字中充滿了辯證意味。金聖歎也不例外。在他評點《水滸》的過程中，對於「忙」與「閒」、「虛」與「實」、「犯」與「避」、「繁」與「簡」之間的辯證關係等問題，都發表了很好的意見。

一、「極忙者事，極閒者筆」

　　在敘事文學作品中，「忙」與「閒」是一對矛盾。對於小說創作而言，如果能處理好這對矛盾，就能「忙中偷閒」，使書中故事情節的展開更具節奏感，從而產生張弛有致的美妙效果。對此，金聖歎頗有心得。

　　且看金聖歎在《水滸傳》第二回中的兩段夾批：「百忙中偏又要夾入店小二，卻反先增出鄰舍火家陪之，筆力之奇矯不可言。」「百忙中處處夾店小二，真是極忙者事，極閒者筆也。」

金聖歎所評的這一段演述的正是魯提轄拳打鎮關西的「蓄勢」階段的故事，那是多麼緊張、多麼火爆的事件呀。按常理，在這緊張激烈的關頭，作者除了集中精力去寫好魯達和鄭屠兩個主要人物之外，不可能有閒筆去寫別的人物。但作者偏偏要騰出筆來寫店小二的行為動作，進而，在寫店小二之前，又以鄰舍火家作襯。這就是金聖歎所謂「極忙者事，極閒者筆」。表面看來，作者似乎離開了「拳打鎮關西」的中心故事，其實不然，作者越是寫「眾鄰舍並十來個火家，那個敢向前來勸？」那趕來向鎮關西送信告狀的「店小二也驚得呆了」，就越是體現了現場情勢的嚴峻、充滿白熱化意味的嚴峻。這樣寫，完全是為後文蓄勢，讓讀者有「山雨欲來風滿樓」的感覺。因此，這裡「忙中偷閒」的閒筆其實不閒，而是意味深長的「忙筆」。「忙中偷閒」而又「閒筆不閒」，這就是雙重的藝術辯證法。謂予不信，請看魯達將鎮關西打得一塌糊塗之際，作者又寫下的閒閒的一筆：「兩邊看的人懼怕魯提轄，誰敢向前來勸？」金聖歎也毫不遲疑地再批了一句：「百忙中偏要再夾一句。」

諸如此類的例子，在金聖歎批評《水滸傳》的過程中不勝枚舉。如第八回回前總評：「又如洪教頭入來時，一筆要寫洪教頭，一筆又要寫林武師，一筆又要寫柴大官人，可謂極忙極雜矣。乃今偏於極忙極雜中間，又要時時擠出兩個公人，心閒手敏，遂與史遷無二也。」此例與上述例子基本一致，是以極閒之筆寫出場面的極其緊張的程度。

正確處理好「忙」與「閒」之間的關係，不僅能使小說的敘述文字在有條不紊的同時更達到搖曳多姿的藝術效果，甚至還能使讀者得到一份意外的幽默，增添全書的「諧趣」。如《水滸傳》第十五回在「智取生辰綱」緊張的矛盾衝突過程中，作者突然寫了賣酒的漢子對軍漢們說：「這桶酒被那客人饒一瓢吃了，少了你些酒，我今饒了你眾人半貫錢罷。」金聖歎夾批云：「不惟有閒力寫此閒文，亦借半貫錢，映襯出十萬貫金珠，以為一笑也。」更有趣的是書中第六十八回於殘酷的戰爭描寫過程中，忽然插入雙搶將董平求親一段描寫，則更是一種調節讀者閱讀興趣的忙中偷閒之筆。無怪乎金聖歎在回前總評中要由衷讚歎：「刀槍劍戟如麻似火之中，偏能夾出董將軍求親一事，讀之使人又有一樣眼色。」風刀霜劍與柳絲花朵緊密結合在一起，這就是藝術的辯證法。

至於書中第四十九回寫扈家莊的扈成被李逵一陣亂殺，只好落荒而逃，

投延安府去了，後來中興內也做了個軍官武將，這樣的「百忙中有此閒筆」（金聖歎夾批），又給《水滸傳》的續書《水滸後傳》等作品留下了塑造人物的廣闊天地。

二、「此文章家虛實相間之法也」

《水滸傳》中多有虛寫與實寫相結合的絕妙片斷，金聖歎也往往予以準確的點評，我們先看幾則簡明的例子。

《水滸傳》第十五回，當梁中書派遣楊志押送生辰綱時，楊志向梁中書敘述了從大名府到京師途中必經的險要之地。這些地方有的是後來要實寫的，有的則是作為陪襯而虛晃一筆的。對此，金聖歎一一隨正文而標示得明明白白。且看：「經過的是紫金山（虛）、二龍山（實）、桃花山（實）、傘蓋山（虛）、黃泥岡（實）、白沙塢（虛）、野雲渡（虛）、赤松林（實）。」（括號內是金聖歎批語）隨後，金氏又有總結：「數出八處險害，卻是四虛四實，然猶就一部書論之也，若只就一回書論之，則是七虛一實耳。」意謂在「智取生辰綱」這一回書中，只有黃泥岡一處地名是實，其他的都是陪襯的虛寫。

寫地名如此，寫人物亦乃如此。我們再看書中第十七回，宋江給晁蓋通風報信時，晁蓋向宋江介紹「智取生辰綱」的七個人物時說道：「七個人：三個是阮小二、阮小五、阮小七，已得了財，自回石碣村去了；後面有三個在這裡，賢弟且見他一面。」金聖歎批道：「七個人，三個虛，三個實，作兩段寫出，妙絕文字。」當然，還有一個就是晁蓋自己。

在《水滸傳》中，這樣虛實相間的例子舉不勝舉，而金聖歎的評語也絡繹不絕，不妨再看數例：「又如前回敘林沖時，筆墨忙極，不得不將魯智深一邊暫時閣起，此行文之家要圖手法乾淨，萬不得已而出於此也。今入此回，卻忽然就智深口中一一追補敘還，而又不肯一直敘去，又必重將林沖一邊逐段穿插相對而出，不惟使智深一邊不曾漏落，又反使林沖一邊再加渲染，離離奇奇，錯錯落落，真似山雨欲來風滿樓也。」（第八回回前總評）林沖與魯智深的故事，是《水滸傳》中虛實相間手法運用得最成功的範例，而金聖歎在這段提綱挈領的評語中，將其中奧妙揭示無遺。

金聖歎在評點《水滸》的過程中，不僅點明了小說中所體現虛寫與實寫的對立統一關係，而且還進一步研討了「虛」與「實」之間的包容或轉化關係。他說：「張青述魯達被毒下，忽然又撰出一個頭陀來，此文章家虛實相間

之法也。然卻不可便謂魯達一段是實，頭陀一段是虛。何則？蓋為魯達雖實有其人，然傳中卻不見其事，頭陀雖實無其人，然戒刀又實有其物也。須知文到入妙處，純是虛中有實，實中有虛，聯綰激射，正復不定，斷非一語所得盡贊耳。」（《水滸傳》第二十六回回前總評）這就是對《水滸傳》行文過程中虛中有實、實中有虛之辯證關係的極好舉例證明。

金聖歎又說：「正賺徐寧時，只用空紅羊皮匣子，及賺過徐寧後，卻反兩用雁翎砌就圈金賽唐猊甲。實者虛之，虛者實之，真神掀鬼踢之文也。」（《水滸傳》第五十五回回前總評）不僅《水滸》文字「神掀鬼踢」，就是金聖歎的批語也稱得上「妙入毫顛」。

虛實相生，是一切敘事文學行文的訣竅，小說創作尤其如此，長篇小說的創作更是如此。試想，如果《水滸傳》全文都用實寫，那該是何等地累贅不堪、平冗乏味；但如果全書純用虛筆，那將不成「小說」文字。只有做到虛實相生並且注重其中對峙、錯綜、包容、轉換等種種辯證關係，才是優秀的小說家。而能夠得作者之文心，一一點出「虛」與「實」之間的種種奧妙者，如金聖歎氏，那就更可以被稱之為小說批評家中的巨擘了。

三、「特特故自犯之，而後從而避之」

我們這裡所談的是「犯」與「避」之間的對立統一的辯證關係，因此必須首先明確「避」與「犯」這兩個概念在這裡各自的特殊含義。

所謂「犯」，就是情節或人物的重複和雷同；所謂「避」，就是避免這種重複和雷同。重複雷同，是文學創作、尤其是小說創作之大忌；而避免重複雷同，則是小說創作之常法。然而，由於生活中重複雷同的人和事實在太多，因此，小說作者在「取材」時很難躲避這種文學創作的「大敵」。於是，高明的小說作者就會迎難而上，有意地「犯」，通過「犯」而達到更高層次的「避」，從而將重複雷同的人和事寫出不重複不雷同的效果。這就是所謂「特犯不犯」，金聖歎稱之為「正犯法」和「略犯法」。

金聖歎說：「有正犯法。如武松打虎後，又寫李逵殺虎，又寫二解爭虎，潘金蓮偷漢後，又寫潘巧雲偷漢；江州城劫法場後，又寫大名府劫法場；何濤捕盜後，又寫黃安捕盜；林沖起解後，又寫盧俊義起解；朱同、雷橫放晁蓋後，又寫朱同、雷橫放宋江等。正是要故意把題目犯了，卻有本事出落得無一點一畫相借，以為快樂是也。真是渾身都是方法。」「有略犯法。如林沖買

刀與楊志賣刀，唐牛兒與鄆哥，鄭屠肉鋪與蔣門神快活林，瓦官寺試禪杖與蜈蚣嶺試戒刀等是也。」（均見《讀第五才子書法》）這裡所謂「正犯法」，就是指故事中的人物或情節的全部相「犯」或正面相「犯」；所謂「略犯法」，則是指故事中的人物或情節的部分相「犯」或側面相「犯」。

在逐回評點《水滸傳》正文的文字中，金聖歎又反覆涉及「犯筆」這一特殊的寫作技法。且看幾例：

一之曰：「魯達、武松兩傳，作者意中卻欲遙遙相對，故其敘事亦多彷彿相準。如魯達救許多婦女，武松殺許多婦女；魯達酒醉打金剛，武松酒醉打大蟲；魯達打死鎮關西，武松殺死西門慶；魯達瓦官寺前試禪杖，武松蜈蚣嶺上試戒刀；魯達打周通，越醉越有本事，武松打蔣門神，亦越醉越有本事；魯達桃花山上踏匾酒器揣了，滾下山去，武松鴛鴦樓上踏匾酒器揣了，跳下城去，皆是相準而立，讀者不可不知。」（第四回回前總評）

二之曰：「此書每於絕大文字，偏有本事一字不相犯。如武松遇虎，李逵又遇虎；金蓮偷漢，巧雲又偷漢是也。乃偏於極小文字，偏沒本事使他不相犯。如林沖迭配時，極似盧俊義迭配時；鄆哥尋西門，極似唐牛尋宋江是也。」（第二十三回夾批）

三之曰：「前有武松打虎，此又有李逵殺虎，看他一樣題目，寫出兩樣文字，曾無一筆相近，豈非異才！」（第四十二回夾批）

四之曰：「董超、薛霸押解之文，林、盧兩傳，可謂一字不換；獨至於寫燕青之箭，則與昔日寫魯達之杖，遂無纖毫絲粟相似，而又一樣爭奇，各自入妙也。才子之為才子，信矣。」（第六十一回回前總評）

五之曰：「一路偏要寫得與林沖傳一樣，乃至不差一字，然後轉出燕青救主來，卻與魯達救林沖並無毫釐相犯，所謂不辭險道，務臻妙境也。」（第六十一回夾批）

六之曰：「此書每欲作重迭相犯之題，如二解越獄，史進又要越獄，是其類也。」（第六十八回回前總評）

筆者認為，這些評點文字已經說得夠透徹明白了，後人毋庸置喙。

從更深的層次看問題，金聖歎對於犯筆的評價是沿著「避」——「犯」——更高的「避」這樣一個思路展開的。他說：「吾觀今之文章之家，每云我有避之一訣，固也，然而吾知其必非才子之文也。夫才子之文，則豈惟不避而已，又必於本不相犯之處，特特故自犯之，而後從而避之。此無他，亦以文

章家之有避之一訣，非以教人避也，正以教人犯也。犯之而後避之，故避有所避也。若不能犯之而但欲避之，然則避何所避乎哉？是故行文非能避之難，實能犯之難也。譬諸奕棋者，非救劫之難，實留劫之難也。將欲避之，必先犯之。夫犯之而至於必不可避，而後天下之讀吾文者，於是乎而觀吾之才、之筆矣。犯之而至於必不可避，而吾之才、之筆，為之躊躇，為之四顧，君然中篆，如土委地，則雖號於天下之人曰：『吾才子也，吾文才子之文也』，彼天下之人亦誰復敢爭之乎哉？故此書於林沖買刀後，緊接楊志賣刀，是正所謂才子之文，必先犯之者，而吾於是始樂得而徐觀其避也。」（《水滸傳》第十一回回前總評）這洋洋灑灑的一段論述，正是對「犯」與「避」之辯證關係的高屋建瓴的總結。

在小說創作中，人人都知道要避免重複，都知道要「避」。但在很多情況下，情節的重複和人物的雷同是無法迴避的。在現實生活中，有許多性格相近的人；人生在世，又有許多事情是不斷重複的，如吃飯、穿衣、睡覺、做愛⋯⋯。不僅每個人在生活中不斷地重複著「昨天的故事」，而且人與人之間也不斷地相互重複著「他人的行為」。小說創作要真實而本質地反映人們的社會生活，重複、雷同是不可不涉及的。這樣，一個難以避免的矛盾就出現了。生活本身充滿了重複雷同，而以反映人類生活為最終目標的小說創作卻又最忌諱重複雷同，怎麼辦？躲避是不行的，那就只好迎頭而上，有意重複雷同之，在「重複雷同」（犯）的前提下去追求「不重複不雷同」（避）。這就是評點家們所謂的「特犯不犯」。

在評點《水滸傳》的過程中，金氏多次表達了自己對於「特犯不犯」的看法，並涉及「犯」筆運用的高級狀態。請看以下兩則評論：

「此書筆力大過人處，每每在兩篇相接連時，偏要寫一樣事，而又斷斷不使其間一筆相犯。如上文方寫過何濤一番，入此回又接寫黃安一番是也。看他前一番翻江攪海，後一番攪海翻江，真是一樣才情，一樣筆勢。然而讀者細細尋之，乃至曾無一句一字偶而相似者。此無他，蓋因其經營圖度，先有成竹藏之胸中，夫而後隨筆迅掃，極妍盡致，只覺幹同是幹，節同是節，葉同是葉，枝同是枝，而其間偃仰斜正，各自入妙，風痕露跡，變化無窮也。」（第十九回回前總評）

「吾前言兩回書不欲接連都在叢林，因特幻出新婦房中銷金帳裏以間隔之，固也；然惟恐兩回書接連都在叢林，而必別生一回不在叢林之事以間隔

之，此雖才子之才，而非才子之大才也。夫才子之大才，則何所不可之有？前一回在叢林，後一回何妨又在叢林？不寧惟是而已。前後二回都在叢林，何妨中間再生一回復在叢林。夫兩回書不敢接連都在叢林者，才子教天下後世以避之之法也。若兩回書接連都在叢林，而中間反又加倍寫一叢林者，才子教天下後世以犯之之法也。雖然，避可能也，犯不可能也，夫是以才子之名畢竟獨歸耐庵也。」（第五回回前總評）

　　以上兩段所說的，則是更高層次的「特犯不犯」——大面積描寫的「犯」乃至接二連三的「犯」，但當作者從容不迫地運用「犯」筆時，「避」也就在其中了。

四、「不如只如此丟卻，何等省手乾淨」

　　「繁」與「簡」，是小說作家在創作過程中必然碰到的又一對矛盾。生活是複雜的，也是單調的。如果哪位小說作家徑直將生活搬到紙上，其結果只能是兩個字：「乏味」。從「繁複」中簡化生活，從「平凡」中提煉生活，抓住生活中的「精華」展開簡練的敘寫，是每一位小說家的「必修課」。無論何時，無論何地，無論何種情況，無論何種文體，無謂的絮絮叨叨總是令人討厭的。小說創作亦如是。一篇小說作品，哪怕是長篇小說作品，也存在一個敘事簡練的問題。這樣，就給小說作者們提出了一個嚴峻的問題：如何運用「省筆」藝術，如何在小說創作過程中，尤其是在結構小說故事情節的時候能做到避繁就簡。對此，小說作者們想盡心思，運用了多種方法。而小說評點者們也用盡心血，對這些具有「省筆」藝術和避繁就簡之處進行了細膩深刻的分析研究。

　　《水滸傳》是一部運用省筆藝術極其成功的作品，金聖歎則是一位能充分「挑剔」出《水滸傳》省筆藝術的目光如炬的大評點家。金氏將這種省筆藝術稱之為「極省法」，他說：「有極省法。如武松迎入陽穀縣，恰遇武大也搬來，正好撞著，又如宋江琵琶亭吃魚湯後，連日破腹等是也。」（《第五才子書讀法》）

　　所謂「極省」者，乃是在敘述中心情節的緊要關頭，對一些讀者可以理解或了然於胸的次要情節作最簡明的處理，以免節外生枝、喧賓奪主，沖淡主要情節的發展。在對《水滸傳》的具體評點過程中，金氏又反覆提到相同的意思：「故知此句之省手也。」（第五回夾批）「昨日之敘，為見三人也。既

見三人了，明日若又敘，便覺行文稠疊。不敘，又殊覺冷淡也。只改作腹瀉睡倒，其法與林沖連日氣悶不上街來正同。」（第三十八回夾批）這裡的後一條批語，就是針對《讀第五才子書法》中所謂「宋江琵琶亭吃魚湯後，連日破腹」而展開論述的。可見，金聖歎無論是在理論原則上，還是在具體問題上，對小說創作中「省筆」的運用都非常重視。

金聖歎認為在運用省筆藝術時，要注意設法結束舊的人物和故事，而善於推展新的人物和故事。如《水滸傳》第三回寫魯智深兩番大鬧五臺山後，五臺山的真長老要將魯智深齎發到別處去，由此而修書一封，派人送給先前送魯智深上山的趙員外。趙員外回書拜覆長老云：「壞了的金剛、亭子，趙某隨即備價來修。智深任從長老發遣。」魯智深是趙員外外室金翠蓮的救命恩人，趙員外此舉，似乎有點不仗義。其實，這種想法，是對作者文心的誤解。金聖歎深怕讀者有這種誤解，於此處夾批道：「非員外薄情也，若非此句，則員外真像一個人，後日便不容易安置，他日智深下山，亦不可不特往別之矣。不如只如此丟卻，何等省手乾淨。」意思是說，作者是為了省卻閒文，才將趙員外寫成這個樣子的。而趙員外究竟是何等人物，對於《水滸傳》全書並不十分重要。他的作用只是將魯智深送上五臺山，當魯智深下山之後，趙員外這個條件人物在書中也就沒有什麼作用了。

金聖歎還認為可以通過人物之間的對話來結束某個人物在作品中的故事，如《水滸傳》第五回寫史進對魯智深說：「因此，小弟亦便離了渭州，尋師父王進，直到延州，又尋不著。」金聖歎在此處連連夾批道：「八字藏過幾回好書。」「此八字結煞王進，永遠已畢。」「迴向天下萬世，自此八字已後，王進二字更不見於此書也。」

只有懂得這種省筆藝術的作家，才有資格寫《水滸傳》這樣的鴻篇巨製；同樣，只有懂得這種省筆藝術的評點家，才有資格評論《水滸傳》這樣的錦繡文章。

金聖歎在評點《水滸傳》過程中所體現的辯證思維方式及其言論，絕不止於上述數端，但僅只上述數端，已經可以使人感覺到金聖歎的偉大。真可謂：不讀《水滸》，不知天下之奇！不讀「金聖歎」，不知《水滸》之奇！不讀「辯證思維」，不知「金聖歎」之奇！

（原載《水滸爭鳴》第八輯，崇文書局，2006 年 6 月出版）

金聖歎批評《水滸傳》二題

明末清初的文學批評家金聖歎，曾將《離騷》、《莊子》、《史記》、杜詩、《水滸傳》、《西廂記》並稱為六才子書，且一一進行批點評論。一個生活在封建時代的文人，能將當時所謂不登大雅之堂的戲曲小說作品與傳統文學樣式詩歌散文的頂尖之作相提並論，僅憑這一點，便可看出他不同凡響的藝術眼光。更何況，金評本《水滸》《西廂》對後世影響極大，誠如馮鎮巒所言：「金人瑞批《水滸》《西廂》，靈心妙舌，開後人無限眼界、無限文心。」(《讀聊齋雜說》)這就更能看出金聖歎在中國文學批評史、尤其是通俗文學批評史上的重要地位。這裡，僅就金聖歎批評《水滸傳》時所涉及到的某些問題評述一二，以就正於方家同好。

一、對《水滸傳》的基本看法

金聖歎在《水滸傳序二》中說：「嗚呼！忠義而在水滸乎哉？忠者，事上之盛節也，義者，使下之大經也。忠以事其上，義以使其下，斯宰相之材也。忠者，與人之大道也；義者，處己之善物也。忠以與乎人，義以處乎己，則聖賢之徒也。若夫耐庵所云『水滸』也者，王土之濱則有水，又在水外則曰滸，遠之也。遠之也者，天下之凶物，天下之所共擊也；天下之惡物，天下之所共棄也。若使忠義而在水滸，忠義為天下之凶物惡物乎哉？」「耐庵有憂之，於是奮筆作傳，題曰《水滸》，意若以為之一百八人，即得逃於及身之誅，而必不得逃於身後之放逐者，君子之志也。而又妄以忠義予之，是則將為戒者而反將為勸耶？豺狼虎豹而有祥麟威風之目，殺人奪貨而有伯夷顏淵之譽，剿削之餘而有上流清節之榮，揭竿斬木而有忠順不失之稱。既已名實

牴牾、是非乖錯，至於如此之極，然則幾乎其不胥天下後世之人，而惟宋江等一百八人，以為高山景行，其心嚮往者哉！是故由耐庵之《水滸》言之，則如史氏之有《檮杌》是也，備書其外之權詐，各書其內之兇惡，所以誅前人既死之心者，所以防後人未然之心也。由今日之《忠義水滸》言之，則直與宋江之賺入夥、吳用之說撞籌無以異也。無惡不歸朝廷，無美不歸綠林，已為盜者讀之而自豪，未為盜者讀之而為盜也。」表面看來，似乎金聖歎對《水滸傳》有極大的不滿、對農民起義有極大的不滿，但實際情況並非如此。有人認為這是金氏所施的「保護色」，有人認為這是金氏蒙上的「一層外衣」。筆者認為，金聖歎之所以這樣說，除了想壓抑冠有「忠義」字樣的《水滸傳》版本而鼓吹自己所批註的「貫華堂所藏古本《水滸傳》」（貫華乃金聖歎好友韓住字貫華的堂號）這一目的外，主要反映了金聖歎自身世界觀的兩重性。作為一個生活在封建時代的文人，金聖歎有著自覺維護「忠義」思想的一面；作為一個具有真知灼見的文人，金聖歎又對《水滸傳》所反映的官逼民反的現實有著深刻的體會。這就導致了他認識評價這一問題時的複雜矛盾心理。一方面，他認為《水滸傳》一書不能冠以「忠義」二字，因為「忠義」不屬於反抗朝廷的梁山一邊；另一方面，他又認為梁山好漢的反抗行為是迫不得已的舉動，是值得同情乃至頌揚的。因而，他對梁山的「造反」就採取了抽象否定、具體肯定的特殊態度，並以其獨特的方式表現出來，於是就出現了在序言中否定梁山事業而在對文本的批點中卻肯定梁山英雄的看似悖反實則矛盾統一的言論。

金聖歎在《水滸傳》第一回回前總批中說：「一部大書七十回，將寫一百八人也。乃開書未寫一百八人，則先寫高俅者。蓋不寫高俅，便寫一百八人，則是亂自下生也；不寫一百八人，先寫高俅，則是亂自上作也。亂自下生，不可訓也，作者之所必避也。亂自上作，不可長也，作者之所深懼也。一部大書七十回而開書先寫高俅，有以也。」這段話十分尖銳地指出了梁山起義的根源不在「下」而在「上」，社會混亂的根本原因是「亂自上作」。在第二回的回前總批中，金聖歎借評價史進再次點明了梁山好漢造反的原因：「嗟乎！此豈獨史進一人之初心，實惟一百八人之初心也。蓋自一副才調無處擺劃，一塊氣力無處出脫，而舛驁之性既不肯以伏死田塍，而又有其狡猾之尤者起而乘勢呼聚之，而於是討個出身既不可望，點污清白遂所不惜，而一百八人乃盡人於水泊矣。嗟乎！才調皆朝廷之才調也，氣力皆疆場之氣力也，必不得已

而盡人於水泊，是誰之過也？」是誰之過？答案在金聖歎那裡是十分明確的：「大江等之終皆不免於竄聚水泊者，有迫之必人水泊者也。」（第三十一回回前總批）迫之而人水泊者究為何人？金聖歎又有具體的回答：「嗟乎！吾觀高廉倚仗哥哥高俅勢要，在地方無所不為，殷直閣又倚仗姐夫高廉勢要，在地方無所不為，而不禁愀然出涕也。曰：豈不甚哉！夫高俅勢要，則豈獨一高廉倚仗之而已乎？如高廉者，僅其一也。若高俅之勢要，其倚仗之以無所不為者，方且百高廉正未已也。乃是百高廉，又當莫不備有殷直閣其人，而每一高廉，豈僅僅於一殷直閣而已乎？如殷直閣者，又其一也。若高廉之勢要，其倚仗之以無所不為者，又將百殷直閣正未已也。夫一高俅，乃有百高廉，而一高廉，各有百殷直閣，然則少亦不下千殷直閣矣！是千殷直閣也者，每一人又各自養其狐群狗黨二三百人，然則普天之下，其又復有寧宇乎哉？」（第五十一回回前總批）金聖歎在這裡給我們勾畫了一個以高俅為首的封建統治網絡，正是他們欺壓善良、魚肉百姓的行為才逼使梁山好漢不得不反。那麼，高俅就是罪魁禍首嗎？非也！高俅後面尚有後臺。請看金聖歎第一回夾批所云：「小蘇學士、小王太尉、小舅端王，嗟乎！既已群小相聚矣，高俅即欲不得志，亦豈可得哉？」這幾句借題發揮的戲謔妙語，竟將端王（宋徽宗）亦歸於「群小」之列，可謂大膽至極，然而卻是大實話，是總結出封建時代「官逼民反」的總體規律的大實話。如果換一個角度看問題，則金聖歎在批點《水滸》的過程中對眾多梁山好漢之行為、氣質、思想、性格的讚譽之辭不勝枚舉，更可體味他對梁山和朝廷之間關係的真實看法：亂自上作，官逼民反。《水滸傳》之思想精華，無疑已被金聖歎氏所擷取。

金聖歎是十分熱愛《水滸傳》的，他曾說：「吾猶自記十一歲讀《水滸》後，便有於書無所不窺之勢。」（《水滸傳序三》）他之所以愛讀《水滸》，除了如上所述能從書中體味到社會人生的重大問題而外，還對《水滸傳》的藝術水平、審美價值極感興趣。他說：「莊周有莊周之才，屈平有屈平之才，馬遷有馬遷之才，杜甫有杜甫之才，降而至於施耐庵有施耐庵之才，董解元有董解元之才。」（《水滸傳序一》他甚至認為：「天下之文章，無有出《水滸》右者。」（《水滸傳序三》）他還說：「《水滸傳》方法，都從《史記》出來，卻有許多勝似《史記》處。若《史記》妙處，《水滸》已是件件有。」（《讀第五才子書法》）

金聖歎對《水滸》的看法還有一點值得注意，他認為小說作品與歷史著

作是兩回事，應予以區別。他在《讀第五才子書法》中說：「其實《史記》是以文運事，《水滸》是因文生事。以文運事，是先有事生成如此如此，卻要算計出一篇文字來，雖是史公高才，也畢竟是吃苦事。因文生事即不然，只是順著筆性去，削高補低都由我。」

由上可知、金聖歎對《水滸傳》中的梁山精神是抽象否定、具體肯定，這一方面是由於他自身世界觀的兩重性所決定，另一方面又是由於當時文網太密而不得已的做法。金聖歎對《水滸傳》的藝術成就讚歎不已，而且是把《水滸》當成「小說」來讀而讚歎不已，這充分體現了他過人的藝術眼光。金聖歎對《水滸傳》整體評價的深刻程度，大大超出了前人和同時人之上。

二、對《水滸傳》敘事藝術的評價

《水滸傳》的藝術成就是多方面的，尤其在敘事方面取得了許多成功的藝術經驗。對此，金聖歎在《讀第五才子書法》中進行了較為全面的總結。他說：「《水滸傳》有許多文法，非他書所曾有。」接著，他一口氣列舉了《水滸傳》中的十五條「文法」。其中，除了「背面鋪粉法」屬於人物塑造理論、「綿針泥刺法」具有對人物進行諷刺意味而外，其他十三條，大體上都是敘事方法。當然，正如有些論者所言，這些所謂「文法」的確帶有相當程度的八股文評點的習氣，但無論如何，通過這些「文法」的總結，大致可以窺見《水滸傳》敘事藝術之一斑。

金聖歎對這些「文法」的總結，有不少是兩兩相對的，如「弄引法」與「獺尾法」就是如此。金聖歎說：「有弄引法。謂有一段大文字，不好突然便起，且先作一段小文字在前引之。如索超前，先寫周謹；十分光前，先說五事等是也。」「有獺尾法。謂一段大文字後，不好寂然便住，更作餘波演漾之。如梁中書東郭演武歸去後，知縣時文彬升堂；武松打虎下岡來，遇著兩個獵戶；血濺鴛鴦樓後，寫城壕邊月色等是也。」這裡所謂「弄引法」，即在敘事一大故事前先以一相類的小故事作「引起」，使之不顯得突然。所謂「獺尾法」，即在敘述完一大故事之後，敘一相關或類似的小故事，使之餘音嬝嬝，給人以無窮的韻味。質言之，弄引法即「鋪墊」，獺尾法即「餘波」，都是為重要關目服務的。再如，金聖歎提到的「極不省法」與「極省法」，也是兩兩相對的。所謂「極不省」者，乃是對中心故事的相關內容作必要的交待，而且交待得比較詳細。表面看來，這些地方雖非「正文」之所在，但如果缺乏這

些必要的細節描寫，中心情節的展開便缺少生活的厚度。「如要寫宋江犯罪，卻先寫招文袋金子，卻又先寫閻婆惜和張三有事，卻又先寫宋江討閻婆惜，卻又先寫宋江捨棺材等。」所謂「極省」者，乃是在敘述中心情節的緊要關頭，對一些讀者可以理解的次要情節作最簡明的處理，以免節外生枝、喧賓奪主，沖淡主要情節的發展。「如武松迎入陽穀縣，恰遇武大也搬來，正好撞著；又如宋江琵琶亭吃魚湯後，連日破腹等是也。」也就是說，金聖歎認為《水滸》作者能做到在需要作詳細交待的地方潑墨如水，而在無須細寫的地方則惜墨如金，這便是根據故事情節發展的需要而決定詳寫或略寫的一種選擇和取捨。

在金聖歎對《水滸》文法的總結中，還有一種情況，就是兩種方法之間實質相同而程度不同，如「正犯法」和「略犯法」之間的關係就是如此。所謂「正犯法」，就是兩段故事的內容正面相「犯」，而「略犯法」則是兩段故事內容大略相「犯」。所謂「犯」，就是「雷同」，亦即作者故意在同一本書中有意寫一些完全雷同或大體雷同的故事。「正犯法」與「略犯法」的高妙之處就在於作者能對「雷同」的故事內容作不相同的藝術處理，從而給讀者以絕不雷同的審美感受。這種方法，在《紅樓夢》脂評中被稱之為「特犯不犯」，亦即有意將雷同的題材寫出不同的藝術效果。金聖歎在談到「正犯法」時，舉了如下的例子：「如武松打虎後，又寫李逵殺虎，又寫二解爭虎；潘金蓮偷漢後，又寫潘巧雲偷漢；江州劫法場後，又寫大名府劫法場；何濤捕盜後，又寫黃安捕盜；林沖起解後，又寫盧俊義起解；朱仝、雷橫放晁蓋後，又寫朱仝、雷橫放宋江等。正是故意把題目犯了，卻有本事出落得無一點一畫相借，以為快樂是也。真是渾身都是方法。」金氏在談到「略犯法」時，也舉了幾個例子：「如林沖買刀與楊志賣刀，唐牛兒與鄆哥，鄭屠肉鋪與蔣門神快活林，瓦官寺試禪杖與蜈蚣嶺試戒刀等是也。」相比較而言，「正犯法」比「略犯法」難度更大。一個作家寫完全不同的兩個故事而達到不同的效果並非難事，而要將大略相同的兩個故事寫得各各不同，便有些困難了，如果要將完全相同的兩個故事寫得各有特色，令讀者產生濃烈的興趣和強烈的印象，那就難上加難了。《水滸傳》的作者偏能迎難而上，寫了不少雷同的故事，而又讓讀者不感到雷同，真乃文章聖手。金聖歎的批語則可謂深諳作者之良苦用心，並將自己的感受形諸文字表達出來，亦堪稱作者千古之文章知己。

金聖歎之所謂「文法」，有一些屬於敘事技巧方面的問題。如「橫雲斷山

法」即插敘的方法，「倒插法」即倒敘兼插敘的方法，「草蛇灰線法」談的是伏筆與照應的關係，「鸞膠續弦法」大致相當於「巧合法」，「欲合故縱法」強調情節安排要善於掀起波瀾，「大落墨法」講的是重要關目要放筆寫來而達到淋漓盡致的效果，如此等等，不一而足。總之，金聖歎通過舉例說明，將《水滸傳》敘事方面的一些優長之處分析得頭頭是道，並對此後評點派的批評家們產生了極大的影響。

　　《水滸傳》的情節描寫還有一大特點，作者往往轉換敘事視角。從全書來講，大都是第三人稱的「全知視角」，但在有些地方，作者又通過書中某一人物的特殊視角來觀照、描寫。這樣，一方面增強了故事的生動性，另一方面又展現了充當第一人稱「限知視角」的人物形象特殊氛圍中的特殊感受，效果極佳。對此，金聖歎亦多有揭發。如書中第八回寫魯智深大鬧野豬林救林沖一段，作者就是通過兩個公人董超、薛霸的特殊視角來開端的。金聖歎在回前總批中說：「即如松林棍起，智深來救。大師此來，從天而降，固也；乃今觀其敘述之法，又何其詭譎變幻一至於是乎！第一段先飛出禪杖，第二段方跳出胖大和尚，第三段再詳其皂布直裰與禪杖戒刀，第四段始知其為智深。若以《公》、《穀》、《大戴》體釋之，則曰：先言禪杖而後言和尚者，並未見和尚，突然水火棍被物隔去，則一條禪杖早飛到面前也；先言胖大而後言皂布直裰者，驚心駭目之中，但見其為胖大，未及詳其腳色也；先寫裝束而後出姓名者，公人驚駭稍定，見其如此打扮，卻不認為何人，而又不敢問也。蓋如是手筆，實惟史遷有之，而《水滸傳》乃獨與之並驅也。」同樣的例子，在《水滸》中還可找到多處，而金聖歎則一一批出。如第九回從店家李小二眼中寫出陸謙、富安、管營、差撥密謀陷害林沖一段，金聖歎反覆批曰：「是李小二眼中事。」並說：「一個小二看來是軍官，一個小二看來是走卒，先看他跟著，卻又看他一齊坐下，寫得狐疑之極，妙妙。」此外，如第三回從魯智深眼中寫賣酒漢子、第三十六回從宋江眼中寫「星光明亮」等處，金聖歎都有頗為精當的批語。更妙的是，《水滸傳》作者不僅能通過書中人物眼中「看」出人和事，而且能通過書中人物的耳中「聽」出人和事來。如書中第二十六回寫武松在十字坡喝孫二娘下了蒙汗藥的酒，卻假裝中毒倒地，於是，下面的一些情節都由武松耳朵「聽」來。金聖歎在此處接連批道：「聽得妙絕」、「只聽得妙絕」、「上文許多事情，偏在耳中聽出。」真正是武松聽得妙，作者寫得妙，金聖歎批得妙。

金聖歎對《水滸傳》的評價批點，幾乎是全方位的。從思想內涵到表現技法，從情節結構到文學語言，從人物形象到審美效果，金聖歎都有一些精彩的言論。這些言論，既相當準確地把握了《水滸傳》的精神實質和審美價值，又充分體現了金聖歎本人在小說批評理論上高人一籌的膽識和眼光。金聖歎嘗言：讀《水滸》「必要真正有錦繡心腸者，方解說道好」。（《讀第五才子書法》）實踐證明，金聖歎本人就是這種「真正有錦繡心腸者」。截至清代後期為止，在傳統的小說批評模式的發展過程中，金聖歎的歷史地位是十分突出的。他對《水滸傳》的精心評點，促使了清代小說「評點派」的形成，並成為此後「評點派」諸家之楷模。他所提出的小說批評中的「文法」論，給小說評點開闢了一個新的角度。他在小說批評理論中所表現出的敏銳目光和深刻思想，也使得一時的批評家難以逾越。總之，金聖歎的小說批評理論，由明入清，幾乎籠罩了小說批評界二百年之久。

（原載《湖北師範學院學報》2000 年第一期）

金批《水滸》的人物塑造理論

　　中國小說批評中的典型化理論，雖在明代就已有人涉及，但真正比較全面而深刻地認識和論述這一問題的，則無疑是金聖歎。他曾經在《讀第五才子書法》中說得十分明白：「《水滸傳》寫一百八個人性格，真是一百八樣。若別一部書，任他寫一千個人也只是一樣，便只寫得兩個人也只是一樣。」這正是金聖歎眼光過人處，可謂一語中的。

　　中國古典小說作品可謂汗牛充棟，即以章回小說而論，亦有近千部作品留存至今，但談到典型人物的塑造，最為成功者，無疑首推《紅樓夢》和《水滸傳》。可惜金聖歎早出生了一百多年，沒能看到《紅樓夢》問世，否則，定會有許多精彩的評論。這小說批評史上的「美差」，只好留給脂硯齋輩和紅學家們了。有幸的是，金聖歎畢竟讀到了另一部寫人的佳作《水滸傳》，並對《水滸》之寫人藝術擊節稱奇、拍案叫絕。在金聖歎看來，當時任何一部小說的寫人藝術都不能與《水滸傳》相比。這種看法是卓有見地，也是符合中國小說史的實際情況的。而金聖歎對於《水滸傳》寫人藝術的評價，也達到中國古代小說批評在這一問題上的最高水準，並給後人以極大的啟發。篇幅所限，下面僅就其最突出者而略述之。

一、人物形象的高度個性化

　　金聖歎在《水滸傳序三》中說：「《水滸》所敘，敘一百八人，人有其性情，人有其氣質，人有其形狀，人有其聲口。」他又在《讀第五才子書法》中說：「只是貪他三十六個人，便有三十六樣出身，三十六樣面孔，三十六樣性格，中間便結撰得來。」前一段話，是從讀者的感受出發的；後一段話，是從

作者的創作心理出發的，但所表達的，都是人物形象的高度個性化問題。一百八人也罷，三十六人也罷，總之是每個人物都具有自己的個性，而個性之所表現者，乃在於其出身、性情、氣質、形狀、面孔、語言等各方面的不同。當然，《水滸傳》並未達到一百八人或三十六人全部「個性化」的水平，金聖歎的評價有過譽之嫌。但從理論上講，金聖歎的思路無疑是正確的。人物形象的高度個性化，理應作為所有小說作者所追求的目標，而《水滸傳》在這方面亦堪稱典範。

典型性格是共性與個性的有機結合，中國古代章回小說的人物塑造也經歷了一個由類型化典型到個性化典型的發展過程。要分析某一個人物的個性，必須涉及到某一類人物的共性。《容與堂本李卓吾先生批評忠義水滸傳》第二十四回回評說：「說淫婦便像個淫婦，說烈漢便像個烈漢，說呆子便像個呆子，說馬泊六便像個馬泊六，說小猴子便像個小猴子，但覺讀一過，分明淫婦、烈漢、呆子、馬泊六、小猴子光景在眼，淫婦、烈漢、呆子、馬泊六、小猴子聲音在耳，不知有所謂語言文字也何物。」這便是一種類型化典型的理論，亦即寫何種人物便畢肖何種人物。金聖歎在《水滸傳》第五十五回的回前總批中也說過類似的話：「其忽然寫一豪傑，即居然豪傑也；其忽然寫一奸雄，即又居然奸雄也；甚至忽然寫一淫婦，即居然淫婦也。今此篇寫一偷兒，即又居然偷兒也。」然而，在現實生活中，同類人物之間又有性格上的差異。即如《水滸傳》所寫，同為淫婦，潘金蓮與潘巧雲不同；同為烈漢，武松與魯達不同。即便同是粗鹵性格的英雄人物，寫來亦各各不同，誠如金聖歎所言：「《水滸傳》只是寫人粗鹵處，便有許多寫法。如魯達粗鹵是性急，史進粗鹵是少年任氣，李逵粗鹵是蠻，武松粗鹵是豪傑不受羈靮，阮小七粗鹵是悲憤無說處，焦挺粗鹵是氣質不好。」（《讀第五才子書法》）這便由類型化典型理論進而為個性化典型理論了。

在人物形象的個性化問題上，金聖歎的認識是頗為深刻而全面的。他既認識到相近似人物之間的性格差別：「前書寫魯達，已極丈夫之致矣。不意其又寫出林沖，又極丈夫之致也。寫魯達又寫出林沖，斯已大奇矣。不意又寫出楊志，又極丈夫之致也：是三丈夫也者，各自有其胸襟，各自有其心地，各自有其形狀，各自有其裝束……寫魯、林、楊三丈夫以來，技至此，技已止；觀至此，觀已止。乃忽然磬控、忽然縱送，便又騰筆湧墨，憑空撰出武都頭一個人來。我得而讀其文，想見其為人。其胸襟，則又非如魯、如林、如楊者之

胸襟也;其心事,則又非如魯、如林、如楊者之心事也;其形狀結束,則又非如魯、如林、如楊者之形狀與如魯、如林、如楊者之結束也。」(第二十五回回前總評)他又認識到在有的人物身上集中了眾多人物的某方面特點:「武松天人者,固具有魯達之闊、林沖之毒、楊志之正、柴進之良、阮七之快、李逵之真、吳用之捷、花榮之雅、盧俊義之大、石秀之警者也。」(同上)金聖歎還認識到作者之所以能寫出性格各異的人物,乃是由於對生活細緻的觀察、體驗,只有這樣,才能使讀者「任憑提起一個,都似舊時熟識」。(《讀第五才子書法》)金聖歎甚至認為作者寫性格有近似之處的人物必須「弄險」,只有弄險之後方能取得極大的成功:「方寫過史進英雄,接手便寫魯達英雄;方寫過史進粗糙,接手便寫魯達粗糙;方寫過史進爽利,接手便寫魯達爽利;方寫過史進剮直,接手便寫魯達剮直。作者蓋特地走此險路,以顯自家筆力。讀者亦當處處看他所以定是兩個人,定不是一個人處,毋負良史苦心也。」(第二回回前總批)

　　成功的人物形象,往往是共性與個性的統一、一般與特殊的統一。缺乏共性、一般性,便難以看出人物所處的時代和環境;但如果沒有個性而只有共性、沒有特殊性而只是一般化,就寫不出活生生的「這一個」。《水滸傳》的作者掌握了藝術的辯證法,結果寫出了眾多的個性鮮明而又帶有時代色彩的人物。金聖歎也掌握了藝術的辯證法,結果能將作者的寫人藝術分析得頭頭是道。因此,作者之錦心妙筆與批者之慧眼靈根相得益彰、同為不朽。

二、人物的語言、行為與性格之關係

　　一個人物形象塑造得成功與否,離不開作者對他所進行的靜態描寫,然而,更重要的則是作者對他的動態描寫。所謂「動態」,主要指的就是人物的行為動作和出言吐語。「情動於中而形於言」,(《文選·卜商〈詩序〉》)一個人的言行最能體現他的心理性路。《水滸傳》中成功藝術形象的傳神之處,往往就在語言動作中體現出來。對此,金聖歎多有揭示和分析。

　　我們且看金聖歎對「林教頭風雪山神廟」中一個片斷的評價:「殺出廟門時,看他一槍先搠倒差撥,接手便寫陸謙一句;寫陸謙不曾寫完,接手卻再搠富安;兩個倒矣,方翻身回來,刀剜陸謙;剜陸謙未畢,回頭卻見差撥爬起,便又且置陸謙,先割差撥頭挑在槍上;然後回過身來,作一頓割陸謙、富安頭,結做一處。以一個人殺三個人,凡三四個回身,有節次、有間架、有方

法、有波折，不慌不忙、不疏不密、不缺不漏，不一片、不煩瑣，真鬼於文、聖於文也。」（第九回回前總批）《水滸傳》中這一段寫林沖的動作極有層次感，一方面體現了林沖怒火中燒而報仇雪恨時的快速行為，另一方面又體現了林沖藝高膽大而行事的有條不紊。這樣的動作描寫，十分準確地體現了林沖此時此地的心理狀態，而金聖歎的批語恰也深得作者筆下之三昧。

　　《水滸傳》寫人物，往往還能從一些極細微的動作中顯示人物個性，對此，金聖歎也常常拈出以饗讀者。如第二回寫店小二迫於鄭屠淫威，死死不肯放金翠蓮父女離去，「魯達大怒，揸開五指，去那小二臉上只一掌，打得那店小二口中吐血；再復一拳，打落兩個當門牙齒。」此處，金聖歎有一段眉批曰：「一路魯達文中皆用『只一掌』、『只一拳』、『只一腳』，寫魯達闊綽，打人亦打得闊綽。」再如第三回寫魯智深大鬧五臺山，眾僧慌忙芒退人藏殿裏去，便把亮槅關上，魯智深搶入階來，「一拳、一腳」，打開亮槅。金聖歎於此處批道：「性發不在上二字，正在下二字。蓋此四字，是打藏殿亮槅也。陡然一拳，拳痛矣，接連便是一腳。寫醉人失手，真乃如畫。」再如第十一回，寫林沖與楊志苦苦相鬥，只見山高處叫兩位好漢不要鬥了，「林沖聽得，驀地跳出圈子外來。」金聖歎批道：「獨寫林沖跳出，見其志不在鬥，若楊志既失車仗，則自不應先住也，用筆精細如此。」諸如此類的描寫，在《水滸傳》中還有很多。作者不僅通過動作描寫體現了人物性格，而且還能抓住特殊情況下的人物行為，寫出人物特定的心理。對這些用筆精細、生動傳神之處，金聖歎都批得十分仔細深入，充分體現了他的藝術鑒賞力。

　　《水滸傳》中的人物語言，在中國古典小說中最為出色，能超乎其上者唯《紅樓夢》而已。《水滸》人物語言之妙，就妙在能傳達人物的內心，能體現人物的個性，從而使不同的人物必然說出不同的話語，金聖歎說「人有其聲口」，也就是這個意思。

　　我們先看一個很有趣的例子。《水滸傳》中有幾位好漢初見宋江時對宋江所說的第一句話，便很能顯示各自的性格。魯智深道：「久聞阿哥大名，無緣不曾拜會，今日且喜認得阿哥。」楊志起身再拜道：「楊志舊日經過梁山泊，多蒙山寨重義相留，為是洒家愚迷，不曾肯往。今日幸得義士壯觀山寨，此是天下第一好事。」（均見第五十七回）武松初見宋江時，是定睛看了看，納頭便拜，說道：「我不信今日早與兄長相見！」（第二十一回）李逵初見宋江尤妙，開始是戴宗叫李逵下拜，李逵因被戴宗騙得多了而不肯下拜，當宋江

親口說出「我正是山東黑宋江」時，李逵拍手叫道：「我那爺，你何不早說些個，也教鐵牛歡喜。」（第三十七回）魯、楊、武、李都是梁山上的一流人物，也都是《水滸傳》中塑造得最為成功的藝術形象，但作者並未用同樣筆墨來描寫他們，他們初見宋江所說的第一句話就充分顯示了各自的教養、性格、脾氣。我們來看看金聖歎所作出的評點分析。在魯智深語言的後面，金批道：「活是魯達語，八字哭笑都有。」在楊志說話時，金批云：「寫楊志便有舊家子弟體，便有官體，一發襯出魯達直遂闊大來。」在武松語言後面，金批道：「古有『相見何晚』之語，說得口順，已成爛套，耐庵忽翻作不信相見恁早，真是驚出淚來之語。」在李逵驚呼「我那爺」時，金批：「稱呼不類，表表獨奇。」在李逵埋怨「你何不早說些個」處，金批：「卻反責之，妙絕妙絕。」在李逵說「也教鐵牛歡喜」後面，金批：「寫得遂若不是世間性格，讀之淚落。」「鐵牛歡喜四字，又是奇文。」魯智深為人古道熱腸，一連兩聲「阿哥」足見其親熱無間，且又性情開闊。楊志則是將門之子，且屬官迷一類，出言吐語便是官體、舊家子弟體，且略帶幾分逢迎，遠不及魯智深之真誠熱切。武松是精細人兒，且仰慕宋江已久，只因相見突然，故定睛看了又看，方吐出「不信今日早與兄長相見」的衷腸話語。李逵則粗莽可愛，一聲「我那爺」的驚呼，一聲「何不早說些個」的責備，一聲「鐵牛歡喜」的憨叫，活畫出李鐵牛性格。此等地方，正是《水滸傳》寫人藝術的絕妙之處，也是金批《水滸》的獨到之處。

諸如此類的例子，在金批《水滸》中實在太多。僅在第四回中，對魯智深的許多語言，金聖歎就一口氣批下了「是魯達語，他人說不出」、「只四字，亦非魯達說不出」、「魯達語，何等爽直」、「爽快是魯達天性，此偏多用勾勒，乃愈見其爽快，妙絕」等話，均是由說話「看」出人來的心得體會。金聖歎對書中其他人物語言的評價亦如此，如第十回寫林沖向王倫等人表白自己「並無詔佞」時，金批：「須知此四字，與前『為人最樸忠』句，雖非世間齷齪人語，然定非魯達、李逵聲口。故寫林沖，另是一樣筆墨。」再如第十四回寫三阮聽了吳用一番說詞之後，阮小七跳起來道：「一世的指望，今日還了願心！正是搔著我癢處！我們幾時去？」在這裡，金聖歎一句批一「妙語」。又對最後一句批曰：「五字天生是小七語，小二、小五不說。」這些，都是將同類人物放在一起進行比較之後，才得出的《水滸傳》人物語言描寫精湛無比的結論的。

　　《水滸傳》中的人物語言，不僅能達到「人有其聲口」、「他人說不出」的個性化水平，而且還往往能夠根據某一人物所處的特定環境顯示出其語言的特定性。而金聖歎於此關鍵處亦批得相當精彩準確。如書中第十五回，寫楊志押送生辰綱經過黃泥岡不許軍漢們休息，說：「如今須不比太平時節。」老都管道：「你說這話，該剜口割舌，今日天下怎地不太平？」金聖歎批曰：「老奴口舌可駭，真正從太師府來。」而楊志正待答話時，只見對面松林裏影著一個人，在那裡舒頭探腦價望，楊志道：「俺說甚麼？兀的不是歹人來了！」在「俺說甚麼」後面，金批道：「此四字是折辨上文『不太平』語，卻因疾忙接出松林有人，便將此語反穿過下文來，寫此時楊志心忙眼疾如畫。」在這段描寫中，老都管之倚老賣老、強詞奪理，企圖「無限上綱」以壓倒楊志，而楊志則抓住機會反擊老都管，以擺脫尷尬境地，都寫得十分真切；而金聖歎的批語亦可謂一語中的。此類例子亦不少，如第六回寫醉酒後的魯達對林沖夫婦說話一段，金批：「寫醉人，然亦真魯達也。」如第十二回寫牛二糾纏楊志一段，金批：「活潑皮、活醉人。」如第二十三回寫武松與潘金蓮剛見面時一段，金批：「一路『叔叔』之聲多於『嫂嫂』，讀之真欲絕倒。」如第三十六回寫宋江在潯陽江遭張橫打劫而被李俊所救後，又問「這個好漢是誰？請問高姓？」金批道：「半日有叫張大哥，有叫張兄弟，他又自叫張爺爺，『張』字之多，非一遍矣。此處宋江忽然又問『高姓』，活畫出前文嚇極。」此等地方，《水滸傳》均寫得妙極，金聖歎亦批得極妙。

　　金聖歎在《讀第五才子書法》中說：「《水滸傳》並無『之乎者也』等字，一樣人，便還他一樣說話，真是絕奇本事。」通過金聖歎對《水滸傳》人物語言高度個性化的讚揚，亦可見他對這一問題的高度重視。

三、用對比、襯托突出人物個性

　　在談到《水滸傳》的「文法」時，金聖歎嘗言：「有背面鋪粉法。如要襯宋江奸詐，不覺寫作李逵真率；要襯石秀尖利，不覺寫作楊雄糊塗是也。」（《讀第五才子書法》）這裡所說的就是用襯托的手法塑造人物以突出其個性特徵。需要說明的是，由於金聖歎批點《水滸》時「獨惡宋江」，因此，他對宋江的評價往往失之偏頗。如果放下這一點不論，金氏對《水滸傳》用襯托手法寫出人物個性的批評大都是很中肯的。他還說過：「只如寫李逵，豈不段段都是妙絕文字，卻不知正為段段都在宋江事後，故便妙不可言。蓋作者只

是痛恨宋江奸詐，故處處緊接出一段李逵樸誠來，做個形擊。其意思自在顯宋江之惡，卻不料反成李逵之妙也。此譬如刺槍，本要殺人，反使出一身家數。」（同上）

用襯托的手法塑造人物，其中實際上已含有對比的意味，而用對比、襯托的方法寫人物，在《水滸傳》中大致有三種情況：一是性格完全不同的人物之間的襯托、對比，二是性格有某些近似之處的人物之間的襯托、對比，三是同一人物在不同情況下的言行的自身前後對比。關於第一點，如上文提到的宋江與李逵、楊雄與石秀均十分典型，下面重點談一下後兩點。

在梁山，表面上是兩面旗幟，山東及時雨、河北玉麒麟，而實際上，盧俊義只是陪襯，梁山山寨的真正當家人其實是宋江和吳用。宋江具有極高的威信和號召力，並具有一定的組織能力和指揮才能。吳用之威信和號召力雖不及宋江，但其卓越的組織能力和指揮才能卻使他充當了梁山「總經理」的角色。對這兩個關鍵人物，金聖歎多有評價：「吳用定然是上上人物。他姦猾便與宋江一般，只是比宋江卻心地端正。」「宋江是純用術數去籠絡人，吳用便明明白白驅策群力，有軍師之體。」「吳用與宋江差處，只是吳用卻肯明白說自家是智多星，宋江定要說自家志誠質樸。」「宋江只道自家籠罩吳用，吳用卻又實實籠罩宋江。兩個人心裏各各自知，外面又各各只做不知，寫得真是好看煞人。」（《讀第五才子書法》）這幾段話，就是將宋江、吳用這兩個有某些近似之處的人物進行對比分析，並十分深入地揭示了二者之間的關係。再如第五十七回，魯智深和武松奉山寨之命去少華山迎接史進入夥，不料史進卻已被賀太守抓去。魯、武二人對此事的心情是一樣的，但所表現的方式卻不相同。魯智深要蠻幹，武松卻要報知山寨而後行動。金聖歎在此處接連批道：「寫爽直便真正爽直，寫精細又真正精細。一副筆墨敘出兩副豪傑，又能各極其致，妙絕。」「寫魯達不顧事之不濟，寫武松必求事之必濟，活提出兩個人。」

《水滸》最妙處，是寫同一人物在不同的情況下會發出不同的語言行為，從而使其自身形成對比，同時也描寫了這一人物性格的多層面。例如，黑旋風李逵本是《水滸傳》中第一個性情暴燥粗直之人，但在第三十七回他初次與宋江見面之後，卻有一連串的使乖說謊乃至軟語求人的舉動。先是生怕戴宗又以假宋江騙他下跪而取笑之，後是得了宋江的銀子卻希望去賭得更多的銀子回報宋江，而最終又是輸了銀子放刁撒賴。於是乎，李逵性格的另一面

便顯現出來，恰與其粗豪耿直的性格基調形成比照，相映成趣。對此，金聖歎多有批語:「寫李逵粗直不難，莫難於寫粗直人處處使乖說謊也。」「偏寫李逵作乖覺語，而其呆愈顯，真正妙筆。」「寫他說謊，偏極嫵媚。」「鐵牛作此軟語，越可憐，越無理，越好笑，越嫵媚。」「看他又說謊，正妙極也。」「又寫他使乖，絕倒。」這一段寫李逵的動作行為，全不與平素相同，正是寫出了他在特殊情況下的特殊性。唯其如此，才是一個豐滿的李逵、真實的李逵。而金批用了一連串與李逵基本性格不相稱的評語，如「乖覺」、「可憐」、「嫵媚」等，正表明金聖歎對這一寫法的讚許和認同。

四、典型人物的真實性

這裡所說的「真實性」，不是指歷史真實，而是指生活真實。《水滸傳》是一部英雄傳奇小說，其中絕大多數的人物都是虛構的，但這種虛構又必須以生活真實為底蘊，必須使讀者在獲得審美快感的同時又覺得某一人物的真實可信。例如，有某些古典小說作品在寫到英雄與猛獸搏鬥時，總是三拳兩腳便打死猛獸，似乎不如此便顯不出英雄本色，這其實是不符合生活真實的。《水滸》則不然，書中第二十二回「武松打虎」一段，為大家所熟悉，寫來極其生動，又極其真實。而金聖歎則每於關鍵處便提醒讀者注意，這是有勇力之「神人」與兇猛的「活虎」之間的生死搏鬥。如書中寫到猛虎從林中跳出，武松叫聲「阿呀」從青石上翻將下來時，金批:「有此一折，反越顯出武松神威。不然，便是三家村中說子路，不近人情極矣。」當書中寫到武松拿哨棒在手，閃在青石邊時，金批:「已下人是神人，虎是活虎，讀者須逐段定睛細看。」當中寫到武松掄起哨棒，盡平生之力從半空中劈將下來，卻打在枯樹上，把那哨棒折做兩截時，金聖歎連連批道:「此一劈，誰不以為了卻大蟲矣，卻又變出怪事來。」「盡平生氣力矣，卻偏劈不著大蟲，嚇殺人句。」「半日勤寫哨棒，只道仗他打虎，到此忽然開除，令人瞠目噤口，不復敢讀下去。」「哨棒折了，方顯出徒手打虎異樣神威來，只是讀者心膽墮矣。」當書中寫到武松兩手就勢把大蟲頂花皮屹膌地揪住，一按按將下來，把只腳望大蟲面門上、眼睛裏只顧亂踢時，金批道:「腳踢妙絕，雙手放鬆不得也。踢眼睛妙絕，別處須踢不入也。」更妙的是書中寫武松打死老虎後，尋思將死虎拖下岡子去，就血泊裏雙手來提時，那裡提得動？原來使盡了氣力，手腳都蘇軟了。金批:「有此一折，便越顯出方才神威。」當書中寫到武松下山，只見枯草中又鑽

出兩隻大蟲來，武松道：「阿呀！我今番罷了！」所幸者，原是兩個披著虎皮的獵人。在這裡，金聖歎一連批下「嚇殺」「奇文」字樣。這兩段描寫，尤能顯示作者下筆寫武松時充分注意到設身處地地寫出人物的真實性，而金聖歎亦能很好地揣摩到作者之文心，一一批點出來。當然，對《水滸傳》中武松打虎一段最中肯的評價則是金聖歎在此回回前總批中所說的一席話：「讀打虎一篇，而歎人是神人、虎是怒虎，固已妙不容說矣。乃其尤妙者，則又如讀廟門榜文後，欲待轉身回來一段；風過虎來時，叫聲阿呀翻下青石來一段；大蟲第一撲從半空裏攛將下來時，被那一驚，酒都做冷汗出了一段；尋思要拖死虎下去，原來使盡氣力手腳都蘇軟了，正提不動一段；青石上又坐半歇一段；天色看看黑了，惟恐再跳一隻出來，且掙扎下岡去一段；下岡子走不到半路，枯草叢中鑽出兩隻大蟲，叫聲阿呀今番罷了一段，皆是寫極駭人之事，即盡用極近人之筆。」「極駭人之事」與「極近人之筆」，正是小說創作中塑造英雄人物形象所必須注意的藝術辯證法。無極駭人之事，英雄人物便無光彩；無極近人之筆，英雄人物便脫離現實基礎。只有建立在結結實實的現實生活基礎上而又具有傳奇色彩的英雄人物才是最成功的英雄典型。有了施耐庵的描寫，我們才能欣賞到武松這「人」中之「神」的英雄形象；有了金聖歎的評點，我們就能更深入地領會到作者筆下生花的精妙構思。

五、對人物塑造理論的深層認識

金聖歎之所以能對《水滸傳》的寫人藝術有如此中肯的批評，是因為他認識到了塑造人物形象的藝術真諦──「格物」。他在《水滸傳序三》中說：「天下之格物君子，無有出施耐庵先生右者。」「施耐庵以一心所運，而一百八人各自入妙者，無他，十年格物而一朝物格，斯以一筆而寫百千萬人，固不以為難也。」所謂「格物」，就是推究事物的原理。具體到小說創作中的人物塑造而言，「格物」應被理解為對社會生活和人物進行深入的觀察、分析和研究。只有經過長時間的觀察、分析、研究之後，只有對社會中形形色色的人物了然於胸之後，方能「物格」，亦即按照生活的本來面目寫出活生生的人物形象。在第二十二回對武松打虎的評點中，金聖歎有一段妙語：「傳聞趙松雪好畫馬，晚更入妙，每欲構思，便於密室解衣踞地，先學為馬，然後命筆。一日管夫人來，見趙宛然馬也。今耐庵為此文，想亦復解衣踞地，作一撲、一掀、一剪勢耶？東坡畫雁詩云：『野雁見人時，未起意先改。君從何處看，得

此無人態？』我真不知耐庵何處有此一副虎食人方法在胸中也。」這段話的意思就是說的生活體驗問題。作家在經過長期的觀察之後，還要善於揣摩描寫對象的形狀、神態，做到有成竹在胸方能畫竹，有活馬在胸方能畫馬，有猛虎在胸方能寫虎，有各色人等的聲容笑貌在胸方能寫人。金聖歎在要求作家須「十年格物」的基礎上，還提出了「因緣生法」的理論。因緣生法，本是佛教哲學命題。佛教認為事物生起或壞滅的主要條件叫做「因」、輔助條件叫做「緣」，萬事萬物都由因緣和合而成，因緣和合然後生「法」，「法」即通指一切事物和道理。金聖歎借用這一佛教理論來說明文學創作中的人物塑造問題，他說：「經曰：因緣和合，無法不有。自古淫婦無印板偷漢法，偷兒無印板做賊法，才子亦無印板做文字法也。因緣生法，一切具足。是故龍樹著書，以《破因緣品》而弁其篇，蓋深惡因緣。而耐庵作《水滸》一傳，直以因緣生法，為其文字總持，是深達因緣也。夫深達因緣之人，則豈惟非淫婦也，非偷兒也，亦復非奸雄也，非豪傑也。何也？寫豪傑、奸雄之時，其文亦隨因緣而起，則是耐庵固無與也。或問曰：然則耐庵何如人也？曰：才子也。何以謂之才子也？曰：彼固宿講於龍樹之學者也。講於龍樹之學，則菩薩也。菩薩也者，真能格物致知者也。」（第五十五回回前總批）這段話的中心意思是說，施耐庵在《水滸傳》中寫了各色人物，如豪傑、奸雄、淫婦、偷兒等，但並不等於他自身一定當過豪傑、奸雄、淫婦、偷兒，而只要他掌握構成這些人物心理、行為的「因」「緣」，然後將它們結合在一起進行深入研究，便可揣摩到種種人物的心理，從而抓住某一人物的心靈深處下筆，寫出形形色色的人物。這才是格物致知的真工夫，也是寫好各色人物的基本過程和必備條件。金聖歎對人物塑造理論的認識，在中國小說批評史上可謂達到了一個前所未有的高度。甚至可以說，在當時的小說批評領域中，天下之「格物君子」無有出金聖歎先生右者。

（原載《水滸爭鳴》第六輯，光明日報出版社，2001 年 2 月出版）

金批《水滸》敘事研究
——《讀第五才子書法》「文法」芻議

　　中國古代的小說批評中還沒有今天敘事學中的一些概念，他們籠而統之地稱之為「文法」。當然，「文法」也不是小說創作的專門用語，凡寫文章都要講「文法」。其實，這也並不意味著作者寫文章時想到要遵守什麼「文法」，而是後世的閱讀者、評點者從那些優秀的文章中總結出來的。尤其是明代盛行八股文以後，對所謂「文法」也就越來越講究了。

　　《水滸傳》的評點者金聖歎就是最講「文法」的一個，他在《讀第五才子書法》中就曾對《水滸傳》的文法進行了較為全面的總結：「《水滸傳》有許多文法，非他書所曾有。」（本文所引金聖歎言論凡不注明出處者均見於《讀第五才子書法》）接著，他一口氣列舉了《水滸傳》中的十五條文法：倒插法；夾敘法；草蛇灰線法；大落墨法；綿針泥刺法；背面鋪粉法；弄引法；獺尾法；正犯法；略犯法；極不省法；極省法；欲合故縱法；橫雲斷山法；鸞膠續弦法。其中，除了「背面鋪粉法」「綿針泥刺法」屬於人物塑造理論而外，其他十三條，大體上都是敘事方法。由此可見，金聖歎對《水滸傳》的敘事是極為重視的。而對這些「文法」進行研究，可以使我們從一個特定的角度進一步窺探《水滸傳》的敘事藝術以及金批《水滸》的理論建樹。而這，正是本文所要論述的重點。

一

　　在《讀第五才子書法》的十幾條敘事「文法」中，有不少是兩兩相對的。

如「極不省法」與「極省法」，「弄引法」與「獺尾法」等等。

（一）「極省法」與「極不省法」

金聖歎云：「有極省法。如武松迎入陽穀縣，恰遇武大也搬來，正好撞著；又如宋江琵琶亭吃魚湯後，連日破腹等是也。」

所謂「極省」者，乃是在敘述中心情節的緊要關頭，對一些讀者可以理解的次要情節做最簡明的處理，以免節外生枝、喧賓奪主，沖淡主要情節的發展。

上述二例之第一例，是說要從武松打虎的故事過渡到武松殺嫂的故事，必須交代武大郎　家是怎樣從清河縣搬到陽穀縣來的，但這樣敘述起來又要做一大回書，弄不好就會沖淡中心情節，讓主人公武松坐冷板凳。怎麼辦呢？《水滸傳》的作者在這裡採取了「極省法」，這樣寫道：「那一日，武松走出縣前來閒玩，只聽得背後一個人叫聲：『武都頭，你今日發跡了，如何不看覷我則個？』武松回過頭來看了，叫聲『阿呀！你如何卻在這裡？』」（《水滸傳會評本》第二十二回，北京大學出版社 1981 年 12 月版。以下凡引《水滸傳》原文未注明出處者均據此書）原來武松碰到的人正是他的哥哥武大郎，以下，迅速進入武松與潘金蓮、西門慶等人的故事。至於武大郎一家為何搬到此處，則由他對弟弟的一番陳述略作介紹就可以了，無須浪費筆墨，這就是所謂「極省法」。

無論何時，無論何地，無論何種情況，無論何種文體，無謂的絮絮叨叨總是令人討厭的。小說創作尤其如此，哪怕是長篇小說作品，動輒數十上百萬字，也存在一個敘事簡練的問題。這樣，就給小說作者們提出了一個嚴峻的問題：如何運用「省筆」藝術，如何在小說創作過程中，尤其是在結構小說故事情節的時候能做到避繁就簡。對此，小說作者們想盡心思，運用了多種方法。而小說評點者們也費盡心血，對這些具有「省筆」藝術和避繁就簡之法進行了細膩深刻的分析研究。

在《水滸傳》的具體評點過程中，金氏多次表達了對「極省法」的讚賞：

「故知此句之省手也。」（第五回夾批）

「昨日之敘，為見三人也。既見三人了，明日若又敘，便覺行文稠疊。不敘，又殊覺冷淡也。只改作腹瀉睡倒，其法與林沖連日氣悶不上街來正同。」（第三十八回夾批）

這後一條批語，就是針對《讀第五才子書法》中所謂「宋江琵琶亭吃魚湯後，連日破腹」而展開論述的。可見，金聖歎無論是在原則上，還是在具體問題上，對小說創作中「極省法」的運用都非常重視。

「省筆」是中國古代小說敘事藝術中最常見的手法之一。成功運用這種方法，可以避免行文的囉嗦、故事的重複、情節的拖沓，從而給讀者一種簡便輕捷的審美效果。進而言之，在運用「省筆」藝術時，作者還要注意哪些具體問題呢？「省筆」的運用對作品內容的表達究竟還具有哪些作用呢？

金聖歎認為，在運用「省筆」藝術時要注意設法結束舊的人物和故事，善於展開新的人物和故事。

如《水滸傳》第三回寫魯智深兩番大鬧五臺山，五臺山的真長老要將魯智深齎發到別處去，由此而修書一封，派人送給先前送魯智深上山的趙員外。趙員外回書拜覆長老云：「壞了的金剛、亭子，趙某隨即備價來修。智深任從長老發遣。」魯智深是趙員外外室金翠蓮的救命恩人，趙員外這種不負責任的舉動，似乎有點不仗義。其實，這種想法，是對作者文心的誤解。金聖歎生怕讀者有這種誤解，於此處夾批道：「非員外薄情也，若非此句，則員外真像一個人，後日便不容易安置，他日智深下山，亦不可不特往別之矣。不如只如此丟卻，何等省手乾淨。」意思是說，作者是為了省卻閒文，才將趙員外寫成這個樣子的。而趙員外究竟是何等人物，對於《水滸傳》全書並不十分重要。他的作用只是將魯智深送上五臺山，當魯智深下山之後，趙員外這個條件人物在書中也就沒有什麼作用了。

金聖歎還認為「極省法」的另一種表現形式就是通過人物之間的對話來結束某個人物在作品中的故事。如《水滸傳》第五回寫史進對魯智深說：「因此，小弟亦便離了渭州，尋師父王進，直到延州，又尋不著。」金聖歎在此處連連夾批道：「八字藏過幾回好書。」「此八字結煞王進，永遠已畢。」「迴向天下萬世，自此八字已後，王進二字更不見於此書也。」

與「極省法」相對的是「極不省法」。

金聖歎云：「有極不省法。如要寫宋江犯罪，卻先寫招文袋金子，卻又先寫閻婆惜和張三有事，卻又先寫宋江討閻婆惜，卻又先寫宋江捨棺材等。凡有若干文字，都非正文是也。」

所謂「極不省」者，乃是對中心故事的相關內容做必要的交代，而且交代得比較詳細。表面看來，這些地方雖非「正文」之所在，但如果缺乏這些必

要的細節描寫，中心情節的展開便缺少生活的厚度。

如金聖歎所舉的「宋江犯罪」一例即如此。《水滸傳》中的頭號主人公宋江最終被「逼」上梁山，其間必然有一個複雜的過程。要寫宋江最終上山，必寫他犯罪。但他平白無故為什麼會犯罪呢？作者便寫他私放晁天王。然而，私放晁天王這樣隱秘的事官府怎會知道？卻是劉唐送「感謝信」惹的禍。因為這封信被宋江的外室閻婆惜拿在手上作為要挾宋江的把柄，以致宋江忍無可忍而怒殺閻婆惜。這樣宋江就是雙重犯罪——通寇與殺人，這樣宋江就勢必被逼到亡命江湖的地步，這樣就為宋江的上梁山打下了牢固的基礎。但是，從來「只愛學使槍棒，於女色上不十分要緊」（第十九回）的好漢宋江何以未娶妻室而先包「二奶」？這就必須隆重推出閻婆惜了。於是，閻家三口流落鄆城，閻公身亡，閻婆母女走投無路，幸遇宋江解囊相助，送棺木銀兩，閻婆感恩將女兒嫁給宋江，因宋江不好女色，閻婆惜又勾搭上張文遠等等情節就不得不細細敘來。最終，閻婆惜要挾宋江，宋江怒殺閻婆惜的精彩故事的展現也就瓜熟蒂落、水到渠成了。宋江殺惜的過程及原因，在《水滸傳》中足足佔了一回多書的篇幅，一方面是情節發展的需要不得不如此；另一方面，這「極不省法」造成的故事又的的確確成為《水滸傳》中最精彩的片斷。

與「極不省法」相近、甚至可以說是「極不省」之極致的還有「大落墨法」。金聖歎說：「有大落墨法。如吳用說三阮，楊志北京鬥武，王婆說風情，武松打虎，還道村捉宋江，二打祝家莊等是也。」從文中所舉的幾個例子即可看出，所謂「大落墨法」，就是最詳細、最曲折、最淋漓酣暢地描寫故事。如「青面獸北京鬥武」（第十二回）、「吳學究說三阮撞籌」（第十四回）、「景陽岡武松打虎」（第二十二回）、「王婆貪賄說風情」（第二十三回）、「宋公明遇九天玄女」（第四十一回）、「宋公明兩打祝家莊」（第四十七回）等故事，都用了一回書或一回書以上的篇幅，都是成千上萬的文字。這樣的地方，作者真是極度恣肆、極度揮灑，當然，也就使這些片斷全都成了《水滸傳》中最為輝煌燦爛的章節。

將「極不省法」和「極省法」放在一起來討論，可以看出金聖歎對小說創作中詳寫與略寫的一些基本觀點。他認為《水滸》作者能做到在需要作詳細描寫的地方潑墨如水，而在無須囉嗦的地方則惜墨如金，而這樣作都是根據故事情節發展的需要而決定的。

（二）「弄引法」與「獺尾法」

金聖歎說：「有弄引法。謂有一段大文字，不好突然便起，且先作一段小文字在前引之。如索超前，先寫周謹；十分光前，先說五事等是也。」

這裡所謂「弄引法」，即在展現一個主要人物之前先以次要人物作引，或者在敘述一大故事前先以一相類的小故事作引，從而使主要人物和重要故事的出現不顯得突然，大致上接近於我們今天所謂「鋪墊」的寫作方法。如上所述，在寫索超與楊志比武之前先寫周謹與楊志比武，就是以次要人物為主要人物墊背。而寫西門慶與潘金蓮偷情的細節「十分光」之前，先寫「潘、驢、鄧、小、閒」五件事作為偷情的必備條件，就是以小故事為大故事作引子。

金聖歎又說：「有獺尾法。謂一段大文字後，不好寂然便住，更作餘波演漾之。如梁中書東郭演武歸去後，知縣時文彬升堂；武松打虎下岡來，遇著兩個獵戶；血濺鴛鴦樓後，寫城壕邊月色等是也。」（《讀第五才子書法》）

所謂「獺尾法」，大致相當於今之所謂「餘波」。亦即在展現過主要人物之後又展現次要人物，或者敘述完一大段主要故事之後又敘一些相關或類似的小故事，使之餘音嫋嫋，給人以無窮的韻味。且以第三十回「血濺鴛鴦樓」後寫城壕邊月色一段為例：

> 武松道：「我方才心滿意足，走了罷休。」撇了刀鞘，提了樸刀，出到角門外來，馬院裏除下纏袋來，把懷裏踏區的銀酒器，都裝在裏面，拴在腰裏，拽開腳步，倒提樸刀便走。到城邊，尋思道：「若等開門，須吃拿了。不如連夜越城走。」便從城邊踏上城來。這孟州城是個小去處，那土城苦不甚高，就女牆邊望下，先把樸刀虛按一按，刀尖在上，棒梢向下，託地只一跳，把棒一拄，立在濠塹邊。月明之下，看水時，只有一二尺深。此時正是十月半天氣，各處水泉皆涸。武松就濠塹邊脫了鞋襪，解下腿絣護膝，抓紮起衣服，從這城濠裏走過對岸。卻想起施恩送來的包裹裏有雙八搭麻鞋，取出來穿在腳上。聽城裏更點時，已打四更三點。武松道：「這口鳥氣，今日方才出得鬆臊。『梁園雖好，不是久戀之家』，只可撇開。」提了樸刀，投東小路便走，走了一五更，天色朦朦朧朧，尚未明亮。

在緊張而又恐怖的殺人場面之後，作者緊接著寫了這段不無詩情畫意的壕邊

月色，這是深深懂得張弛有致、剛柔相間的藝術辯證法的結果。同時，通過對武松那些細緻得近乎瑣碎的動作的描寫，也從縱深處寫出了這位打虎英雄兼殺人兇犯的江湖好漢冷靜而近乎冷酷的心理狀態。當然，從敘事的角度看問題，這段描寫又使得「血濺鴛鴦樓」那驚心動魄的描寫餘音嫋嫋，不致於戛然而止。

「獺尾法」與「弄引法」恰為一對，都是為重要關目服務的，只不過一個置於中心故事之前，一個放在中心故事之後而已。

二

相較於其他敘事理論而言，中國古代小說評點家們對於小說創作過程中埋伏照應問題尤為注目。他們還給埋伏照應弄了一個非常形象的說法——「草蛇灰線」。

何謂草蛇灰線？草蛇灰線為什麼又代指埋伏照應？所謂草蛇，乃草中之蛇，因其有長有短、隱隱約約，故而用以比喻埋伏照應方法之忽隱忽顯的特點。誠如毛宗崗在《三國演義》第十五回回前總評中所言：「如草中之蛇，於彼見頭、於此見尾。」所謂「灰線」，愚以為就是各種灰質的東西畫成的線，因其有粗有細、斷斷續續，故而用以比喻埋伏照應方法之忽斷忽續的特點。「草蛇」與「灰線」加在一起，就比較全面地表達了埋伏照應方法的兩大特徵：其一，當斷則斷，當續則續；當顯則顯，當隱則隱。其二，斷中有續，顯中有隱；斷續結合，顯隱交錯。

還是來看金聖歎的言論：「有草蛇灰線法。如景陽岡勤敘許多『哨棒』字，紫石街連寫若干『簾子』字等是也。驟看之，有如無物，及至細尋，其中便有一條線索，拽之通體俱動。」這裡，金氏所看重的乃是通過小小對象來進行埋伏照應的方法。「哨棒」「簾子」與「解腕尖刀」「石榴花」的用法是差不多的。

以上所言「哨棒」「簾子」的故事大家比較熟悉，這裡僅以「解腕尖刀」「石榴花」的故事來說明小小物事能伏下特大情節的道理。

《水滸傳》第九回寫林沖聽說陸謙等人居然追到滄州對他進一步迫害時，心中大怒，「先去街上買把解腕尖刀，帶在身上」。在這裡，金聖歎有夾批云：「遙遙然直於此處暗藏一刀，到後草料場買酒來往文中，只勤敘花槍葫蘆，更不以一字及刀也。直至殺陸謙時，忽然揮出刀來，真鬼神於文者。」有

趣的是，在同一回書的後面，當作者寫到林沖殺陸謙，「身邊取出那口刀來」時，金聖歎又有夾批道：「自閣子吃酒這日買刀，直至此日始用，相去已成萬里，而遙遙相照，世人眼瞎，便謂此刀從何而來。」由此可見作者文心之細，也可見評點者閱讀之細心。

再如《水滸傳》第十二回，寫端午時節，梁中書與其妻蔡夫人商議，要給岳父蔡京做壽，而蔡京的生日是在六月十五。在這裡，金聖歎提筆批道：「六月十五日，下文都從此五字著筆。」意思是說，後面楊志押送生辰綱、吳用說三阮、七星聚義、智取生辰綱等精彩的故事，全都發生在從五月初五到六月十五這一段時間裏。寫到後來，作者生怕讀者忽視了時間概念，又在很多地方反反覆覆予以暗示或明言。其中有一個並不引人注目的地方，那就是第十四回寫吳用說三阮入夥時，「但見阮小五斜戴著一頂破頭巾，鬢邊插朵石榴花」。眾所周知，石榴在農曆五月開花。阮小五鬢邊插朵石榴花，是作者暗示讀者，此時正當五月，離蔡京生辰不遠了。這種細微之處，如何逃得過金聖歎先生法眼？他提筆批道：「恐人忘了蔡太師生辰日，故閒中記出三個字來。」在這裡，作者文心可謂細如毫髮，而評點者的眼光更可謂銳如刀鋒。

就小說創作而言，「草蛇灰線」就是將某一故事情節似乎漫不經意地略露端倪，卻並不展開來寫，反而去敘述別的故事。然而，先前所述的故事又在暗中發展。到了一定的時候，作者方才將它突然抖露出來，展現在讀者的面前。而讀者呢，在感到突如其來的同時，如果回頭一看，就會明白這本來是作者早已安排好的，從而對這時的展現覺得並不突然。這種方法的運用，就像打仗埋伏奇兵、下棋預設妙著一樣，令人不禁拍案叫絕。

在評點《水滸傳》的過程中，金聖歎也多次提到「草蛇灰線」這一概念：

「有意無意，所謂草蛇灰線之法也。」（第十一回夾批）

「非寫石碣村景，正記太師生辰，皆草蛇灰線之法也。」（第十四回夾批）

有時候，金聖歎並沒有運用「草蛇灰線」這一概念，甚至也沒有點明「伏筆」「照應」一類的字樣，而是其他一些說法，但是所表達的仍然是伏筆照應的意思。

如：「此書每欲起一篇大文字，必於前文先露一個消息，使文情漸漸隱隆而起，猶如山川出雲，乃始膚寸也。如此處將起五臺山，卻先有七寶村名字；

林沖將入草料場，卻先有小二渾家漿洗棉襖；六月將劫生辰綱，卻先有阮氏鬢邊石榴花等是也。」（第三回夾批）

再如：「今乃作者胸中，已預為武松作地。夫武松之於魯達，亦復千里二龍，遙遙奔赴，今欲鎖之，則仗何人鎖之，復用何法鎖之乎？預藏下張青夫婦，以為貫索之蠻奴，而反以禪杖戒刀為金鎖。嗚呼！作者胸中之才調為何如也！」（第十六回夾批）

上述張青夫婦這一段「伏」得已經夠長夠細了，但還有更長更細的例子：

「宋江婆惜一段，此作者之紆筆也。為欲宋江有事，則不得不生出宋江殺人。為欲宋江殺人，則不得不生出宋江置買婆惜。為欲宋江置買婆惜，則不得不生出王婆化棺。故凡自王婆求施棺木以後，遙遙數紙，而直至於王公許施棺木之日，不過皆為下文宋江失事出逃之楔子。讀者但觀其始於施棺，終於施棺，始於王婆，終於王公，夫亦可以悟其灑墨成戲也。」（第十九回回前總評）

與之相近的例子還有下面一段：

「請得公孫勝後，三人一同趕回，可也；乃戴宗忽然先去者，所以為李逵買棗糕地也。李逵特買棗糕者，所以為結識湯隆地也。李逵結識湯隆者，所以為打造鉤鐮槍地也。夫打造鉤鐮槍，以破連環馬也。連環馬之來，固為高廉報仇也。高廉之死，則死於公孫勝也。今公孫勝則猶未去也，公孫勝未去，是高廉未死也；高廉未死，則高俅亦不必遣呼延；高俅不遣呼延，則亦無有所謂連環馬也；無有所謂連環馬，則亦不須所謂鉤鐮槍也；無有連環馬，不須鉤鐮槍，則亦不必湯隆也。乃今李逵已預結識也；為結識故，已預買糕也；為買糕故，戴宗亦已預去也。夫文心之曲，至於如此，洵鬼神之所不得測也。」（第五十三回回前總評）

說了這許多，金聖歎仍覺意猶未盡，又在第五十三回的夾批中再次就此問題發表進一步的見解：「公孫到，方才破高廉；高廉死，方才驚太尉；太尉怒，方才遣呼延；呼延至，方才賺徐寧；徐寧來，方才用湯隆。一路文情，本乃如此生去。今卻忽然先將湯隆倒插前面，不惟教鉤鐮之文未起，並用鉤鐮之故亦未起，乃至公孫先生亦尚坐在酒店中間，而鐵匠卻已預先整備。其穿插之妙，真不望世人知之矣。」

質言之，「草蛇灰線」法就是處理好對故事情節的「藏」與「拽」之間的

辯證關係的一種寫作方法，它所要解決的也就是埋伏照應的問題。「草蛇灰線」法的運用具有兩大特點：一是「驟看之，有如無物，」強調一個「藏」字，「用伏筆，須在人不著意處。」（林紓《春覺齋論文》）否則，就寫得線條明朗，情味索然。二是「及至細尋，其中便有一條線索，拽之通體俱動。」這是強調一個「拽」字，也就是說，草蛇灰線最終還是要被抖弄起來的，「到發明時即可收為根據。」（同上）否則，草蛇灰線不見其蹤跡，「藏」得再好也是沒有用的。

「草蛇灰線」也罷，埋伏照應也罷，其實很有點接近於敘事學中的「預敘」。上述諸例證中間，就有不少暗合了今天的「預敘」理論。而金聖歎早在幾百年前就對這一方法做出了精闢的闡述，可以見得他的藝術眼光在當時確確實實具有超前性。

三

講罷「預敘」我們再來看金聖歎對《水滸傳》中「倒敘」與「插敘」的評論。

金聖歎云：「有倒插法。謂將後邊要緊字，驀地先插放前邊。如五臺山下鐵匠間壁父子客店，又大相國寺嶽廟間壁菜園，又武大娘子要同王乾娘去看虎，又李逵去買棗糕，收得湯隆等是也。」

此處所謂「倒插法」，即我們今天所說的倒敘兼插敘的方法，即以第一例為證。《水滸傳》第四回寫魯智深「辭了長老並眾僧人，離了五臺山，徑到鐵匠間壁客店裏歇了，等候打了禪杖、戒刀，完備就行」。而魯智深此處所住之「間壁客店」，其實早在上一回書就有所交代，故金聖歎在此處有夾批云：「前所見間壁一家，寫著父子客店也。」按照金聖歎的提示，我們回到前面第三回，果然有這段描寫：「聽得那響處，卻是打鐵的在那裡打鐵。間壁一家門上寫著『父子客店』。」這就是所謂「倒插法」，金聖歎在此處連連夾批：「此來正文專為吃酒，卻顛倒放過吃酒，接出鐵店，衍成絕奇一篇文字，已為奇絕矣。乃又於鐵店文前，再顛倒放過鐵店，反插出客店來，其筆勢之奇矯，雖虬龍怒走，何以喻之。」「老遠先放此一句，可謂隔年下種，來歲收糧，豈小筆所能。」「隔年下種，來歲收糧」，其實又涉及「預敘」。由此看來，在金聖歎的眼中，這倒敘與預敘也有很大的相通之處。其他三例均乃如此，最後一例，在上一節已作介紹，此不贅言。

　　過去我們經常說《水滸傳》一書是按照時間先後為序的單線敘事結構，較為特殊的例子只有在「三打祝家莊」之間插敘「孫立孫新大劫牢」一段故事。讀過金聖歎的評點，我們可以進一步明確，其實在《水滸》中倒敘、插敘的例子還真不在少處。

　　金聖歎等小說評點家們還對插敘有一個形象的說法——橫雲斷山。金聖歎說：「有橫雲斷山法：如二打祝家莊後，忽插出解珍、解寶爭虎越獄事；又正打大名城時，忽插出截江鬼、油裏鰍謀財傾命事等是也。只為文字太長了，便恐累贅。故從半腰間暫時閃出，以間隔之。」

　　所謂「橫雲斷山」，就是在小說中正敘述某一件事情時，忽然插入另一件事，就好比雲彩把山峰攔腰隔斷了一般。為什麼要用這種方法呢？金聖歎說：「只因文字太長了，便恐累贅。故從半腰間暫時閃出，以間隔之。」這話說對了一半，在有些地方，作者寫突然的事件或人物來截斷正文，確是為防累贅。確如金聖歎對「橫雲斷山」法的一般理解，是恐其累贅之筆。

　　然而，事情並非如此簡單，在更多的時候，作者所用來斷正文之事，往往與正文有著密不可分的聯繫，有的甚至與正文同等重要，這就不僅僅是一個避免累贅的問題了。如《水滸傳》於二打祝家莊後，插入的二解、二孫等人的故事，就與三打祝家莊的正文有著密切的聯繫。沒有孫、解等人打入祝家莊內部，裏應外合，梁山人馬攻下這個頑固的堡壘是非常困難的。孫、解故事這朵斷山之雲，不僅可以單獨成為一個故事，而且與所斷之山完全是一個有機的整體。

　　總而言之，「橫雲斷山」法用得好，一方面可以使故事情節多一些曲折，避免冗長累贅之病；另一方面，又可以使故事情節包含更豐富的內容，具有更重要的意義。當然，該不該斷，什麼時候斷，完全應視情節發展的需要而定。否則，隨心所欲地亂斷一氣，那只會把作品斷得支離破碎，雜亂無章，其效果也就與作者的動機背道而馳了。

四

　　金聖歎云：「有正犯法。如武松打虎後，又寫李逵殺虎，又寫二解爭虎，潘金蓮偷漢後，又寫潘巧雲偷漢；江州城劫法場後，又寫大名府劫法場；何濤捕盜後，又寫黃安捕盜；林沖起解後，又寫盧俊義起解；朱同、雷橫放晁蓋後，又寫朱同、雷橫放宋扛等。正是要故意把題目犯了，卻有本事出落得無

一點一畫相借，以為快樂是也。真是渾身都是方法。」

金聖歎還說：「有略犯法。如林沖買刀與楊志賣刀，唐牛兒與鄆哥，鄭屠肉鋪與蔣門神快活林，瓦官寺試禪杖與蜈蚣嶺試戒刀等是也。」

「犯」，又稱犯筆，就是故事內容雷同的意思。一般說來，它又可以分為兩種類型。其一，部分相犯或側面相犯，亦即金聖歎所謂「略犯法」；其二，全部相犯或正面相犯，亦即金氏所謂「正犯法」。

除上述兩段專門論述外，在評點《水滸傳》正文時，金聖歎還多次涉及「犯筆」這一特殊的寫作技法。如：

「魯達、武松兩傳，作者意中卻欲遙遙相對，故其敘事亦多彷彿相準。如魯達救許多婦女，武松殺許多婦女；魯達酒醉打金剛，武松酒醉打大蟲；魯達打死鎮關西，武松殺死西門慶；魯達瓦官寺前試禪杖，武松蜈蚣嶺上試戒刀；魯達打周通，越醉越有本事，武松打蔣門神，亦越醉越有本事；魯達桃花山上踏匾酒器揣了，滾下山去，武松鴛鴦樓上踏匾酒器揣了，跳下城去，皆是相準而立，讀者不可不知。」（第四回回前總評）

「此書每於絕大文字，偏有本事一字不相犯。如武松遇虎，李逵又遇虎；金蓮偷漢，巧雲又偷漢是也。乃偏於極小文字，偏沒本事使他不相犯。如林沖迭配時，極似盧俊義迭配時；鄆哥尋西門，極似唐牛尋宋江是也。」（第二十三回夾批）

「前有武松打虎，此又有李逵殺虎，看他一樣題目，寫出兩樣文字，曾無一筆相近，豈非異才！」（第四十二回夾批）

「董超、薛霸押解之文，林、盧兩傳，可謂一字不換；獨至於寫燕青之箭，則與昔日寫魯達之杖，遂無纖毫絲粟相似，而又一樣爭奇，各自入妙也。才子之為才子，信矣。」（第六十一回回前總評）

「一路偏要寫得與林沖傳一樣，乃至不差一字，然後轉出燕青救主來，卻與魯達救林沖並無毫釐相犯，所謂不辭險道，務臻妙境也。」（第六十一回夾批）

「此書每欲作重迭相犯之題，如二解越獄，史進又要越獄，是其類也。」（第六十八回回前總評）

對於一般小說作家而言，敘事時最怕的是故事內容重複雷同，但是，生活中雷同的事情又實在太多，怎樣才能使讀者不產生雷同的感覺而對自己筆下的故事永遠有新鮮感呢？簡單的迴避是不行的，只有犯而避之，於「犯」

中去求「避」，才是小說創作的高級狀態。

金聖歎對此有專門的論述：「吾觀今之文章之家，每云我有避之一訣，固也，然而吾知其必非才子之文也。夫才子之文，則豈惟不避而已，又必於本不相犯之處，特特故自犯之，而後從而避之。此無他，亦以文章家之有避之一訣，非以教人避也，正以教人犯也。犯之而後避之，故避有所避也。若不能犯之而但欲避之，然則避何所避乎哉？是故行文非能避之難，實能犯之難也。譬諸奕棋者，非救劫之難，實留劫之難也。將欲避之，必先犯之。夫犯之而至於必不可避，而後天下之讀吾文者，於是乎而觀吾之才、之筆矣。犯之而至於必不可避，而吾之才、之筆，為之躊躇，為之四顧，眘然中窾，如土委地，則雖號於天下之人曰：『吾才子也，吾文才子之文也』，彼天下之人亦誰復敢爭之乎哉？故此書於林沖買刀後，緊接楊志賣刀，是正所謂才子之文，必先犯之者，而吾於是始樂得而徐觀其避也。」（《水滸傳》第十一回回前總評）

這種理論，後來被脂硯齋等人總結為「特犯不犯」，亦即於雷同的生活素材中寫出不同的故事情節，寫相同的事而產生不同的藝術效果。在評點《水滸傳》的過程中，金氏多次表達了自己對於「特犯不犯」的看法：

「吾前言兩回書不欲接連都在叢林，因特幻出新婦房中銷金帳裏以間隔之，固也；然惟恐兩回書接連都在叢林，而必別生一回不在叢林之事以間隔之，此雖才子之才，而非才子之大才也。夫才子之大才，則何所不可之有？前一回在叢林，後一回何妨又在叢林？不寧惟是而已。前後二回都在叢林，何妨中間再生一回復在叢林。夫兩回書不敢接連都在叢林者，才子教天下後世以避之之法也。若兩回書接連都在叢林，而中間反又加倍寫一叢林者，才子教天下後世以犯之之法也。雖然，避可能也，犯不可能也，夫是以才子之名畢竟獨歸耐庵也。」（第五回回前總評）

「此書筆力大過人處，每每在兩篇相接連時，偏要寫一樣事，而又斷斷不使其間一筆相犯。如上文方寫過何濤一番，入此回又接寫黃安一番是也。看他前一番翻江攪海，後一番攪海翻江，真是一樣才情，一樣筆勢。然而讀者細細尋之，乃至曾無一句一字偶而相似者。此無他，蓋因其經營圖度，先有成竹藏之胸中，夫而後隨筆迅掃，極妍盡致，只覺幹同是幹，節同是節，葉同是葉，枝同是枝，而其間偃仰斜正，各自入妙，風痕露跡，變化無窮也。」（第十九回回前總評）

相同之處見不同，特犯不犯，這就是金聖歎告訴我們的藝術辯證法。

五

金聖歎《讀第五才子書法》中還涉及「夾敘法」、「鸞膠續弦法」、「欲合故縱法」，都是於敘事相關的寫作技法，我們在最後一併評述之。

（一）夾敘法

金聖歎云：「有夾敘法：謂急切裏兩個人一齊說話，須不是一個說完了，又一個說，必要一筆夾寫出來。如瓦官寺崔道成說：『師兄息怒，聽小僧說』，魯智深說『你說你說』等是也。」

其實，金聖歎在這裡撒了一個彌天大謊。在他所說的這個地方，《水滸傳》原文並不是這樣寫的，而是金氏將原文改寫以後，再對自己的修改文字自賣自誇。請比較以下兩段文字：

> 智深提著禪杖道：「你這兩個如何把寺來廢了？」那和尚便道：「師兄請坐，聽小僧說。」智深睜著眼道：「你說！你說！」那和尚道：「在先弊寺十分好個去處，田莊又廣，僧眾極多。……」（人民文學出版社 1975 年 10 月版《水滸傳》第六回）

> 智深提著禪杖道：「你這兩個如何把寺來廢了？」那和尚便道：「師兄請坐，聽小僧……」智深睜著眼道：「你說！你說！」「……說，在先弊寺十分好個去處，田莊又廣，僧眾極多。……」（北京大學出版社 1981 年 12 月版《水滸傳會評本》第五回）

上一段引文根據的是以明萬曆末年杭州容與堂刻本（簡稱容本）為底本的排印本，下一段引文所據乃明代崇禎年間貫華堂刻本（簡稱金本）為底本的排印本。儘管金聖歎在這裡有篡改原文而印證自己言論的嫌疑，但他的觀點從理論上講卻是完全正確的，而且，《水滸傳》中也的的確確有一些「夾敘法」用得很到位的地方。

我們不妨再來看看金聖歎並未篡改《水滸傳》原文的兩段夾批：

「百忙中偏又要夾入店小二，卻反先增出鄰舍火家陪之，筆力之奇矯不可言。」

「百忙中處處夾店小二，真是極忙者事，極閒者筆也。」（均見第二回）

這一段所演述的正是魯達拳打鎮關西的「蓄勢」階段的故事，按理說，作者除了寫魯達或鎮關西之外，不可能有閒筆去寫別的人物。但作者偏偏要寫店小二的行為動作，進而，在寫店小二之前，又以鄰舍火家作襯。這就是

金聖歎所謂「極忙者事,極閒者筆」。表面看來,作者似乎離開了「拳打鎮關西」的中心故事,其實不然,作者越是寫「眾鄰舍並十來個火家,那個敢向前來勸?」那趕來向鎮關西送信告狀的「店小二也驚得呆了」,就越是體現了現場情勢的嚴峻、充滿白熱化意味的嚴峻。這樣寫,完全是為後文蓄勢,讓讀者有「山雨欲來風滿樓」的感覺。因此,這裡「忙中偷閒」的閒筆其實不閒,而是意味深長的「忙筆」。「忙中偷閒」而又「閒筆不閒」,這就是雙重的藝術辯證法。謂予不信,請看魯達將鎮關西打得一塌糊塗之際,作者又寫下的閒閒的一筆:「兩邊看的人懼怕魯提轄,誰敢向前來勸?」金聖歎也毫不遲疑地再批了一句:「百忙中偏要再夾一句。」

諸如此類的例子,在金聖歎批評《水滸傳》的過程中不勝枚舉。如第八回回前總評:「又如洪教頭入來時,一筆要寫洪教頭,一筆又要寫林武師,一筆又要寫柴大官人,可謂極忙極雜矣。乃今偏於極忙極雜中間,又要時時擠出兩個公人,心閒手敏,遂與史遷無二也。」此例與上例基本一致,是以極閒之筆寫出場面的緊張程度。

(二) 鸞膠續弦法

金聖還說:「有鸞膠續弦法。如燕青往梁山泊報信,路遇楊雄、石秀,彼此須互不相識,且由梁山泊到大名府,彼此既同取小徑,又豈有止一小徑之理。看他便順手借如意子打鵲求卦,先鬥出巧來,然後用一拳打倒石秀,逗出姓名來等是也。都是刻苦算得出來。」

這種「鸞膠續弦法」,大致相當於今之所謂「巧合法」,是兩段本不相關的情節接頭時作者們所採用的一種特殊方法。如金聖歎所舉例證,見於《水滸傳》第六十一回。盧俊義被官府捉拿,燕青欲往梁山報信,而梁山派來打探消息的楊雄、石秀正在趕往大名府的路上,二人並不認得燕青,如何讓他們「接上頭」呢?小說作者讓燕青追趕被射中之喜鵲,巧遇楊、石二人,欲奪其包裹做盤纏,反被二人所制伏,忽然大叫「我死不妨,可憐無人報信」,又露出手腕上花繡,最後終於說明自己的身份,然後三人商議下一步救盧俊義的行動。當然,這種方法在小說中偶而用之尚可,若用得濫了,則會留下過多人工雕刻的痕跡,影響作品中故事情節的真實性。

但是,中國古代小說作家大多喜歡運用這種「鸞膠續弦」的巧合法,在「三言」「二拍」等話本小說中尤為多見,所謂「無巧不成書」是也。

（三）欲合故縱法

「欲合故縱」，後來的小說評點者亦有稱之為「欲擒故縱」者，意思差不多。金聖歎云：「有欲合故縱法。如白龍廟前，李俊、二張、二童、二穆等救船已到，卻寫李逵重要殺入城去；還道村玄女廟中，趙能、趙得都已出去，卻有樹根絆跌士兵叫喊等。令人到臨了，又加倍吃嚇是也。」

這種方法指的是在故事即將結束時，作者故意又掀起新的波瀾，從而吸引讀者的注意力，讓讀者再一次感到緊張，如此，便無形中增強了作品的可讀性。如金聖歎所舉第一例，見於《水滸傳》第三十九回，且看這段描寫：

> 張順等九人，晁蓋等十七人，宋江、戴宗、李逵，共是二十九人，都入白龍廟聚會。這個喚作白龍廟小聚會。當下二十九籌好漢，各各請禮已罷，只見小嘍囉慌慌忙忙入廟來報導：「江州城裏鳴鑼擂鼓，整頓軍馬，出城來追趕。遠遠望見旗幡蔽日，刀劍如麻，前面都是帶甲馬軍，後面盡是擎槍兵將，大刀闊斧，殺奔白龍廟路上來。」李逵聽了，大叫一聲：「殺將去！」提了雙斧，便出廟門。晁蓋叫道：「一不做，二不休，眾好漢相助著晁某，直殺盡江州軍馬，方才回梁山泊去。」眾英雄齊聲應道：「願依尊命。」一百四五十人一齊吶喊，殺奔江州岸上來。

※　　　　　　　※　　　　　　　※

金聖歎在傳統的小說批評模式發展過程中的歷史地位是十分突出的，他的小說批評理論，尤其是關於敘事藝術和寫人藝術等方面的理論，幾乎籠罩了小說批評界二百年之久。他對《水滸傳》的精心評點，促使了清代小說「評點派」的形成，並成為此後「評點派」諸家之楷模。他在小說批評理論中所表現出的敏銳目光和深刻思想，也使得一時的批評家難以逾越。

金聖歎曾經說過，讀《水滸》「必要真正有錦繡心腸者，方解說道好」。實踐證明，金聖歎本人就是這種「真正有錦繡心腸者」。

（原載《水滸爭鳴》第十輯，崇文書局，2008 年 10 月出版）

金聖歎與《水滸傳》的敘事

金聖歎說：「子弟少時讀書，最要知古人出筆有無數方法：有正筆，有反筆，有過筆，有咨筆，有轉筆，有偷筆。」（《水滸傳》第四十三回夾批）

眾所周知，當一篇文章的寫作經過了審題立意階段之後，緊接著的第二個步驟就是謀篇布局。寫文章如此，創作小說更是如此。尤其是長篇小說，動輒數十上百萬字，作者必須有整體規劃。即使具體到某章、某節、某段、某回，也必須進行適當的規劃。這樣，才能使作品層次清晰、秩序井然，不至於一團亂麻。中國古代小說的作者們一般都非常講究謀篇布局，而金聖歎等小說評點者們對此也多有總結，不僅總結了全書的謀篇布局的若干特點，而且還總結出謀篇布局的必要性和可能性。

要想很好地謀篇布局，首先必須成竹在胸。且看金聖歎的兩段論述：

「一部書共計七十回，前後凡敘一百八人，而晁蓋則其提綱挈領之人也。晁蓋提綱挈領之人，則應下筆第一回便與先敘，先敘晁蓋已得停當，然後從而因事造景，次第敘出一百八個人來，此必然之事也。乃今上文已放去一十二回，到得晁蓋出名，書已在第十三回。我因是而想：有有全書在胸而始下筆著書者，有無全書在胸而姑涉筆成書者。如以晁蓋為一部提綱挈領之人，而欲第一回便先敘起，此所謂無全書在胸而姑涉筆成書者也。若既已以晁蓋為一部提綱挈領之人，而又不得不先放去一十二回，直至第十三回方與出名，此所謂有全書在胸而後下筆著書者也。」（第十三回的回前總評）

「一部書將網羅一百八人而貯之山泊也，將網羅一百八人而貯之山泊，

而必一人一至朱貴水亭，一人一段分例酒食，一人一枝號箭，一人一次渡船，是亦何以異於今之販夫之唱籌量米之法也者，而以誇於世曰才子之文，豈其信哉？故自其天降石碣大排座次之日視之，則彼一百八人，誠已齊齊臻臻，悉在山泊矣。然當其一百八人，猶未得而齊齊臻臻悉在山泊之初，此時譬如大珠小珠，不得玉盤，迸走散落，無可羅拾。當是時，殆幾非一手二手之所得而施設也。作者於此，為之躊躇，為之經營，因忽然別構一奇，而控扭魯楊二人，藏之二龍，俟後樞機所發，乘勢可動，夫然後沖雷破壁，疾飛而去。嗚呼！自古有云：良匠心苦，洵不誣也。」（第十六回的回前總評）

　　晁蓋是《水滸傳》中的主要人物，但直到第十三回他才出現，一般小說作家定然不會這樣寫。然而，《水滸傳》的作者是文章聖手，偏偏要迎難而上，做別人不能做之事。結果，他成功了。何以會造成如此效果？答案是：成竹在胸。晁蓋雖在第十三回才出現，但他久已「潛伏」在作者心中了。至於作者什麼時候讓他上場，那完全視情節的需要而定，視人物塑造的需要而定。金聖歎對此深有體會，因此提出這種寫法是「有全書在胸而後下筆著書者也」。

　　全局在胸，不僅僅表現在對某一人物何時上場的具體安排，而且還體現在對紛紜複雜的眾多人物故事的合理有序的安排。當然，所謂合理有序，絕非記流水帳。那是被金聖歎嗤笑為「何以異於今之販夫之唱籌量米之法也者」。譬如《水滸傳》要寫一百零八人最後齊聚梁山，能夠讓他們一個一個依次從朱貴的水亭「介紹」上去嗎？非也。一定要參差錯落。搞閱兵式是以整齊為美，搞小說創作則不能在情節設置上整齊劃一，那不是美，那是呆板。金聖歎對此亦乃了然於胸，他抓住一個例子來展開論述。二龍山上的「二龍」——魯智深與楊志，他們上梁山的道路頗為複雜，先是個體的江湖闖蕩，而後是小集體的聚義二龍山，最後才是三山聚義打青州——大集體聚義梁山。這難道不是提供了另一種上梁山的絕佳形式嗎？只有讓各種各樣的英雄通過各種各樣的方式山梁山，《水滸傳》才有可能五彩繽紛、絢爛多彩。要做到這一點，作者必須掌控全局，必須成竹在胸。誠如金聖歎所言：「良匠心苦，洵不誣也。」

　　謀篇布局的另一個重要內容就是在合理安排情節的同時，使故事的展開更為曲折化。金聖歎對此也非常重視，他說：

　　「《水滸傳》不是輕易下筆，只看宋江出名，直在第十七回，便知他胸中

已算過百十來遍。若使輕易下筆,必要第一回就寫宋江,文字便一直帳,無擒放。」(《讀第五才子書法》)

這裡,金聖歎所批判的行文「一直帳」「無擒放」,就是指的故事情節過於平直而不曲折的意思。反過來講,《水滸傳》的許多地方,是非常講究故事情節的曲折化的。有時,這種曲折還不是單層的,而是層層曲折。且看金聖歎評價書中描寫宋江從潯陽鎮到潯陽江邊逃難途中險象環生的曲折情節的一段批語:

「此篇節節生奇,層層追險。節節生奇,奇不盡不止;層層追險,險不絕必追。真令讀者到此心路都休,目光盡滅,有死之心,無生之望也。如投宿店不得,是第一追。尋著村莊,卻正是冤家家裏,是第二追。掇壁逃走,乃是大江截住,是第三追。沿江奔去,又值橫港,是第四追。甫下船,追者亦已到,是第五追。岸上人又認得梢公,是第六追。板下摸出刀來,是最後一追,第七追也。一篇真是脫一虎機,踏一虎機,令人一頭讀,一頭嚇,不惟讀亦讀不及,雖嚇亦嚇不及也。」(第三十六回回前總評)

讀者之所以會產生「讀亦讀不及」、「嚇亦嚇不及」的審美效果,主要就是因為作者採用了「節節生奇,層層追險」的方法,也就是在設置情節時能做到層層曲折。只有這種層層曲折、步步緊追的寫作方法,才能使作品具有強烈的可讀性,才能給讀者以強刺激。而強刺激效用的產生,也就意味著讀者在閱讀過程中產生了審美快感。像《水滸傳》這種英雄傳奇小說,其首要人物就是要讓讀者產生審美快感,這也是《水滸傳》、尤其是金聖歎改造過的以敘述英雄傳奇故事為主的七十回本《水滸傳》數百年來盛傳不衰的根本原因之一。

中國有句俗話:「急驚風偏遇慢郎中」。這種狀況反映在小說創作中,就是「急事細寫」的方法。金聖歎對此尤為讚賞。《水滸傳》第三十九回寫江州城宋江即將被斬首的場面,就用了這種方法。金聖歎在這一片段中反覆夾批:

「偏是急殺人事,偏要故意細細寫出,以驚嚇讀者。蓋讀者驚嚇,斯作者快活也。」

「急殺人事,偏又寫得細。」

「一發急殺人。」

「偏要細寫,惡極。」

「越急殺人。」

「十八字句真正急殺人。」

據上可見，金聖歎對《水滸傳》創作過程中與「謀篇布局」相關的內容進行了頗為全面的觀照和由衷的讚揚。金聖歎的這些言論，很好地總結了小說創作過程中謀篇布局的成功經驗。一方面有助於許許多多的讀者對作品進行深入細緻的閱讀；另一方面，也給後代小說作家的創作實踐提供了有益的參考和有效的借鑒。而他本人對《水滸傳》某些章節的再創造，也從另一個角度證明了這一點。

二

中國古代小說評點家們對「敘事視角」的研究尚不甚全面和深入，或者說，他們還沒有明確的「敘事視角」或與之相對應、相近似的概念。他們的評論主要集中在對作者借助其他人物來「寫人」、「寫物」、「寫事」的研究，而且，這種研究只能說是初步的和表層的。但無論如何，對於「敘事視角」這個我們現在所講的敘事學的問題之一，他們畢竟有所涉及，而且還有一些剛剛由感性上升到理性的初步認識。故而，我們不能完全對此視而不見。更何況，他們的這些認識，與現在的文學批評家們比起來固然顯得非常幼稚，但在當時，卻毫無疑問是處於領先地位的評點文字。尤其是金聖歎，在這方面表現更為突出。

在涉及敘事視角問題的評點文字中，金聖歎談得最多的是「從他人眼中」寫人、寫物或寫事。我們不妨先看他零星的言論：

「亦在過往人眼中看出莽和尚三字來。」（第四回夾批）

「看時二字，是李小二眼中事。」「妙，李小二眼中事。」「李小二眼中事」（均見第九回夾批）

「林沖眼中看出梁山泊來。」（第十回夾批）

「李逵眼中看出。」（第三十七回夾批）

「只見二字，總是那淫婦、那賊禿、那一堂和尚三段之頭，皆石秀眼中事。」「極寫石秀眼裏不堪。」「石秀眼中，極其不堪。」（均見第四十四回夾批）

「自李逵眼中寫之，則曰東西。」「卻從李逵眼中寫成四字。」（均見第五十二回夾批）

「就李逵眼中寫出大漢形狀來。」「就李逵眼中寫中鐵錘斤兩來。」（均見第五十三回夾批）

金聖歎不僅對小說作品中作者通過某一個人的眼睛來寫人、寫事、寫物的方法進行了充分的揭示，有時還揭發出作者通過眾多人的眼中所描寫的事物，而且是熱鬧非常的場面。如他對《水滸傳》中楊志大戰索超一段的評價：

「至於正文，只用一句戰到五十餘合不分勝負，就此一句，半路按住。卻重複寫梁中書看呆，眾軍官喝彩，滿教場軍士們沒一個不說。李成、聞達不住聲叫好鬥，使讀者口中自說滿教場人，而眼光自落在兩個好漢、兩匹戰馬、兩般兵器上。不惟書裏梁中書呆了，連書外看書的人也呆了。」（第十二回回前總評）

當然，金聖歎在這方面探討得最充分的還是對《水滸傳》第八回中關於魯智深大鬧野豬林一段的評點。

金氏先在這一回的回前總評中說：「即如松林棍起，智深來救。大師此來，從天而降，固也；乃今觀其敘述之法，又何其詭譎變幻，一至於是乎！第一段先飛出禪杖，第二段方跳出胖大和尚，第三段再詳其皂布直裰與禪杖戒刀，第四段始知其為智深。若以《公》、《穀》、《大戴》體釋之，則曰：先言禪杖而後言和尚者，並未見有和尚，突然水火棍被物隔去，則一條禪杖早飛到面前也；先言胖大而後言皂布直裰者，驚心駭目之中，但見其為胖大，未及詳其腳色也；先寫裝束而後出姓名者，公人驚駭稍定，見其如此打扮，卻不認為何人，而又不敢問也。蓋如是手筆，實惟史遷有之，而《水滸傳》乃獨與之並驅也。」

接著，金聖歎又在那一描寫片斷中連連夾批道：

「第一段，單飛出禪杖，卻未見有人。」

「看他先飛出禪杖，次跳出和尚，恣意弄奇，妙絕怪絕。」

「第二段，單跳出和尚，卻未曾看仔細。」

「第三段，方看得仔細，卻未知和尚是誰。」

「第四段，方出魯智深名字，弄奇作怪，於斯極矣。」

寫了這麼多夾批之後，金聖歎意猶未盡，乾脆還來了一段眉批：「此段突然寫魯智深來，卻變作四段：第一段飛出一條禪杖，隔去水火棍；第二段水火棍丟了，方看見一個胖大和尚，卻未及看其打扮；第三段方看見其皂布直

褙，跨戒刀，掄禪杖，卻未知其姓名；第四段直待林沖眼開，方出智深名字。奇文奇筆，遂至於此。」

在這裡，金聖歎之所以不厭其詳地反覆批點，是因為《水滸傳》中這一段視覺轉換的描寫實在是太妙了，妙就妙在這種描寫符合普通人對事物的認識過程——由刺激強烈的感性到不太強烈的感性、再到清醒的理性。試想，一個人遭到別人的突然威脅，在高度緊張的時候，他會注意什麼？首先是對自己構成威脅的東西——兇器，其次是威脅者的大致模樣——身材，第三是威脅者的衣著打扮，最後才是威脅者的詳細資料。金聖歎將《水滸傳》中發生在野豬林中的這段描寫分為四段，恰好符合這一正常人的正常認識過程。而這一切，又都是借助董超薛霸二差役的特殊視角才得以完成的。

金聖歎除了注意到《水滸傳》作者從他人眼中寫人、寫物、寫事的方法之外，又注意到了與之相近的從他人口中、耳中、鼻中、意中寫人、寫物、寫事的方法。更有甚者，他還在批評文字中涉及到以上方法的綜合運用。

這方面的例證實在是多，聊舉數則如下：

「只聽得，妙妙，急殺。」「又聽得，妙妙，急殺。」（均見第六回夾批）

「只聽得，一句。」「一連九個『一個道』，如王積薪夜聽姑婦弈棋，著著分明，聲聲不漏。」（均見第九回夾批）

「只聽得妙絕。」「聽得妙絕。」「聽他妙絕。」（均見第二十六回夾批）

「想是妙絕，約莫妙絕。」（第二十六回夾批）

「從莊家眼中口中寫出酒興。」（第三回夾批）

以上，只是金聖歎對於小說作者在敘事視角方面所採用的一些具體方法所進行的揭示，但這僅僅是羅列現象而已，真正的理論研究必須在羅列現象的基礎上更進一步。可貴的是，金聖歎在評點《水滸傳》時，居然從接近於今天我們所說的「通感」的角度，進一步探討了小說作者利用書中人物的感覺來敘事的方法問題。請看：

「上文許多事情，偏在耳中聽出，此處殺豬也似一聲，卻於眼中看見，奇文繡錯入妙」（第二十六回夾批）

「聽了一個時辰，卻是看見，耳顛目倒，靈心妙筆。」（第九回夾批）

在另一些評點文字中，金聖歎還深入細膩地討論了敘事角度的不斷轉換和多重搭配問題：

「要看他凡四段，每段還他一個位置，如梁中書則在月臺上，眾軍官則

在月臺上梁中書兩邊，軍士們則在陣面上，李成、聞達則在將臺上。又要看他每一等人，有一等人身份，如梁中書只是呆了，是個文官身份。眾軍官便喝采，是個眾官身份。軍士們便說出許多話，是眾人身份。李成、聞達叫好鬥，是兩個大將身份。真是如花似火之文。」（第十二回夾批）

「一段寫滿教場眼睛都在兩人身上，卻不知作者眼睛乃在滿教場人身上也。作者眼睛在滿教場人身上，遂使讀者眼睛不覺在兩人身上，真是自有筆墨未有此文也。」（第十二回眉批）

在有的地方，金聖歎甚至還將書中人物與讀者打成一片來發表議論，使書中人物的感覺被強化為讀者的感覺，從而使讀者能更深刻地體會到讀精彩的故事片斷的審美快感。

如第四十一回，宋江被鄆城縣都頭趙能、趙得帶著兵丁追趕而躲到還道村一座古廟的神廚中時，書中寫道：「宋江在神廚裏一頭抖，一頭偷眼看時，趙能、趙得引著四五十人，拿著火把，各到處照，看看照上殿來。……」

這一段描寫都是借助宋江的眼睛來展開的。通過宋江眼中之所見，寫出宋江心中之所想，同時也推動了故事情節的向前發展。在這一回的回前總評中，金聖歎對作者的這種描寫方式是這樣評判的：

「前半篇兩趙來捉，宋江躲過，俗筆只一句可了。今看他寫得一起一落，又一起又一落，再一起再一落，遂令宋江自在廚中，讀者本在書外，卻不知何故，一時便若打並一片，心魂共受若干驚嚇者。燈昏窗響，壁動鬼出，筆墨之事，能令依正一齊震動，真奇絕也。」

這種感受，應該說是閱讀文學作品、尤其是小說作品過程中最為深刻、也最為細膩的感受了。

三

無論是長篇小說還是短篇小說，也無論是文言小說還是白話小說，如何轉換情節，都是作者面臨的一個必須解決的重要問題。高明的作者在情節轉換時不落痕跡，而笨拙的作者則在情節轉換處斧鑿累累。一個作家藝術功力的高低優劣，往往可以通過情節轉換這一問題得到體現。

《水滸傳》的作者毫無疑問是高明者，而金聖歎對這一問題的討論，也體現了他的目光如炬。

金聖歎在《水滸傳》第五十一回有接連兩段夾批值得我們注目：

「文章妙處，全在脫卸。脫卸之法，千變萬化，而總以使人讀之如鬼神搬運全無蹤跡為絕技也。只如上回已賺得朱全，則其文已畢，入此回，正是失陷柴進之正傳。今看他不更別起事端，而便留李逵做一關振，卻有更借朱全怨氣順手帶下，遂令讀者深歎美髯公之忠，而竟不知耐庵之巧。真乃文壇中拔趙幟立赤幟之才也。」

「看他文章過接奇絕處，如星移電掣，瞥然便去，不令他人留目。」

要想深入理解金聖歎這兩段話的深刻含意，必須先瞭解《水滸傳》中這一段描寫。書中第五十回，主要是寫朱全上梁山的過程，接下去第五十一回，要寫柴進與殷天錫的故事，但兩個故事之間並沒有必然的聯繫。怎麼辦？作者想到了魯莽的李逵，讓他在兩個故事之間起到穿針引線的作用。因此，書中寫李逵殺死了朱全看管的小衙內，逼迫朱全只有上梁山。但朱全臨上山前卻提出一個要求：「若要我上山時，你只殺了黑旋風，與我出了這口氣，我便罷！」而李逵也因此大發脾氣，與朱全鬧得水火不相容。萬般無奈，柴進只好將李逵留在自己身邊。一般讀者看到這裡，認為作者這樣寫無非是為了表現朱全對小衙內家人的一種責任感和負疚感而已，卻不知在此之外，作者已經通過李逵的「留下」，從朱全的故事過渡到了柴進的故事。因為緊接著發生的就是「李逵打死殷天錫，柴進失陷高唐州」。這就是金聖歎所謂「脫卸之法」，也就是從前一個故事「脫卸」到後一個故事的方法。

有時候，金聖歎又將此法稱之為「鸞膠續弦法」，就好比弓弦斷了用鸞膠續上一樣。具體而言，就是在兩個故事無法銜接時，用一個小故事將其連接起來。金聖歎說：「有鸞膠續弦法。如燕青往梁山泊報信，路遇楊雄、石秀，彼此須互不相識，且由梁山泊到大名府，彼此既同取小徑，又豈有止一小徑之理。看他便順手借如意子打鵲問卦，先鬥出巧來，然後用一拳打倒石秀，鬥出姓名等是也。」（《讀第五才子書法》）

為了說明問題，我們不妨來看一看金本《水滸》是怎樣「鸞膠續弦」的。此處金聖歎的相關夾批，我們隨正文用括號標出：

> 卻說燕青為無下飯，拿了弩子，去近邊處尋幾個蟲蟻吃。（脫得妙絕，又無痕影。）卻待回來，只聽得滿村裏發喊。燕青躲在樹林裏張時，看見一二百做公的，槍刀圍匝，把盧俊義縛在車子上，推將過去。燕青要搶出去救時，又無軍器，只得叫苦。尋思道：「若不去梁山泊報與宋公明得知，叫他來救，卻不是我誤了主人性命？」

當時取路。行了半夜，肚裏又饑，身邊又沒一文。走到一個土岡子上，叢叢雜雜，有些樹木，就林子裏睡到天明，心中憂悶，只聽得樹枝上喜雀咭咭噪噪。尋思道：「若是射得下來，村坊人家討些水煮瀑得熟，也得充饑。」（只一喜鵲作波。）走出林子外抬頭看時，那喜雀朝著燕青噪。燕青輕輕取出弩弓，暗暗問天買卦，望空祈禱，說道：「燕青只有這一枝箭了！若是救得主人性命，箭到，靈雀墜空；若是主人命運合休，箭到，靈鵲飛去。」搭上箭，叫聲：「如意子，不要誤我！」弩子響處，正中喜雀後尾，帶了那枝箭，直飛下岡子去。（中鵲而鵲飛去，後知作者之意固不在於得鵲也。）燕青大踏步趕下岡子去，不見了喜鵲，卻見兩個人從前面走來。（如此交卸過來，文字便無牽合之跡。不然，燕青恰下岡，而兩人恰上岡，天下容或有如是之巧事，而文家固必無如是之率筆也。）……這兩個來的人，正和燕青打個肩廝拍。燕青轉回身看一看，尋思道：「我正沒盤纏，何不兩拳打倒他兩個，奪了包裹，卻好上梁山泊？」揣了弩弓，抽身回來。這兩個低著頭只顧走。燕青趕上，把後面帶氈笠兒的後心一拳，撲地打倒。卻待拽拳再打那前面的，卻被那漢手起棒落，正中燕青左腿，打翻在地。後面那漢子爬將起來，踏住燕青，制出腰刀，劈面門便剁。燕青大叫道：「好漢！我死不妨，可憐無人報信！」那漢便不下刀，收住了手，提起燕青，問道：「你這廝報甚麼信？」燕青道：「你問我待怎地？」前面那漢把燕青手一拖，卻露出手腕上花繡，慌忙問道：「你不是盧員外家甚麼浪子燕青？」（燕青自通姓名既不可，那漢自曉姓名又不可，良工苦心，忽算到花繡上來，奇妙不可言。）燕青想道：「左右是死，索性說了，教他捉去，和主人陰魂做一處。」便道：「我正是盧員外家浪子燕青。」二人見說，一齊看一看道：「早是不殺了你，原來正是燕小乙哥！你認得我兩個麼？我是梁山泊頭領病關索楊雄，他便是拚命三郎石秀。」楊雄道：「我兩個今奉哥哥將令，差往北京，打聽盧員外消息。軍師與戴院長亦隨後下山，專候通報。」燕青聽得是楊雄、石秀，把上件事都對兩個說了。（第六十一回）

你看，喜鵲、文身，全都成為「脫卸」的工具，也全都成為「續弦」之「鸞膠」。你說作者的文心該有多細，這種過接無痕的方法又是多麼巧妙。而金聖

歎的分析又該是多麼細膩，他對這種方法的總結又是多麼精到。

金聖歎還稱這種過接無痕的情節轉換方法為「移雲接月」，他說：「卸去戴、楊，交入楊、石，移雲接月，出筆最巧。」「蓋一路都是戴宗作正文，至此忽趁勢偷去戴宗，竟入楊雄、石秀正傳，所謂移雲接月，用力不多而得便至大。」（第四十三回夾批）

這段由戴宗、楊林「脫卸」到楊雄、石秀的故事，篇幅太長，我們無法引錄，只要明白其中過接無痕的妙處就行了。

除了在情節轉換時要做到過接無痕而外，金聖歎還提出要注意兩大故事高潮之間的間歇問題。如《水滸傳》第三回寫魯智深兩次大鬧五臺山之間有一段比較平靜的間歇，金聖歎於此處批道：

「不文之人見此一段，便謂作書者藉此勸誡酒徒，以魯達為殷鑒。吾若聞此言，便當以夏楚痛撲之，何也？夫千巖萬壑，崔嵬突兀之後，必有平莽連延數十里，以舒其磅礴之勢。今魯達一番使酒，真是搥黃鶴，踢鸚鵡，豈惟作者腕脫，兼令讀者頭暈矣。此處不少息幾筆，以舒其氣而殺其勢，則下文第二番使酒，必將直接上來，不惟文體有兩頭大中間細之病，兼寫魯達作何等人也？」

在小說創作中能否做到動靜結合、張弛有致、剛柔相濟，這是衡量一個作家敘事水平的一個重要標尺。高明的作者總會在兩大故事高潮之間寫一點相對平靜的事情，讓讀者得到一種暫時的休息，只有愚蠢的作者才從頭到尾都將讀者的心弦繃得緊緊的，讓讀者得不到審美間歇。《水滸傳》的作者是文章聖手，他在書中的許多精彩故事高潮到來之前，總會讓讀者小憩一番，調節一下神經，然後再集中精力進入那驚心動魄的故事中去。金聖歎對作者這種良苦用心和高超的敘事藝術的把握是非常適當的，分析也是十分到位的。這樣，有利於總結作者的寫作經驗，也有利於提高讀者的欣賞水平。

（原載《水滸爭鳴》第十二輯，團結出版社，2010 年 12 月出版）

金聖歎對《水滸傳》語言藝術的批評

　　一部小說的語言，大致上可分為作者的敘述語言和書中描寫的人物語言兩大類。此外，中國古代小說中還有一種比較特殊的語言，那就是一種韻文、高雅的和俚俗的韻文。這種特殊的語言形式，大概是來自於說書場中，是說話藝術的某種方式在中國古代小說創作、尤其是通俗小說創作過程中的一種積澱和殘留。這種特殊語言既有幫助作者敘事的功能，又有表達書中人物的思想感情的「代言」功能。因此，它既可以是敘述語言又可以是人物語言，我們很難將其歸入上述兩類中的任何一類，只好以「特殊語言」標誌之。

　　《水滸傳》的語言藝術也就表現在「敘述語言」、「人物語言」和「特殊語言」三大方面，金聖歎對這三大方面也都有獨具隻眼的批評。

一

　　中國古代小說中的敘述語言，顧名思義，其首要的作用當然是用來寫人敘事。在寫人敘事的同時，也可能有抒情、寫景、議論以及別的作用。這裡，我們還是從它最根本的任務寫人敘事說起。

　　補敘，在現代小說創作中頗為常見。古代小說創作中的補敘一般多借助於書中人物之口。《水滸傳》中，這方面的例子較多，金聖歎非常敏銳地發現了這個問題，隨即進行了評點。聊看數例：

　　第三十九回，當眾位好漢劫法場救了宋江以後，宋江向大家介紹李逵「幾番就要大牢裏放了我」時，金聖歎夾批：「補得妙絕。」

　　隨後，當書中又寫到張順對宋江述說眾人慾救宋江而不能的經過時，金

聖歎連連批道：

「補出數日中又苦又急。」

「補出尋李逵不著又苦又急。」

「不惟補出張順尋李逵，兼補出李逵自去行事，無一人與他商量，妙絕。」

「補出潯陽江心兄弟二人又苦又急。」

「補出潯陽鎮上穆、薛三人又苦又急。」

「補出潯陽嶺上四人又苦又急。」

這真是「妙補如花」了。

再如書中第四十一回，寫宋江的父親宋太公向宋江敘說自己怎樣被梁山好漢搬取上山的經過時，金聖歎又一再批道：「補。」「補。」

值得注意的是，上述幾例都是人物語言，而筆者卻將它們作為敘述語言的例證，似乎連基本常識都不懂了。其實，這裡的幾段人物語言，並不以表示某個人物自身的性格、心理為主要任務，而是讓人物作為作者的代言人充當了次敘述者，其根本任務是補敘故事內容，因此，我們仍然將它們作為敘述語言看待。金聖歎這一連串的「補」字，也正表明他是將這些語言當作敘述語言而非人物語言看待的。

「補敘」而外，《水滸傳》在「插敘」方面所達到語言藝術效果也引起了金聖歎的注意。

如第三十六回寫宋江逃難時，險些被張橫誤殺。危險解除後，張橫向宋江講述了自己兄弟二人在揚子江做騙人訛錢的勾當後，金聖歎夾批：「一篇大文中，忽然插入一篇小文，奇筆。」

如果說，以上所言乃是對敘事方法和語言的共同性的總結的話，那麼，《水滸傳》的作者還在某種特殊的情況下採用了某些具有個別性特點的敘事筆法或語言方式。對此，金聖歎對讀者也進行了「個別性」的「點醒」。

且看《水滸傳》第一回金聖歎的一段夾批：

「嘗讀坡公《赤壁賦》『人影在地，仰見明月』二語，歎其妙絕。蓋先見影，後見月，便宛然晚步光景也。此忽然脫化此法，寫作王四醒來，先見月光，後見松樹，便宛然五更酒醒光景，真乃善於用古矣。」

這大概可以算作一種對小說創作中敘述語言的情景化的批評吧。

這種景物描寫與人物描寫相結合的例子，在作品中可謂比比皆是，金批

當然也就點點滴滴地隨機評點。

我們不妨再看當作品中寫到宋江在江州觀看潯陽江時，金聖歎的批語：「以非常之人，負非常之才，抱非常之志，對非常之景，每每露出圭角來，寫得雄渾之致。」（第三十八回夾批）

還有該書第六十四回寫張順趕路一段，金聖歎又有夾批道：「是寫大江，是寫風雪，是寫渡船，是寫薄暮，是寫趕路人，妙妙。」

以上所述，均乃情境交融的敘事筆法。

《水滸傳》中，即使純粹的人物描寫也有許多妙處。對此，金聖歎自然也不願意放過，且看第十二回的一段眉批：「二將披掛五彩間錯處，俱要記得分明。凡此書有兩人相對處，不寫打扮則已，若寫打扮，皆作者特地將五彩間錯配對而出，不可忽過也。」

此之所謂「二將」，指的是楊志與索超。金氏在這裡不僅指出了作者在描寫楊志與索超的裝飾打扮時的絢爛輝煌的色彩，而且推而廣之，指出作者在寫人物服飾時一貫喜歡用色彩的錯雜相間寫出人物的精神面貌。《水滸傳》作者的這種良苦用心，如果不是金聖歎指出，一般讀者很難注目於此。

《水滸傳》中不僅有人物裝飾的令人目迷五色的描寫，還有對人物膚色的強烈對比描寫，誠如金聖歎在評價第三十七回「黑旋風鬥浪裏白條」時的一段夾批所言，這種描寫真是「絕妙好辭」：「青波碧浪。黑肉白膚。斐然成章，照筆耀紙。」

對於《水滸傳》中的人物描寫時所運用的絕妙敘述語言，金聖歎評價特多。例如：

「七個人須要逐個出色一寫。故前朱仝來捉時，晁蓋已著吳用、劉唐先行了，卻又著公孫勝先行，他便獨自一個挺刀押後。此是出色寫個晁蓋。何濤來捉時，阮小二道不妨，我自對付他，便調度小五、小七兩隻船兩個山歌來，此是出色寫個三阮。後來一陣怪風、一片火光、一隻小船、一口寶劍，便把一千官軍燒得罄盡，此是出色寫個公孫勝。今自冷笑二字已下完火並一篇，乃是出色寫個吳用也。七個人中，獨劉唐不曾出色自效，便為補寫月夜一走。以見行文如行兵，遣筆如遣將，非可草草無紀也。」（第十八回夾批）

這是分別出色寫人物的敘述方式，《水滸傳》中還有運用敘述語言寫人物動作層次感的成功範例，金聖歎亦為之剔出。請看金氏對書中林沖殺王倫一

段敘寫的評價:「此處若便立起,卻起得沒聲勢,若便踢倒桌子立起,又踢得沒節次。故特地寫個坐在交椅上罵,直等罵到分際性發,然後一腳踢開桌子,搶起身來,刀亦就勢揮出。有節次,有聲勢,作者實有設身處地之勞也。」（同上)

在塑造人物形象時,《水滸傳》的作者甚至還運用了一些特殊的修辭手段。對此,金聖歎也洞幽燭微,進行了細緻的分析。

如作品第二十七回寫武松舉石墩一段,金氏有眉批云:「看他提字與提字頂針,擲字與擲字頂針,接字與接字頂針。又看他兩段,一段用輕輕地三字起,一段用輕輕地三字止。」

寫人如此,狀物又何嘗不是這樣?寫人狀物相結合的場面描寫當然更是這樣。我們且看金聖歎對《水滸傳》第二十二回描寫武松打虎的幾段夾批:

「已下人是神人,虎是怒虎,讀者須逐段定睛細看。」

「我常思畫虎有處看,真虎無處看;真虎死有虎（處）看,真虎活無處看;活虎正走或猶偶得一看,活虎正搏人是斷斷必無處得看者也。乃今耐庵忽然以筆墨遊戲,畫出全副活虎搏人圖來。今而後要看虎者,其盡到《水滸傳》中,景陽崗上,定睛飽看,又不吃驚,真乃此恩不小也。」

「耐庵何由得知踢虎者必踢其眼,又何由得知虎被人踢,便爬起一個泥坑,皆未必然之文,又必定然之事,奇絕妙絕。」

如果說,《水滸傳》的作者在進行場面描寫時,僅能用一種他所習慣的筆法,那尚不足為奇,可貴的是該書對不同場面運用了不同的筆法進行描繪,如此方算得高手中的高手。金聖歎在第四十一回的回末總評中,就曾經涉及這一問題:

「第一段神廚搜捉,文妙於駁緊。第二段夢受天書,文妙於整麗。第三段群雄策應,便更變駁緊為疏奇,化整麗為錯落。三段文字,凡作三樣筆法,不似他人小兒舞鮑老,只有一副面具也。」

敘事技巧、敘述語言達到如此境界,作者真真堪稱化工大手筆也;在數百年前能看到如此深刻的問題,評點者亦堪稱慧眼獨具也。

二

因為小說的根本任務是寫人,因此小說語言中能與敘述語言平分秋色的必然是人物語言。

　　一部小說作品的人物語言，往往會有多種表現形態，如對話、如演講、如內心獨白等等。一部小說作品中的人物語言還必將受到每一個語言主體的身份、職業、性別、年齡、生活時代、生活地域等諸多因素的影響而變得各具特色。如果是身份、職業、性別、年齡等諸多因素完全相同的人物說起話來也迥然有別，那就是達到了人物語言個性化的水平。進而言之，如果作者能寫出同一人物在不同的環境中語言的不同，那就達到了人物語言高度個性化的水平了。

　　作為一個小說作者，筆下人物語言的高度個性化理應作為一種追求的目標，但並不是每一個作家都能達到這種駕馭語言的境界的。其中，有人是根本沒有去作這方面的追求，有人則是進行了追求卻沒有取得成功。只有那些進入語言自由王國的小說作家，才能在充分運用好敘述語言的同時又使自己筆下的人物之語言達到高度個性化的水平。有幸的是，在我國古代小說創作的作者群中，就有一些這樣的作家，第一個是曹雪芹，第二個就是施耐庵；同樣使我們感到幸運的是，在我國古代小說的評點者中，也有一些目光犀利的人，將那些人物語言個性化的描寫一一道出，並進行了評價與分析，這方面為首第一人金聖歎當仁不讓。進而，金聖歎們還得出了一個只屬於中國古代小說批評的專門術語：「人有其聲口。」

　　下面，就讓我們從這句話說起吧。

　　金聖歎在《水滸傳序三》中說：「《水滸》所敘，敘一百八人，人有其性情，人有其氣質，人有其形狀，人有其聲口。」所謂「人有其聲口」，基本上就是人物語言個性化的意思。

　　然而，這還僅僅只是概括的言論。金批《水滸》中對某些人物獨具個性的語言的評點的例子就更多了，金聖歎甚至還指出關係極其相近的幾個人物語言的絕然不同。

　　如第二十三回「金蓮戲叔」一段，作者寫潘金蓮叫了半天「叔叔」以後，自以為時機成熟，忽然改口稱武松為「你」。這一細微的變化，又被金聖歎敏銳地捕捉到了。他在這裡連連夾批道：

　　「寫淫婦便是活淫婦。」

　　「以上凡叫過三十九個叔叔，至此忽然換作一你字，妙心妙筆。」

　　金聖歎還對《水滸傳》中一些人物特別的「聲口」進行了特意的評點。如書中第二十四回寫鄆哥與武大郎商量捉姦，鄆哥對武大說：「明朝你便少做

些炊餅出來賣，我便在巷口等你。」在這裡，金聖歎夾批：「你便我便二字下，皆略用一頓，活是孩子遲聲慢口。」又眉批云：「你便我便，猶如大珠小珠落盤亂走相似。」

　　至於《水滸傳》中口吻最為特別的李逵、魯智深等人，金聖歎更是抓住不放，反反覆覆進行醒目的評點：

　　「連粗鹵不知是何語，妙絕。讀至此，始知魯達自說粗鹵，尚是後天之民，未及李大哥也。」（第三十七回夾批）

　　「其辭愈哀，其聲愈切。」（第五十二回夾批）

　　「由哥哥改作好哥哥，由好哥哥改作好爺爺，由好爺爺改作老爹，由老爹改作親爺，可謂無倫無次，無所不叫矣。」（同上）

　　李逵如此，魯達「聲口」如何呢，且看金批：

　　「是魯達語，他人說不出。」（第四回夾批）

　　「魯達語，何等爽直！」（同上）

　　金聖歎不僅能拈出《水滸傳》中那些足以體現人物個性的語言來進行評價分析，他甚至還指出了某些人物在特殊的情況下特殊的語言表達方式，這當是人物語言描寫的一種高級狀態，金聖歎能道出施耐庵的良苦用心，亦足見其用心之良苦。

　　且看金聖歎先生一段非常細膩的批語：

　　「既喚作和尚，又稱云師父，一句而兩頭不照，活畫莊家之輕他方而重五臺也。」（《水滸傳》第三回夾批）

　　這段話是針對書中魯智深為買酒吃而謊稱自己是遊方和尚，賣酒的莊家之答話而言的。莊家的答話是：「和尚，若是五臺山寺裏的師父，我卻不敢賣與你吃。」這裡，既稱魯智深是和尚（因為他是遊方和尚），又稱五臺山的和尚為師父（因為是本地名山中的和尚），這就充分體現了莊家對五臺山和尚的特別敬重。作者寫得這樣細膩，是充分注意到了書中說話人的語言環境，金聖歎特意將此揭示出來，是因為他充分注意到了作者對書中人物語言環境的充分注意。

　　在《水滸傳》第五十五回的回前總評中，金聖歎甚至指出了在相同環境內不同人物的不同「聲口」。他說：

　　「寫時遷一夜所聽說話，是家常語，是恩愛語；是主人語，是使女語；是樓上語，是寒夜語；是當家語，是貪睡語；句句中間有限，兩頭有棱，不只

死寫幾句而已。」

由上可知，金聖歎在評點《水滸傳》的文字中，向我們展示了大量的古代小說作品中人物語言個性化的例證，並且對這些例子進行了相當有藝術水準的鑒賞和分析。

那麼，對於小說作品中人物語言個性化的問題，金聖歎是否有理論上的闡述呢？答案當然是：有！進而言之，金聖歎這些對於小說中人物語言個性化的理論闡述或曰整體評價深度如何，又具有多大的價值？這，正是下面我們要探討的問題。

在《讀第五才子書法》中，金聖歎說：「《水滸傳》並無之乎者也等字，一樣人，便還他一樣說話，真是絕奇本領。」

在《水滸傳》第十回的一段夾批中，他又將書中幾個主要人物的語言進行了比較，強調了人物語言個性化的重要性：「須知此四字（指小說作品中林沖對王倫等人所說的自己『並無諂佞』四字），與前『為人最樸忠句』，雖非世間齷齪人語，然定非魯達、李逵聲口，故寫林沖，另是一樣筆墨。」

在金聖歎看來，《水滸傳》中的人物語言，不僅眾梁山好漢的話語呈現出各自的個性而迥然不同，就是一母所生的親兄弟之間的言語也大不一樣，各有個性。例如梁山上的「兄弟好漢」阮氏三雄，雖然同是漁民出身，同是梁山好漢，同是一個娘親生產養育，但說起話來卻各有特色。尤其是阮小七，快人快語，與其二位兄長絕不相同。對此，《水滸傳》中的描寫是至為精當的，而金聖歎的評點也非常及時到位。且看他在第十四回中接連不斷的夾批：

「定是小七語，小二、小五說不出，爽快奇妙不可言。」

「小七語，天然不從小二、小五口中出。」

「五字天生是小七語，小二、小五不說。」

將人物語言寫到這種分上，《水滸傳》的作者堪稱進入語言王國的「自由民」，而能深深地體會到作者「文心」而予以揭發，金聖歎亦堪稱語言自由王國的「國家級裁判」。

三

從根本上講，《水滸傳》等古代小說是一種散文體的文學樣式，但這只能說是問題的普遍性或主流性的一面；然而，它的另一面、即非普遍非主流的一面卻告訴我們，《水滸傳》等作品又有許多非散文的文字不時出現於其間，

亦即那些韻文、駢文等等。我們可以將它們稱之為出現於小說作品中的「特殊語言」。《水滸傳》中為數不少的「歌謠」正屬此類。

在沒有正式討論問題之前，我們必須指出：上述種種「特殊語言」，就其在小說創作過程中的功能而言，既包含有敘述語言，又包含有人物語言。因此，本節與本文的上面兩節中任何一節之間的關係，就既不是一種並列關係，也不是一種包容關係，而是一種交叉關係。這一層意思不說清楚，搞語言學、邏輯學的先生們「萬一」看到拙文，就會挑出「硬傷」了。

金聖歎對《水滸傳》中的特殊語言，也有非常精當的評點。

如書中第五回有一首道人的「嘲歌」是這樣唱的：「你在東時我在西，你無男子我無妻。我無妻時猶閒可，你無夫時好孤恓。」

這首歌雖然說是道人唱的，但並不能說是道人的「創作」，而是作者為表現道人、和尚在感情生活方面的無聊和無賴，而「強加」給和尚、道人的，但它確實非常生動傳神。金聖歎對此也很感興趣，提筆批道：「並不說擄掠婦女，卻反說出為他一片至情。」這樣的評語，正是看到了這首嘲歌特殊的寫法和效果。

更有趣的是，金聖歎又在第十五回的一段批語中再次提到這首歌，並且與其他兩首歌進行了比較，從而更加深入地指出了這些歌謠的撰寫是為塑造人物、推動情節服務的。

金聖歎的這段評語寫在楊志押送生辰綱，眾軍士挑著擔子在黃泥岡上歇息，又渴又累，而遠遠看見一個漢子挑著一擔酒唱著歌走上岡子之時。漢子歌曰：「赤日炎炎似火燒，野田禾稻半枯焦。農夫心內如湯煮，公子王孫把扇搖。」金批曰：「挑酒人唱歌，此為第三首矣。然第一首有第一首妙處，為其恰好唱入魯智深心坎也。第二首有第二首妙處，為其恰好唱出崔道成事蹟也。今第三首又有第三首妙處，為其恰好唱入眾軍漢耳朵也。作書者雖一歌不欲輕下如此，如之何讀書者之多忽之也。」

這裡說得非常清楚，書中的這三首挑酒者的歌，都不是作者隨意寫出的，而是有著深刻的含義的。金氏提到的第一首挑酒者的歌，指的是書中第三回魯智深在五臺山時正想酒喝，忽聽得一個漢子挑酒上山唱道：「九里山前做戰場，牧童拾得舊刀槍。順風吹動烏江水，好似虞姬別霸王。」金聖歎在這裡也有一段批語：

「不唱酒詩，妙絕。卻又偏唱戰場二字，拖逗魯達，妙不可當。」

「第一句風雲變色，第二句冰消瓦解，聞此二言，真使酒懷如湧。」

《水滸傳》長達一百餘萬言，宛如一條藝術長龍。在這一鴻篇巨製之中，先後三次出現了挑酒者的歌，而且各有妙用，作者真可謂「文心雕龍」。可惜作者的「文心」絕大多數的讀者並沒有仔細體味，唯金聖歎先生卻將這「文心」所在之處一一指出，真正稱得上是「點睛妙手」也。

誰也沒有想到，金聖歎對這個問題仍然不肯放手。在《水滸傳》第五十回，他借著勾欄女子白秀英所唱的定場詩，又將小說作品中的詩歌「創作」的重要性重新研討了一番。

白秀英唱道：「新鳥啾啾舊鳥歸，老羊羸瘦小羊肥。人生衣食真難事，不及鴛鴦處處飛。」這四句詩雖然也具有白秀英藉以言內心苦痛的成分，但更重要的是起到了一種烘托環境、推動情節、描寫人物的作用。金聖歎的批語說得非常清楚明白：

「一二句刺入雷橫耳，第三句刺入合棚眾人耳，到第四句忽然轉到自家身上，顯出與知縣相好。只四句詩，便將一回情事羅撮出來，才子妙筆，有一無兩。」

「俗本失此一段，可謂食蚱蜢乃棄其螯矣。」

「此書每每橫插詩歌，如五臺亭裏，瓦官寺前，黃泥岡上，鴛鴦樓下，皆妙不可言。」

這樣，就不僅評價了白秀英的定場詩，而且還聯繫書中其他的「詩作」指出這正是《水滸傳》重要的藝術成就之一。這樣的評點，真正體現的是藝術家的眼光，獨到的藝術眼光。

上述《水滸傳》中的那些韻文多是以塑造人物、敘述故事為己任的，有時候，它們還能以一種代言體的方式出現，成為書中人物的「心聲」。這當然也是一種人物塑造，甚至可以說是一種更深層次的人物塑造。因為，它是從人物的心靈深處將人物照亮的。

如書中第十回有林沖的一首自敘詩：「仗義是林沖，為人最樸忠。江湖馳譽望，京國顯英雄。身世悲浮梗，功名類轉蓬。他年若得志，威鎮泰山東。」這可以說是書中人物內心痛苦的凝聚和揮發，也可以說是作者內心痛苦的借題發揮。金聖歎對此深有同感，二度借題發揮，說道：「何必是歌，何必是詩，悲從中來，寫下一片，既畢數之，則八句也，豈如村學究擬作詠懷詩耶？」

　　這是很有藝術眼光的評語，言為心聲，林沖的詩句，是林沖的心聲；而林沖的詩句其實是《水滸傳》作者寫的，某種意義上這也是作者的心聲；而金聖歎如此重視這樣的詩句，某種意義上也可以說是金氏的心聲。一首普普通通的「五言八句」，何以能一再成為人們的心聲呢？關鍵就在於它的「真」，而不是那種「處富而言窮愁，遇承平而言干戈，不老曰老，無病曰病」（謝榛《詩家直說》）的矯揉造作之「作品」。從對一首普通詩歌的評價中，我們可以看出評點者的藝術見解，此其一例也。

　　如果說，林沖的自敘詩所表達的還僅僅是個人心聲的話，那麼，阮氏兄弟的嘲歌所表達的則是一種受壓迫者的集體反抗情緒了。

　　《水滸傳》第十八回寫阮小五歌曰：「打魚一世蓼兒窪，不種青苗不種麻。酷吏贓官都殺盡，忠心報答趙官家。」隨即，又寫阮小七嘲歌云：「老爺生在石碣村，稟性生來要殺人。先斬何濤巡檢首，京師獻與趙王君。」

　　金聖歎在阮小五的歌下批道：「以殺盡贓酷為報答國家，真能報答國家者也。」在阮小七的歌下批道：「斬贓酷首級以獻其君，真能獻其君矣。」「又兩歌辭義相承，如斷若續。前云殺盡，後云先斬；前歌大，後歌緊，妙絕。」

　　在這裡，金聖歎對作者的意思雖然有所「強化」，但通過這兩首歌所表現的《水滸傳》反貪官是為了「替天行道」，而「天」其實就是「天子」的思想，卻也被金氏揭露無遺。所謂「真能報答國家者也」，所謂「真能獻其君矣」，正是這個意思。同時，金氏還指出了這兩首歌之間的內在聯繫，真可謂之思想、藝術「兩頭爆」的批評文字。

　　金聖歎對《水滸傳》的評點是非常全面的。從創作宗旨到整體構思，從敘事技巧到人物造型，從社會作用到審美效果，從情節設置到語言藝術，總之是對《水滸傳》進行了系統深刻而又新穎獨到的評價。本文篇幅所限，不能展開更多的討論，僅以金批《水滸》語言藝術的甲乙丙，對金聖歎的評點藝術作一臠之嘗。不當之處，請諸位同仁作指導性的「批評」。

　　（原載《水滸爭鳴》第十一輯，中央文獻出版社，2009 年 10 月出版）

此書堪可「導讀」《水滸》之奇──代序

　　研究中國古代小說名著《三國演義》《水滸傳》的方法有多種，角度也有多重。但是，最常見的角度無非是文獻的、文學的、文化的。沈家仁、沈忱父子合著的《煮酒說水滸》一書，應該說是這三種角度的綜合。

　　從文獻的角度去考證《水滸傳》的作者之謎、續書種種、外文譯本等問題，可以看出作者的學術功底；從文學的角度去分析《水滸傳》人物、情節、思想內涵、藝術成就，可以看出作者的理論素質；從文化的角度去輻射《水滸傳》所描寫的名物知識、典章制度、社會風俗，可以看出作者的生活視野。

　　讀了《煮酒說水滸》以後，對於以上三方面的感覺越來越強烈，帶著這種強烈的感知，當我們進一步瞭解沈氏父子以後，就會更加深刻地認識到他們這種深厚的學術功底、高度的理論素質、廣闊的文化視野的形成並非一曝十寒，也不是一蹴而就。

　　成功的果實，總是為勤奮者準備的。

　　沈家仁先生現年七十七歲，江西九江人。1963 年畢業於江西師範學院中文系。是中國《三國演義》《西遊記》學會會員，中國《水滸》學會理事。在學生時代及江西省話劇團工作期間，他就撰寫了大量的電影、戲劇評論，並對《水滸傳》《三國演義》《西遊記》等古代小說名著產生了濃厚的興趣，認真閱讀原著並收集資料，寫讀書筆記。1978 年，沈先生開始將他的筆記整理成短文陸續發表在全國數十家報刊上。《南昌晚報》《南寧晚報》《貴陽晚報》以及《健康之友》等報刊均曾為其開闢專欄。其中，他的短文《「水滸」人物知多少》曾被《文學報》《羊城晚報》等二十餘家報刊轉載。此外，還有一些論

文發表在《爭鳴》《寧夏教育學院學報》《大慶師專學報》《貴州教育學院學報》《甘肅社會科學》等刊物。其中，《金聖歎是封建反動文人嗎》一文，於1986年被《文匯報》摘錄，並被人大複印資料《中國古代近代文學研究》全文轉載。如果要給沈先生的成果算一個總帳，則他先後發表的中國古典小說研究文字接近一百萬。

沈家仁先生的公子沈忱（燦爛海灘）出生於1967年，自小得益於父親的薰陶，對《三國演義》《水滸傳》等古典小說名著尤有興趣，作研究筆記已近三十年。作為一位中年學人，他不求聞達，不計名利，潛心於研究，終成著名文史學者。自2006年至今，沈忱出版的著作有《煮酒品三國》、《三國，不能戲說的歷史·諸侯》、《三國，不能戲說的歷史·英雄》、《告訴你一個真三國》、《智者千慮諸葛亮》、《那時英雄──正說三國名將》、《三國不是演義》、《我是曹操──亂世英雄的傳奇經歷》、《三國謀士今日觀》等。

看了沈氏父子的學術簡介，我們才知道什麼叫做冰凍三尺非一日之寒，也才知道什麼叫做青出於藍而勝於藍。

這次出版的《煮酒說水滸》是沈氏父子增訂後再版的一部力作。由於作者深厚的學術功底、高度的理論素質、廣闊的文化視野的綜合作用，使得這部力作具有了學術性、知識性、趣味性三結合的特殊效果。

學術性體現在哪裏？一個「新」字可以概括。新的觀點、新的角度、新的統計、新的結論，如「《水滸》人物知多少」、「李逵的真與假」、「《水滸傳》奇在哪裏」「精彩的第一筆」「《水滸》心理描寫四法」等篇足以證明。且看：「《水滸》人物到底有多少？1981年，我曾用了三四個月的時間，對人民文學出版社1954年出版的一百二十回《水滸全傳》，進行了全面、仔細地閱讀，並做了詳細的記錄。在人物方面，我記錄了每一回出場的人物及書中點到但未出場的人物。除去丫鬟、士兵、嘍囉等『龍套』外，最後的統計結果是：有名有姓的人物577個；有姓無名的人物99個；有名無姓的人物9個；無名無姓，但對故事情節發展有一定作用的人物40個。加起來一共寫了出場人物725人，另外書中提到但未出場的人物還有102人，總共為827人。」這樣一種做法，似乎有點「笨」，但是，學術研究就是需要這樣的老老實實的做法，而不能有絲毫的投機取巧。其實，中國歷史上這樣的「笨蛋」不勝枚舉，從左丘明到紀曉嵐，那名單，將是長長的一串。

知識性體現在哪裏？一個「博」字可以概括。書本知識、社會知識、自

然知識乃至於極其細微的日常生活的知識點，作者都不放過。這些，在「砒霜‧水銀‧鴆酒」、「神奇的蒙汗藥」、「《水滸》續書種種」等篇中均可窺其端倪。例如：「蒙汗藥乃是用曼陀羅花製成。曼陀羅又名風茄兒、洋金茄花、山茄子，產於我國西南各省。為一年生草本，高四五尺，茄葉互生，卵圓形，端尖，邊緣呈不規則波狀分裂。夏秋間開花，花紫色或白色，有漏斗形三合瓣花冠，邊緣五裂，果實為卵圓形，有不等長尖刺，熟時四瓣裂開。葉、花和種子含莨菪城、東莨菪城等成分，具有麻醉、鎮痛作用。現用曼陀羅製成的洋金花製劑，多用於手術麻醉。用曼陀羅製成蒙汗藥，是何人何時發明，尚不知。但古書中有關此藥的記載頗多。」明白了這樣的知識點，讀起《水滸傳》來，是否會更加胸有成竹呢？更有甚者，作者還指明了「蒙汗藥」的解法：

> 解藥之法，清人程衡在《水滸注略》中介紹「急以濃甘草汁灌下，解之。」這個說法，也是有根據的。孫思邈《千金方》中說：「甘草解百藥毒。」李時珍說得更清楚：「菜中有東莨菪，葉圓而光，有毒，誤食令人狂亂，狀若中風，或吐血，以甘草煮汁服之，即解。」孫二娘用的解藥即可能就是甘草汁。只不過《水滸》未點明，故弄玄虛而已。

具備這些知識，讀《水滸傳》就更為有趣了。說到一個「趣」字，我們不得不專門談論一下《煮酒說水滸》的「趣味性」。諸如「梁山六絕」、「李逵有五怕」等篇，都是顯得特別趣味盎然的。你看：「黑旋風李逵是一位威喪敵膽的莽撞英雄。每次打仗，脫的赤條條，兩手握兩把板斧，大吼一聲衝入敵陣，亂砍亂殺，不怕刀槍箭矢，不怕敵眾我寡，無所畏懼，勇往直前，英勇無比。不過，就是這麼一位莽漢，其實他也有五怕。」那麼，據沈先生看來，李逵有哪「五怕」呢？曰：一怕戴宗，二怕羅真人，三怕張順，四怕燕青，五怕焦挺。至於黑旋風為什麼對這五個人產生恐懼感，那就請你自己去看沈先生的分析吧！總之，那是一個趣味盎然的知識天地。

　　其實，筆者以上將《煮酒說水滸》中的學術性、知識性、趣味性分開來舉例說明是很不科學的做法，在該書中，這三者之間往往是水乳交融的。筆者這樣做，實在是為了說明問題的方便。

　　除了以上三大特點以外，這本專著中還有許多讓我們不得不刮目相看的地方。譬如作者對《水滸傳》中「小人物」（次要人物形象）陸謙、李小二、

唐牛兒、鄆哥、王婆、何九叔的評價，可謂洞幽燭微；譬如作者聯繫其他文學作品來評價《水滸傳》，這就牽涉到了《金瓶梅》《說岳全傳》《紅樓夢》等書；譬如作者選擇一些民間傳說故事來補充評論《水滸傳》的文化厚度，這在「宋江的哥哥和老婆」、「阮氏三雄還有兄弟嗎」等篇中卓有反映；譬如作者讀書之細，堪稱細入毫髮，如「哨棒有多長」、「《水滸》人物趣談」等篇堪為代表，尤其是後者，竟然一口氣說出了許多個《水滸》人物身上的「最」；譬如作者還善於從冷僻處發現問題，這在「梁山上為何沒有趙姓」、「梁山英雄排座次的原則」等篇中反映得非常明顯。尤有甚者，作者還對《水滸傳》成書過程中形成的某些不合情理的地方提出了質疑，讀一讀「梁山好漢的綽號」、「北宋人怎麼唱出南宋的曲」、「吳用焉能不認識宋江」等篇，我相信讀者是會深受啟發的。

　　當然，沈氏父子也都是《水滸傳》的讀者，只不過他們比一般讀者更細心、更認真、也更挑剔一些而已。其實，讀書有兩種最常見的方式，囫圇吞棗的吞咽式和斤斤計較的挑剔式，沈氏父子當屬於後者。但有一點我們必須明白，挑剔式的閱讀者在完成他們的過程之後，有感而發的一些文字，往往對更多的吞咽式閱讀者就具有了一種「導讀」的意味。

　　不讀《水滸》，不知天下之奇！

　　有了《煮酒說水滸》，我們則可進一步領會《水滸》之奇！

甲午年大雪節令於湖北黃石青山湖畔

（原載《煮酒說水滸》，中州古籍出版社，2015 年 7 月出版）

《水滸》研究的金鑰匙（代序）

　　勇強、蕊芹伉儷，均為項楚先生和沈伯俊先生門下弟子，也是近年來在中國古代小說研究界崛起的新生代傑出人才。他們以小說研究為中心，旁及方志文學研究和道教文化研究等領域，碩果累累，令人刮目相看。

　　我與勇強認識並成為忘年交，已有十年左右的時間。前幾年，他還為我的一本拙著寫過書評。他們夫妻二人合著《〈水滸傳〉研究史》一事，我早就聽說過，一直恭候此書的問世。前年，在江西上饒的一次學術會議上，勇強曾經希望我給這本書稿寫個序言，當時我未敢答應。個中原因有三：一來，他是沈伯俊先生弟子，而沈先生是蜚聲文壇的小說研究專家，此篇序言理應勞煩沈先生大駕。二來，我雖然也寫過幾篇關於《水滸傳》的文章，但那只是管中窺豹或盲人摸象，對於《水滸傳》研究史這樣的大題目，我實在缺少研究，不敢置喙。三來，那時我還在「延聘」期間，一切工作如同未退休，每週有課程二十多節，還得寫那些完成考核任務的文章、參加大大小小的會議、填寫形形色色的表格以及對二十多位本科生和碩士生進行論文指導。恐怕沒有時間靜下心來認真閱讀被「序」的佳作，生怕壞了別人的大事。因此，只有狠下心來謝絕了勇強的要求。今年十月，在陝西漢中的三國會上我又碰到勇強，他說這本《〈水滸傳〉研究史》即將出版，再次要求我寫篇序言。盛情難卻，我覺得實在不好意思再推辭了，於是靦顏答應下來。接下來，就是在上面三點顧慮並未完全消除的前提下，認真閱讀《〈水滸傳〉研究史》，旋即勉力敷衍出以下文字。不當之處，還望勇強夫婦和讀者批評指正。

　　《〈水滸傳〉研究史》一書在佔有大量原始文獻的基礎上，以時間為經，以《水滸傳》研究專題為緯，將明代嘉靖迄今四百多年的《水滸》研究情況做

了系統梳理。全書分為以下幾部分：「緒論」部分交代了選題的原因和當前的研究狀況。第一章為「明清時期《水滸傳》研究」，主要對容與堂本和金聖歎評點本及明清時期文人筆記中有關《水滸傳》的研究進行了探討。第二章乃「近現代《水滸傳》研究」，主要對近現代學者尤其是胡適、魯迅、鄭振鐸等人的研究成果進行了分析介紹。第三章至第五章則是對新中國建立以來的《水滸傳》研究情況的介紹分析，從成書、作者、版本、文本和評點五個方面進行了頗為詳細的回顧和分析。最後，「附錄」部分簡單介紹了大陸以外的《水滸傳》研究情況，「餘論」則對四百餘年的《水滸傳》研究情況進行了總結，並對 21 世紀的「水滸」研究進行了展望。

據我看來，《〈水滸傳〉研究史》一書具有以下特點：

第一，學術史的貫通意識

《〈水滸傳〉研究史》以學術史的眼光對四百餘年的《水滸傳》研究情況從成書、作者、版本、文本和評點五個方面進行了詳盡的考察，力求站在歷史的高度，從縱橫兩個方面進行分析研究，具有十分明確的學術史貫通意識。如該書第五章「當代《水滸傳研究》（下）」，除第一節「近二十年《水滸傳》研究概述」而外，以下各節為：「第二節《水滸傳》成書與傳播接受研究」，「第三節《水滸傳》版本研究」「第四節《水滸傳》作者研究」，「第五節《水滸傳》文本研究」，「第六節《水滸傳》評點研究」。

第二，紮實的文獻梳理

《〈水滸傳〉研究史》的研究材料上起嘉靖時期的文人筆記和小說序跋，下至 2014 年為止的當代學人最新研究成果，既包括大陸學者的研究，還將目光投射到了海外學人的成果。全書涉及《水滸傳》原著文本八種，古籍書目三十多種，現代海內外學者論著、編著一百五十多種，論文數以百計。材料比較宏富，大致囊括了數百年來《水滸傳》研究的基本文獻，是當前已經出版的關於《水滸傳》學術史方面文獻最為豐富的著作之一。

第三，「點」與「面」的結合

在全書的結構布局上，《〈水滸傳〉研究史》既顧及史的全面概述，又考慮到對重要文獻進行個案剖析。如對魯迅評論《水滸》的分析就是如此。作者在第二章第三節中說：「魯迅研究《水滸傳》的成果主要是《中國小說史略》的第十五篇《元明傳來之講史下》和《中國小說的歷史的變遷》中的相關文

字。另外在魯迅的雜文、序記和書信等文字中，涉及《水滸》的大約還有三十五篇之多，這還不包括《小說舊聞鈔》中有關《水滸傳》的資料和魯迅的按語以及《魯迅日記》中的有關文字在內。有的研究者將這三十五篇涉及《水滸傳》的文字歸納分類，發現涉及《水滸傳》的思想和《水滸傳》人物的思想的有十一篇，藝術的八篇，圖像的九篇，書的性質的一篇，資料的一篇，目錄的一篇，書名的一篇，版本的一篇，胡適作《水滸傳》序的兩篇。在這些專著和文章中，魯迅對《水滸傳》的源流、版本、作者和思想藝術等方面進行了比較系統的研究。當然，由於有的文章係雜文，其中個別的提法與《中國小說史略》和《中國小說的歷史的變遷》中的相關文字可能不一致，我們下面探討魯迅對《水滸傳》的研究主要還是以學術專著為主，個別地方涉及到雜文。」這樣，就盡力做到了「點」「面」結合，並以此為基礎建構一個系統的《水滸傳》研究史。

第四，不盲從，有主見

作者在羅列學術界已有觀點的基礎上，並沒有盲目服從於某一種觀點，而是在羅列、分析前人觀點、材料的基礎上，提出自己的觀點，發表自己的意見。例如書中第一章第二節在涉及「明代署名李卓吾評點本的作者問題」時，作者寫道：「關於署名李卓吾評本的真偽問題，自晚明開始就已經爭論不休，莫衷一是了。概言之有四種觀點：一是認為兩者都是真的，如容肇祖《李贄年譜》；二是認為都是假的，如魯迅、胡適和黃霖；三是認為容本是真，袁本是假，如鄭振鐸、馬蹄疾、蕭伍等；四是認為袁本是真的，容本是假的，如戴望舒、何心、王利器、葉朗等。由於李贄著作屢次遭到統治者的焚毀，流傳於世的《水滸傳》評點已經不能確保是李氏親手所作了。根據目前學界研究的情況，筆者比較傾向於容本係葉書偽託的觀點。」

從以上幾點，我們已經可以大致領略到這本《〈水滸傳〉研究史》的學術價值，當然，還有很多我沒有看到的地方，只好請讀者諸君睜開慧眼去發現之、評說之了。

下面，我想對作者提兩點建議：

其一，全書在體制方面還可以作進一步的調整，如可以將書中的第三、第四、第五章的材料進行整合，從成書、作者、版本、文本、評點五個方面進行論述，如果覺得一章難以容納，可以分為兩到三章進行。

其二，「附錄」和「餘論」的位置不太恰當，最好是先有「餘論」，後有

「附錄」。因為「餘論」屬於著作本身的範疇，而「附錄」中的有些內容則可以是著作內容範圍之外的，甚至作者發表過的文章也可以收入其間。

以上評價也罷、建議也罷，都只是供作者和讀者參考的。但筆者的一點感受還是要發表出來：對於喜愛《水滸傳》並希望研究這一世界名著的讀者諸君而言，勇強、蕊芹伉儷所奉獻的這一本《〈水滸傳〉研究史》應該是打開那座輝煌而又永恆的藝術迷宮的一把金鑰匙！

2015 年 10 月 26 日於湖北黃石大地花城寓所

（原載《〈水滸傳〉研究史》，中國社會科學出版社，2017 年 5 月出版）